本卷主编 ◎ 宋喜坤

1945—1949年

东北解放区文学大系

戏剧卷⑨

总主编 ◎ 丛 坤

黑龙江大学出版社
哈尔滨

图书在版编目（CIP）数据

　　1945—1949 年东北解放区文学大系 . 戏剧卷 / 丛坤
总主编 ；宋喜坤分册主编 . -- 哈尔滨 ： 黑龙江大学出
版社 ， 2021.10
　　ISBN 978-7-5686-0468-0

　　Ⅰ . ① 1… Ⅱ . ①丛… ②宋… Ⅲ . ①解放区文学－作
品综合集－东北地区－ 1945-1949 ②戏剧文学－作品综合
集－中国－ 1945-1949 Ⅳ . ① I218.3

　　中国版本图书馆 CIP 数据核字 (2021) 第 101536 号

1945—1949 年东北解放区文学大系　　戏剧卷
1945—1949 NIAN DONGBEI JIEFANGQU WENXUE DAXI XIJUJUAN
宋喜坤　主编

责任编辑　杨琳琳　魏　玲　高　媛　于　丹　宋丽丽　徐晓华　范丽丽　常宇琦
出版发行　黑龙江大学出版社
地　　址　哈尔滨市南岗区学府三道街 36 号
印　　刷　哈尔滨市石桥印务有限公司
开　　本　720 毫米 ×1000 毫米　1/16
印　　张　312
字　　数　3494 千
版　　次　2021 年 10 月第 1 版
印　　次　2021 年 10 月第 1 次印刷
书　　号　ISBN 978-7-5686-0468-0
定　　价　998.00 元（全十册）

本书如有印装错误请与本社联系更换。

《1945—1949 年东北解放区文学大系》

学术顾问(按姓名笔画排序)

冯毓云　刘中树　张中良　　张毓茂

编委会(按姓名笔画排序)

主任: 于文秀

成员: 叶　红　丛　坤　刘冬梅　那晓波

孙建伟　李　雪　杨春风　宋喜坤

张　磊　陈才训　金　钢　赵儒军

侯　敏　郭　力　戚增媚　彭小川

蓝　天

出 版 说 明

　　1945 年到 1949 年的东北解放区,社会风云变幻,文学繁荣发展。当时的文学创作者们以激昂向上的笔触,再现了波澜壮阔的解放战争和轰轰烈烈的土地改革,讴歌了人民军队可歌可泣的英雄事迹,描绘了劳动人民翻身后的喜悦心情,书写了时代的大主题。为了再现这段文学风貌,我们编辑出版了《1945—1949 年东北解放区文学大系》。

　　这套丛书大体以体裁分编,计小说卷(长篇、中篇、短篇)、散文卷、戏剧卷、诗歌卷、翻译文学卷、评论卷及史料卷七种,所收录作品以新文学为主。此阶段作品浩如烟海,而部分文字资料因时间久远或受当时技术所限出现严重缺损,考虑到丛书篇幅有限,故仅收入代表性较强的作品。对于因原始资料不全、不清晰而无法完整呈现,或受条件所限未收集到权威版本的篇目,则整理为存目,列于丛书卷末,以备读者参考。

　　丛书编辑过程中,多数篇目由原始版本辑录,首次收入文集,也有些篇目参照了此前出版的多种文集。原始文献若有个别字迹不清确不可考的,丛书中以□代替。

　　丛书收录作品以 1945 年 8 月至 1949 年 10 月为时间节点,个别作品的完成时间略有延伸。大部分作品结尾标注了写作时间，以及初次发表或结集出版的版本信息。作品编排大体以作者姓名笔画为序（特殊情况除外，如集体创作作品列于卷末）。

就筛选标准而言，所收主要为东北作家创作的主题作品，也有非东北籍作家创作的有关东北解放区的作品。除此之外，还有此时期公开发表的反映抗日战争题材的作品，以及在东北出版的反映其他解放区的、革命主题特色鲜明的作品。需要指出的是，在本丛书的史料卷中，还有一部分作品创作于新中国成立之后，但反映了解放战争时期东北解放区的文学发展面貌，或记述了一些典型事件、代表性人物，亦具珍贵的史料价值，为完整呈现当时的文学风貌，这部分作品亦收入丛书，以"节选"的方式呈现。

需要特别说明的是，此时期的个别作家受时代限制，思想表现出了一定的历史局限性，体现在文学创作方面可能表现为不同程度的瑕疵，这一群体的作品，只要总体导向是正面的、积极的，从保证史料全面性、完整性的角度考虑，我们也将其予以收录。个别作家在解放战争时期是积极追求进步的，但随着社会环境的变化，却出现思想动摇甚至走向错误道路，对于其作品，本丛书只选取其有代表性的、取向积极的篇目，对于其他时期该作家的不当言论、思想，我们不予认同。此外，在当时复杂的政治环境下，还有一些作品中的个别表述可能存在一些偏差，但只要其主题思想是积极进步的，则丛书亦予以收录。

丛书旨在突出东北解放区文学原貌，侧重文献整理，故此在编辑过程中，重点对作品中会影响读者理解的明显讹误进行了订正，对于字词、标点符号以及句法等，尊重原文的使用习惯，不予调改，以突出其史料价值。此外，由于此时期文学作品肩负宣传进步思想的重任,而读者对象大多文化程度较低,创作者亦水平不一,因此创作主旨以通俗易懂为要,一些篇目语言风格通俗、浅白,甚至个别篇目、细节存在一些俚语表达,为遵从原貌,丛书仅对不雅字、词、句加以处理,其余不予调改。本书选文除作者原注外,亦保留原文在初次出版时的编者注,供读者参考。

《1945—1949 年东北解放区文学大系》

戏 剧 卷 ⑨

总　序

张福贵

　　从古至今,东北在中国历史与文化进程中,特别是近代以来都是决定中国社会政治发展走向的重要因素。当然,这种作用不单纯是东北自生的,更是多种因素叠加和交汇的结果。东北文化既是文化空间概念,同时更是历史时间概念,是不同空间、区域的多种历史文化的积累,是一种时空统一的文化复合体。值得注意的是,除了抗战时期的特殊因缘使"东北作家群"名噪一时外,作为东北历史文化和现实社会表征的东北文学特别是东北解放区文学,在相当长的时间里却未得到应有的关注。黑龙江大学出版社在对过去为数不多的东北文学史料进行整理的基础上出版的东北文艺史料集成——《1945—1949年东北解放区文学大系》,因而可以说是特别值得关注的。

　　《1945—1949年东北解放区文学大系》内容丰富,除了包括小说卷、诗歌卷、散文卷、戏剧卷之外,还包括评论卷、史料卷和翻译文学卷。这是一个前所未有的大工程,也是一件大善事。正如"总导言"中所说的那样,丛书注重发掘新资料,通过回归文学现场,复现了东北解放区文学的整体面貌。东北解放区文学处于东北现代文学快速繁荣发展的历史时期,在土改文学、工业文学、战争文学等方面代表了 20 世纪 40 年代解放区文学的成就,是对《在延安文艺座谈会上的讲话》所确立的文艺观念的全面实践。对东北解放区文学的系统研究有利于更全面地总结解放区文学的成就,有利于把握延安文艺传统与东北解放区文学的内在联系,以及解放区文学对新中国文学制度、观念、创作等方面的影响。以"历史视角""时代视角"对东北解放区文学,尤其是解放战争时期的土改题材、工业题材的小说和戏剧进行分析,可以勾勒出政治意识形态对东北解放区文学运动、文学社团、文学形态、文学制度、文学风格、文学论争等产生的影响,有利于把握东北解放区文学的历史价值、认识价值、审美价值与当代意义,同时对于挖掘东北地区的文化历史和建设东北文化亦具有现实意义。东北解放区文学是基于延安文艺传统而创作的,对东北解放区文艺运动、文艺理论的全面审视具有重要的历史价值和理论意义。此外,对东北解放区文学进行深入研究,探寻人民文艺理论的历史源头,对于当代文艺创作、审美观念的引导亦具有一定的启示作用。但是,受地域因素、资料整理程度、研究者文化背景等条件的制约,东北解放区文学在中国当代文学史上的特殊地位与价值一直以来并未引起研究者的足够重视。

东北解放区文学无论是在中国大文学史中还是在东北文学和文化发展的历史中,都是具有特殊意义的存在。

虽然现代东北文学在新文学运动初期晚于也弱于关内文学的发展,但是 1931 年九一八事变发生,新起的东北文学及东北作家被国难推到了文坛中心,萧红、萧军等青年作家更是直接受到鲁迅的关注和扶持,迅速成为前沿作家。这一批流落到上海等都市的青年作家由此被称为"东北作家群",他们奠定了东北文学在中国大文学史上的特殊地位。然而，正像全面抗战进入相持阶段之后，中国文坛也变得相对平静、舒缓一样，除了萧红、萧军等人外，东北文学和东北作家也逐渐失去了文坛的关注。应当承认，一些东北作家的文学成就和文坛名声之间并不完全相符，是时代造就了他们，提高了他们的文学史地位。然而，另一方面，我们对其中有些作家及作品的价值却又是认识不足的。对此，我自己也有一个认识转化的过程：过去单纯依据多数东北作家的创作进行判断，感觉某些艺术价值之外的因素在评价中发生了作用，其地位可能有些"虚高"；但是，对于20世纪的中国文学史来说，艺术之外的价值判断就是艺术判断本身，或者说，社会判断、政治判断就是中国文学史评价的根本性尺度。因为在中国作家或者说在知识分子的群体意识之中，政治的责任感和社会的使命感几乎是与生俱来的，而中国20世纪风云激荡的社会现实又为这种责任感和使命感提供了最好的生长环境。"悲愤出诗人"，"文章憎命达"，文学创作是与政治、思想、伦理等融为一体的，脱离了这一切，文艺也就失去了时代与大众。所以说，无论是具体的作品分析，还是文学史研究，没有了这些"外在因素"，也就偏离了其本质。"东北作家群"是时代的产物，也是时代文艺的产物，20世纪中国文学史中应该有他们浓墨重彩的一笔。作为后人，对历史做出评价往往是轻而易举的，但是这"轻而易举"往往会导致曲解甚至歪曲了历史，委屈了历史人物。"东北作家群"的价值和意义不是单一的，因为对中国现代文学史的评价从来就不是一种艺术史、学术史的评价，而是一种思想史和政治史的评价。正如鲁迅当年为萧军的成名作《八月的乡村》所作的序中所写的那样，"这《八月的乡村》，即是很好的一部，虽然有些近乎短篇的连续，结构和描写人物的手段，也不能比法捷耶夫的《毁灭》，然而严肃,紧张,作者的心血和失去的天空,土地,受难的人民,以至失去的茂草,高粱,蝈蝈,蚊子,搅成一团,鲜红地在读者眼前展开,显示着中国的一份和全部,现在和未来,死路与活路。凡有人心的读者,是看得完的,而且有所得的"。《八月的乡村》不仅是中国现代第一部抗日题材的长篇小说,也是世界反法西斯战争题材的第一部长篇小说,其意义和价值是特殊的、特有的,不可单单以艺术审美的标准来看待这部作品。"东北作家群"的存在及其创作的意义,不只是为20世纪30年代的中国文坛增添了特有的地域文化内容和东北文学特有的审美风格,更在于最早向全国和世界传达出中华民族抗敌御辱的英勇壮举,最早发出反法西斯的声音。此外,在抗战大历史观视域下,"东北作家群"的创作为十四年抗战史提供了真实的证据。特别是东北解放区的早期文学直书十四年历史的特殊性,这是十分可贵的和独特的。于毅夫的散文《青年们补上十四年这一课》,深刻而沉重地描写了十四年殖民统治下东北人的精神状态和文化演变:

　　这许多现象,说明了东北在十四年殖民统治的过程中,文化生活上是起了很大的变化。翻开伪满的《满语国民读本》一看,真是"协和语"连篇,如亚细亚竟写成アジヤ,俄罗斯竟写成ロシヤ,有的人一直到现在还把多少元写成多少円,这都是伪满"协和语"的残余,说明殖民统治残余的文化还在活着,还没有死去,这在今天不能不说是一件遗憾的事! 仔细想来,这也难怪,因为日本的魔手,掌握了东北十四年,今天一旦解放,希望不着一点痕迹,这是完全做不到的,要从历史上来看,它切断了东北历史十四年，这十四年的历史是很黯淡地被抹掉了，十四年来也的确是一个大变化，在这期间多少国家兴起了，多少国家衰落了，多少血泪的斗争、多少波浪的起伏，都被日本鬼子的魔手所遮断！我回到家乡接触到成千成百的青年，几乎都不大明了这十四年来的历史真相，有的连中国内部有多少省都不知道，连云南、贵州在哪里都不晓得。

难能可贵的是，作者较早地认识到在经历了十四年的奴化教育之后，对东北人民进行民族和民主意识的启蒙是至关重要的。"不过历史是不能停滞的，殖民统治残余的文化必须要肃清，法西斯毒化思想也必须要肃清，既然是日本鬼子切断了东北历史十四年，既然法西斯分子要篡改这一段历史，那我们就应该设法补足这十四年的历史！""要做到这点，我想青年们今天的迫切要求，不是如何加紧去学习英文、代数、几何、物理、化学，读死书本事，争分数之短长，准备到社会上去找一个饭碗，而是如何加紧去学习新文化，如何加紧学习社会科学，如何去改造自己的思想，如何进一步地去改造这遭受法西斯思想威胁的半封建的半殖民地的社会！""因此我向青年们提议要加强你们对于新文化的学习，加强对于社会科学的学习，特别是政治的学习，不要把自己圈在课堂里，圈在死书本子上。""新青年要掌握着新文化，新思想，才能创造起新中国新东北！"（《东北日报》1946 年 10 月 13 日）

在一批最前沿的左翼作家流亡关内之后，东北文学经过了一段艰难而相对平静的发展阶段。在表面繁华而内在凶险的沦陷区文艺界，中国作家用各种文艺手段或明或暗地与侵略者进行抗争，并为此付出了血的代价。这种状况直到 1945 年光复之后才发生根本性转变,东北文艺创作者们一方面回顾过去的苦难,另一方面表现出对新生活的憧憬,这正是后来东北解放区文艺的心理基础,而日渐激烈的解放战争又为东北文艺的走向和解放区文艺的诞生提供了具体的现实基础。这与以萧军、罗烽、舒群、白朗、塞克、金人等人为代表的东北籍作家的返乡,以及在东北沦陷区留守的左翼作家关沫南、陈隄、山丁、李季风、王光逖等人的坚持,是分不开的。当然,随我党十几万军政人员一同出关的延安等地的众多文艺家,在东北文艺的创设中更是起到了引领和带头作用。这其中已经成名的有刘白羽、周立波、丁玲、草明、严文井、张庚、吴伯箫、华山、陆地、公木、方青、任钧、雷加、马加、陈学昭、西虹、颜一烟、林蓝、柳青、师田手、李克异、蔡天心等。

东北解放区文艺的创作直接继承了延安文艺特别是毛泽东《在延安文艺座谈会上的讲话》精神。在党的直接领导下,东北解放区先后创办了《东北日报》《中苏日报》《东北民报》《关东日报》《辽南日报》《西满日报》《大连日报》《松江日报》《合江日报》《吉林日报》《胜利报》等,这些报纸多为党的机关报,其文艺副刊发表了大量的文艺作品、理论文章及文艺动态。这些报纸副刊对于东北解放区文学的引导与建构起到了重要的作用。与此同时,《东北文学》《东北文化》《东北文艺》《文学战线》《人民戏剧》《白山》《戏剧与音乐》等文学杂志,以及东北书店、大众书店、光华书店等出版机构相继创办,这些文艺刊物和书店对解放区文艺的发展也起到了很大的推动作用。

革命的逻辑和阶级的理论是东北解放区文艺创作的普遍主题。这是一种革命的启蒙,与左翼文艺一脉相承,只不过东北的社会现实为这种主题提供了更为广泛而坚实的生活基础。抗战胜利后,为了开辟和巩固东北解放区,使之成为解放全中国的军事和经济基地,我党进军东北,抢占了战略制高点。可是,在东北,人民军队所处的环境与山东等老解放区完全不同,殖民统治因素加之国民党的宣传,使得我们的政治优势在最初未能完全发挥出来。正如李衍白在散文《黎明升起——巨大变化的东北一年间》中所写的那样:"群众在犹豫中,岁月在艰苦里,这就是我们在东北土地上刚刚开始播种,还没有发芽开花时的现实遭遇。"随着革命形势的发展,革命军队传统的政治思想工作优势又体现了出来。我党在部队中开展了以"谁养活了谁"为主题的"诉苦运动",这颠覆了中国东北乡村社会的封建伦理,提高了官兵的阶级觉悟,极大地增强了部队的战斗力。

这种革命的逻辑在土改题材的作品中表现得最为突出。方青的短篇小说《擦黑》讲述了这个朴素的道理:

"……像赵三爷那号人,把咱穷人的血喝干了,咱们才不得不去找口水喝饮饮嗓;他们喝干了咱们的血没有一点过,咱们找口水喝饮饮嗓子就犯了罪?旧社会就是这么不公平!他们还满口的仁义道德,呸!雇一个扛活的,一年就剥削好几十石粮食,还总是有理!穷人的孩子偷他个瓜吃,就叫犯罪,绑起来揍半天,这叫什么他妈的道德?咱们要讲新道德,咱们贫雇农的道德;就是用新道德来看咱们贫雇农;像上边说的那些犯了点毛病的,都不要紧,脸上有点黑,一擦就干净了,只要坦白出来,都是穷哥儿们好兄弟。一句话:只要是姓穷的就有理,穷就是理!金牌子上的灰一擦净,还是金牌子。家务事怎么都好办！"李政委讲的话刚一落音，大伙高兴地乱吵吵起来："都亲哥儿兄弟么！"

除此之外，还有在"你给地主害死爹，我给地主害死娘……"的事实教育下，认识到了彼此都是阶级弟兄，大家都是穷苦人的"无敌三勇士"，他们从此"火线上生死抱团结"。（刘白羽《无敌三勇士》）

土地改革是东北解放区文艺最引人关注的问题。东北解放区文学作品中有许多极具写实性的"穷人翻身"故事，如周立波的《暴风骤雨》、马加的《江山村十日》、白朗的《孙宾和群力屯》、井岩盾的《瞎月工伸冤记》、李尔重的《第七班》、西虹的《英雄的父亲》等文艺经典作品。

方青的《土地还家》描述的就是这一历史巨变给贫苦农民带来的心理和生活的变化：

二十年了，郭长发又重新用自己的手来耕作自己的土地了。这是老人留下的命根，叫它长出粮食来养活后代的儿孙：可是二十年的光景，它被野狼吞了去，自己没有吃过它一颗粮食——他想到是旧社会把他的地抢走了。

现在呢？他又踏在这块地上铲草了。他感到自己已经离开家二十年，如今又回到母亲的怀里，亲切地叫着："娘！我回来了。"——于是他又感到是：这是新社会把我的地要回来的。他这样想着，不由得拉长了声音跟儿子说：

"柱儿！想不到啊，盼了二十年，那时候你才三岁。多亏共产党……记住！可别忘了本啊！"

他直起腰来，两手拉着锄把，又沉重地重复着这句话：

"柱儿！记住，可别忘了本啊！"

佚名的《永北前线担架队速写》则写了老乡们在一天的时间里就组织起了八百余人的担架大队，作者经过和担架队员们的交谈，感受到了新解放区人民的觉悟。大队长问担架队员们："你们这次出来抬担架，怕不怕？"大伙回答："不怕！"大队长又问："为什么不怕？"大伙答："不怕，这是为了自己。"担架队员们相信唯有民主联军存在，他们才能活着。他们说："胜利是我们的，土地才是我们的。""赶走国民党反动派，保卫我们的土地和民主。"这与《白毛女》"旧社会使人变成鬼，新社会使鬼变成人"和《王贵与李香香》"要是不革命，穷人翻不了身，要是不革命，咱俩结不了婚"的主题是一样的。淮海战役的胜利是山东人民用手推车推出来的，而东北解放区的建立和辽沈战役的胜利又何尝不是如此！

战争书写是东北解放区文艺中最主要的内容，革命理想主义、革命集体主义和革命英雄主义精神，是东北文艺的思想主题，也是东北文艺的审美风尚。这种简单明了的思想、昂扬向上的精神本身就具有一种审美特质，它奠定了新中国文艺的审美基调。就东北解放区文艺而言，无论是描写抗日战争还是描写解放战争的作品，都普遍具有鲜明而朴素的阶级意识、粗犷而豪迈的革命情怀。

蔡天心的诗歌《仇恨的火焰》，描写了在觉醒的阶级意识支配下东北民主联军官兵的战斗情怀：

仇恨燃烧着，

像火一样烧灼着广阔的土地。

听啊——

大凌河在狂呼，

辽河在咆哮，

松花江在怒吼，

在许多城市和乡村里，

哪儿出现反动派的鬼影，

哪儿就堆成愤怒的山，

哪儿有敌人的迹蹄，

哪儿就燃起仇恨的火焰……

……

我们要

用剪刀剪断敌人的咽喉，

用斧头砍下他们的头颅，

用长矛刺穿他们的胸脯，

用棍棒打折他们的脚胫，

用地雷炸弹毁灭他们，

用从他们手里夺过来的武器，

打垮他们，

然后用铁镐把他们埋掉！

我们要用生命，用鲜血，

保卫这自由解放的土地，

不让反动派停留！

"赶走敌人啊，

赶快消灭它！"

让这充满着力量和胜利的声音，

随同捷报传播开去，

让千百万颗愤怒的心，

燃起

仇恨的火焰！

　　这种激情在东北解放区的散文、报告文学和战地通讯中表现得最为明显，如丁洪的《九勇士追缴榴弹炮》、马寒冰的《雪山和冰桥》、王向立的《插进敌人的心腹》、王焰的《钢铁英雄王德新》等。这些作品内容真实，情感深沉厚重，延续了抗战时期散文书写浪漫主义与现实主义相结合的审美特征。这些既有写实性又有抒情性的东北解放区散文作品在战争中凝聚人心，彰显力量，具有极大的宣传、鼓舞作用。

　　最为难得的是，面对东北发达的近代工业景观，作家们更多地描写了工人们的斗争和生活，这些作品成为东北文艺中最为独特而珍贵的展示，而且直接影响了新中国工业题材文学的创作。战争期间，沈阳、长春、大连等地的工业设施惨遭破坏。光复之后，为了保护工厂和恢复生产，工人们表现出了忘我的精神和高超的技术。这使得从未见过现代工业景象的文艺家们感动和激动，他们纷纷用笔来描写现代工业生产和城市新生活，从而给中国现代文学带来了前所未有的新气象。大连大众书店于 1948 年 8 月出版的

《"工农园地"选集》,就收录了城市工人拥护并融入新生活的历史片段,如袁玉湖《锉股的"火车头"》,郓景明、孙聚先《熔化炉的话》等。此外还有李衍白《工人的旗帜赵占魁》,草明《工人艺术里的爱和恨》,张望《老工友许万明》等。李衍白在散文《黎明升起——巨大变化的东北一年间》中,描写了东北现代工业的风貌和工人们的热情:

今日的城市也正在改变着一年以前的面貌,先看一看今天的哈尔滨,代表它新气象的是全部工业齿轮的旋转,是市中心区黑夜中的灯光如昼,是穿插在四条线路的廿五台电车和六条线路上卅台公共汽车,是一万五千吨自来水不停地输送给工厂、商店和住宅。这些数目字不仅超过了去年今日(蒋记大员们劫掠后所造成的混乱情况),而且有些超过了伪满。在紧张的战争中加速地恢复这些企业,同样不是依靠别的,而仅仅是由于工人的觉悟。你想一想,一个工人为了修理一个发电的锅炉,但又不能停止送电,于是就奋不顾身钻进可以熔化生铁、数百度的锅炉高热中,他穿着棉衣,外面的人用水龙朝他身上喷冷水,就这样工作一会熬不住了跑出来,再钻进去,来回好多次,最后,完成了任务。我们有好多这种感人的事例。

我们在这些描写工友的散文里,看到了解放区新生活带给城市工人的希望。他们积极上工,传授技术,加班加点,争着当劳动英雄。这在中国同时期其他地域的文学作品中是极少见的。

质朴单一的写实手法是东北文艺的普遍表现方式，这种质朴不单是一种审美风格，更是一种直面大众的话语策略。这一传统与近代"政治小说"、五四新文学、左翼文学和抗战文艺等都是一脉相承的。文艺作为一种宣传和斗争的工具，自然要承担起团结和争取最广大人民群众的历史任务。因此，质朴单一的写实手法、通俗易懂甚至有些粗俗的语言风格，成为东北解放区文艺的普遍表现形式。

鲁柏的诗歌《夸地照》用简朴的形式表达了翻身农民淳朴的感情：

> 一张地照领回家，
> 全家老少笑哈哈；
> 团团围住抢着看，
> 你一言我一语来把地照夸：

> 长方形，四个角，
> 宽有八寸长两拃；
> 雪白的纸上写黑字，
> 红穗绿叶把边插。

> 上边印着毛主席像，
> 四季农忙下边画；
> 地照本是政委会发，
> 鲜红的官印左边"卡"。

> 里面写着名和姓，

地亩多少填分明，

拿到地照心托底，

努力生产多收成。

这首诗歌不仅使用了农民的口语，而且用东北农村方言来直观地描摹地照的具体形状和细节，表达了翻身农民朴素的情感。这种描写和表现方式与中国古代民歌传统有直接的联系。

井岩盾的小说《瞎月工伸冤记》以一个雇农自述的方式讲述自己的悲苦经历和内心感受。当工作队员问他是否受地主老赵家的气，他说："大伙吃他的肉也不解渴啊，都叫他给熊苦啦。"于是在工作队的启发和支持下，他"找大伙宣传去了"："张大哥，李大兄弟啊，咱们都是祖祖辈辈受人欺负的人呀！这回来了八路军啦，八路军给咱们穷人做主呀！有话只管说呀！有八路军，咱们啥都不用怕呀！"这是东北解放区贫苦农民普遍具有的经历和感受，而这种质朴无华的语言也是地道的东北农民的日常语言，具有天然的亲和力。

邓家华的小说《打死我也不写信》从情节到语言都相当质朴，甚至有些幼稚，但是那种情感是真挚的。"我"被敌人抓去，遭到严酷的鞭打，"当时我痛得忍不住，皮肤里渗透出一条一条青的红的紫的血痕，可是打死我也不写信的，他们看到我昏过去了，也就走了。等我清醒过来时，浑身疼痛，我拼死命地弄坏了门逃了出来，可是不巧得很，又碰到了伪军，又把我抓起来了，他们还是逼迫我写信，我坚决地说：'死了心吧！就是死了，我父亲会帮我报仇的。'救星来了，在繁星的晚上，忽然西面枪声不停地响着，新四军老部队来攻击了，伪军们都吓得屁滚尿流地逃走了，啊！新四军救出我了,我很快地到了家里,见了爸爸妈妈,心里真是高兴得流泪了"。

李纳的散文《深得民心》记叙了长春一个米面商人对民主联军和共产党的淳朴情感:"他已经将红旗展开,举到我的眼前,我看到七个大字:'中国共产党万岁!'""'中国共产党万岁!'他重复着这七个字,从眼镜里透露出兴奋的眼睛。这脸,比先前更可爱更慈祥了:'我喜欢这七个字,所以我选择了它。'""大会开始了,人们都向着会场移动,老先生也站起来要走,临走时他问我在什么地方工作,我告诉了他,他高兴地说:'好,都是民主联军。深得民心,深得民心。'"抛开其内容不论,作品文字风格的朴素也显露出解放区文艺在艺术层面幼稚和不甚精致的弱点,而这弱点又可能是许多新生艺术的共有问题。也许,正因为幼稚,它才有更广阔的发展空间。

形式的多样性特别是短小化是东北解放区文艺创作的普遍特点,短篇小说、墙头诗、快板诗、散文、战地通讯、说唱文学等成为最常见的艺术形式。战争的环境、急剧变化的生活和读者的接受水平与习惯等,决定了人们需要并且适应这种短平快的表达方式,而这也是延安文艺和抗战文艺形式的延续。天意的《县长也要路条》描写了两个一丝不苟的儿童团员在放哨时不放过民主政府的县长,硬是把他和警卫员带到乡长那里查证的故事。其篇幅短小,不到400字,但是内容蕴意深刻,语言风趣自然,简直就是一篇微型小说。

小区区的短诗《一心一意要当兵》,将人物的关系、思想、表情和语言都生动形象地表现出来,极具说服力和感染力:

葫芦屯有个小莲青,

一心一意要当兵——

他爹说：

"你去吧。"

他娘说：

"你等一等！……"

他老婆说：

"哪能行？！……"

忸忸怩怩来扯腿；

哭哭啼啼不放松：

"你去当兵啥时还？

为老为少撇家中！"

小莲青，

脸一红：

"小青他娘，

你醒醒：

八路同志千千万，

哪个不是老百姓？！

我去当兵打蒋贼，

咱们才能享太平。"

　　当然，东北解放区文艺中也有许多保留了浓郁的文人气息的作品，这些作品与五四新文学的"纯文艺"审美风格有明显的承续性。例如大宇的诗歌《琴音》：

一个琴师

把琴音遗失在幽谷里

滑落在幽谷的谷缝里了

琴音栽培了心原上的一棵草儿

琴音赞咏了艺术的生命

一支灿烂的强烈的光焰

我就永住在这琴音里了

就仿佛身陷于一片梦的缘边

仿佛浴着一片无际的云海

无垠的生旅无限的生涯

何处呀

我摸索到何处呀

琴音丢在幽谷里

滑落在幽谷的谷缝里了

十分明显,这不是东北解放区文艺创作的主流。

《1945—1949年东北解放区文学大系》的编者耗费了大量精力来做这样一项浩大的地域性文学工程,这不只是对东北文艺的巨大贡献,更是对新中国文艺的巨大贡献。在此之后,东北文艺研究将迈上一个新台阶。

总导言

丛　坤

从 1945 年抗战胜利到 1949 年新中国成立这个时期,对于东北而言是极为特殊的。抗战胜利后,中共中央发布了《建立巩固的东北根据地》的指示,迅速成立了以彭真为书记的东北局,抽调了四分之一的中央委员、两万名党政干部、十三万主力部队赶赴东北,与国民党反动派展开激烈的斗争。在广大人民群众的支持下,中国共产党及其领导的军队从最初的战略防御转为战略反攻。1948 年 11 月,辽沈战役胜利,全东北获得解放。在解放战争时期,在中国共产党的领导下,东北人民反奸除霸,建立民主政府,消灭土匪,进行土地改革,在政治上、经济上翻身做了主人。东北的政治、经济、文化、教育等各个领域都发生了翻天覆地的变化,尤其是在文学创作方面,东北地区取得了不可低估的成就,文学创作出现了前所未有的发展和繁荣的局面。

"东北作家群"的回归、党中央选派的文化宣传干部的到来、文学新人的成长使得解放战争时期东北地区的创作队伍不断壮大。在东北沦陷后从东北去往关内的进步作家中,除萧红病逝于香港、姜椿芳在上海从事党的地下工作外,塞克(即陈凝秋)、舒群、萧军、罗烽、白朗、金人等都积极响应党的号召,陆续返回东北。1945年9月至11月,党中央从陕甘宁边区和各个解放区抽调一大批优秀的文化工作者到东北解放区。据不完全统计,这一时期来到东北解放区的文化工作者有刘白羽、陈沂、周立波、草明、严文井、张庚、吴伯箫、华山、西虹、陆地、李之华、胡零、颜一烟、公木、林蓝、江帆、李纳、魏东明、夏葵、常工、方青、任钧、李则蓝、煌颖、侯唯动、李熏风、雷加、马加、袁犀、蔡天心、鲁琪、李北开等。① 中共中央东北局宣传部与东北文艺协会在"土地还家"口号的基础上,提出了"文艺还家"的口号,号召广大文艺工作者在与农民同吃、同住、同劳动的同时,领导农民群众参加土地改革运动,帮助农民成立夜校、学习文化、办黑板报、成立文艺宣传队,提高他们的写作能力与文艺欣赏能力,在农民、工人等基层劳动者中培养了一大批"文学新人"。创作队伍的空前壮大为东北解放区文学的繁荣奠定了坚实的基础。

东北解放区文学的繁荣也与当时出版事业的空前繁荣密不可分。东北局宣传部将建立思想宣传阵地(即报刊、出版机构)、改造思想、建构意识形态话语权确定为首要任务。进入东北不久,东北局于1945年11月在沈阳创办了机关报《东北日报》(1946年5月28日由沈阳迁至哈尔滨,1948年12月12日搬回沈阳)。该报面向东北全境的党政军发行,是东北解放区发行量最大的报纸。之后,东北解放区创办、发行的报纸近百种。据《黑龙江省志·报

---

① 彭放:《黑龙江文学通史(第二卷)》,北方文艺出版社2002年版,第354页。

业志》的统计,当时黑龙江地区(5 省 1 市)的每个省市不仅有党政机关报,而且有人民团体和大行业的专业报纸,有些县也出版油印小报。仅哈尔滨出版的大报就有《哈尔滨日报》《哈尔滨公报》《哈尔滨工商日报》《大众白话报》《午报》《自卫报》《北光日报》《新民日报》《民主新报》《学生导报》《文化报》等。这一时期的报纸,无论设没设副刊,都或多或少地发表过文学作品。

东北局还出资创办了东北书店、光华书店、大连大众书店、辽东建国书店、兆麟书店、吉东书店、辽西书店等众多的图书出版机构。其中,东北书店是东北解放区规模最大、贡献最大的书店,在东北全境建有 201 个分店,发行网点遍布东北全境。除出版、发行图书外,东北书店还创办了《知识》《东北文学》《东北画报》《东北教育》等期刊。这些出版机构大量出版政治读物、教材和文学书籍,促进了东北解放区出版业的发展。仅以东北书店为例,从1946 年到 1948 年,东北书店总共出版图书杂志 760 种、各类图书1 520 余万册。① 东北解放区纸张和印刷质量上乘的大量出版物不仅发行于东北各地,还随着东北野战军入关和南下,成为陆续解放的北平、天津、武汉等地人民群众急需的读物。历史上一向"文风不盛"的东北第一次有大量的出版物输送到关内文化发达之地,这成为一时之盛事。

此外,东北解放区先后创办的文学类期刊的数量是惊人的。如 1945 年至 1947 年创办的文学期刊有《热风》(半月刊)、《文学》(月刊)、《文艺》(周刊)、《文艺工作》(旬刊)、《文艺导报》(月

---

① 逄增玉:《东北解放区文学制度生成及其对当代文学制度的预制》,载《文学评论》2017 年第 4 期。

刊)、《东北文艺》(月刊)。1947年以后创刊的大型专业期刊有《部队文艺》、《文学战线》(周立波主编)、《人民戏剧》(张庚、塞克主编),综合性期刊有《东北文化》(吴伯箫主编)、《知识》(舒群主编)等。其中,《东北文化》与《东北文艺》的影响最为突出。《东北文化》的主要任务是协同东北文化界,从政治上、思想上启发广大的东北青年和文化工作者,提高他们的自觉性,激发他们的革命热情、积极性和创造性,使他们在东北人民解放的伟大事业中发挥应有的作用。《东北文艺》是纯文艺性的刊物,刊载小说、戏剧、散文、诗歌、漫画、速写、报告文学、杂文、书刊评价,以及文学理论、有关文艺运动史的论著等。《东北文艺》聚集了一大批优秀的作者,如周立波、赵树理、罗烽、公木、萧军、塞克、舒群、白朗、严文井、刘白羽、西虹、范政、宋之的、金人、马加、雷加等。在他们的影响下,《东北文艺》还不断提携文学新人,这成为该刊的传统。从创刊到终结,《东北文艺》在新中国成立前后产生了很大的影响,20世纪50年代成长起来的许多作家、诗人是从这里起步的。可以说,《东北文艺》在解放战争和革命胜利后对新中国文学新人的培养起到了重要的作用。报纸、文学期刊、综合性期刊和出版机构的大量涌现,为东北解放区文学的发展创造了良好的条件。

与此同时,为了更好地团结广大文艺工作者,东北局于1946年在黑龙江佳木斯成立了东北文化工作委员会,成员有张闻天、吕骥、张庚、塞克等。此后,若干文艺与文化团体陆续成立,其中最有影响的是1946年10月19日由全国文协的老会员萧军、舒群、罗烽、金人、白朗、草明6人在哈尔滨发起筹备的"中华全国文艺协会东北总分会"。这个文艺团体表面上是由文人自由结社,实际上主体是来自延安、具有干部身份的文化人,其中不少人是党员或东北文艺界的领导干部。"中华全国文艺协会东北总分会"对东北解放区文学的发展起到了不可忽视的作用。此外,中苏文化协会、鲁迅文艺研究会等文艺社团相继成立。1948 年 3 月,中共东北局宣传部首次召开了由文学、戏剧、音乐、美术、电影等部门的 150 余名文艺工作者参加的文艺工作者会议。会议对抗战胜利以来的东北解放区文艺工作进行了总结,并制订了随后一段时间的文艺工作计划。此外,中共中央东北局宣传部内部成立了文艺工作委员会,吕骥、舒群、刘白羽、张庚、罗烽、何世德、严文井、袁牧之、朱丹、王曼硕、华君武、白华、向隅、田方、沙蒙、吴印咸任委员,负责指导东北解放区的文艺工作。

1946 年秋,已迁至哈尔滨的原延安鲁迅艺术学院,按照东北局的指示北撤至佳木斯,并入东北大学,更名为鲁艺文学院。同年 12 月,东北局又决定让鲁艺脱离东北大学,组建东北鲁艺文工团。1948 年秋冬之际,随着沈阳的解放,东北鲁艺文工团在经历了三年多艰苦卓绝的转战与工作后进入沈阳,随后正式复名为鲁迅艺术学院,恢复了延安鲁迅艺术学院的学校建制。文艺团体的纷纷建立为东北解放区文学创作队伍的培养提供了组织保证。

为了纪念解放东北这段革命岁月,为了展现东北解放区文学的勃兴与繁荣,我们编辑出版了《1945—1949 年东北解放区文学大系》,分别从小说、散文、戏剧、诗歌、翻译文学、评论、史料等体裁角度进行整理、收录。

一

抗战胜利后的东北解放区文学是延安文艺的延伸与发展,东北解放区四年所发生的巨大变化,都生动、形象地展现在东北解放区的小说创作中。东北解放区小说充分展示了当时的社会生活，塑造了形形色色的人物形象，给人们留下了时代的缩影与历史的印迹。

东北解放区小说创作大体可以分为两个阶段。第一个阶段是从 1945 年日本投降到 1946 年中共东北局通过"七七"决议，第二个阶段是从 1946 年通过"七七"决议到 1949 年新中国成立。在当时的局势下，中国共产党要最广泛地发动群众，进入东北的文艺工作者便肩负了与武装部队同样重要的"文化部队"的任务。他们用文学作品教育、引导群众，积极参与了粉碎旧的国家机器和意识形态的过程。在党的文艺方针政策的指引下，东北解放区的作家们广泛深入到农村土地改革、前方战斗生活和工厂建设之中，亲身体验群众生活。这使得东北解放区的小说能够迅速地反映生产、生活、军事等各个领域的变化与东北人民精神世界的变化。

从 1931 年日本发动九一八事变到 1945 年日本投降，十四年的沦陷历史构成了东北文学不可磨灭的创痛记忆。对沦陷时期东北社会生活的回忆，是这一时期小说的一个重要题材。而抗战题材小说则是对异族侵略者铁蹄下民生困难的真实记录，也是对战争年代民族精神的热情颂扬。但娣的《血族》、陆地的《生死斗争》、范政的《夏红秋》、骆宾基的《混沌——姜步畏家史》等都是这方面的代表作品。

土改斗争是东北解放区小说三大题材的重中之重。在那场深刻改变了中国农村政治、经济关系的运动中，东北解放区作家将强烈的政治使命感与巨大的创作热情相融合，创作出了大量的优秀作品，周立波的《暴风骤雨》、马加的《江山村十日》、安危的《土地底儿女们》等至今仍被读者反复阅读。

小说创作需要一个孕育的过程,相对来说,中长篇小说需要更长的时间来构思和写作,而短篇小说则完成得较快。在复杂、激烈的土改运动中,东北解放区作家们努力笔耕,迅速创作出大量的短篇小说。在这些小说中,我们可以看到东北农民在土改运动中的精神变化,农民经历了几千年的封建压迫,他们身上的枷锁不仅是物质上的,更是精神上的,从奴隶到主人的蜕变需要一个心灵的搏击历程。

反映前线战争是东北解放区小说的另一个重要题材,这些小说真实地体现了军民的鱼水情谊。西虹的《英雄的父亲》、纪云龙的《伤兵的母亲》等都是当时影响较大的作品。1947 年至 1948 年是解放战争中我党从防御转为反攻的时期,随着战事的推进,中国人民解放军(1948 年 1 月 1 日,东北民主联军改称为东北人民解放军,同年 11 月 13 日改称为中国人民解放军)的队伍急剧壮大,部队官兵的成分因而趋于复杂化。为此,部队采用诉苦的办法对广大指战员进行阶级教育,提高他们的政治觉悟和思想觉悟。诉苦教育消除了战士之间的隔阂,为解放战争的胜利打下了坚实的思想基础。刘白羽的短篇小说集《战火纷飞》、李尔重的中篇小说《第七班》等反映了这一主题。

除上述三大题材外,解放战争时期东北涌现出来的工业题材小说,亦可视为中国现代工业题材小说的发端,这也从一个方面证明了东北解放区小说的文学史价值和文化价值。

东北解放区的工业在新中国发展史上占有非常重要的地位。在这一方面,影响最大的是女作家草明的中篇小说《原动力》。这篇小说虽然存在粗糙和简单等不足之处,但作为新中国成立前描写工业生产和工人思想的作品,是值得关注和肯定的。此外,李纳的《出路》、鲁琪的《炉》、韶华的《荣誉》、张德裕的《红花还得绿叶扶》等作品也广受好评。这些小说充分展现了东北解放区工业蓬勃发展的景象,展现了工业生产对人的改造,也开创了新中国工业文学的先河。

东北解放区的相当一批小说,强调小说的政治价值,强调创作为工农兵服务,大多通俗易懂,而缺乏对心理深度和史诗境界的发掘。然而,东北解放区小说明朗新鲜,创造性地继承了延安文艺精神,反映了东北解放区的历史巨变和社会变革中诸多的社会问题,为新中国成立后的十七年文学开辟了道路。

二

散文卷在本丛书中占有重要的分量,真实地记录了解放战争中东北解放区人民的巨大贡献,独特的作品体例亦标示出其在新中国散文创作史中的独特地位。

解放战争时期东北战区的胜利,不仅是军事史上的奇迹,更是人民意志创造历史的丰碑。许多作者都以醒目而直接的题目记录了解放军普通战士勇敢战斗、不畏牺牲的英雄事迹,以真挚的情感,突出了普通战士大无畏的战斗精神和取得战斗胜利的信心。这些作品表现了同一个主题:解放军是人民的军队,中国共产党是全心全意为人民服务的。这也是新中国强大的根基体现。

散文卷中还有一部分作品,叙述了悲壮的抗联斗争的事迹,如纪云龙的《伟大民族英雄杨靖宇事略》、菽沉的《老杨——人民口中的杨靖宇将军》、陈堤的《悼念李兆麟将军》等。英勇不屈的民族气节是抗联英雄所具的崇高品质,也是抗联精神最真实的写照。而东北书店于1948年6月出版的《集中营》,以革命者的亲身经历叙述了大义凛然、为真理献身的革命志士的事迹,让后人真正理解了"头可断血可流,革命意志不能丢"的气节,"永不叛党"是英烈们用鲜血和生命刻写在党章之中的。

从 1946 年到 1948 年,尽管国民党军队在东北重要城市盘踞并负隅顽抗,但是东北农村却发生了翻天覆地的变化。中国共产党在根据地开展土改运动,领导农民推翻了地方统治势力,领导农民斗地主、分田地,农民欣欣鼓舞,迎来了新生活。强大的后方农村根据地为部队供给提供了保障,同时,许多年轻的子弟为了保护胜利果实自愿参加了解放军,这改变了国共双方在东北的兵力布局。《永北前线担架队速写》等作品反映了这一主题。

此外,解放区散文作家的笔下还洋溢着新生活的喜悦,如严文井的《乡间两月见闻》。除了乡村,对于那些在战后重新回到人民手中的城市,我党也开始接管,并进行初步的恢复性建设。在作家们的笔下,新生活带来了新气象。大连大众书店于 1948 年 8 月出版的《"工农园地"选集》,就收录了描写城市工人拥护和融入新生活的散文。在这些描写工厂、工友的散文里,我们可以看到解放区的新生活给城市工人带来了希望。

这些散文作品大多短小精悍,有迅速性、敏捷性和战斗性等特点,具有独特的艺术特征。这与当时许多作家的出身密切相关。如刘白羽、草明、白朗、华山、西虹等作家对战争环境和百姓生活有着敏锐的观察力和真实的体验,他们的作品使得东北解放区 1945 年至 1949 年的散文创作呈现出独特的风格,表现出纪实性和文学性相结合的特点。此外,由众多从延安来到东北的文艺干部组成的随军记者,以大量的新闻报道反击了国民党的舆论污蔑,记录了解放军战士不畏艰险、顽强抗敌的英雄事迹,同时表现了后方人民在解放区土改过程中翻身解放、分得土地的喜悦心情。

散文作家记录这些真人真事的报道在东北解放战争中起到了巨大的宣传作用,成为鼓舞人心的强大的精神力量。东北解放区散文也因为内容真实、情感真实而呈现出历久弥新的生命力,往往给读者带来身临其境的感受,也让人忽略了作品本身的艺术特质。实际上,这些散文正是在真实的基础上,以生动与丰富的细节给读者留下了深刻的印象,在真实性的基础上呈现出文学性。华山的《松花江畔的南国情书》就是代表作品之一。

细节的生动亦使东北解放区散文具有鲜明的文学性。东北解放区散文将我军战士的大无畏精神写得非常真实、感人。在展示解放区新生活、新风尚方面,许多拥军爱民的片段写得细腻、真实。

东北解放区散文在主题内容上具有很高的价值,大量的散文颂扬了东北人民解放军的集体主义精神和英雄主义精神,表现了我军指战员的英勇气概,体现了战士们浩气长存的革命豪情。因此,东北解放区散文具有较高的文学价值,其明朗的表现方式恰恰是后来共和国文学明确表达和高度肯定的。题材广泛、内容真实和情感深厚的纪实性文学,使得东北解放区散文在战争时期凝聚了强大的精神力量。反映中国人民解放军不畏艰险、英勇战斗的长篇报告文学,在风格上激情澎湃,体现出解放军崇高的革命乐观主义精神。这一时期的散文把东北解放历史进程的全貌和战士们的英勇壮举再现了出来,东北解放区散文也因此具有了军事史和共和国历史的资料留存价值。东北解放区散文在创作上因为具有纪实性与文学性相结合的特点,为军旅散文创作提供了新的美学范式。

三

在东北解放区文学中,戏剧具有内容丰富、种类繁多、通俗明了、利于传播等特点,兼之创作群体庞大,故而获得了巨大的丰收,这成为东北解放区文学繁荣的重要标志之一。东北解放区的戏剧具有鲜明的启蒙性、宣传性和战斗性等特征,对生产建设、围剿土匪、土改运动和解放战争发挥着不可替代的宣传作用。

东北解放区戏剧的繁荣首先得益于东北解放区报刊对戏剧的支持。例如,《东北日报》刊发的剧作涉及歌唱新生活、感恩共产党、批判美蒋、拥军劳军、参军保家、歌颂劳模等多方面的内容。1947年5月4日创刊的《文化报》则是东北解放区第一份纯文艺性质的报纸,主要刊载一些文学常识、短文、小诗、书评、剧报等。此外,《前进报》《北光日报》《合江日报》等都刊发了大量的戏剧作品。而从刊载量来看,期刊对戏剧的支持力度更大。在众多的文艺期刊中,对戏剧传播影响较大的是《东北文学》《东北文化》《东北文艺》《文学战线》《知识》和《人民戏剧》等。

从1945年年底开始,东北解放区以各家出版社为依托陆续出版了许多戏剧作品,这是解放区戏剧传播的重要途径。较有影响的是东北书店和人民戏剧社等。在解放战争期间,东北书店出版的各类戏剧作品和理论书籍近百种,形式包括话剧(独幕话剧、多幕话剧)、京剧、评剧、二人转、歌舞剧(广场歌舞剧、儿童歌舞剧)、歌剧、新歌剧、小歌剧、道情剧、活报剧、秧歌剧、小喜剧、小调剧、皮影戏等。其中,秧歌剧超过一半。

文艺团体的迅猛发展是解放区戏剧广泛传播的最终体现。1945年11月以后,东北文工团等数十个文艺团体在东北局宣传部的领导下先后成立。这些文艺团体以《在延安文艺座谈会上的讲话》为指导,坚持走文艺大众化的道路,活跃在东北城市和乡村,战斗在前线和后方。他们创作、表演了一系列以支援前线、土地改革、翻身当家为主题的作品,这些作品受到人民群众的好评。

从内容方面来看,歌颂工人阶级是东北解放区戏剧的一个重要内容。东北光复后,作为解放全中国的大本营,哈尔滨、沈阳等工业城市的作用得以凸显,工人阶级成为时代的主角。从剧作内容来看,第一种是反映工人生活的剧作,如王大化、颜一烟创作的《东北人民大翻身》;第二种是歌颂先进个人无私支援解放区建设、帮助工厂恢复生产的剧作,较有影响的有《献器材》《十个滚珠》《一条皮带》《刘桂兰捉奸》;第三种是歌颂党的政策的剧作,代表作品有《比有儿子还强》和《唱"劳保"》。工业题材戏剧的大量创作,极大地拓宽了解放区戏剧的创作领域,为新中国工业题材戏剧的发展奠定了坚实的基础。

东北解放区戏剧中描写农民翻身解放、分得土地的农村题材的戏剧的比重最大。第一类是反映东北农民翻身解放,通过新旧对比来歌颂新农村、新生活的剧作。第二类是反映粉碎各类阴谋、同复辟分子做斗争的剧作,代表剧作有《反"翻把"斗争》等。第三类是反映改造后进、互助合作,表现农民积极开展大生产运动的剧作,如《二流子转变》。第四类是描写劳动妇女反抗封建婚姻、争取民主权利、积极参加劳动生产的剧作,如《邹大姐翻身》。

东北解放后,群众的思想还比较保守,革命启蒙的任务十分重要,尤其是要帮助东北人民认同和接受中国共产党及其领导的人民军队。在描写军队的戏剧中,既有表现人民军队英勇战争、不怕牺牲、勇于献身的剧作,也有以军民互助、拥军支前为主要内容的剧作,这类剧作完整地再现了东北人民从最初的误解民主联军到后来积极送子参军、送夫参军、拥军支前的全过程。前者的代表作有《老耿赶队》《鞋》《两个战士》等,后者的代表作有《透亮了》《收割》《支援前线》等。

在艺术特点上,虽然东北解放区戏剧的整体水平不是最高的,但是其庞大的作者群体、巨大的创作数量、伟大的历史功绩,使得解放区戏剧创作达到了巅峰状态。东北解放区戏剧因对传统戏剧和西方舶来戏剧的融合而具有现代性,在这种融合的过程中实现了本土化,并形成了民族化、大众化、乡土化的特征。东北解放区戏剧的民族化特征源于延安时期戏剧的"中国化"。而其大众化特征是指具有广泛的群众基础,且创作群体亦十分大众化。东北解放区戏剧的乡土化则主要表现在地域特色上。

在创作方法上,东北解放区戏剧继承了延安戏剧的传统,剧作家们用现实主义的方法把自己身边刚发生或正在发生的事情通过戏剧的形式真实地反映出来,集中表现工、农、兵的日常生活。东北解放区戏剧起到了鼓舞斗志、颂扬先进、宣传政策、支援前线的作用。

在戏剧结构上,东北解放区戏剧的戏剧冲突尖锐而集中,叙事模式多元,表现方式多样。在人物塑造上,剧作塑造了一个个爱憎分明、个性突出、敢作敢为的人物形象。这些人物形象生动丰满、有血有肉,为观众熟悉和喜爱。

东北解放区戏剧在取得较高的艺术成就和发挥重要的宣传作用的同时,也存在一定的不足。然而瑕不掩瑜,民族化、大众化、乡土化的特征,使得戏剧的宣传性、教育性、战斗性的作用得以充分发挥出来。东北解放区戏剧对光复后进行的民众文化启蒙、文化宣传具有不可替代的作用,对解放区的土地改革和解放战争做出了不可磨灭的贡献。

四

东北解放区诗歌秉承了我国诗歌的优秀传统,具有红色革命基因。它一方面与伪满时期的诗歌做了彻底的割裂,另一方面又延续了东北抗联诗歌的革命精神和爱国主义情怀,集中书写了山河易色、异族入侵带给东北人民的苦难和屈辱,书写了受难的人民在共产党领导下的觉醒与反抗,书写了东北人民在艰苦的自然环境与战争环境中形成的坚韧、乐观、幽默的性格。

东北解放区诗歌是中国解放区诗歌的重要组成部分,与其他解放区诗歌保持着一致性和连续性。它之所以能复制延安解放区的文学模式,主要是因为其创作队伍中的很大一部分是来自延安解放区的革命文艺工作者,故在文学制度和文学政策上与全国其他解放区能保持一致。东北解放区诗歌的作者主要有四种身份:一是中共中央派驻到东北的文艺工作者;二是抗战时期流亡到关内的"东北作家群"(在抗战结束后返回东北);三是虽然本人不在东北解放区,但是其作品在东北解放区的重要报刊上发表过并产生了一定影响的诗人;四是来自各行各业的业余诗人。《东北日报》文艺副刊曾陆续发表过很多业余诗人的作品,这些业余诗人中既有宣传干部,又有工人、农民、战士、学生(其中有许多人使用笔名,甚至使用多个笔名,今天有些作者的真实姓名已很难核实)。有一些诗人并不在东北解放区工作,但是其作品在东北解放区的重要报刊上发表过,并对全国解放区的文学发展产生过重要影响,如艾青、田间等。东北解放区的代表诗人有公木、方冰、马加、严文井、鲁琪、冈夫、天蓝、韦长明、刘和民、李北开、彤剑、侯唯动、胡昭、李沅、夏葵、林耘、顾世学、萧群、蔡天心、杜易白、西虹、师田手、白刃、白拓方、叶乃芬、丁耶、孙滨、阮铿等。

从内容上看，东北解放区诗歌主要是反映当时东北解放区的经济建设、军事斗争、农村工作和城市建设等，具有现实性、时代性。从艺术形式上看，诗歌谣曲化、大众化、民间化的特点突出。抒情诗、叙事诗、街头诗、朗诵诗、歌谣、童谣等成为当时最常见的诗歌体裁。东北解放区诗歌具有以下几个显著特点：

第一，诗歌内容具革命性且高度政治化。东北解放区文学是为中国共产党解放东北和建设东北的政治任务服务的，其主要功能和目的是紧密贴近和配合解放区的主流政治运动。很多诗歌是为满足当时的政治需要而作的，充分体现了《在延安文艺座谈会上的讲话》在诗歌创作方面的实践成绩。东北解放区诗歌与中国解放区诗歌在题材选择、审美价值上保持着一致性，并具有东北解放区特有的地域性特点。揭露、批判、颂扬是东北解放区诗歌的三大主旋律，诗人们以工人、农民、士兵、英雄人物、劳动模范等为书写对象，歌颂英雄人物，记录战争风云，赞美新农民，抒发家国情怀。

第二，具有鲜明的战争文学特点。东北经历了十四年艰苦卓绝的抗日战争，接着又经历了五年的解放战争，近二十年间，始终处于战争状态。诗歌也呈现出战时文学特质，记录了艰苦卓绝的战争场景与生活现实。对于重大战役的抒写与记录，英雄主义、乐观精神、必胜信念的情感基调，加之大东北茫茫雪原、天寒地冻的地域特点，使得东北解放区诗歌具有鲜明的东北地域特色。

第三，农村题材也是东北解放区诗歌的重头戏。东北经过十四年的抗日战争，土地荒废，农民思想落后。抗日战争结束后，解放军入驻东北,一方面做农民的思想工作,进行思想启蒙,另一方面在农村贯彻党的土改政策,进行土地革命,让农民成为土地真正的主人。因此,在东北解放区,启蒙农民思想、反映土改运动、揭露地主阶级剥削农民的本质、塑造新农民形象成为农村题材诗歌的主要内容。

第四,工业题材诗歌在东北解放区诗歌中独领风骚。《文学战线》等报刊还专门设立了工人专栏,如《文学战线》专辟"工人创作特辑",作者均来自生产第一线。工业题材诗歌丰富了东北解放区诗歌的样态,也成为东北解放区诗歌的重要组成部分。

第五,叙事诗是东北解放区诗歌的主要体裁。长篇叙事诗体量大,便于完整地呈现人物或事件的变化过程,便于刻画生动、饱满的艺术形象,因此很受东北解放区诗人的青睐。在《东北文艺》《文学战线》等杂志和个人诗集中,带有浓郁的东北民间话语特色、反映土改运动、翻身农民踊跃参军等内容的长篇叙事诗一时间大量出现。

第六,诗歌审美倡导大众化、通俗化。在解放战争时期,文学要担负着团结人民、教育人民、打击敌人的任务,因此,战时诗歌不能一味地追求高雅的诗意,它既要通俗易懂,便于启蒙民众,又要迎合普通大众的审美需求,适应战争时期的宣传需要。东北解放区诗歌的谣曲化倾向突出,诗作大多出自部队宣传干部、战士、工人、农民之笔,以社会现象为题材,具有相当强的时效性,普遍具有语言通俗易懂、直抒胸臆、为群众所熟悉和易于接受等特点,真正达到了为工农兵服务的目的。

东北解放区诗歌也存在一些不足。由于过于强调宣传性、鼓动性和战斗性,重内容而轻艺术,艺术水准较低,东北解放区诗歌未能达到思想性和艺术性相结合的高度。

五

东北翻译文学兴起于 20 世纪 20 年代末,当时的《北国》《关外》等文学期刊上都登载过翻译作品,对俄苏、英、美、日等国家的民族文学作品,以及批判现实主义、"普罗文学"等文艺理论均有译介。但这种生动、活跃的局面随着 1931 年九一八事变的发生而不复存在。1931 年至 1945 年,在长达十四年的沦陷时期,东北翻译文学出现了两块文学阵地:一个是以沈阳、大连为中心的"南满文学"阵地,另一个是以哈尔滨为中心的"北满文学"阵地。辽南文坛在九一八事变以后出现了一股译介欧美和日本文学及其理论的潮流,主要刊发、翻译消极的浪漫主义、自然主义的文艺作品和理论,只刊发少量的俄苏文学。相对而言,北满文坛对俄苏现实主义文学作品及其理论的翻译有着更重要的意义。

解放战争时期的东北解放区文学的传播模式主要是"延安模式"。在翻译文学方面,东北解放区文艺工作者侧重译介的目的性和计划性。从目前了解到的情况来看,当时很多期刊都设有翻译栏目,其中《东北日报》《东北文艺》《前进报》《群众文艺》《知识》等都设立了介绍苏联文学的专栏,经常发表苏联社会主义建设时期和卫国战争时期的作品。此外,侧重刊发翻译文学的报纸、期刊还有《文学战线》《文化报》《知识》《东北文化》等。文学观念是文学创作的潜在基础,规范和支配着这个时代的文学创作。解放区的作家们译介了大量的苏俄作品,其中大部分是社会主义现实主义作品。除报刊外,东北解放区翻译文学的出版途径还有书店。由书店、期刊、报纸构成的媒介场,有效地促进了东北作家与世界文艺思潮的交流,尤其是苏联所倡导的革命现实主义文学创作思想对东北的文艺运动发挥了指导作用。

《东北日报》的译介主要集中在俄苏文艺思想、作家作品方面,其中刊发爱伦堡、法捷耶夫等文艺理论家的作品的数量最多,产生的影响也最为深刻。这些作品极大地开阔了东北知识分子的视野。《东北文艺》每期都对俄苏文学作品、作家进行介绍,较有代表性的是1947年曾连载过的金人翻译的苏联作家华西莱芙斯卡娅的中篇小说《只不过是爱情》。《文化报》介绍了大批的俄苏作家,刊载了一些文艺评论、文学作品等。《文学战线》在刊发原创作品的同时,则侧重于介绍俄苏文学作品和翻译俄苏文艺理论。

东北书店出版了大量的翻译过来的苏联文艺论著和苏俄文学作品,目前搜集到的翻译文艺论著的种类达110余种。其翻译出版的俄苏文学作品具有丰富的题材,包括电影文学剧本、报告文学、游记、书信集、诗歌、小说等。辽东建国书社、大连大众书店、光华书店等也是翻译作品重要的出版机构。

翻译文学的发展有助于文学创作的繁荣与文艺理念的更新,但东北解放区译介作品的内容较为单一,翻译的作品几乎全都来自苏联,俄苏文艺思想、文艺理论和文艺作品得到高度关注,成为文坛的主流。其原因有如下几个方面:

首先,从地缘因素来看,东北与苏联有着天然的地缘关系。东北地区与苏联的东西伯利亚地区有着相似的自然环境,都处于高纬度寒带地区,气候寒冷,地广人稀。自然环境和原始文化的相似为思想的交流提供了基本契合点。

其次,从政治因素来看,俄苏文学在中国的兴衰与中俄之间的政治文化交流有着密切的关系。当时的文人也希望通过译介苏联文学作品来改造和影响人们的思想意识，以及树立新民主主义革命的奋斗目标和未来社会主义的奋斗目标。

最后，从社会现实来看，东北解放区的沈阳、大连等地在中国人民解放军进驻之前已经驻有苏联红军，而且在经济、文化等方面与苏联交往密切，苏联文学作品的翻译、出版自然丰富。

1942 年之后，延安文艺工作者主要是对苏联等少数社会主义国家的文学作品进行译介。对于与苏联接壤的东北解放区来说，由于与外界接触困难，能获得的外国文学作品更少，在建设新文学方面，除了以五四新文学和老解放区文学为资源外，苏联文学便是重要的资源。苏联文学对建设中的东北解放区文学具有不同寻常的意义。

六

东北解放区建立后，文学创作繁荣一时。然而，文学创作在繁荣的背后也存在着一些问题，其中一个突出的问题就是创作者的背景复杂，其中有来自抗日根据地的，也有来自关内国统区的，还有本土的。不同的思想意识、价值取向、艺术趣味掺杂在各类作品中，部分作品的创作倾向出现了偏差。这些问题引起了文艺界的关注。东北解放区的主要报刊和杂志纷纷开辟评论专栏，采用编者按、读者来信、短评、述评、观后感等形式开展文艺批评，为确立正确的文艺路线提供思想保障。

初到东北的文艺工作者首先感受到的是新老解放区之间政治环境和文化环境的差异。自清朝灭亡到抗战胜利的三十多年间，东北民众饱受战乱的痛苦。抗战胜利后，虽然旧的社会结构和文化体制已经解体，但旧的意识形态还残留在一些人的头脑中，东北民众与新政权之间存在着一定的隔膜。刚刚到达东北的大多数文艺工作者对东北特殊的历史环境认识不足,尚未做好相应的思想准备,仍然延续过去的创作方法和思维方式,脱离群众和实际。以什么样的形式和内容来服务刚刚从殖民者的铁蹄下解放出来的人民,是当时文艺工作迫切需要解决的问题。

文艺争鸣与文艺批评既是抗日根据地文艺工作的优良传统,也是党指导文艺工作的重要手段。毛泽东同志在《在延安文艺座谈会上的讲话》中指出,文艺界的主要的斗争方法之一,是文艺批评。此时,东北文艺工作者的首要任务就是对旧的意识形态进行批判和改造,从而构建与延安解放区主体同构的新的意识形态场域。因此,在本地区文艺界开展一场广泛的文艺批评运动就显得十分迫切和必要。1945 年 11 月,陈云同志在《对满洲工作的几点意见》中提出了党在东北的几项重要任务:"扫荡反动武装和土匪,肃清汉奸力量,放手发动群众,扩大部队,改造政权,以建立三大城市外围及长春铁路干线两旁的广大的巩固根据地。"这既是党在东北的中心工作,也是东北文艺界所面临的主要任务。东北解放区的文艺队伍自觉地将创作与政治任务结合起来,坚持为人民服务的创作方向,以《在延安文艺座谈会上的讲话》为指导来进行创作。东北这块古老而又年轻的土地上结出了丰硕的艺术成果。这些作品在内容上贴近当时东北的现实生活,在形式上生动活泼,富有浓郁的地方乡土气息,在教育人民、鼓舞人民、组织人民、团结人民、打击敌人方面发挥了重要作用。东北解放区文艺作为革命文艺版图中的一个独立板块开始形成,它既是"延安文艺"的派生,又具备地域文化品格。它不是由内而外自发产生的,而是在改造和清除原有旧文化的基础上通过外部输入逐步确立的。

与"延安文艺"相比,东北解放区文艺自身也出现了一些新的特质,特别是在文艺批评方面,文艺工作者表现出了强烈的自觉性。他们坚持无产阶级和人民大众立场,从不同层面和角度开展文艺界的批评与自我批评,引导东北解放区文艺朝着正确的方向发展。

东北解放区文艺的根本任务与延安文艺的根本任务保持着高度一致,但又具有特殊性。如果简单地照搬、照抄延安文艺的经验,那么东北解放区文艺很难适应革命发展的需要。东北解放区文艺首先具有启蒙的意义,它不仅具有文化启蒙的意义,也具有政治启蒙的意义。为此,东北解放区的文艺工作者以《在延安文艺座谈会上的讲话》精神为指导,树立起无产阶级的文艺大旗,以新文化来改造旧社会,重塑民众的国家意识、民族意识和政治意识,把东北建设成为中国革命的战略大后方。

在延安文艺旗帜的指引下,东北文艺界通过理论探讨和思想整风,统一了广大文艺工作者对革命文学根本属性的认识,东北的文艺工作焕然一新。广大文艺工作者在理论和实践两个方面取得了很大的成就,既继承和发扬了延安文艺思想,也将《在延安文艺座谈会上的讲话》精神与具体实践结合起来。夏征农、蔡天心、铁汉、甦旅、萧军、胥树人等知名的文艺界人士都对这个问题做了深入研究,产生了较大的影响。

与延安文艺相比,这个时期的东北文艺作品主题更丰富,创作者以切身的生命体验为基础,再现了解放战争时期东北所发生的波澜壮阔的革命斗争,以及在这个过程中东北人民的生活与精神面貌。

东北解放区的文艺发展也不是一帆风顺的,它也走了一些弯路。但是,在毛泽东《在延安文艺座谈会上的讲话》的指引下,文艺工作者不仅投身到创作之中,也开展了广泛的文艺批评,营造了一个宽松的舆论环境,作家们畅所欲言,在批评他人的同时也开展自我批评。这为创作的繁荣奠定了理论基础,也为新中国的文艺创作和文艺批评积累了资源和经验。

<h2 style="text-align:center">七</h2>

史料卷是大系的综合卷,其编撰初衷是反映东北解放区文学创作的初始背景,呈现当时的政策和文学创作的大环境,通过对资料的梳理,为弘扬东北解放区文学创作的优良传统提供第一手的基础资料。史料卷共分为七大部分。

一是文艺工作政策方针。文艺工作的政策方针是党根据一定历史时期的总路线和总任务确立的文艺指导原则,反映了一定时期文艺创作的总体规划、部署和要求。史料卷旨在呈现东北解放区创作繁荣的大背景下中国共产党对文艺工作的总体规划和实施情况。史料卷主要收录了与东北解放区相关的宣传文件,以及部分会议发言和讲话等内容,其中有出版、通讯、写作的相关规定,也有重要领导对文艺工作的指示要求,同时还收录了部分重要会议成果。

二是重要报纸、期刊。报纸、期刊大量创办是文艺繁荣的重要标志之一。报纸、期刊直接促进了文学事业整体的发展和繁荣,使优秀作品产生了广泛的社会影响。1945 年 11 月《东北日报》创办后,东北解放区先后创办、发行的报纸近百种。此外,在东北局宣传部的统一领导下,地方与军队也创办了数十种文学与文化类刊物。从成人刊物到儿童刊物,从高雅刊物到面向大众的通俗刊物,从文学到艺术,靡不具备。诸多的文艺报刊为文学作品的生产提供了园地,成为东北解放区文学创作的先锋阵地。

三是文艺团体、机构。在东北解放区,多个文艺团体和机构活跃在文艺创作和宣传的第一线,对东北解放区文艺事业的发展发挥了重要作用。东北局先后出资创办了东北书店等众多的图书出版机构,使得东北解放区报刊出版和传媒得到快速发展。1946年,东北局在佳木斯成立了东北文化工作委员会,此后,中苏文化协会、鲁迅文艺研究会等文艺社团也相继成立。东北文艺工作团等文艺团体也迅速发展。在组建大量的文艺团体和文工团之际,军队与地方政府和宣传部门还非常重视文艺人才的培养和文学教育体系的建立,在演出之余,也招收和培养文艺人才。在短短的四年间,东北解放区建立了众多的文艺工作团体与人才培养学校。这体现了我党对教育人民、教育部队和动员人民参与革命的重视。

四是作家及创作书目。从延安来到东北的革命文艺工作者数以百计,此外,20世纪30年代从哈尔滨流亡到关内各地的东北作家群成员也陆续返回东北。这些文化工作者云集黑龙江,办报纸,办杂志,从事广泛的文化艺术活动,使得东北解放区文学艺术以全新的姿态向共和国迈进。史料卷收录了活跃在东北解放区的多位作家的生平和创作情况,当然,由于这一历史时期具有特殊性,作家区域性流动较为频繁,对作家的遴选和掌握主要以创作活动的轨迹和作品发表的区域为依据。

五是东北解放区文学回忆与纪念。为了弥补现有资料不足的缺憾,史料卷特别收录了部分文学界前辈及其家人的回忆与纪念文章,其中既有参加文艺团体的亲历感受,也有对文艺创作细节的点滴回忆。由于年代久远,这些资料的某些细节无法准确、翔实地

体现出来,但这些资料记录了东北解放区文艺工作者的亲历感受,对补充和完善史料卷的内容大有裨益。

六是大事记。为了对解放区文学创作资料进行细致整理,进而为读者提供一个简明的、提纲挈领式的线索,史料卷呈现了大事记。大事记旨在将反映文学活动和文艺创作的各种资料予以浓缩,按照时间线索对史料进行编排。大事记简明扼要地记述了1945年9月至1949年9月东北解放区文学方面的大事、要事,涵盖了部分文艺作品创作、文艺团体成立的时间节点,有助于读者了解东北解放区文学的发展脉络。

七是索引。鉴于东北解放区文学总体呈现出体裁广泛、内容丰富等特点,史料卷以作者为线索,将分散在小说卷、散文卷、诗歌卷、戏剧卷、评论卷、翻译文学卷中的作品整理出来,形成丛书索引。索引以作者为基点,将作者在各卷中的作品情况(作品名称、所在卷册、页数)逐一列出,可以在一定程度上呈现出东北解放区文学的整体情况,亦可以体现出作者的创作风格和特点,进而从不同角度展示出东北解放区文学发展的脉络和趋势。

随着军事上的胜利和东北解放区的形成,东北的政治面貌、经济面貌发生了根本性的变化,特别是文化呈现出前所未有的发展和繁荣的局面。东北解放区在政策制定、政策实施、新闻出版、文艺社团、文艺教育体制、作家培养等涉及文艺发展与繁荣的各个方面,继承、发展和完善了延安文艺体制,对当代文学和文艺制度产生了重要和深远的影响。

尽管东北解放区文学得到前所未有的发展和繁荣,但这份珍贵的文化资料始终没有得到系统整理,有关资料分散在哈尔滨、齐齐哈尔、牡丹江、佳木斯、长春、沈阳、大连等地,加上年代久远,这给编选工作带来了很大的困难。一方面,区域性的文学史料不易引起一般研究者的重视,文学史料的保留和整理工作在通常情况下很不理想,尽管编选者在前期已有一定的资料积累,但是很多工作还需要从头开始。另一方面,由于年代久远,加之当时的出版印刷技术有限,许多资料的保存和整理已经成为一大难题。许多珍贵的文学资料甚至已经出现严重的、不可恢复的缺损,因此,整理和出版东北解放区的文学史料,对东北解放区文学和中国现代文学的研究具有重要意义,同时,对人们了解和认识东北解放区这段历史也具有重要意义。

东北解放区文学创作距今已有七十年的历史,从 20 世纪 80 年代开始,东北解放区文学作为中国现代文学的一部分开始进入研究者的视野,搜集、整理与研究工作逐渐深入,一大批有分量的成果随之产生。其中,具有代表性的成果有两项,一项是林默涵主编的《中国解放区文学书系》(重庆出版社,1992 年出版),另一项是张毓茂主编的《东北现代文学大系》(沈阳出版社,1996 年出版)。这两部著作以文学价值作为侧重点,对东北解放区文学进行了很好的梳理。此外,黑龙江、辽宁与吉林三省的社会科学院文学研究所通力编辑出版的《东北现代文学史料》(共九辑),其价值亦不可低估,当时资料的提供者或为亲历者,或为亲历者之亲友,这从文献抢救的角度来看可谓及时。尽管《中国解放区文学书系》和《东北现代文学大系》对东北解放区文学进行了较大规模的搜集与整理,但由于编辑侧重点不同,这两部著作对东北解放区文学作品只是有选择性地收录,东北解放区文学作品分散在各地图书馆与散落在民间的态势并未改变。进入 21 世纪后,随着时间的流逝,承载东北解放区文学作品的旧报、旧刊、旧图书流失和损毁的情况日益严重，对东北解放区文学进行进一步搜集与整理的必要性在中国现代文学界达成共识。2008年，东北现代文学研究者、黑龙江省社会科学院文学研究所研究员彭放在主编完成《黑龙江文学通史》（北方文艺出版社，2002年出版）之后，提出了编辑出版《东北解放区文学大系》的建议，这一建议得到了认可。事隔十年，2018年，由黑龙江省社会科学院文学研究所与黑龙江大学出版社联合策划的《1945—1949年东北解放区文学大系》荣获国家出版基金资助出版，这完成了老一代东北现代文学研究者的夙愿。

《1945—1949年东北解放区文学大系》的编者，力求完整地体现东北解放区文学的整体风貌，在文学价值之外，亦注重作品的文献价值，以文学性与文献性并重作为搜集、整理工作的出发点。

《1945—1949年东北解放区文学大系》的篇目编选工作，由黑龙江省社会科学院发起，联合黑龙江大学、哈尔滨师范大学、哈尔滨学院等黑龙江省多所高校共同开展。为了保证学术性，本丛书特聘请多位东北现代文学领域的专家组成编委会，各卷主编均为中国现代文学方面学养深厚的研究者。本丛书的篇目编选工作得到了北京、吉林、辽宁等地多家相关单位的支持。东北现代文学界德高望重的老一代学者亦给予大力支持，刘中树、张毓茂与冯毓云三位先生欣然允诺担任本丛书的学术顾问，本丛书的姊妹著作《1931—1945年东北抗日文学大系》的总主编张中良先生亦为学术顾问。特别应提及的是，张毓茂先生在允诺担任本丛书学术顾问不久后就溘然离世，完成这部著作就是对先生最好的悼念。

本丛书的资料搜集工作，除得到东北三省各家图书馆的支持外，还得到了中国现代文学馆、黑龙江省浩源地方文献博物馆的大力支持。东北红色文献收藏人胡继东、华东师范大学历史系博士崔龙浩,以及华东师范大学历史系高铭阳、雷宇飞等人为本丛书的集成提供了大量珍贵而稀缺的第一手资料。对于他们的无私奉献,在此表示诚挚的感谢! 此外,黑龙江大学文学院、哈尔滨师范大学文学院许多在读的博士生、硕士生和本科生也参与了资料搜集工作,在此,请恕不一一列名。

《1945—1949 年东北解放区文学大系》除入选 2019 年度国家出版基金资助项目之外,还被列入黑龙江历史文化研究工程项目,在此谨致谢忱。

戏剧卷导言

东北解放区戏剧创作导论

宋喜坤

东北解放区文学是东北解放战争时期的文学，"抗战胜利后的东北解放区文学，则是延安文艺的延伸与发展"①。随着哈尔滨的解放，已完成伟大历史使命的东北抗日文学在延安文学的指导和改造下，带着余热迅速转型为东北解放区文学。1945 年至 1949 年，来自延安和各沦陷区的知识分子，以及东北地区的革命群众在中国共产党的领导下，创作了大量的东北抗战文学作品。② 戏剧具有内容丰富、种类繁多、通俗易懂、利于传播等特点，获得了创作上的巨大丰收，这成为东北解放区文学大繁荣的重要标志之一。东

---

① 张毓茂、阎志宏：《东北现代文学史论》，载《社会科学辑刊》1994 年第 2 期。

② 东北解放区的戏剧创作数量颇丰，据统计，各类剧目约有 332 种，已查找到剧目 234 个。

北解放区戏剧是中国共产党领导下的群众性戏剧,具有启蒙性、宣传性和战斗性等特点。在中国共产党领导下的东北解放区,戏剧对生产建设、围剿土匪、土改运动和解放战争发挥着不可替代的宣传作用。

一

1946 年春天,延安的革命文化机构和文艺团体集中转移到佳木斯,佳木斯成为指导东北文化的中心,被称为东北"小延安"①。在中国共产党的领导下,哈尔滨、佳木斯、齐齐哈尔、大连、沈阳等地的文化运动蓬勃开展起来。东北解放区戏剧种类繁多,内容和题材丰富,创作群体庞大,因此东北解放区开展了大规模的群众戏剧运动,这促进了东北解放区文学的繁荣。

东北解放区戏剧的生成是政治文化和民间文化糅合的结果,这主要表现为党的组织领导得力、多元文化交融、作家阵容强大。组织领导得力是指在党的领导下建立了各级"文艺协会"来领导和指导东北文艺工作。1945 年 9 月 15 日,中共中央东北局成立,在宣传部部长凯丰(何克全)的领导下,东北解放区的文化工作如火如荼地开展起来。1946 年 10 月 19 日,"中华全国文艺协会东北总分会"筹备会在哈尔滨召开。1946 年 11 月 24 日,"中华全国文艺协会佳木斯分会"成立。1947 年 6 月 15 日,"关东文化协会"成立。随着革命文化工作的迅速开展,哈尔滨、佳木斯、齐齐哈尔、长春、沈阳、大连等城市都成立了"文艺协会"等文化组织。这些"文

---

① 王建中、任惜时、李春林等:《东北解放区文学史》,辽宁大学出版社 1995年版,第 63 页。

艺协会"的成立符合当时东北文化的发展状况,这些"文艺协会"所提出的开展"民主的科学的文化运动"与新启蒙思想相吻合。"文艺协会"作为东北文艺的领导组织对东北解放区戏剧的发展做出了不可磨灭的贡献。

东北地域文化的成分复杂,悠久的关外本土文化融合了中原儒家文化,形成了既粗犷又细腻、既豪放又婉约的关东文化。随着中国革命文化大军战略目标的转移,东北文化又融入了先进的延安文化,经延安文化改造后,发展为融政治话语和民间话语为一体的东北解放区文化。东北解放区戏剧文化是党的主流政治文化,兼容了东北民间文化。东北解放区戏剧在内容上以政治话语为核心,在艺术形式上以民间话语为依托,以改造后的东北民间舞蹈、东北大秧歌、北方萨满神舞、民间莲花落子、鼓书等为载体,以东北方言为基础。东北解放区戏剧实现了"旧瓶装新酒"。

东北解放区拥有一支经验丰富的戏剧创作队伍。1946 年,有着光荣的革命传统和文化传统的哈尔滨汇集了从延安来的各路文艺工作者。知名的戏剧作家丁玲、萧军、端木蕻良、塞克、宋之的、刘白羽、阿英、草明、骆宾基、严文井、颜一烟、王大化、张庚等,加之陈隄等原东北作家,以及青年学生、部队文艺工作者、工人作者群、农民作者群,形成了一支文化经验丰富、创作热情高涨的规模宏大的创作队伍。这为东北解放区戏剧的发展和繁荣做好了准备。在革命文化指导下生成的革命戏剧,必然要反映时代生活,并为革命政治服务。民间话语和政治话语的融合,以及民间文化和政治文化的糅合,共同促进了东北解放区戏剧的发展和繁荣。

专业剧作者和工农兵群众创作的戏剧由报刊刊载和书店发行后,经专业戏剧团体演出后与观众见面,发挥着宣传、教育和启蒙的作用,促进了东北解放区戏剧的快速传播。

　　1945年11月1日,中共中央东北局的机关报《东北日报》创刊,其宗旨是"通过宣传报道,打破当时在部分人中存在的和平幻想,揭露美蒋制造中国内战的阴谋"①。《东北日报》刊载的文学作品中不乏戏剧作品。据不完全统计,该报副刊从1946年7月9日至1949年10月13日共刊载话剧、广场剧、秧歌戏、快板、鼓词、二人转、小演唱等各类剧作38个。这些剧作涉及歌唱新生活、感恩共产党、批判美蒋、拥军劳军、参军保家、歌颂英雄模范等内容,如《支援前线》《唱"劳保"》《军民拜年》《十二个月秧歌调》等群众性作品。1947年5月4日,由萧军任主编的《文化报》在哈尔滨创刊,该报是东北解放区第一份纯文艺性质的报纸,刊载一些文化常识、短文、小诗、书评、剧报等。其中有评剧(如《武王伐纣》)、说唱(如《李桂花的故事》),以及一些喜剧评论。除《东北日报》和《文化报》外,《前进报》《合江日报》《牡丹江日报》《关东日报》《大连日报》《西满日报》《哈尔滨日报》《辽南日报》《安东日报》等都刊载了大量的戏剧作品。这些报纸有力地配合《东北日报》宣传马列主义和党的政策方针,对东北解放区的文化启蒙做出了应有的贡献,产生了广泛的影响。

　　虽然东北解放区的期刊数量没有报纸多,但是其戏剧的刊载量却比较大。在众多的文艺期刊中,对戏剧传播产生较大影响的是《东北文学》《东北文化》《东北文艺》《文学战线》《知识》《人民戏剧》《生活知识》等。1945年12月创刊的《东北文学》以刊载小

---

①　哈尔滨市地方志编纂委员会:《哈尔滨市志·报业广播电视》,黑龙江人民出版社1994年版,第88页。

说、诗歌、散文为主，偶尔也刊载戏剧作品，如由言的《各怀心腹事》等。1946 年 5 月，《知识》在长春创刊，王大化、颜一烟等都在《知识》上发表过作品，其中较有影响的作品有颜一烟的《徐老三转变》、雪立的《揭底》、李熏风的《把红旗插遍全中国》、田川的《一个解放战士》等。1946 年 10 月创刊的《东北文化》的主要任务就是"协同整个东北文化界，从政治上思想上启发广大的东北知识青年、知识分子以及文化工作者，提高他们的自觉性，鼓舞他们的革命热情，与为人民服务而斗争的积极性、创造性，使之在东北人民解放的光荣伟大事业中发挥应有的作用"①。《东北文化》刊载的戏剧作品不多，较有影响的是塞克的《翻身的孩子》。1946 年 12 月创刊的《东北文艺》是纯文艺性刊物，刊载小说、戏剧、散文、诗歌、翻译作品、漫画、速写、报告文学、杂文、书刊评价作品等。《东北文艺》与"东北文协"同时诞生，它的作家阵容强大，其刊载的戏剧作品有冯金方等人的《透亮了》、张绍杰等人的《人民的英雄》、鲁亚农的《买不动》、莎蕻的《拥军碗》、李熏风的《农会为人民》等。这些剧作具有多样化的形式和多元化的题材，具有宣传性和战斗性，充分发挥了东北解放区文学的"武器"作用。1946 年 12 月，《人民戏剧》在佳木斯创刊，其宗旨是帮助解决一部分剧本的问题，提供一些理论和技术材料。在两年多的时间里，鲁艺文工团的创作组和群众作者在《人民戏剧》上发表秧歌剧、独幕剧、儿童剧、歌剧、历史剧等多种形式的剧作 20 多篇，如《参军》《缴公粮》《打黄狼》等。另外，《人民戏剧》还翻译、刊载了《白衣天使》（苏联）、《莆劳伦丝》（美国）等国外戏剧，促进了中外戏剧的交流，显

---

① 《发刊词》，载《东北文化》（创刊号），1946 年第 1 卷第 1 期。

示出了编者们的国际视野。周立波主编的《文学战线》主要刊载文艺论文、小说、戏剧、诗歌、报告文学、人物传记、散文、速写、日记、民间故事、翻译作品和书报评介等。《文学战线》刊载了不少优秀剧作,如田川的《一个解放战士》、李熏风的《把红旗插遍全中国》等。《文学战线》刊载的剧作主要反映人民群众的斗争和生活。

东北解放区在1945年底开始以各级出版社为依托陆续出版戏剧作品,这是东北解放区戏剧传播的重要途径。戏剧作品的出版单位主要是各类书店,较有名气的书店有东北书店、人民戏剧社、哈尔滨光华书店、新华书店、大连新中国书局、大连大众书店、辽东建国书店等。在诸多书店中,东北书店是东北解放区影响最大、规模最大、出版贡献最大的书店。东北书店在东北全境有201个分店,《知识》《东北文学》《东北画报》《东北教育》等都是东北书店发行的刊物。在解放战争期间,东北书店出版各类戏剧作品和理论书籍,发行数十万册。戏剧形式包括话剧(独幕话剧、多幕话剧)、京剧、评剧、二人转、歌舞剧(广场歌舞剧、儿童歌舞剧)、歌剧、新歌剧、小歌剧、道情剧、活报剧、秧歌剧、小喜剧、小调剧、皮影戏等。其中,秧歌剧超过一半。东北书店不仅出版了戏剧作品,还出版了不少有关戏剧理论和戏剧经验的著作,如贾霁的《编剧知识》等。

文艺团体的迅猛发展是东北解放区戏剧传播的最终体现。1945年11月2日,东北文工团在东北局宣传部的领导下成立。后来,东北三省相继成立了数十个文艺工作团体,其中较有影响的有东北文工一团、东北文工二团、总政文工团、东北鲁艺文工团、东北文协文工团、东北炮兵文工团、东北军政治部文工团、东北军政大学文工团、兆麟文工团、黑龙江省文工团、齐齐哈尔文工团、旅大文工团等。这些文艺团体以《在延安文艺座谈会上的讲话》为指导，坚持走文艺大众化的道路，坚持文艺为工农兵服务的原则，活跃在东北城乡，战斗在前线和后方，开展各种文艺活动，宣传革命文艺思想，教育和争取人民群众。这些文艺团体表演了《我们的乡村》《军民一家》《东北人民大翻身》《血泪仇》《二流子转变》等剧作。这些作品以支援前线、土地改革、翻身当家为主题，具有积极的教育意义，在组织群众、支援前线、开展土改运动、发展生产等方面起到了巨大的作用，取得了良好的启蒙效果，受到了人民群众的好评。

二

时代呼唤着文学，文学紧跟着时代，文学是时代的映像。毛泽东在 1942 年的《在延安文艺座谈会上的讲话》中指出："所以我们的文艺，第一是为工人的，这是领导革命的阶级。第二是为农民的，他们是革命中最广大最坚决的同盟军。第三是为武装起来了的工人农民即八路军、新四军和其他人民武装队伍的，这是革命战争的主力。第四是为城市小资产阶级劳动群众和知识分子的，他们也是革命的同盟者，他们是能够长期地和我们合作的。"[①]有关戏剧的文艺批评是政治和艺术的统一、内容和形式的统一，要符合政治标准。受到《在延安文艺座谈会上的讲话》的影响，加之作者主要来自延安解放区，东北解放区的戏剧创作从一开始就是为主流政治服务的，东北解放区戏剧成为革命宣传的"武器"。东北解

---

① 毛泽东：《在延安文艺座谈会上的讲话》，见《毛泽东选集》第 3 卷，人民出版社 1991 年版，第 855 页。

放区戏剧的服务对象以工农兵和城市市民为主,剧作内容集中体现了人民群众在东北光复后的喜悦心情和对党的歌颂,展现了工人积极参加生产斗争、农民积极参加土改斗争、军人奋勇参加解放战争等一系列革命政治生活面貌。

歌颂工人阶级是解放区戏剧的一个重要内容。东北光复后,作为老工业基地的哈尔滨、沈阳等工业城市的作用得以凸显,工人阶级成为时代的主角。获得新生的工人阶级当家做主,以百倍、千倍的热情投入到新中国的建设中,谱写了一曲曲拥军爱民、积极生产、支援前线的动人乐章。

从剧作内容来看,第一种是反映工人生活的剧作。例如,王大化、颜一烟创作的《东北人民大翻身》生动地再现了东北工人阶级翻身后的喜悦,反映了东北人民的生活和历史变迁。《二毛立功》是大连锻造工厂工人王水亭以自己为原型自编、自导、自演的一部秧歌剧,集中展现了工友二毛"后进变先进"的思想转变过程,展现了工人自己的新生活。正如罗烽所说:"但它所走的是生活结合艺术、艺术结合生产、工人结合知识分子的道路,它就一定能逐渐完美起来。"①这类描写工人思想转变或描写劳动英雄的戏剧还有《立功》《不泄气》《红花还得绿叶扶》《取长补短》《师徒关系》等。

第二种是歌颂先进个人无私支援解放区建设、帮助工厂恢复生产的剧作。其中,较有影响的有《献器材》《十个滚珠》《一条皮带》和《刘桂兰捉奸》。《献器材》《十个滚珠》《一条皮带》反映的是东北解放后,为了实现早日开工的目标,工厂组织工人捐献生产器材,使得人们明白"献器材,争模范"的道理。独幕话剧《刘桂兰

---

① 王水亭:《二毛立功》,东北书店1949年版,第2页。

捉奸》描写的是在刘老汉将两箱机器皮带献给工厂的过程中,女儿刘桂兰和李大嫂发觉工厂里有潜伏的特务,最终机智地将特务李德福抓获。这些剧作均是以工人无私捐献物品为主线,展现了家人从反对、不理解到支持捐献的思想转变过程。这些剧作虽然有些程式化,但是贴近生活,比较真实。

第三种是歌颂党的劳保政策的剧作。代表作品有《比有儿子还强》和《唱"劳保"》。独幕话剧《比有儿子还强》写的是铁路机务段工人高大爷在新社会有了"劳保",这被大家比喻成多个"儿子"。《唱"劳保"》则是通过写老纪老婆"猫下了"(生孩子)和张大哥工伤这两件事来体现新旧劳保制度的不同。这两部剧作通过比较新旧社会,歌颂了共产党和毛主席,指出了解放区政府和工会是工人真正的靠山,从而激发了工人努力生产、争当劳动模范的热情。在延安解放区戏剧中,工业题材戏剧的数量较少。工业题材戏剧的大量创作,极大地拓宽了东北解放区戏剧的创作领域,为新中国工业题材戏剧的发展奠定了坚实的基础。

在东北解放区戏剧中,描写农民翻身解放、分得土地的农村题材的戏剧所占的比重最大。1946 年 5 月 4 日,中共中央发出了《五四指示》①,开展土地改革运动,调动农民的积极性,加快东北解放战争的进程。为了配合土地改革运动和加强对农民的思想改造,文艺工作者创作了大量的反映农民翻身的戏剧。这主要表现在以下四个方面。

---

① 即《中共中央关于土地问题的指示》,通称《五四指示》。日本投降以后,中共中央根据农民对土地的迫切需求,决定改变党在抗日战争时期的土地政策,由减租减息改为没收地主土地分配给农民。《五四指示》的制定就体现了这种转变。

　　第一方面是反映东北农民翻身解放,通过新旧对比来歌颂新农村、新生活的剧作。在这类剧作中,秧歌剧《血泪仇》是最具代表性的一部作品。《血泪仇》讲述了国统区农民王东才被保长迫害,最终逃到解放区获得解放的故事。在剧作中,这种父子相残、妻离子散的故事真实地再现了旧社会农民的苦难生活,通过对比解放区的幸福生活,鲜明地表达了广大农民对翻身解放的渴望。通过描述地主对农民的剥削事件来突出地主阶级的罪恶,借以引起农民对地主阶级的仇恨,从而引发农民对新生活的向往。秧歌剧《土地还家》描写了群众在土改运动中存在的各种问题,农民最终彻底觉悟。剧作告诉人们,共产党、八路军才是农民的救星,封建压迫必须要肃清。除上述作品外,这类剧作还有《老姜头翻身》《永安屯翻身》等。

　　第二方面是粉碎各类阴谋、同复辟分子做斗争的剧作。《反"翻把"斗争》以东北解放区为背景,讲述了农民群众面对地主阶级的翻把挖掉坏根的故事,凸显了广大农民谋求翻身和解放的迫切心情。《一张地照》围绕土地的"身份证"——"地照"展开叙述,通过对比"中央军"与共产党对土地截然不同的态度,指出只有共产党才能帮助农民实现"土地还家"的愿望。《捉鬼》是一部批判封建迷信的优秀剧作,旨在告诉人们封建迷信是不可信的,要相信共产党,只有共产党才能真正救穷人。值得注意的是,在这些同地主、坏分子做斗争的剧作中,很多作品都设置了这样的情节:地主利用子女与贫苦农民联姻或用金钱收买农民,企图逃避制裁和划分成分。在主题思想方面,这方面的剧作既写出了农民在土地改革后的团结,又写出了被推翻的地主阶级的翻把;既写出了劳动人民的思想觉悟,又写出了反动阶级的阴险和毒辣。这方面的剧作塑造了许多真实的、有血有肉的人物形象。在解放区的戏剧中，地主阶级的伎俩从未得逞。

第三方面是反映改造后进、互助合作、积极进行大生产的剧作。解放区农村题材的戏剧在改造后进、互助合作、积极进行大生产方面起到了抓典型和介绍经验的作用，加速了土地改革的进程，为土地改革提供了政策保障和经验保障。在东北解放后，农村在土地改革的过程中经历了"开拓地""煮夹生饭""砍挖运动""平分土地"这四个阶段。农民当家做主，分得土地，真正成为土地的主人。但在土地改革初期，个别农民思想落后，仍然存在不少问题。《二流子转变》讲述的是"二流子"李万金在生产小组长于大哥等人的帮助和教育下幡然悔悟，最终改掉恶习、投入到"安家底"的生产建设中的故事。《焕然一新》讲述的是要钱鬼、懒汉子方新生由消极变积极，最后当上区劳动模范的故事。同样成为模范的还有李万生①，李万生说服父亲和家人参与生产劳动，为前线作战的战士提供优质的物资，他最终成为解放区的生产模范。互助组具有重要作用，参加互助组的组员之间的合作态度直接影响春耕的速度和质量。《换工插锹》《互助》《大家办合作》等剧作指出，互助组组员之间的积极合作能调动农民的生产积极性，有利于促进农业生产，有利于提高生产效率和农民的生活质量。

第四方面是劳动妇女反抗封建婚姻、争取民主权利、积极参加生产劳动的剧作。东北解放区妇女解放主要体现在妇女翻身、婚姻自由和男女平等上。《邹大姐翻身》通过讲述邹大姐翻身上学的经历，突出了解放时期劳动妇女打倒地主、反对剥削、翻身解放、追

---

① 刘林：《生产小组长》，东北书店 1948 年版。

求平等的观念。在《新编杨桂香鼓词》中,杨桂香的父母被媒婆欺骗,迫于压力将女儿许配给老地主,杨桂香依靠民主政府成功退婚,成为识字队长,后来与劳动模范订婚,并鼓励爱人积极参军。韩起祥编写的《刘巧团圆》后来被改编成评剧《刘巧儿》。巧儿的父亲刘彦贵为了卖女儿撕毁了与赵家柱儿的婚约,后来巧儿和柱儿自由恋爱,经政府审判,一对劳动模范终于走到一起。这些剧作主题鲜明,虽然情节简单,但却将反抗封建婚姻、追求恋爱自由的民主观念根植到解放区人民群众的心中。在东北解放区戏剧中,批判重男轻女、提倡男女平等的作品也颇受欢迎。例如,《儿女英雄》表达了转变落后思想、争取劳动权利、倡导男女平等的观念;《干活好》讲述了妇女分得田地,受到平等对待,在提升地位后成为生产活动的参与者;《夫妻比赛》和《赶上他》通过讲述夫妻进行劳动比赛来表达男女平等、同工同酬的愿望;《一朵红花》《姐妹比赛》讲述了妇女积极参加生产劳动。在这些剧作中,妇女成为生产活动的主要参与者,不再受到歧视,甚至当上了劳动模范,成为美好家园的缔造者和新社会的主人。

在东北光复后,人民群众的思想还比较落后和保守,部分青年人甚至在光复前都不知道自己是中国人。这表明,"在东北青年学生中还有很大一部分没有摆脱敌伪的奴化教育和蒋党的愚民教育的影响,依然还是盲目正统观念,反人民思想在他们头脑中占统治地位"[1]。因此,对东北解放区人民进行革命启蒙就显得尤为重要。在启蒙的过程中,最重要的就是帮助东北人民认同和接受中国共产党及其领导的人民军队。在东北解放区戏剧中,描写军队

---

[1]　《尽量办好中学》,载《东北日报》1947 年 9 月 4 日。

的戏剧既有英勇作战的壮烈场面,又有拥军优属的动人场景,完整地再现了东北人民从最初误解民主联军到后来积极送子参军、送夫参军和拥军支前的全过程。

第一类是表现人民军队英勇斗争、不怕牺牲、为解放中国勇于献身的剧作。《阵地》通过描写连长分配战斗任务和战士们争当爆破队员的场面,歌颂了解放军战士为了争取革命胜利不畏牺牲的精神。除了描写战斗场面以外,部分剧作还注重描写部队生活,表现战士们在艰苦的斗争生活中团结互助的精神,如《老耿赶队》《鞋》《两个战士》等。值得一提的是,在以战斗生活为主的军队题材的剧作中,出现了以后方医院的女护士照顾伤兵为情节的作品,小型歌舞剧《我们的医院》为充满硝烟的军队题材的剧作增添了色彩。这些剧作主题鲜明,塑造了各类英雄形象:既有孤胆英雄老丁,又有不怕误解、为伤员献血的护士和医生;既有"后进变先进"的杨勇①,又有教导新兵立大功的马德全②。自萧军的"中国现代文坛上第一部正面描写满洲抗日革命战争的小说"③《八月的乡村》后,经抗日战争阶段的完善和发展,战争题材的戏剧作品在东北解放区得到丰富和补充。这为后来新中国同类题材的戏剧创作积累了不可或缺的宝贵经验。

第二类是以军民互助、拥军支前为主要内容的剧作。在东北解放初期,部分群众对共产党、八路军不了解,甚至有误解。因此,

---

① 一鸣等:《杨勇立功》,东北书店1948年版。
② 黎蒙:《马德全立功》,东北书店1949年版。
③ 乔木在《八月的乡村》这篇文章中写道:"中国文坛上也有许多作品写过革命的战争,却不曾有一部从正面写,像这本书的样子。这本书使我们看到了在满洲的革命战争的真实图画:人民革命军是和平的美丽的幻想,进一步认识出自由的必需的代价,认识出为自由而战的战士们的英雄精神。"

拥军题材的剧作在情节上也表现了从误解到拥护再到踊跃参军、奋勇支前的过程。《透亮了》将"天亮了"和"透亮了"呼应起来,预示劳苦大众迎来了解放,同时预示这种"透亮了"是老百姓精神和肉体的双重解放。《三担水》讲述的是刘大娘对民主联军从最初有戒心到最后拥护的过程,通过比较"中央军"和民主联军,老百姓终于认可了民主联军。《军民一家》描写了人民群众由猜疑、误会解放军到后来拥戴解放军的情景。在误解消除后,人民群众开展了轰轰烈烈的拥军活动。老百姓为部队送军鞋、送公粮,慰问部队。这表现出老百姓对解放军解放东北的渴望与感激。在拥军题材的剧作中,较有影响的是莎蕻的《拥军碗》,作品从战士和群众两个方面表现了军民鱼水情,体现了军民一家亲。《女运粮》则是从妇女能顶半边天这个视角出发,表现妇女在支援前线工作中的重要性。除上述剧作外,拥军题材的剧作还有《劳军鞋》《缴公粮》等。老百姓不仅拥军,而且积极送亲人参军。于是,剧作中出现了"老姜头送子参军"[①]和"四妯娌争相送丈夫参军"[②]等感人场景。这些剧作表现了老百姓的参军热情,表现了老百姓对前线解放军的积极支持,突出了人民要将革命进行到底的决心。东北解放区戏剧中也有军爱民、民拥军的戏剧。《军爱民、民拥军》讲述了王二一家代表村民们慰问八路军,为八路军送年货,表达对八路军的感激之情和拥护之心。《收割》讲述了战士帮助农户收割,却不接受农户给予的物品和福利,体现了人民解放军铁一般的纪律和为人民服务的优良传统。《支援前线》表现了老百姓听闻长春、沈阳

① 朱漪:《送子入关》,东北书店1949年版。
② 力鸣、兴中:《妯娌争光》,光华书店1948年版。

解放时的激动心情,在歌颂解放军的同时也体现了军民之间的团结。此外,《骨肉相联》《都是一家人》等作品也都表现了军民鱼水情,表现了人民与解放军一条心,表现了解放军一心一意为人民服务。

东北解放区戏剧以反映工农兵生活为主,很少以知识分子为主题。在现已收集到的剧作中,只有独幕剧《晚春》描写了城市知识女性与旧家庭的斗争。此外,儿童歌舞剧《老虎妈子的故事》采用童话的形式,批判了"老虎"象征的"中央军"反动势力。该剧作与童话《小红帽》相似,既有模仿,又有独创,显示出当时东北解放区文学与世界文学的紧密联系。

三

虽然东北解放区戏剧的整体艺术水平不是很高,但是其庞大的作者群体、巨大的创作数量、伟大的历史功绩,使得东北解放区戏剧创作达到了巅峰状态。中国现代戏剧诞生于新文化运动之中,到延安时期已经比较成熟。东北解放区戏剧继承延安戏剧传统,自然而然地完成了自身的现代化转变。东北解放区戏剧的现代性源于中国传统戏剧和西方戏剧的融合。在这种融合的过程中,东北解放区戏剧实现了本土化,形成了民族化、大众化、乡土化的特征。

东北解放区戏剧具有民族化特征,这种民族化源于延安时期戏剧的"中国化"。毛泽东曾谈道:"使马克思主义在中国具体化,使之在其每一表现中带着必须有的中国的特性……教条主义必须休息,而代之以新鲜活泼的、为中国老百姓所喜闻乐见的中国作风和中国气派。"①这段讲话既点明了马克思主义要实现中国化,又指出了文化和文学也要实现中国化,这在文学领域引发了解放区和国统区关于"民族形式"的讨论。对于民族形式问题,周扬也表明了自己对民族形式的看法,认为民族形式就是民间形式,指出必须对民间形式进行改造。在周扬看来,中国文艺理论没有得到建构的原因就是文艺工作者盲目地追逐西方文艺潮流。文艺的民族化实际上就是文艺的中国化。毛泽东和周扬的观点概括起来就是:文艺要实现中国化,中国化的表现形式就是民族形式,民族形式就是民间形式,旧的民间形式要进行改造。

东北解放区戏剧形式多样,种类繁多。其中既有由西方传入的"文明戏"(话剧),又有传统国粹京剧和评剧;既传承了本土固有的莲花落、大鼓、蹦蹦戏(二人转),又改造了歌剧和秧歌戏。话剧作为一种舶来的戏剧形式,是不同于中国传统戏曲的剧种。话剧在实现本土化的过程中,尤其是在毛泽东《在延安文艺座谈会上的讲话》发表后率先实现了民族化。这种民族化表现在以下几个方面。首先是对戏曲进行改编。如崔牧将传统戏曲与话剧融合在一起,将梆子戏《九件衣》改编成话剧。"虽然多少受了那出老戏的启发,但所表现的人和事,却完全是重起炉灶新创作的。"②虽然《九件衣》是由旧剧改编成的,但是它着眼于地主和农民的剥削关系,因此在进行农村阶级教育方面是有一定意义的。其次是继承传统戏剧的优秀遗产。《老虎妈子的故事》是将三姐妹、老虎和猎人的唱词连接在一起的儿童歌舞剧。整部歌舞剧具有较强的象征

---

① 人民教育出版社编:《毛泽东同志论教育工作》,人民教育出版社 1992 年版,第 46 页。

② 崔牧:《九件衣》,东北书店 1948 年版。

意义：三姐妹象征着底层百姓，是"待宰的羔羊"；老虎象征着"中央军"，是"吃人的魔王"；猎人象征着人民子弟兵，以消灭"吃人的野兽"为已任。三个象征使整个戏剧具有超出戏剧本身的意味：解放军为人民伸张正义，消灭"中央军"，解放东北。《老虎妈子的故事》将"大灰狼和小白兔""老虎和小女孩""小红帽"等中国民间故事糅合在一起，以歌舞剧的形式表现出来，凸显出民族化的特征。除话剧、歌剧外，京剧、评剧、秧歌戏、大鼓、落子、二人转、快板、活报剧等本身就是民族戏剧（戏曲），其民族化、中国化主要表现在对旧戏的改造和"旧瓶装新酒"上。这类剧作有很多，如鲁艺根据评剧曲调改编的歌剧《两个胡子》。经过内容和形式的改造，东北解放区戏剧实现了民族化。

东北解放区戏剧具有大众化的特征，这种大众化指的是戏剧具有广泛的群众性。东北解放区戏剧涵盖的剧种较多，不同的剧种所面对的观众群体不同。话剧和歌剧的观众以青年学生、城镇市民、知识分子为主，改造后的京剧、评剧的观众以城乡老派民众为主，地方戏曲为普通工农大众所喜爱，而秧歌剧和新歌剧则受到新派市民的喜爱。在毛泽东《在延安文艺座谈会上的讲话》精神的指引下，东北解放区戏剧创作呈现出全面为工农兵服务的态势，剧作内容主要反映东北土地改革、剿灭土匪、解放战争等一系列革命政治事件。受到当时政治文化语境的影响，东北解放区戏剧创作者的主体意识减弱，非主体意识增强，因此各个剧种的主题和内容自觉地统一了。统一为工农兵题材的东北解放区戏剧得到了各个剧种观众的认可，从而实现了大众化。翻身后的东北解放区人民不只做戏剧的观众，还踊跃参演他们喜爱的戏剧。秧歌剧早在陕甘宁边区时期就已经发展成熟。有着丰富的创作经验的鲁艺文艺工作者到达东北后,将东北旧秧歌中的色情成分剔除,在剧作中加入了反映社会生产、生活的新内容。源于对东北地方舞蹈——大秧歌的喜爱,东北人民非常喜欢这种融民间音乐、民间舞蹈和狂野表演于一体的秧歌剧。在秧歌剧的演出过程中,东北人民被剧作感染,踊跃参加演出活动,"这些节目的演出,增强了东北人民当家作主的自觉性"①。东北秧歌剧具有贴近大众、对演出场地要求不高、适合露天表演等特点,因此这种大众参与、自娱自乐的形式很快就成为东北解放区的重要剧种。在东北解放区,秧歌剧种类繁多:有翻身秧歌剧,如《欢天喜地》《农家乐》等;有生产秧歌剧,如《二流子转变》《十个滚珠》《献器材》等;有锄奸惩恶秧歌剧,如《挖坏根》《买不动》《揭底》等;有拥军秧歌剧,如《拥军碗》《妯娌争光》等;有部队秧歌剧,如《荣誉》《斗争》《谁养活谁》等②。除秧歌剧外,快板、落子等剧种的大众化程度也很高。

东北解放区戏剧的大众化还表现为创作上的大众化,即作者的大众化。东北解放区戏剧的作者阵容庞大:既有来自陕甘宁边区的戏剧作者,又有东北本土的戏剧爱好者;既有文工团的文艺工作者,又有各行各业的普通劳动者;既有成熟的老作家,又有初出茅庐的学生。而各行各业的劳动者创作的戏剧,成为东北解放区戏剧的亮点。工人很爱话剧(包括秧歌剧),很爱从事戏剧活动,工人还善于迅速地把自己的新生活、新问题反映到戏剧创作里

---

① 弘弢:《生气勃勃 丰富多彩——解放战争时期东北解放区的文艺工作》,载《党史纵横》1997年第8期。

② 任惜时:《东北解放区的新秧歌剧创作》,载《辽宁大学学报》1995年第1期。

去。① 群众创作的戏剧有很多,如《二毛立功》就是大连锻造工厂工人王水亭根据自己的经历创作的。除了工人参与戏剧创作以外,东北解放区还出现了农民创作的戏剧。这类工农群众直接参与创作的作品反映的是工厂、农村、部队的真实生活,塑造的形象是他们身边熟悉的人物,戏剧的语言是大众化的群众语言。东北解放区戏剧真正实现了文艺为工农兵服务的目标,成为《在延安文艺座谈会上的讲话》精神在东北解放区得以全面贯彻的典范。

　　东北解放区戏剧的乡土化特征主要表现在地域文化特色上。1946 年,延安的革命文艺团体集中转移到东北,延安文学和东北地域文学在哈尔滨交汇。以《在延安文艺座谈会上的讲话》作为指导的延安文学比东北地域文学更具革命性,这就使得延安文学具有无可争议的合理性和正统地位。根据东北革命文化的发展需要,文艺工作者对东北地方曲艺的各剧种进行了整合和改造,并将其纳入新的革命文艺体系中。在对民间艺术进行改造的过程中,东北大秧歌和二人转是最早被改造的。改造前的东北大秧歌以娱乐为目的,舞蹈多,说唱少,色情成分多,教育意义小,舞蹈多为东北民间舞蹈,音乐多为东北民歌和二人转小调。改造后的秧歌剧加大了情节和台词的比重,内容以劳动生产、拥军优属、参军保家、肃清敌特为主,如《三担水》《参军保家》等。二人转在东北地区拥有大量的观众,民间有"宁舍一顿饭,不舍二人转"的说法。正因如此,二人转的宣传作用非常大。"蹦蹦又名二人转,亦称双玩意儿,流行于东北农村中(俗称蹦蹦戏,其实戏剧的意味较少),流行的戏有《蓝桥》《红娘下书》《卖钱》《华容道》《古城》《王员外休

---

① 草明:《翻身工人的创作》,载《东北文艺》1947 年第 2 卷第 3 期。

妻》等。演唱时一人饰包头（即花旦），手中拿一块红手帕，一人饰丑，用板胡和呱啦板伴奏，演员一面轮流歌唱，一面扭各种秧歌舞。舞蹈内容，主要是以逗情逗笑热闹为目的，与唱词往往无关。"①对二人转、拉场戏的改造与对秧歌的改造相同，主要是内容上的改造。二人转歌唱的内容大多源自民间故事或历史传说，如《干活好》就用了两个秧歌调子和一段评戏，其他都是蹦蹦戏。改造后的二人转减少了封建迷信内容和黄色故事情节，净化了语言，增加了拥军、生产等新内容，如《支援前线》《陈德山摸底》等。对东北大秧歌、二人转和拉场戏的改造集中表现在内容方面，而艺术上的改革力度并不大。秧歌继续"扭"和"浪"，演员仍然"逗"和"唱"，角色还是分为"旦"和"丑"，样式还是耍龙灯、跑旱船、踩高跷，步法始终离不了"编蒜辫""十字花""九道湾"。秧歌道具有所改变，红绸子、手绢、大红花、红灯笼的使用多了起来。在音乐方面，二人转的改变不大，音乐仍然是文武咳咳、胡胡腔、快流水、四平调等传统曲牌。秧歌剧的音乐还是以东北民歌和二人转曲牌为主。例如，《自卫队捉胡子》采用了东北民歌曲调"寒江调""镏大缸调""绣荷包调"；《光荣夫妻》采用了"花棍调"；《姑嫂劳军》《一朵红花》等秧歌剧还采用了二人转的文武咳咳、那咳等曲牌。东北有秧歌剧和二人转等表演形式，它们被东北人民认同，已经打上了乡土文化的烙印，其乡土化特征极其显著。

此外，东北解放区戏剧的乡土化特征，还离不开原汁原味的东北方言的运用。东北解放区戏剧"语言的运用都达到了当时话剧

---

① 肖龙等：《干活好》，东北书店1948年版。

创作的高水平"①,尤其是东北方言的运用。受到东北戏剧大众化的影响,原汁原味的东北方言的运用是戏剧被观众接纳和喜爱的重要因素,如嗯哪、老鼻子、下晚儿、眼巴巴、磨不开、个色、胡嘞嘞、膈应、猫下、不大离儿、拾掇、整、自个儿、消停、不着调、疙瘩、硌叽、重茬、唠扯、差不离儿、麻溜、急歪、昨儿个。此外,东北民间谚语和歇后语的运用也不容忽视。在这些剧作中,东北方言土语、民间谚语随处可见,使东北人民感到亲切和乐于接受,拉近了剧作和观众的距离,加强了宣传的效果。

四

东北解放区戏剧是中国现代戏剧的重要组成部分,具有承前启后的作用。它忠实而客观地记录了东北解放战争时期的历史风云,在戏剧史、革命史和社会史方面都具有重要的参考价值。东北解放区戏剧在民族化、大众化、乡土化和革命化的进程中,积累了丰富的经验,形成了鲜明的艺术特色,实现了从现代戏剧到当代戏剧的过渡。

在创作方法上,东北解放区戏剧继承了延安戏剧的传统,除《老虎妈子的故事》运用了象征手法外,其余剧作皆采用现实主义创作方法。剧作家们运用现实主义的方法,通过戏剧的形式把刚发生或正在发生的事情真实地反映出来。这些剧作集中描写了工农兵的日常生活,起到了鼓舞斗志、颂扬先进、宣传政策、支援前线的作用。在戏剧结构上,戏剧冲突尖锐而集中,叙事模式多元:劝诫模式的剧作有《二流子转变》,成长模式的剧作有《杨勇立功》

---

① 柏彬:《中国话剧史稿》,上海翻译出版公司1991年版,第307页。

《刘巧团圆》,误会模式的剧作有《三担水》《比有儿子还强》等。东北解放区戏剧具有多种表现方式,既有多幕剧,又有独幕剧。在人物塑造上,东北解放区戏剧作品塑造了一个个爱憎分明、个性突出、敢作敢为的人物形象,如《好班长》中的刘振标、《二毛立功》中的二毛、《买不动》中的王广生等。这些人物形象生动丰满,有血有肉,观众熟悉并易于接受。

东北解放区戏剧在取得较高的艺术成就和起到重大宣传作用的同时,也存在着不足。第一,东北解放区文学是典型的"革命文学",东北解放区戏剧是典型的"革命戏剧"。导致这种状况出现的原因有两个:一方面,文学具有反映时代的使命,这是文艺的功用;另一方面,受到政治的影响,剧作家创作的自主意识弱化了,而政治意识强化了。《在延安文艺座谈会上的讲话》要求文艺为政治服务,这就使得戏剧创作出现了公式化、概念化的倾向。第二,不少剧作都是因宣传需要而创作的,是应时应事之作,因此创作时间短,艺术水准不高。此外,工人、农民、学生也参与创作,因此一些作品粗糙,质量不高。从整体上来看,专业作者要好于业余作者,鼓词、话剧等剧种要强于秧歌剧,多幕剧要优于独幕剧。第三,反动人物被类型化和丑化,语言也存在粗鄙、不干净的问题,脏话较多。不少剧作对"中央军"、地主阶级、特务等反动对象较多地使用脏话。这类语言的使用者多为革命的工农兵人物,针对的多为反动军队或地主阶级等对立的角色,因此这些粗鄙的语言被作者美化、合理化和合法化,这降低了戏剧语言的纯净度。

虽然东北解放区戏剧有以上不足之处,然而瑕不掩瑜,其民族化、大众化、乡土化的特征,使得戏剧的启蒙性、宣传性、教育性、战斗性的作用得以充分发挥。东北解放区戏剧对光复后东北人民进行的文化启蒙、拥军优属、动员参军、生产建设等具有重要意义，对解放区的土地改革和解放战争做出了不可磨灭的贡献。

（作者系哈尔滨师范大学教授）

◇克莹　晓照

金不换

时间：一九四八年春耕。

地点：辽宁某村。

人物：王仁忠——三十岁。

　　　王妻——二十四岁。

　　　赵士英——二十九岁。

　　　玉珍——十九岁。

　　　大凤——十七岁。

　　　张大嫂——三十五岁。

　　　淑琴——二十三岁。

　　　王桂兰——十八岁。

　　　三嫂——二十八岁。

第一场

（王仁忠拿粪筐上）

王:(唱第一曲)

冬天过去春天到眼前,庄稼人要把庄稼活干,

家家户户忙下手,收拾犁杖好种田。

昨晚村上开大会,讨论计划大生产,

我老王听了心高兴,也把生产合计一遍。

(入院内)(妻懒洋洋上)

妻:上哪去拾这些粪?

王:要想捡粪哪里还没有呢,你怎么没去开会去?

妻:我不爱去么。

王:不去开会人家讲的什么事你能知道?

妻:能讲什么? 还不是生产。

王:生产就是要紧的事啊。

妻:天天讲生产,又叫订什么计划,又叫好好干活啦! 我听见就
烦啦!

王:你看人家那些妇女,去开会还提粪筐捡粪呢,咱不好跟人家学学
也订个计划,今年咱俩也好好地干活。

妻:两个人就一天地,还计划什么?

王:看看你这个样,懒得什么活也不愿干。

妻:活怎么? 活我也没少干哪!

王:你干什么啦? 你看看人家老娘们山上地里都能行。

妻:人家能行是人家的,咱不是没长那两只手,咱打小就没干过地
里活。

王:还非得从小干过才能干吗?

妻:那可不! 没干过就会啦? 像我这样从小在娘家俺爹自己摆弄几
天地,地里活都用不着俺,俺哥哥、嫂嫂、姐姐就干啦。

王:你寻思还像从前那样在家擎吃坐穿当老闺女,现在就是人人都
　　得干活,不干活就没饭吃。

妻:跟你说罢,俺娘家虽然现在日子过穷啦,从前可也养过大骡子大
　　马,打好时候过过。(伸出手给王仁忠看)你看看这是纳花刺绣
　　的,俺爹妈就没给生那捡大粪的手;再说,八路军来了,俺们不是
　　翻身了吗?有活不好叫被斗争家干么?

王:那你翻身就不干活啦?! 地主富农也分给他地,他更得干,咱分
　　了地不种你吃什么? 现在家家都有地了,谁都得干活,谁也不能
　　白吃饱,女的也得干活生产哪。

妻:那咱不会可没办法!

王:嗨,你呀!(唱第二曲)

　　今年是生产年,老少都不闲,

　　咱们年轻人,更不能偷懒。

妻:(唱第三曲)

　　你一提生产,我心就发烦,

　　从小没干过,长大不会干。

王:(白)没干过不能慢慢地学?

妻:那个是一把能学会的吗?

王:你看!(唱第二曲)

　　妇女会的赵会长,真是妇女好榜样,

　　家里全是老和少,生产完全她承当。

　　全家分了三天地,搁你一定种不上,

　　赵士英不怕累,自己种来自己蹚。

妻:(唱第三曲)

3

人家的手艺巧,样样人家的好,

咱们手艺孬,那些活干不了。

王:(白)什么手艺好孬,你就说你懒得呗,使牲口蹚地不行,拔茬子

捡粪还不行吗?

妻:捡粪那多埋汰呵,捡了粪怎么回来做饭? 再说捡粪也不是老娘

们干的活呀! 今年分这么一天来地,什么活还得老娘们干。

王:老娘们怎么不能干? 人家赵士英怎么还能使牲口?

妻:她使牲口你看见啦? 咱可没看见。

王:没看见,你还没听说吗?

(唱第二曲)

早起能捡两筐粪,傍晚上山把草刨,

刨了青草喂牲口,牲口喂得饱又饱。

领导妇女更耐心,工作当中起模范,

推动妇女多生产,哪个不说她能干。

妻:(唱第三曲)

咱们不能和她比,她家人少没人干,

地里的活不能扔,她要不干怎么办?

咱们就分一天地,你自己一人就能干,

自己不干麻烦我,我看你才是懒汉。

王:(白)你不干,你还倒咬我一口,活还有干完的吗? 你说人家赵士

英领导的妇女,哪一个不能干活哪。

妻:都是人家的好,我不好,嫁给你算倒了血霉啦! 呸!

王:你再不听我搂你。

4

妻：你敢揍我？妇女会有条件,男人不许揍老婆!

王：妇女会管你那些熊事。

妻：怎么的？我也是妇女会员哪!

王：你是妇女会员？上回妇女会长劝你好好干活你怎么不听？

妻：我不能干,还能逼着"鸭子上架"吗？

王：今天就叫你干。

妻：怎么你还讲压迫式？

王：(唱第四曲)

　　你这个死混蛋,一点不听劝。

妻：(接唱)

　　张口骂混蛋,我好不耐烦,不耐烦。

王：生产你不干,真给我丢脸。

妻：(接)就是不去干,看你怎么办？怎么办？

王：说打我就打,巴掌上了脸。

妻：(接)你给我一掌,我还你一拳,还一拳。

王：我又用脚踢,踢你屁股蛋。

妻：(接)我又用手挠,挠破你的脸,挠你脸。

　　(白)我上妇女会去告你去!

王：(唱第四曲)

　　要去你就去,我也不怕你。

妻：(接)说去我就去,开会斗争你,斗争你。(下)

王：(唱)

　　她有妇女会,俺亦有团体,我去找会长,把话对他言。(下)

第二场

(赵士英、玉珍、张大嫂、王桂兰、三嫂,扶犁舞上)

5

众:(唱第五曲)

　　三月里来好春风,草木发芽遍地青,

　　妇女今天多劳动,上山学犁心高兴。

　　要想生产搞得好,(白)铲蹚耢种(唱)都得学,

　　妇女生产不落后,个个都跟咱会长学。

　　个个都跟咱会长学。

张:(白)会长! 你今天教谁呀?

赵:我今天头晌教玉珍,张大嫂你教的徒弟怎么样了?

张:(唱第六曲)

　　会长听我告诉你哎嗨哟伊呼呀呼嗨,

　　昨天一个没教会哎嗯哎哟。

　　今天扶犁到南地哎嗨哟伊呼呀呼嗨。

　　继续来把三嫂教哎嗯哎哟。

　　(白)会长,我可没有你那样耐心烦啊,教一会儿不会我就烦了!

　　急得鼻子直冒火!

珍:你那样还能当师傅吗?

兰:我要是摊你这样师傅啊,我到现在也学不会,咱会长教俺那时可

　　耐心烦啦!

张:哎! 我还能和会长比啦! 我要是像会长那样样样能,我还当上

　　会长啦!

众:哎哟! 可不能那样说,你不好跟咱会长学吗?

赵:别吵了,天不早了,快下地干活罢!

众:对! 下地干活罢!

　　(张大嫂、桂兰、三嫂扶犁分两面下)

6

（赵整理犁套）

珍：（唱第五曲）

　　前几天村上开大会，妇女会长受表扬，

　　玉珍听见心着急，我要跟她学榜样。

赵：（同上曲）

　　昨天玉珍把我找，一心一意把她教。

珍：（接）学会扶犁和捻种，我的劳动也提高。

赵：（白）玉珍，你把住犁杖，我在前面帮你扶着，把好了啊！驾——

　　（唱同上曲）

　　力气用在手腕上，眼看牲口脚走正，

　　蹚得深浅要一样，垄要蹚直地要平。

　　（赵与珍扶犁走）

妻：（上）（唱第七曲）

　　清早起来不顺气，又吵又骂闹一番噢哎哟，

　　恨只恨那王仁忠，不该逼我把活干，

　　急忙去把会长找，诉诉我的苦和冤。

　　会长地里忙干活，还有两人在扶犁噢哎哟，

　　怎么女人能扶犁？叫我看来好怪气，

　　走上前去叫会长，听我有话告诉你。

赵：（白）什么事，王大嫂？（放下犁杖）

妻：你看他把我打得这个样。

赵：谁打你呀？

妻：王仁忠呗！

赵：他打你干什么？

妻：一清早就找别扭，又骂又打的，咱妇女会不是有条件吗？！男人
　　不许打老婆。

珍：（抢说）今早你怎么没去开会去？

赵：他到底为什么事打你呀？你好好说一说，咱好解决。

妻：一来家就瞅我不顺他的心，说我不能干活，我干活还能摆在他的
　　眼皮上吗？从你上回劝我以后，我什么活都干啦！他还叫我使
　　牲口、捡粪乱七八糟的。你说俺打小没干过吗，现在愿意干也干
　　不了呵！

珍：我看一定是你懒他才骂你。

赵：是不是这么回事？

珍：一定是，你说你愿意干就是不会干，我看你净胡说。你看俺这不
　　是现学的吗？有咱赵会长在这里，想学什么不行。（对赵）会长，
　　她没有正经事，不用给她办，教我学犁杖，我一点还不行呢。

赵：好，那我就先教你扶犁杖。（对妻）你先到坡上等一会儿，等我把
　　玉珍教会再解决你这事。（妻到坡上坐下）

珍：怎么办！自己还不能扶，一点还不会呢！真是的。

赵：哎！慢慢学吗。"铁打房梁磨绣针，功到自然成"，你扶着我给你
　　招着，多练几遍熟了能使上这股劲就好了，别着急。你自己把把
　　看看能不能行。

珍：好。"驾"——（扶犁走即歪）

赵：（喊牲口）吁——你看歪过了两三垄。

珍：我一招就斜过去啦，把两垄好地都"踢登"啦！怎么办呵？

赵：不要紧，等一会儿我把它整一整，谁"乍头"学三遍四遍也招不好
　　呀。（把犁杖返回）那面那几垄先搁搁，先翻这面，两手把正了别
　　乱动，心里别害怕，眼直往前瞅，瞅犁舵，再稍带瞅着犁把和牲口

点,要是往西拐犁杖就得往东偏一偏,若不蹚地头拐弯的时候牲口不好好走,你把犁杖偏一点就好了。来,眼瞅住,把住啦呵!"驾"——(珍又扶歪)

赵:哎哎!"吁"——

珍:真是的,人家不学啦!干学也学不会,一直学了两三天还不行,死牲口硬走歪道,一点不听使唤,又把好地蹚坏了两垄,我不学啦!

赵:看你那个急性子劲,哪有一把能学会的,要是用心学,慢慢就行了。就现在没下种的时候蹚坏地可以另蹚,等小苗长起再学,一蹚不好就把庄稼苗割了!

珍:人家心灵学得快,又有劲,不能把地糟蹋啦,你看我蹚得垄大的大,小的就小,这不又耽误了你一头晌的活吗?

赵:你看耽误点怕什么?把你教会,你做出活来不比这点多得多么,你看我已经教了三个大徒弟,现在她们自己都能下地干活,大徒弟还教的小徒弟呢!来,好好学罢,耽误我这点活我一下子就赶出来了,别泄气再试试看。(赵与珍又扶犁)行了罢?(停住)

珍:(喜)比先前强点了,还得练呵!

后台声:给你们送饭来了,到地头来吃饭罢。

珍:会长,俺妈给咱送饭来啦!

赵:对啦,把犁杖放到地头上,去吃饭去罢!(二人扶犁到一边)

张:(手拿鞭上,见妻在山坡坐着)哎!王大嫂你怎么在这坐着呢?你看那些闺女媳妇呀,都和男人一样上山干哪,送粪的招犁的干得多么带劲呵!

妻:我在这找赵会长有事。

张:呵呀,提起赵会长,可真值得大伙学习,你看人家真是全村的头一份,人家干什么活也不熊起老爷们呀！去年冬天就冰天雪地的跟男人们一样去送公粮,车赶得还一点不撒后,她的车别人赶,她还不放心呢！怕咱给牲口"磕打"坏啦,人家可真是要哪样就有哪样。我头一个月就跟她学会了扶犁,刚才我还教她们学犁来！

（三嫂、桂兰从两面上）

三：王大嫂怎么在这儿！

珍：会长她们都来了。（收拾犁杖放在一边后见三嫂等齐来）

兰：王大嫂怎么啦？（见妻不语问珍）

珍：王大嫂是懒老婆呗！不愿干活,今早上和王大哥打起来了。

妻：（不愿听说她是懒老婆,气走开）

赵：来！来！咱大伙劝劝王大嫂罢！劝劝她让她好好生产。

众：好,咱劝劝她。

赵：（唱第二曲）

我劝一声王大嫂,你看劳动多么好,

众：（接）玉珍虽然年纪小,劳动情绪可真高。

赵：干活不是困难事,只要肯干不费难。

众：（接）不怕你不会,就怕你偷懒。

珍：（白）张大嫂你看懒有什么好处,闹得里外都不和气,家里打仗,别人还瞧不起,看我以前也不会干活,下点功夫几天就学会了。

妻：不会,哼！玉珍你不用说人家,你寻思你行啦？能扶犁杖啦！我也会啦,我不用你那样还得人把着手教才会,我一看就会。

珍：哎哟,你会？你扶给我看看。

妻：扶就扶。（从珍手里拿过鞭子）"驾"——（扶好把鞭子扔在地上）看看怎么样？

赵：王大嫂心真灵，这么一回便会啦！

珍：为什么你能干你不干呢？

妻：我不愿干吗？要干比你强。

张：会干何必和男人弄那个别扭。

珍：大嫂咱快点走罢，吃完饭好干活。

三：对了，咱去吃饭去罢。（有些不耐烦）

张：好，吃饭去。

兰：会长你不去吃饭么？走罢。

赵：你们先吃去罢，我还得劝劝大嫂。

众：我们先走?!（齐下）

赵：（唱第二曲）

  我劝一声王大嫂，你看劳动多么好，

  像你心灵学得快，干起活来真不孬。

  咱们有了土和地，自己的土地自己管，

  反对擎吃懒动弹，劳动发家真理当然。

  秋天人家粮食归了家，小囤流来大囤满，

  你的粮囤底朝天，你说你可怎么办？

妻：（唱同曲）

  我家只有地一天，男人自己能够干，

  秋天一样打粮食，够我们俩的吃和穿。

赵：（唱同曲）

  生产不能靠别人，哪个都得下手干，

土地种完多开荒,还得去搞副业生产。

(白)生产不是就种一点地,种完还得开荒,喂猪放牛啦,做买卖啦,什么不是生产啊,地打的粮食够吃啦再干点别的不是更能帮助生产吗? 生产越多日子不是过得更好吗?

(淑琴内声)大凤快走呵!

(大凤内声)我捡完这坡粪的。(二人拿粪筐上)

淑:哎,会长你在这儿!

赵:呵,你们俩捡粪去啦?

凤:会长,你在这儿干什么?

赵:给王大嫂办点事。

凤:呵,我知道啦,是不是和王大哥打仗的事?

赵:你听谁说的?

淑:俺捡粪时看见王大哥在农会和会长说王大嫂不干活,他劝她不听,他俩就打起来啦!

凤:王大哥说她是懒老婆!

妻:怎么,他在农会讲究我?!

凤:你不干活,还怕你男人讲究吗? 你要是好,你男人也不能讲你坏! 你看赵会长谁提起不说是这样的?(举拇指)

淑:对啦! 赵会长再没人讲她坏。

赵:你看大大小小哪个不干活,现在还有像你这样闲着的?

妻:我也没大闲着呵!

凤:我就没看见你挎粪筐。

妻:捡粪我也不会呀!

淑:捡粪还有会不会?

凤:你要看见粪,你还不知往粪筐里装? 你说你不愿捡得了呗。

淑:从前咱妇女们也都不乐意捡粪,看见赵会长上哪去都拐着粪筐,
　　人家也不怕脏,人家里的粪比谁家的都多,从那以后才慢慢把大
　　伙都推动起来。你看现在妇女会的哪一个不捡粪?

凤:你再不好好干活给你挂个懒汉牌。(拿筐欲下)

妻:(怒视)

凤:懒汉懒汉,呸!呸!(与淑齐下)

赵:你看南屯老张家的兄弟媳妇,以前成天要钱,头些日子我把她领
　　到我家住了两宿,那不现在都劝好了,现在干活可"厦利"啦,不
　　干活可不吃香。

妻:现在大伙能看起她吗?

赵:怎么看不起? 现在谁不说她好,你要是想干活大伙可欢迎啦,你
　　好好寻思寻思。

妻:那么王仁忠打我就算完事啦?

赵:你先回去,等今晚妇女会给你办。我还得上农会有事,我走啦,
　　(看见路旁有一堆驴粪)哎! 大嫂,你看那是什么?

妻:驴粪呗!

赵:(用手拾起,放在衣襟里)

　　(唱第二曲)

　　你看这堆驴粪蛋,一颗一颗像肉丸,

　　捡到家里堆成堆,哪个不说它值钱。

妻:(白)哎! 会长,你怎么用衣服包粪哪?! 不怕把衣服弄"埋汰"
　　了吗?

赵:脏什么? 衣服洗洗就干净啦。

　　(唱同上曲)

　　不怕臭来不怕脏,驴粪上地有力量,

13

大粪好比一股气，吹得小苗胖又长。

（白）我没带粪筐来，不捡不可惜了吗。（下）

（内赵声）大凤、淑琴，晚上开会你们早点来呀！

（内大凤、淑琴声）知道啦，会长！

妻：（唱第六曲）

提起开会我心惊，会上说话不留情，

你一言来我一语，七嘴八舌大斗争。

眼前只有两条路，一条西来一条东，

往西回到我娘家，躲避躲避这场风。

往东回到自己家，赶快干活不消停，

左右徘徊没主意，就像炭火烧心中。（下）

第三场

王：（上）我去找会长去啦！把这事情对他说了！他说让我好好劝劝

她，还说两口子过日子不能打架，她实在不愿干活妇女会就有办

法。对！就叫妇女会来管她。（推门入内见妻不在屋）哎！怎么

还没回来？出去大半天啦还不回来做饭，真想不过了！我不吃

饭了！去捡粪去！哎！粪筐哪去了？这个穷老婆，出去不一天

不回来，家里的东西都丢了，可真想不过了。（到处找粪筐）

（妇女会：珍、淑、凤、三嫂、兰、张、赵齐舞上）（唱第一曲）

张、赵：头晌地里把王大嫂劝。

众：（接）看她那样子还不愿转变，

妇女会来把她找，

回去开会把她教育好。

赵:(进院内)王大哥在家吗?

王:谁呀?

凤:找你老婆来了。

赵:没在家吗?听说你们两口子为干活的事儿打起来了,她也哭啼啼的,俺大伙来批评她。

王:她没在家呢,早晨她没去找你吗?

赵:先头我在地里看见她了,她说你打她啦!当时我还要上农会有事,我也没和她多讲,寻思大伙开个会给她打通打通思想。

王:那个死老婆,不用提了!你看你们整天忙着上山下地的,她什么活也不干,我劝劝她,她倒噪噪起来了,这回你们好好治治她的懒病。

张:怎么一天也没回来呀?

赵:这能上哪去呵?

凤:不是回娘家去啦?

兰:对啦!不是回娘家去啦?

王:若是上她娘家去那倒好,别是他妈心眼一窄跳了井呵。

淑:不能呵。

珍:会长你说她能上哪呵?

赵:谁知道,反正是不能为这点事,就寻死跳井去上吊呵!

众:咳!到底上哪去了呵?!

(唱第一曲)

议论纷纷猜不定,急得大家直冒汗,

莫不是寻短见,莫不是她回娘家。

淑:会长,咱出去找找她罢!

赵:对！大伙出去找找她罢！

众:好,出去找找去!

(唱同上曲)

迈开脚步往前行,大家赶快把她找,

东找西找找不到,大嫂究竟上哪去了?

(众找不到分两面下)

妻:(上,手拿粪筐、粪叉)

(唱第八曲)

头晌我在南边地,看见会长把地蹚,

大凤捡粪不怕脏,我心纳闷细思量。

她们也是女流辈,怎么个个比我强。

转身回家拿粪筐,高高兴兴把粪捡,

一会工夫粪筐满,才知道干活不费难,

咳嘿哟哎嘿哟,才知道干活不费难。

(妻做捡粪动作)(赵上,四处寻找,唱第六曲)

赵:迈开脚步往前行,哎嗨哟伊呼呀呼嗨,

我会长定要把她找,哎嗯哎哟。

前面有人在捡粪,哎嗨哟伊呼呀呼嗨,

看样好像王大嫂,哎嗯哎哟。

(白)哎! 王大嫂是你么?

王:是我呵,会长。

赵:你出去也不告诉声,王大哥在家正找你来,(向后台)哎! 玉珍、

桂兰、大凤呵,王大嫂在这儿呵,不用找了。在这儿呵。

珍：（跑上）在哪里？（见妻）噢！大嫂在这里。

众：（上）在哪儿？在哪儿？

珍：（小声告诉兰）你看，捡粪啦！（指粪筐）

三：哎！王大嫂捡粪了！

妻：（无语）

凤：王大嫂，是你捡的吗？

妻：是我捡的！

众：王大嫂转变了。

赵：桂兰，快去把王大哥找来罢，别让他找啦，他还在找呢！

兰：好。（向后台）王大哥，王大嫂在这儿呢，快来罢，不用找啦。

王：（生气地上）他妈的这个死老婆，上哪去了？要是回来揍她一顿。

众：王大哥，王大嫂在这里，在这儿。

王：（见妻）你上哪去啦？也不看家，家里东西都丢了也不管！

妻：丢什么啦？家净指我看，你怎么不在家看着？净丢东西，又丢什么啦？

王：粪筐呗！

凤：哎！别吵了，王大哥，你看看粪筐这不是在这儿吗！（把粪筐拿在王眼前）。

王：我说粪筐怎么丢了呢！

珍：这是王大嫂捡的呵！

王：这可是太阳从西面出来啦。

众：王大嫂可真转变了。

王：他妈巴子，老娘们就是，早晨我若不打你两下，还不能转变过来。

妻：呸！你打我两下，我可没少打了你！跟你说，我这全是大伙劝的。

妻：我没少打你呵！再说我这是大伙劝的。

张：对！这全是大伙劝好的，你打人就不对吗，妇女会有条件，男人不许打老婆。

淑：对，妇女会有条件，男人不许打老婆，你打俺大嫂就不对么！

赵：对了，这会回去两个人订个生产计划，干活也比比赛。看看谁是个头等模范。

张：你们俩好好干着，到秋天选举你们两个模范。

王、妻：（二人各站一面不语）

赵：我看大伙给他俩和和好罢。

众：对，给他俩和和好。

　　（凤、珍、三嫂拉王）

珍：来，王大哥见见面罢。

王：（不看妻）

凤：哎，别看王大哥嘴里不说话，心里可乐着呢，来见见面罢。

　　（兰、张、淑等拉妻）

兰：王大嫂别生气了！见见面笑一笑就好了！

张：哎！两口家打仗，一笑一说话不就好了么，还用闹什么别扭呢！

淑：来，王大嫂要笑了。

　　（大家把王、妻拉到一起，王、妻对面一笑）

凤：噢，王大哥笑了。

珍：王大嫂也笑了。

凤：妇女会这回一个懒汉也没有了。

兰：王大哥这回可乐了，以后再也不"割舍"打王大嫂了！

赵：你们看罢，王大嫂这么一干活，以后谁见了不夸几句呵！

东北解放区文学大系
1945—1949年
DONGBEI JIEFANGQU WENXUE DAXI

众：王大嫂这回可真好了，转变了！

赵：这才是懒汉回头"金不换"呢！

众：（唱第五曲）

春天里来暖洋洋，家家户户种田忙，
男男女女都上山，早起晚睡不偷闲。

生产年里不要懒汉，劳动人民掌大权，
改造二流子多劳动，懒汉回头金不换。

春季里来快播种，种子生下幸福的根，
多耪多蹚忙夏锄，野草除掉苗儿旺。

多种地多开荒，一年比着一年强，
丰衣足食多美满，劳动致富人人赞。

（完）

东北书店 1949 年 2 月

◇*李之华　戴碧湘*

兵夫团结

时间：尊爱运动过程中。

人物：张友山——炊事员。

　　　刘贵——战士。

　　　唐大海——战士。

　　　指导员。

　　　伙夫班长——炊事班长。

　　　五班班长。

　　　战士甲、乙、丙、丁、戊。

第一场

（锣鼓开场）

张：（担着一担水上）（唱第一曲）

　　张友山我本是炊事员，参加了八路军整整三年，从河北，到这边，
　　革命的工作我努力干，好要个性是我的缺点。

提起缺点真叫我为难,只因为不能光怪我一边,同志们,添麻烦,借了东西老不还,我不发脾气叫我可怎么办?

吃完了晚饭就切菜,切完了明天的菜担上几担水,从早晨,到天黑,工作要干脆麻利快,放下了水桶我就劈劈柴。(放下水桶劈柴)

(白)嗨!嗨!嗨!他妈的湿榆树疙瘩,劈都劈不动!这是他们给伙房背的柴,这简直是"糟改"人嘛,都是湿的!斧子劈下去还冒水儿呢。从前背来的柴还有一大半是干柴,湿柴不老多儿的,干柴烧完把湿柴一堆,再叫他们去背,可是这次他们光背的湿柴!嗨!嗨!嗨!劈开了没有引火柴也烧不着,塞进灶火膛里光冒烟,就不发火儿!嗨!嗨!干柴都留到班上烧炕了,光给伙房生古柴火,饭晚了,饭生了,又是一大片闲话,嗨!嗨!嗨!

(唱一曲)干柴火他们留到班上了,给伙房湿柴火叫我没法烧,饭晚了,饭生了,咕哩呱啦一大套,又要说咱伙房光知道睡觉。

想起来这件事真叫我着急,翻过来掉过去叫我没主意,我越想,越生气,别扭的事情不如意,倒不如回班上当个战士去!

(刘贵拿着一个盆子上,张友山没看见,继续劈柴)

张:(叨念着)嗨!嗨!光给咱们送生古柴火,对咱伙房没一个有好心眼儿的!

刘贵:(白)哈哈,老张,又怎么啦,你说谁没好心眼儿呀?

张:(半开玩笑地)你!你刘贵儿就没好心眼儿,弄回生古柴火都塞给伙房,干柴你们都留到班上烧炕了。

刘:上次背的柴没烧完,堆在那儿,又叫背!不给你背湿柴怎么着?

张:堆到那儿的都是生古柴,那柴!烧不着做不好饭嘛!

刘:做不好饭那是你的事儿,哈哈!

张:(玩笑地)乐！乐！你还乐,再乐我就括你两个耳刮子!（劈柴）

　嗨！嗨！

刘:老张,咱们商量着跟你借担水桶！

张:没商量！不行。

刘:你的水都挑够了,有什么不行的,（就去拿）我拿啦——啊！

张:(抢上前拦住)不行,不行,不行,没瞧见水桶不正用着哪嘛！

刘:我把水倒到缸里去。

张:缸满着哪！

刘:倒到锅里。

张:锅也满着哪！

刘:老张,我给你提个意见。

张:甭提,你的意见我接受不了。

刘:跟你们伙房借东西,没有一回是痛快的。不借的时候你也不用,

　一借,就是——"用着哪"！你知道我们班里张福成病了,我给他

　洗洗衣裳,挑一担水就还你。

张:装病！

刘:老张,你可不能这么说,当个八路军的战士,成天价痛痛快快的,

　年轻力壮的谁愿意躺在炕上不起来！"装病"？

张:上次借桶就没还来。

刘:那可不是我呀。

张:我不管是谁,反正我是不借。

刘:我拿走啦！（拿桶）

张:不行,借的时候说得好听,用完了就不管了,不行,你说出罗儿大

　天,我有一定之规——不借！

刘:(气)好,你不借,不借算啦！（往伙房走）

张:你干什么？你干什么？你跑到伙房去干什么？

刘:打点开水喝。

张:没开水！

刘:连开水都不给喝啦！

张:光送生古柴火,哪儿有那么多开水？要喝,那不是（指）两桶,
　　管饱！

刘:病号给喝凉水,你叫病员喝凉水！

　　（刘倒了一盆凉水）

张:班上有的是干柴火,烧一烧不就开啦。

刘:从前你在班上就啰里啰唆,调你到伙房你还是这么落后！

张:（绷起脸郑重地）刘贵儿,咱们两个常开玩笑,你骂我两句都使
　　得,你说我落后可不行！你说你说,我是因为在班上啰唆才调到
　　伙房来的？

刘:你叫病号喝凉水就是落后！

张:你真说我落后,（急）我哪一顿饭落了后啦？你说！你不说清楚
　　我就不让你走！

刘:干什么,干什么,你要怎么样？

张:你跟谁耍狗臭脾气呀！

刘:跟你！

张:你他妈的给我搁下吧！（把刘的盆抢过来,把水倒在桶里）

刘:好,你骂人！

张:（唱第二曲）刘贵儿,你不该,不讲道理,为什么到伙房胡乱打水？

刘:（唱同前曲）张友山,你不该,不讲道理,为什么不借桶,不叫
　　打水？

张:（唱）成天价,到伙房,要吃要喝,为什么给伙房生古柴火？

刘:(唱)你不要,要你的,生古脾气,从今后生古柴,也不给你背!

　　(刘下)

张:柴是给我背的?爱背不背!全连人又不是我一个人吃饭喝水!

　　(唐大海在刘和张争论时上场,低头用菜刀在砍一个扁担头,这时才被张发现)

张:(急)唐大海!你怎么拿菜刀砍扁担呀!你把菜刀砍坏啦!

　　(唐知自觉不对,一笑,抛下刀,跑下)

张:(拾起刀,看)哎呀,真给砍缺口了。(叫)唐大海,你把菜刀砍崩啦,你跑到哪儿去我也要追上你算账!(追跑下)

刘:(上唱三曲)张福成,有了病,袜子衣裳洗不成,我去给他洗一洗,帮他讲卫生,(挑水桶)满满的两桶水,省得我再去挑一趟,架起火来烧一烧,洗袜子洗衣裳。(下)

张:(上唱一曲)砍坏了菜刀丢下他不管,气得我张友山头顶冒烟,找到他,把账算,他还跟我胡纠缠,五班长出来了给我们解劝。

唐大海他说我个性不好,单怪我不叫他使用菜刀,我心里,烈火烧,气得我肚子咕咕叫,我真想伸出手打他的后脑勺。

五班长劝我不必着急,批评了唐大海顶不了事,刀坏了,不能使,反正不是我的事,切不出菜来咱们大家都甭吃!

(把刀往地下一丢,当啷一声正碰在石头上,赶忙拾起来看)

(白)哎呀,又一个口子,真他妈的……

(唱)又碰上一件别扭事情,土里的石头也往刀上碰,恨我这,坏个性,对我自己也使用,碰坏了还不是得自己去磨平。

(白)真是糟糕!自个儿生气为什么跟刀使呀!瞧,又是一个口子,还不是得我自己去磨平?难怪人家说我个性不好,个性不好自己也吃亏!明早晨的柴还没劈出来呢,劈!(拿起斧子,对柴看了半天)这柴劈开也烧不着,不劈了,今晚上到班上偷偷地拿点干柴,不给送干柴我就偷,偷?为大家吃饭拿点干柴,这不能算偷!对,就这么办!(发现水桶没了)

哎呀,水桶哪儿去啦?(喊)伙房里的人谁拿水桶啦?

(内声)没有,谁叫你放到门外边了。

张:放到外头你们就不经一点心!(喊)谁拿伙房水桶啦?谁拿走伙房水桶啦?再不答应我可就要骂人啦!

(伙夫班长上,拿着簸箕之类的东西)

伙夫班长:不能骂,不能骂,有话慢慢说,怎么啦?

张:班长,你回来得正好,水桶又不见了。

伙:别着急,慢慢问,一定是班上谁拿去用了。

张:那还用你说。

伙:找回来不就完了吗?

张:喊破了嗓子也没人搭理,哪儿去找?

伙:到班上挨着排儿地去问。

张:要问你去问,我没那么大的精神头儿,我怕他们拿去用还压上两桶水呢。

伙:咱们连上就是这副水桶,你不叫他们用还行?

张:我是怕耽误伙房的工作。

伙:你现在又不用,他们用用也不要紧呀?

张:不要紧,不要紧,你瞧瞧,这口菜刀,刚才又给砍了一个口子。

伙:磨一磨,给他提个意见,叫他以后留神,不要乱砍东西。

张:提意见,意见可多呢,把干柴火都留下,光给咱们生古柴火,提意见也不顶事,我打好了主意——不干了。我不干,我要求回班上当战士去。(欲下)

伙：等我把东西放下，咱们慢慢说，我还有很多话要跟你说呢！

张：我直接找指导员去。

伙：老张你等等，刚才指导员找我去谈了半天，我把咱们伙房的情形都讲了。指导员说，现在正开团结大会，官兵关系搞好了，咱们伙房和班上同志关系也要彻底解决，对了，指导员还要征求你的意见呢。

张：我的意见只有一个——不干了。

伙：那怎么是个办法呀？听我跟你说，指导员本来要到伙房来找你谈，我见指导员忙得很，没叫他来，我说是叫你去。

张：叫我去，正好儿，要求回班。

伙：咱们今晚上开个会，对班上有意见你可以提。

张：等我见过指导员以后再说。（走）

伙：别走别走，等我把东西放下，再谈谈。

（伙夫班长下）

张：（唱一曲）砍坏了菜刀不能切菜，湿柴火怎能把饭做出来，不知道谁，把水桶，拿走了，不还来，真把我，要气坏，回班当个战士去，上级不答应我就自己卷铺盖。（欲下）

（伙夫班长上）

伙：老张，老张，听我跟你说……

张：不用说了。（下）

伙：（唱三曲）张友山，性子强，咬住一点就不放，他对工作很努力，就是好抬杠。刚才他，心里烦，伙房工作不愿意干，同志关系搞好了，他才能把心安。

（战士甲上，拿着个碗）

甲：老王，我告诉你一个好消息。

26

伙：什么好消息？

甲：我今儿打了一只野鸡，公的，足有一斤多重，可肥哩。

伙：我给你提个意见，以后可别打了，费子弹。

甲：以后不打了，可是这回，喂，老王把伙房里的油盐给一点，炒野
　　鸡吃。

伙：你先在伙房等等，我还有事，一会回来再说。（下）

甲：好好，可快回来呀。（下）

第二场

张：（上唱一曲）到了连部去见指导员，说出来罗儿大天我也是不干，
　　打算好，好打算，打算好我就不改变，谁愿意去干叫他们去干。

　　（白）反正是不干了，回班当战士去，叫他们常给伙房添麻烦的人
　　去干吧！报告！

指：（在内）进来。（张进门，指上，战士乙上）

乙：和伙房同志关系，我这次算是弄清楚了，晚上好好开会，敬礼！
　　（下）

指：老张，我正要找你去呢，怎么？又跟谁生气啦，有什么事坐下慢
　　慢说。

张：指导员，我来了没有别的事儿，还是那句老话儿——我不干了。
　　回班当战士去，我看是叫唐大海、刘贵儿到伙房干干，试试看，看
　　他们是不是怕人家乱抓伙房的家具的。咱们伙房的家具，不知
　　道什么时候就要用，都得放在手跟底下，抓走一样儿，等你用起
　　来就挓挲着两只手没个抓挠儿干着急。一天的水、饭都有规定
　　时候，饭晚了，饭生了，不用说还有人说我的闲话，就是我自己肚
　　子里都说我的闲话！刚才又把菜刀给砍崩了。

指：谁呀？

张：唐大海嘛！（唱四曲）唐大海不讲理，跑进伙房乱抓东西，他把菜
刀砍坏了，说他他还发脾气。

指：（唱同前曲）唐大海五班的，他把这事查仔细，他把菜刀砍坏了，
他该好好检讨自己。

张：还有哪。

指：你说吧。

张：水桶也给抓走了。

指：谁拿去用了？

张：我大约莫着是刘贵，可是我没亲眼看见，我不能说一定是他！
（唱前曲）刘贵儿借水桶，不借他就不高兴，他骂我思想太落后，
我就骂他耍狗□！

指：（唱前曲）骂了人，就不对，两个人都要检讨自己，大家应该讲团
结，工作才能搞顺利。

张：我不是不跟人讲团结，每次都是别人先不对才惹起我的不对呀！

指：不见得每次都是吧，你自己就没有一次先不对才惹起别人不对
的吗？你的缺点就是遇事光怪别人，不先检讨自己。

张：指导员！（唱）我自己不用检讨，我的缺点我知道，回班当战士马
上改，在伙房工作我改不了。

指：（唱）战士们和伙房里，平日常常发生问题，过去解决不彻底，这
次一定搞仔细。

（白）这次要一定仔仔细细搞彻底，我想找你谈谈，你把你在工作
上的困难通通都提出来，咱们一起想办法，看怎么解决。

张：困难，困难多着呢，我不对指导员多啰唆，反正我是抱定了一个
不干的目的，指导员你一定想办法达到我这个目的。

指：我愿意你跟我多啰唆几句，叫我多知道一些伙房里的情形，好想
　　办法解决。

张：我有一个好办法，调我到班上去。

指：调不调的问题，下边再谈，反正不管是你干还是别人干，伙房和
　　班上的关系这次一定要彻底搞好，这是咱们全连的问题，你把困
　　难说出来，你干别人干都是一样，一定要解决。

张：真要彻底搞一下？

指：可不是真的嘛！

张：那我就说。（想了半天）好像就是我一进门说的那些个，我这人
　　肚子里存不住话。

指：有话就说，那好！据我所知道你们有这些困难，班上同志们乱拿
　　家具去使唤，使唤倒不要紧，就是老忘了还，有时候弄坏了也不
　　告诉你们就偷偷地送回去了，是不是？

张：嗯！

指：等你要用的时候到处找，找到以后——坏了。

张：嗯！（他很满意指导员了解得清楚并且体验到他的困难，他
　　笑了）

指：从前背的柴有一小半是湿的，这次背的全是湿的，是不是？

张：对了！指导员你看我刚才急得忘记说了，（亲切而严肃地）这次
　　的柴，可生古，尽是湿榆树疙瘩，光冒烟就不发火儿。

指：这是我的疏忽，叫他们背柴的时候没有告诉清楚他们，他们背回
　　来才说伙房门上还堆着柴还叫我们去背，没告诉他们那是湿的
　　不能烧，这是我的缺点。

张：指导员，这不是你的缺点，他们就不看看堆着的柴不能烧吗？

指：他们一天忙得很，顾不上注意，这些事咱们首先要注意，你自己

29

再想想还有什么？

张：还有，就是他们常说伙房的闲话。

指：嗯，都说什么来着？

张：唉，杂儿咕咚的闲话可多哩，我记不清了。

指：你觉着最不爱听的，总还记得吧？

张：我最不爱听人家说我落后。

指：谁说来着？

张：刚才刘贵就说我来嘛！他说因为我在班上啰唆才调到伙房，到
　　伙房还是那么落后。我落后什么？就是因为不借桶。

指：随便说你落后是不对的。

张：是嘛！谁不想进步呀？从调到伙房我就听见有人说过这些话，
　　我心里想："好！你们说我啰唆，咱就啰唆吧！"脾气就越来越
　　坏了。

指：那么说你是不对的，可是也别因为有一两个人这么说，你就赌气
　　不进步了哇。

张：我的个性不好，老毛病就改不了嘛！

指：伙房工作是连队的生活问题，生活搞得好，练兵生产才起劲，生
　　活搞不好，什么工作都受影响，如果光调啰里啰唆的人去干，那
　　怎么行呀？

张：过去人家那么说我就信以为真了，心里有点别扭，总觉得反正不
　　及班上的人，我就不愿意干了。

指：伙房工作也有劳动英雄呀，三连的侯耀先不是到延安开会去了，
　　还没回来呢。

张：在咱连上反正怎么也是搞不好，大家伙对伙房的观念去不掉，不
　　行，我还是回班。

指:这话又说回来了,你觉得自己有什么缺点引起人家说你落后?

张:不借给东西,说话不受听,好呱嗒脸。

指:改了人家就不会说你了哇!

张:他们不改,我就改不了。(伙夫班长上)

伙:报告!

指:进来!(伙夫班长进门向指导员敬礼)

伙:老张,意见谈完了吗?

指:没有,你有什么事?

伙:一件小事,可是很难办,五班的王金成打了一只野鸡,他要点油
    盐,油盐是大家的伙食,给也不好,不给也不好。

张:切!(不以为然)这有什么难办的,就是不给嘛,大家的伙食。
    (看指导员,好像给指导员建议似的)

指:你还是先给他,给了他以后告诉他这油盐是大家的伙食,以后别
    再要了,一开了例,你要点,我要点,把大家伙食就拉乱了。

伙:对!

张:给了一个,以后准有第二个来要,看那时候怎么办。

指:咱们的同志都是懂道理的,一讲明白,他们会自觉地不来要了。

伙:老张,刚才我把明天的柴劈了。

张:一会我去找引火的干柴去。

伙:对了,工作还是应该干,和班上同志关系,一定能搞好。

张:就怕是他们改不了,我也改不了。

伙:走吧,走吧,我帮助不到的地方还有司务长,再说还有连长、指导
    员呢,走吧。

指:别忙,看老张还有意见呢。

张:反正搞不好,我还是干不了。

指：搞得好的。（伙夫班长、张敬礼出）

（五班长上）

五：老张，我正找你，唉，我们班上唐大海、刘贵都进行了批评，他们都认识到了自己的错误。

张：五班长，光说不算，我要看他们能不能说到哪儿做到哪儿！

伙：五班长，我们伙房里今晚上开检讨会，希望班上的同志对我们多提意见。

五：有意见一定讲，我们希望你们给班上多提意见。

张：意见可多哩！（张、伙夫班长下）（指导员出门）

指：五班长，你来啦，我正要找你。

五：唐大海、刘贵都反省了自己，准备在今天晚上班务会上承认错误，提起来真是叫人着急，早晨刚告诉大家晚上开会检讨和伙房的关系，今天又发生了问题。

指：别着急，咱们要集中力量搞这个工作。我这两天已经找过班上和伙房十几个同志谈过话，时间没白花，彻底弄清楚了。

五：反正一个巴掌拍不响，两面都有不对的地方。

指：主要的是对伙房工作轻视，认为是啰唆人干的，连伙房同志自己也这样看，认为炊事员比战斗员落后，这个错误一定要纠正。

五：对！这是个思想问题，思想一搞通就什么问题也没有了。

指：还不那么简单。思想是主要的，在解决了思想问题以后，可是有些具体问题还要具体解决。比方互相尊重，有意见直接提，背柴啦，借东西啦，饭菜要做好啦，讲卫生……这些问题都要讨论出办法来以后照着去做。

五：对，我们也要订出个公约。

指：别忙，要大家深入讨论，一天不行两天，两天不行三天，多会儿思想打通了,再订公约,要不然订了公约也没有用。

五:对,那我们就开会,指导员参加我们的会吧。

指:我到三班去一趟,别的班问题少,你们班上最多,哈哈,我一定去。(五班长、指导员分头下)(张、伙夫班长上)

伙:王金成,王金成。

甲:(上)班长,你回来啦?

（伙夫班长把油盐给了战甲,然后又叫住战甲）

伙:这个油盐以后可不好给了,这是全连的伙食,一个人要点不要紧,以后大家都来要就不好办了。

甲:那么我这次……

伙:你拿去吧,拿去吧。(战甲欲下)(战戊上,提着一只野鸡。)

甲:(向戊)你干什么去,干什么去?

戊:你看,(叫甲看鸡)要点油盐。

甲:你也打了只野鸡?别去要了,刚才我去要,伙夫班长说这次给你以后别来要了,油盐是大家的伙食。

戊:以后不来要,可是这次给了你就不给我了吗?

张:看,惹出麻烦来了不是?!

甲:别麻烦了,走,咱们一块炒去。

戊:好。(向厨房去)

甲:你还干什么去?

戊:借刀。

甲:那你快回来到我们班上去炒。(甲下)

戊:老张借刀用一下。

张:刀都给砍崩啦。

戊:不借也不坏,一借又坏了?

张:班上人砍坏的,你爱信不信!

伙:真是砍坏了,不过还能凑合着用。

戊:老张,我不把刀拿回去,省得别人又从我手里借,将来又还不来,我就在这儿切行不行?

张:这儿切,你不会使唤刀,把刀看弄坏了,拿来,我替你切。

戊:好好好。(张、战戊、伙夫班长同下)

第三场

(张友山上场)

张:(唱一曲)湿柴火劈不动烧不着,怕的是早饭耽误了,想出个,好门道,偷点班上的干柴烧,要叫他们发现了可是不妙。

(白)好,第五班,有这么多干柴光留着烧炕,非多偷点——

(哨音,有人喊:"各班开班务会。")

张:(白)呀,他们开班务会来啦,别叫他们看见,一会再来。(下)

(五班长,刘贵,唐大海,战士甲、乙、丙、丁上,进门)(用第六曲伴奏)

五:同志们,现在咱们就开会,张福成同志病刚好,叫他躺着听吧,有意见也可以发表,这个会早就和大家讲了,检讨咱们和伙房的关系,过去搞得不太好,两方面都有缺点,一个巴掌拍不响嘛,大家把准备好的意见,讲吧。

唐:我先说。(唱三曲)过去对伙房就不好,今天把菜刀砍坏了,这些错误我认识到,一定要改掉!

甲:唐大海反省不够深入。过去对伙房就不好,怎么个不好法呀?

唐:(唱三曲)随便闯进伙房去,乱打水又乱拿东西,背柴光背湿柴火,这些都不好。

（白）这些不对，以后我一定改，大家看我的行动吧。

众：好，好，看你的行动。

刘：我跟着来。（唱三曲）张福成，病刚好，衣裳脏他洗不了，我想替他洗一洗，就去把水挑，到伙房借水桶，张友山他不答应，我说他思想太落后，他实在不高兴，我们两人吵了架，偷偷我把水桶拿，明天挑上一担水，把水桶还给他。

（白）我以后一定转变对伙房同志的态度。

乙：你帮助张福成洗衣裳这是好的，可是对伙房也应该这样体念人家。

刘：你说得对，明天我多给伙房挑几担水。

五：我们要学习唐大海、刘贵，先反省自己。

丙：我对伙房有意见。

五：也可以提。

（张友山上来听到开会）

张：一开会就是对咱们伙房的意见。

丙：昨儿早晨，饭做生了，吃得好多人肚子痛，这全怪张友山工作不认真。

张：光给背湿柴，饭怎么不生？

丁：我对张友山也有意见，他的脾气应该改一改，今早晨我去打水，他对我直瞪着眼，那是干什么呀？

丙：菜又洗不干净，又不多给点开水喝，他们伙房把水都弄到哪儿去啦？

张：把水弄到哪儿去啦？从河里挑上来又倒他妈河里去啦。

丁：他们偷懒，不肯多挑点水。

张：说咱们偷懒？偷懒，偷懒，偷懒……（说一句偷一根柴）

丙：听，柴火响，怎么回事？

众：怎么啦？什么？

五：我出去瞧瞧。（张抱柴急下）

丁：老张老张。

丙：班长，老张偷咱们的柴啦？

五：湿柴烧不着，拿点引火柴这不算是偷。

丙：这不算偷，好，不算偷，不算偷，班长，老张这样子我跟他们伙房
的关系可永远也搞不好了——啊！

乙：怎么是"他们伙房"，是咱们大家的伙房嘛，说真的，上次咱们背
的柴湿的太多了，拿点干柴做好饭还不是大家伙儿吃着香。

五：听说昨天饭生了就是因为柴湿火力不够，光冒烟不发火儿，咱们
要先检讨自己，对伙房提意见也先要替人家想一想嘛，刚才唐大
海、刘贵的反省很好，咱们要学习他们。

众：对，先检讨自己。

丁：我先说。（指导员上）

众：指导员来啦，哈哈，指导员，这里坐。

指：坐，坐。张福成病好了。

丁：好了，指导员给送来的挂面今儿吃了三碗。

指：你们的会开得很热闹，继续开吧。

五：对，咱们开，王金成你刚才不是要发言嘛。

丁：我刚才说伙房同志偷懒是句气话，因为我对张友山抱了成见，我
一到伙房去，他老是呱嗒着脸子，好像谁欠他二百钱似的。其
实，说真格的，这也难怪他，因为有些同志不自觉跑进伙房乱抓
东西使唤，弄得人家没办法。

乙：抓走了等人家用起来就耽误了工作。

甲：是嘛，咱们的枪，还不是不叫人家乱抓？（众议论纷纷，有的说"对嘛"，有的说"那可不能这么比""枪跟家具不同嘛"）

丁：我还没有说完哪。

五：大家听他说完。

丁：我从今以后，保证跟伙房的关系搞好，我提出跟何玉贵比赛挑战。

众：何玉贵，何玉贵，怎样？怎样？你应不应战也发表个意见嘛！

丙：看你们说的！"不应战"？我正想条件呢。

五：好，叫他先想着，咱们——

丙：我已经想好啦，第一条就是有意见当面提，不在背地里说闲话，过去我最爱挑伙房的刺儿了。（笑）

众：第二呢？

丙：不吵架，借东西用完马上还，保证不弄坏，不背湿柴……我不但应你的战，还要跟全班挑战呢。

众：行，行，我还加上个条件，我提出我们应该……（纷纷议论，情绪很高）

指：同志们，我发表点意见。

五：听，听指导员给咱们提意见。

指：大家的反省精神很好，还提出比赛，照这样下去，同志关系一定能搞好，可是班上和伙房的团结是长期的事情，要从思想上彻底搞清楚，搞清楚了比赛起来就有基础了，我希望你们反省一下对伙房同志的看法，有人说伙房同志比不上班上的同志，觉得他们是因为啰唆才调去的，这个看法你们有没有？

刘：我就是这样看的，今儿个我还这么说张友山来着，他恼了。

唐：我认为他们啰唆，就随便抓东西用。觉得好说好道永远借不到。

甲：我过去就看不起他们，一沾伙房的事儿我心里总是另眼看待他们。

乙：这就是关系搞不好的老根子。

（熄灯号响）

众：熄灯号，不管，咱们刚挖着根子。再开下去，班长，开吧？

指：这问题一下也检讨不完，大家不是已经挖着根子了吗。明天咱们再好好深入讨论，我看，今天你们还是休息吧。

五：对，咱们休息。

甲：班长，我还有一个意见，明天早晨咱们给伙房先背一趟干柴去。

众：对，对，对，背去。

五：大家都愿意，那咱们就早睡早起去背干柴。

刘：我先给伙房挑几担水。

唐：明天星期，咱们早晨帮厨吧。

众：对，对对……（众下）（班长、指导员一起下）

第四场

（鸡鸣，刘贵担水桶上）

刘：（唱三曲）同志们上了山，早起去把干柴砍，我去担上几担水，来到洛河边。（张友山担水桶上）

张：（唱）拿去了水桶叫我找不见，借了一副桶我来把水担，黑洞洞，看不见，天亮我就去做饭，下了山坡我来到洛河边。

刘：（唱三曲）忽听后面脚步声，天不亮看不清，他也担着大水桶，不知是哪连的人。

（白）谁这么早也来担水呀。

张：（唱一曲）眼看着前面有个黑人影，他的肩上担着一副桶，走几步,停一停,一定是伙房同志们,可是不知道他是哪一连的人。

(白)喂,前边是谁呀?起得早啊!

刘:哎呀,老张也来担水啦,喂! 老张,是我呀。

张:怎么刘贵,水桶果然是他拿去了。(喊)刘贵,你站住,我找的就
　　是你!(张追刘,刘跑,走场)

刘:老张,你听我跟你说。

张:你甭说了,我一听见你说话,我就气饱了,昨晚拿桶为什么不
　　还来。

刘:我拿水桶没告诉你,对不起你,我早起挑几担水,算你罚我。

张:谁要罚你,你把水桶给我搁下吧。

　　(刘用桶在河里舀水,张搁住)

张:放下放下!

刘:我给伙房挑几担水,又不是我挑去自己用。

张:搁下我挑吧,我借来老百姓这担桶,马上要还人家。

刘:我给挑几担嘛,倒到伙房去。

张:不用,不用。(五班长扛柴上)

五:老张,老张。

刘:我们班长来啦。

张:五班长,你来得好,你们班上刘贵拿了桶不还我。

五:刘贵昨天晚上在班务会上反省了自己,今天他要帮伙房挑几
　　担水。

刘:老张,我不哄你吧?

张:咱俩常开玩笑,谁知你是真是假。

五:昨天我班上开了会,大家都反省了,今早晨都上山给伙房背干柴
　　去了。老张你看这柴干不干?

张:(看柴摸了摸)真干!哈哈。(笑了)

五:走吧,走吧。(三人走场)(唱四曲)昨晚上开了会,大家通通检讨自己,过去对伙房有不对,今后一定改彻底。

张:(唱四曲)五班长哪里的话,伙房的工作不到家,菜饭有时做不好,烧了开水不叫打。

刘:(唱)伙房工作有困难,生古柴火难做饭,同志全都不了解,背地不该说闲话。

张:(唱)刘贵儿别说啦,伙房没有照顾大家,来借东西就不借,还把脸皮一呱嗒。(笑)

五:(唱)连队生活要搞好,大家关心多关照,见到困难多帮助,同志关系团结好。

张:(唱)生活搞好我的责任,保证生产和练兵,菜饭做好讲卫生,菜饭不好大家批评。

五:到家了,到家了。(伙夫班长上)

伙:老张、老张,你看,这是各班给咱们来的信,提到过去对伙房不对的地方,对咱们也提出一些意见,还给咱们送来慰劳品,手巾、肥皂、铅笔、纸,这都是咱们讲卫生、学文化实用的东西。

张:五班还给咱们背干柴来了哩。

伙:五班长,我们昨晚上也开了会,老张也检讨了自己啦。老张,班上的同志对咱们这样关心,咱们怎么办呀?

张:我那儿还存着点跟老百姓要来的狗油,听说能擦枪,我送给同志们吧。

伙:好,咱们伙房每人都送些东西。

五:不用了,不用了。

张:我现在还不会写信,又不会说话,过去好说两句怪话,现在也不说了。这么着,我还会一套手艺,晚上晚睡会儿,给大家编几个好饭筐子吧。

五:这倒是好,饭筐子都坏了,这可给大家解决了问题。

　　(唐大海,战甲、乙、丙、丁扛柴上)

　　(唱第五曲)战斗员,炊事员,都是为革命,工作岗位大家有分工,互相帮助、互相尊重、互相友爱、互相关心,连队生活搞得好,五大运动猛烈向前进。

刘:大家都回来了,回来了。

张:欢迎、欢迎,来,唐大海擦擦汗。

唐:不累,不累。

五:班长今天星期,我们早晨没事,帮一下厨吧。

伙:你们休息吧！休息吧！

众:不累、不累。

　　(众帮厨:洗菜、淘米、烧火、担水,紧张地愉快地工作起来)

　　(唱第五曲)战斗员,炊事员,都是为革命,工作岗位大家有分工,互相帮助、互相尊重、互相友爱、互相关心,连队生活搞得好,五大运动猛烈向前进。

选自《部队剧选》,东北民主联军总政治部 1946 年 12 月

◇李牧　沙丹

参军保家

时间：一九四七年初春。

地点：东北解放区农村某地。

人物：（以出场先后为序）

老马——三十多岁，跑腿的，民兵。

赵小二——十七八岁，民兵。

朱万福——二十三岁，勇敢、硬性的小伙子，民兵。

朱万春——三十来岁，万福的哥哥，农民。

韩小辫——三十多岁，地痞。

凤兰——二十一岁，万福的未婚妻。

桂香——十五六岁，凤兰的表妹。

老郭头——五十多岁，凤兰的父亲。

农会主任——四十来岁。

其他群众多名，参军者数人。

第一场（路上—朱家）

（锣鼓开场，起第一曲过门）

（朱万福、老马、赵小二背着枪从路上走来）

福:（唱第一曲）农会开了参军会，

　　（三人合唱）咱们哥儿三都报了名，

　　又说又笑是真高兴，

　　参军保家是真光荣。

福:（白）哎！我说老马，你说今儿个开的参军会，该多起劲啊！

马:妈的，比咱们那回斗争韩老燕的会还热闹呢！

赵:（兴高采烈）谁不说是呢，咱们大伙喊"参加"的声音好悬没把房
　　盖给抬起来！

福:（稍怨艾地）赵小二你还说呢？你高兴得就像跟蒋介石干上了似
　　的。还把你那颗枪的顶门子顶上了，差一点没走了火！

马:（反驳）哎……咱们民兵就是这点"邪乎"！你看老张和小李子把
　　大栓弄得喊喳咔嚓地直响，蒋介石他来了往哪跑？！

赵:就凭咱们这硬小伙子打起仗来，一个还不顶"中央军"三个两个
　　的，你说是不是，万福哥？

福:看才刚开会那股劲吧，还不把国民党打个落花流水？！（三人笑）

赵、马、福:（合唱第一曲）

　　穷人翻身要保家，

　　咱们报名去参加，

　　举起拳头像铁锤，

　　消灭蒋匪军再回家。

福:（白）喂！到咱家了，进屋里歇歇呗。

赵、马:嗯哪,好。

（三人进屋坐下。抽烟）

福:你们看大会上乡亲们都乐意自个家的人去,这可不像伪满要国
　　兵,像上刀山那样害怕啊。

马:哎……这回参军是保护自个,那回是给小日本子当兵打咱们自
　　个唔。

赵:对了,周巴拉眼因为他哥一个去不上急得眼睛都红了。

福:你看小李子他爹乐的,他自个儿子参军去,直抿他那八撇胡啊。

马:还有老张他老妈。看见老张那股英雄劲,那张碎嘴子一说就没
　　有闭上。

赵:这都是打心眼里乐意去啊。

（唱第一曲）

咱们参军要自愿,

也不抓来也不骗,

自愿参军为保家,

咱们坚决上前线。

马:（白）咱们还不让坏蛋混进来哪。（过门不断）

（唱第一曲）

咱们参军要好人,

不要特务警察坏国兵,

好人参军保太平,

坏蛋当兵胡乱行。

福:（白）哼! 咱们都是硬小伙子,准能打胜仗啊。（过门不断）

（唱第一曲）

咱们参军要年轻,

44

不要那老小有灾病，

年轻力壮多英勇，

老小灾病不能行。

福：（白）哎，这回咱们都报了名了，净等明儿个走了。

赵：（故意问）老马，你没啥牵挂事啊？

马：我有啥牵挂的，灶王爷贴在腿肚子上，走哪儿，哪儿就是家，到队伍上，队伍上就是家。这回不像给韩老燕扛活的时候了，妈的，一年到头三百六十天得他管着，他说咋的就咋的……

福：如今晚咱们不是翻身了吗？！

马：这话"着"啊，咱去参军没有拉腿扯胳膊的，咱是整年累月跑腿，光棍一条，爱上哪就上哪，如今晚咱要参加联军，咱就参加联军去。

赵：嗯！咱更没啥牵挂，家里有我大哥，侍弄那分来的十来垧地，我去前线一心打反动派！

福：不想家？

赵：（反过来讽刺地）看着吧，看咱们谁想家？咱又没有个等着过门的媳妇。嘿嘿……

马：可真是，你那个没过门的媳妇咋办？

福：这有啥不好办的，等胜利回来再娶呗。

赵：（郑重地）万福哥，我看凤兰不能答应你吧？

马：哎，老朱，我们两个可没啥问题，老张和小李子大概也没啥问题，可就看你的了。

赵：才刚主任不也说了吗？！你得好好跟老郭家商量商量呢！万春大哥不也为你这事愁住了吗？！

福：你们放心吧，我管保耽误不了事。

马:这话可是你说的,你在咱们民兵里说话可最正经,看你明儿个去
　　不上再说?!

赵:你要去不上啊,大伙就是到队伍上也泄劲,咱们都去了,就你一
　　个去不上,该多不好啊。

福:好,你们别说,我说话算话就是了,我一定想办法把她说服,等我
　　哥回来再上老郭家说说去。反正我是非参加去不可……

马:老朱,你可别说了不算,让凤兰哭着喊着把你拉住了,那时候你
　　脸上可寒碜,再说你去不上啊,对咱屯参军可有坏影响,你要能
　　去上啊,明儿个至少还能有二三个参军的,你可不能让凤兰给拉
　　住了……

福:(有点不耐烦)唉,我不会——你们放心吧。

马:那我们走了,明儿个可听你信。

赵:咱们可说定了,别到了明儿个你变卦了。

福:不会,不会。

　　(老马、赵小二下,万福送他们到门口,又往外边看了一会回屋)

福:(唱第一曲)

　　看了看哥哥还没回还,

　　趁这个闲空来擦枪,

　　卸下了大栓擦枪膛,

　　我把枪膛擦得精精亮。

　　如今晚穷人把身翻,

　　斗倒了韩老燕那活阎王,

　　咱当上民兵保家乡,

　　把那些胡子都消灭净光。

福:(一边擦枪一面说)自从斗倒了韩老燕那个活阎王,咱们穷人可

都挺起腰板来了,脑筋也开了,谁他妈的也吓不倒、骗不了啦,如今晚咱穷人手里有了枪杆,谁也不敢再欺压咱们啦,现下咱这屯的胡子坏蛋都收拾干净了,就是蒋介石来了,也准叫他活的来死的回去。哼!让蒋介石他往脸上抓闹吧,明儿个咱就参加主力去,跟"中央军"拼拼。(继续擦枪)

(朱万春由外上)

春:(唱第二曲)

万福兄弟要参军,

眼看跟郭家又要成亲,

参军本是好事情,

亲事不办怎能行。

(白)唉,这个事情,我真为难,眼看过些日子老郭家就要过礼了,万福还非要参军不可,我得回去和万福商量商量这个事情。(进门)万福啊——

福:哥哥你回来了,等你老半天了。

春:我在农会跟主任商量你参军的事情了,主任说,只要老郭家乐意了就行。

福:老郭家能乐意。

春:万福,这事可就难说了……

(唱第二曲)

兄弟你一心参军去,

我的心里也高兴,

过礼的日子就要到,

得到郭家去说分明。

福:(接唱第二曲)

咱跟郭家是世代亲，

我去参军他准能答应，

消灭蒋匪军更要紧，

胜利回来再成亲。

春：（接唱第二曲）

兄弟你说话真开明，

不办亲事先去参军，

常言说"闺女大了理当聘"，

耽误人家怎能行。

福：（接唱第二曲）

蒋介石推咱下火坑，

办成亲事也不安生；

现在我参军上前线，

打倒老蒋永太平。

（白）从前咱受了好几辈子牛马罪，现在咱们翻过身来了，蒋介石又来欺负咱们，这回可不能让他。反正我怎么也得去，我都跟老马赵小二他们说好了，说话不能不算话嗯。

春：万福，你说的话，我也明白你这份意思，可是你参军去了，现下不娶人家闺女，你得自个到老郭家去交代明白了。

福：（有点害臊）人家还没过门，我怎去说啊？亲事还是你做主吧，你把彩礼先拿去，给我说说，等我胜利回来再娶也不晚。

春：你看万福说的，我怎张开嘴去说呀？过些日子就过礼了，我去只有说合哪有说散的？还是你自个去说吧。

福：我叫你去说散了？！你把彩礼拿着，跟老郭大叔商量商量往后挪挪日子，等我回来再娶还不行？！

春:好——（答应）我就去一趟,把彩礼拿出来吧!

福:嗯哪。

　　（福进里屋把彩礼拿出,春打开）

春:万福,我一看见这手镏、盘簪、手镯、乾子四合彩礼就想起来了。

　　（唱第二曲）

　　去年秋天把身翻,

　　分了房子和庄田,

　　卖去余粮换了钱,

　　买来彩礼都齐全,

　　（包好彩礼,过门不断）

　　早先咱是贫寒的人,

　　若不翻身用什么成亲,

　　共产党的恩情说不尽,

　　你要永远记在心。

　　（春往门外走,过门不断）

福:（接唱第二曲）

　　叫声哥哥你听着,

　　我把心话对你说,

　　我决心一定参军去,

　　打倒蒋介石来报国。

春:（白）万福,你有志气,我就厚着脸皮去一趟,看看人家怎说,是答
　　应还是不答应,你在家里等着,我就去了。

福:嗯哪。

　　（春下,福走回）

福:（唱第二曲）

哥哥走后我心发慌，

怕他说得不周全，

没过门的夫妻难见面，

这个事情可真难办。

（白）我倒是见不见她呢？不见吧？明儿个就走了，出啥差也不好。见吧？还没过门呢，不让人家笑话吗？（想了半天）唉，还是硬着头皮去见她一下吧。（回屋）

（第一场完）

第二场（路上）

（打击乐器开始，起第三曲过门，韩小辫从路上走来）

韩：（唱第三曲）

来了我落魄的韩小辫，

表面上好来我心眼坏，

我这街走来那街串，

摇摇摆摆我装洋蒜。

（白）我叫韩小辫，有个绝后器的二叔，人家称号他叫北霸天，八路来了，穷光棍们把他斗倒了，弄得狮子脱毛狗头样，凤凰落魄连鸡都不如，哪像"满洲国"那样绅士啊。

（快板）二叔他叫韩老燕，人家称他叫北霸天，家有田地一千垧，佃户也有百二三，牛羊骡马成大群，鸡鸭鹅狗满场院，油坊、磨房、碾盘样样全，五挂大车整套拴，扛活的能有十来个，一年到头不让他闲，租子能吃九百石，再放出万儿八千的印子钱，出门进门不迈步，一年四季享安然，下炕穿衣别人给穿，上炕吃饭别人给端，警察大官他换过帖，结交了宪兵队的翻译官，方圆四十里

他说了算,哪一个穷人敢到他眼前,穷户谁要碰了咱,送他到县里去惩办,送他到县里去惩办。(打击乐过门)

哪想好事不长变了天,共产党来到了东北边,工作队一伙子到咱们屯,穷户仗势把身翻,斗了二叔分光了地,伸冤报仇闹清算,这个拉牛那个又拉马,你要账来他要钱,鸡鸭鹅群全算去,一切家产都分完,这叫啥呀闹翻身,这叫穷极恶赖无法又无天。

(白)这些穷光棍们把二叔斗倒了,二叔在这屯子也站不住脚了,(四面瞅了瞅,小声地)他大概到柳子上随帮去了,我也没靠没着落了,他临走的时候,叫我在家里私下探听消息,再查看谁随了八路了。正好,今儿个农会开了参军会,有不少人要去,看他们那股高兴劲吧,我非搅和搅和他们不可,他们要是都去了,八路就更大了,"中央军"就更过不来了,那二叔再也回不上这屯子了,我不能瞅着他们去啊,我看朱万福那小子也要去,这小子要去参军,这屯的小伙子们好些都得跟他去。咦?!城里那个大地主潘粉房的大姑娘不是要嫁给朱万福吗?唉,对了,我就到朱万福老丈人家去一趟,我调理调理老郭头去,他是斗二叔最厉害的,好啊!

(唱第三曲)

我心里恨死这些穷光蛋,
等我二叔他回家转,
先砍他们穷头后剥皮,
看他们那时再造反,
我这街走来那街串,
这家探访来那家听,
想尽办法去破坏,

调理他们好不参军。

（第二场完）

第三场（郭家）

（凤兰拿着挎包和针线簸箕从里屋上）

凤：（唱第四曲）

今年的正月喜呀喜洋洋，

郭凤兰（那个）做活在呀在下房，

咱忙着针线做陪送，

咱忙着出门的嫁妆。

（凤兰做活，表妹桂香拿着一双鞋由外上——过门不断）

桂：（接唱第二曲）

走来表妹小桂香，

帮我（那个）表姐忙嫁妆，

如今的姑娘心眼强，

咱的表姐要配民兵郎。

桂：（敲门）表姐，开门！

凤：谁呀？（开门）是表妹来了，快进屋吧。

桂：我姑父进城回来了？

凤：还没回来呢。

桂：表姐，你看这双陪送鞋，我给你赶着做好了，你酌量酌量表姐夫
穿上能不能合脚？

凤：（害羞地）小死鬼……

桂：（唱第四曲）

做上了陪送鞋呀一双，

厚厚的（那个）鞋底结实的帮，

表姐夫穿上道走得远，

撵起胡子多呀便当。

凤：（接唱第四曲）

我心里有话口难张，

多谢你（那个）表妹多呀帮忙，

也愿你配个称心郎，

白头到老你度久长。

桂：（白）表姐，咱不搭理你了，人家好心好意帮你做双鞋，你倒反过

来逗人家？！（生气）

凤：咱怎算逗你了，咱是让你将来找个好女婿！

桂：谁像你那么有眼力！

凤：得了，表妹，算我没说还不行吗？

桂：表姐，咱说正经的，你竟有些啥陪送？

凤：表妹，你说该有些啥陪送？

桂：要我来想啊！

要我来讲陪嫁妆，姑娘出嫁要堂皇！檀香立柜是银皮箱，金银首

饰绫罗绸缎装上满柜和满箱，八仙桌子，穿衣镜子，梳妆台和坐

镜子都摆上，这些东西多阔气，再买个挂表一天嘀嗒嘀嗒响。

（上面用快板，最好还是用朗诵诗或说的读法）

（白）表姐，你看这够好了吧？！

凤：哼！咱们穷人家的孩子，不摆那个谱，地主家才那么陪送呢！

桂：那你要怎么陪送啊？

凤：让我告诉你听啊！

（唱第四曲）

53

提起陪送你听啊我言,

他家(那个)贫来我家也寒,

多亏来了个共产党,

我能过门把家安。

桂:(白)那你都怎么陪送呢?(过门不断)

凤:(接唱第四曲)

咱们翻身有啊余粮,

卖去(那个)几斗换点钱,

有用的东西买啊几件,

到了婆家好使唤。

桂:(白)还是表姐开通啊,没过门就打算到了。

凤:这回我爹进城去,我连雪花膏、胭粉都不让他买,你看人家八路
女同志谁拍胭粉?咱也就不花那份多余钱了。

桂:咦?!(发现凤手里的挎包)表姐,你还给表姐夫做了个挎包?
咦?!还绣上了字了?!快给我看看。(抢去)

凤:别抢,该死的,给人家。(羞得又不敢抢)

桂:让我让我看看嗐——

(唱第四曲)

这一个挎包多呀漂亮,

做得(那个)好看又大方,

前面绣上"英勇"两个字,

背面绣的保田保家乡。

凤:(白)拿来,死丫头。(抢去)

桂:哎哟!表姐害臊喽——(过门不断)

(唱第四曲)

　　表姐你手巧心哪刚强，

　　表姐夫（那个）骑马又扛枪，

　　把这个挎包一配上，

　　出外剿匪多呀雄壮。

凤：（白）桂香，你再说！你再说！（凤追，桂跑）

桂：表姐，咱不说了还不行吗？

凤：别闹了表妹，快帮我做活吧。

桂：嗯哪。

　　（二人做活）

　　（老郭头从城里回来了，背着买的东西上）

郭：（唱第五曲）

　　老郭头进城回家转，

　　置回的陪送都齐全，

　　送我的闺女出阁去，

　　叫她心里乐呵又喜欢。

　　（白）（拍门）凤兰，开门。

凤：八成是爹回来了。

桂：姑父回来了?!（开门）姑父你进城回来了。

郭：小桂香子，你多咱来的？

桂：我来多半晌了，帮我表姐忙活来了。

凤：爹，把褡子给我你歇歇吧！（接过褡子）

郭：不累，咱分的那匹马可快啦。

桂：姑父，你都给表姐买了些啥？

郭：让我说给你听啊——

　　打开褡子你看得详，一件一件我拿手上，白布褥里整两个，麻花被面有两床,阴丹士林整八尺,凤兰你做件大衫也够长,外买脸盆胰子白手巾,一对镜子两只牙刷和牙缸,简简单单地来陪送你,凤兰你看看相当不相当?(用快板,最好用朗读或说)

(凤兰羞得扭向一旁)

桂:(白)表姐,姑父问你这些陪送相当不?(看她不说)你倒说啊,害啥臊?!也没旁人。

凤:(羞答答地)怎不相当,这些陪送我还嫌花钱多了呢。

桂:姑父,表姐说行了,我看这些陪送也不大离儿。

郭:哎,咱穷家的姑娘出门也只能这样,这还多亏共产党哪——

(唱第五曲)

未曾穿戴你想一想,

不要忘了共产党,

斗争恶霸分来的粮,

换来钱财买嫁妆。

凤:(白)爹,我忘不了共产党。(过门不断)

郭:(唱第五曲)

早先你爹穷得底朝上,

外人称我叫郭大筐,

那时女儿你要出阁去,

光着身子见你公婆娘。

凤:(接唱第五曲)

叫声爹爹你听我讲,

看见嫁妆我细思想,

喝水记住打井的人,

女儿永远不忘共产党。

郭：(白)共产党算是救了咱哪，如今咱过上了好日子，从活阎王韩老
　　燕脚底下站起来了。若是没有共产党啊，我就没法陪送你，你看
　　这些东西在早先咱能买得起吗？

桂：可真是的。(三人看东西)

　　(朱万春拿着彩礼上)

春：(唱第二曲)

　　我拿来彩礼整四合，

　　问问老郭家妥不妥，

　　商量亲事往后挪，

　　看看人家怎么说。

　　(白)到了，(到门口)老郭大叔在家吗？

郭：在家啊。谁呀？(出门口)啊，是万春大侄来了。

桂：(对凤)是表姐夫的哥哥来了。

凤：我上屋里去了，桂香，你去吊搭那边……(示意听声)

桂：知道了。(凤兰把东西拿下，桂香到吊搭那边去了。)

郭：(让春进)快到屋里吧，快到屋里吧。

春：大叔先走吧。

郭：你看大侄客气的啥?! 咱们是实在亲戚，走吧，走吧。(进屋，
　　坐下)

春：听说大叔今儿个进城去了？

郭：就是给我女儿买点陪送去了。

春：城里可热闹吧？

郭：可真热闹，好几伙秧歌，还碰上送参军的了。

春：今儿个农会也开参军会了。

郭：过些日子就过礼了，你这么忙今儿个来有啥事吗？

春：没啥事儿，我就是先把这彩礼拿过来，让大叔看看行不行？

郭：唉——有啥不行的，穷家对穷家，有啥挑拣的，害得你这么早就
　　跑来了。

春：不——让你们看看合适不合适，不合适咱再换一换嗯。

（唱第二曲）

拿来彩礼整四合，

一对乾子一对手镯，

手镏盘簪一样一个，

大叔你看看妥不妥。

郭：（唱第五曲）

大叔闻听心中好乐，

四合彩礼实在不错，

谁说穷人不配戴，

过些日子就把礼过。

春：（白）光大叔自个看了不行，再给你闺女拿去看看吧。

郭：小桂香子，把彩礼给你表姐拿去看看。

桂：哎。（上面过门不断）

（唱第五曲）

我看见彩礼笑呵呵，

一件一件手中托，

拿到屋里见我表姐，

看她心里乐不乐？（进里屋）

郭：（白）我家也把陪送预备好了，过些天咱们选择个日子，就过
　　礼吧。

春：大叔，我今儿个来还有点事情，想跟你老商量商量呢。

郭:有啥事,你说吧。(桂香上,倾听)

春:我说了,你可别……

郭:哎,你看大侄说的,有啥大不了的事儿,你说吧。

春:(白)好——

　　(唱第二曲)

　　　自家亲戚不分你我,

　　　心里有话嘴要说,

　　　今天大家开参军会,

　　　参军的小伙子实在多。

郭:(白)就是多啊——(过门不断)

春:(接唱第二曲)

　　　你自愿来他自愿,

　　　大家的事情大家干,

　　　老头听了心眼乐,

　　　老太太看了笑呵呵。

郭:(唱第五曲)

　　　城里参军也红火,

　　　又打鼓来又敲锣,

　　　参军英雄身披红,

　　　大家欢送闹秧歌。

春:(白)这可真热闹啊。(过门不断)

郭:(接唱第五曲)

　　　这个世道真少见,

　　　你怕落后他也抢先,

　　　我老头子心也活,

59

无奈儿小去不得。

春:(唱第二曲)

> 如今参军为自个,
>
> 年轻力壮正适合,
>
> 你的女婿也自动,
>
> 要去参军来报国。

郭:(唱第五曲)

> 参军保家是正经事,
>
> 保住咱们的好生活,
>
> 过礼的日子就要到,
>
> 安下家来再去报国。

春:(唱第二曲)

> 蒋介石推咱下火坑,
>
> 办成了亲事怎能安生,
>
> 万福参军他坚决,
>
> 想把亲事往后挪。

郭:(唱第五曲)

> 咱们就要把礼过,
>
> 闺女大了要出阁,
>
> 为父不能把主做,
>
> 得跟我闺女说一说。

桂:(接唱第五曲)

> 桂香听说参军事,
>
> 快跟我表姐说一说,
>
> 姐夫若是参军去,

结婚的日子没有着落。（进里屋）

郭：（白）这个事情不能由我当爹的做主，我女婿去参军，虽说是个好
　　事，得我闺女乐意了才行。

春：那么你跟你闺女说一说，如今咱穷人翻身了，小伙子们心都盛，
　　要参加咱队伍，也不是个坏事，今儿个我特地把彩礼拿来了，这
　　门亲事是订了，就是想把日子往后挪挪就是了。你老好好地跟
　　你闺女商量商量，那我就先回去了，听个回信吧。

郭：大侄那你先回去，跟你兄弟再商量商量，把事情办了再去参军不
　　也好吗?! 我也跟我闺女合计一下，咱们再看去好，或是不去好。

春：那我就走了。

郭：好，我送送你。

春：别送了，别送了。

郭：走吧，走吧，我就便出去喂喂马。

　　（春、郭下，凤兰、桂香上）

桂：我不哄弄你吧。

凤：你骗我。

　　（唱第五曲）

　　眼看就要把礼过，

　　表妹你不要来骗我。

桂：（接唱）今天开了参军会，

　　真去参军没有差错。

凤：（唱第五曲）

　　若是他真心参军去，

　　为啥不当面跟我说，

　　怎奈我俩难相见，

不能对面把话言。

桂:(唱)劝声表姐你心放宽,

　　我替表姐把话言,

　　如今你们见面难,

　　我问他参军为哪般。

　　(桂要走,凤拉住)

凤:(白)桂香,你别去——(过门不断)

　　(唱第五曲)

　　拉住表妹小桂香,

　　这件事情你先别忙,

　　你若到了朱家去,

　　惹得邻居把闲话讲。

　　(白)别去了桂香,叫邻居知道了,更不好看了。

　　(老郭头上)

郭:(唱第五曲)

　　万福他要参军去,

　　凤兰知道心躁急,

　　事情总得告诉她,

　　真叫我老头没主意。

桂:(白)姑父,到底是怎么回事儿?

郭:没啥事。

桂:我们都听见了,你还瞒啥?

郭:人家说要去参军,把日子往后挪挪就是了。

凤:他是真参军? 还是假参军?

郭:实在亲戚,还能调理咱们?!

（唱第五曲）

叫声女儿把心安，

万福不能把你骗，

他要参军保家去，

女儿你心里作啥打算。

桂：（白）表姐，你愿不愿意表姐夫参军去啊？

（凤兰在寻思着，韩小辫上）

韩：哎，到了老郭家了，（上前叫门）老郭头，你外甥来了。

郭：谁呀？（开门，奇怪地）我当是谁呢？原来是小辫子呀。

（凤兰、桂香下）

韩：我来串个门。

郭：今儿个哪阵风把你刮来了？！

韩：这是啥话啊，如今晚咱也是穷光蛋了，一家子人嗯。

郭：韩老燕出去以后有信没？

韩：（故意的）唉——快别提他那个老浑蛋了，以前他把咱穷人熊苦

了，他死在外头也没人想他。

郭：你小子也学好了？

韩：哎，现在不学好，多咱学好啊？

郭：（冷笑）哼……

韩：听说咱妹子快要过礼了，咱特地来忙活忙活呢。

郭：哎哟，咱可担当不起啊。

韩：看大姨夫说的了，由我姥娘那边论亲戚也不远哪，等过礼了我连

喝喜酒带帮忙。

郭：从前咱是八杆打不着的亲戚，请都请不上门。

韩：这回不是咱脑筋开通了吗？

郭：你若是真开通，学好，不跟你二叔一个鼻孔出气，好小子得参
　　军去。

韩：（暗笑）参军？！

郭：对了，我还叫我女婿参军去哪。

韩：哎，大姨夫，我跟你们可不惜外，有话就要说，对于参军我可听到
　　一个风声。

郭：啥风声？！又是他妈的胡咧咧。

韩：嗐——我还能撒谎？！跟别人胡咧咧还能跟大姨夫你胡咧咧？

郭：（不耐烦）是啥风声，你说说看？

韩：我说了可不能告诉别人啊。

郭：你说吧，到底是怎么回事儿？

韩：好，我说了。

　　（唱第三曲）

　　我今天来到这，

　　我把风声对你说，

　　万家屯有人说，

　　参军的事情去不得。

郭：（唱第五曲）

　　听你言来瞎胡扯，

　　胡打鼓来乱敲锣，

　　翻身以后好处多，

　　为啥参军去不得。

韩：（唱第三曲）

　　蒋介石他靠美国，

　　有飞机大炮坦克车，

八路军他多软弱,

打国民党来打不过。

郭:(唱第五曲)

韩小辫你别瞎胡说,

搬出老美来吓唬我,

我老头子没着错,

八路打仗最坚决。

(白)你说这话我才不信呢,我非叫我女婿参军去不可呢。

韩:还叫你女婿参军去?！我看你是想错了,人家拿参军做幌子,不

要咱妹子了——

郭:你他妈的又胡咧咧了。

韩:嘻——我跟大姨夫你是近人,这是我亲耳听人家说的,一点也不

假呀。

郭:这是谁说的？你说！

韩:(唱第三曲)

大姨夫你细听,

如今你还在做梦,

老朱家变了心,

假意参军把你坑。

郭:(唱)(第五曲)

我跟朱家是世代亲,

你说此话事不真,

彩礼物都送上门,

朱家不会变了心。

韩:(唱第三曲)

你说朱家不变心，

早跟潘家定了亲，

送彩礼来是虚情，

不要你闺女来过门。

（白）人家拿来彩礼就是哄弄你们，那彩礼都是老潘家给他们的，

算没白了你们跟人家做了一回亲，以后就一刀两断了。

郭：怎么跟老潘家定亲了？！是哪家姓潘的？

韩：可不是定亲了，姓潘的在城里呀，还是个大地主哪。

　　（凤兰、桂香由里屋上）

凤、桂：（唱第五曲）

　　　　咱们正在下房中，

　　　　闻听上屋还有人声，

　　　　站在门外手扶墙，

　　　　悄悄在这边把话听。

郭：（想了半天）姓潘的？是潘粉房吗？

韩：对了，对了。（过门不断）

　　（唱第三曲）

　　潘家有个大姑娘，

　　她跟朱家有来往，

　　背地定亲把你骗，

　　暗跟地主勾搭连环。

郭：（白）是真的？这话靠实？

韩：这怎不靠实呢？（过门不断）

　　（唱第三曲）

　　潘家有烧锅又开店，

送给朱家首饰和银钱，

拿上彩礼来哄弄你，

放下圈套叫你往里钻。

凤：(唱第五曲)

一听此话心不安。

莫非是他把心变，

撇下我来另外娶，

小辫他说话难分辨。

郭：(思量，怀疑)啊——不要咱闺女了，凤兰也没怎么的啊？(过门不断)

韩：(唱第三曲)

我说此话你别埋怨，

这句句话儿是真言，

说咱妹子不规矩，

嫌你闺女不德贤。

郭：(白)这简直是糟蹋人，我女儿又没养汉做贼，怎么不规矩啊？

(唱第五曲)

听他言来好心酸，

称意的亲事今天完，

我跟他爹是穷世交，

他忘本来把我骗。

韩：(唱第三曲)

朱家一脚登上天，

当了民兵掌了权，

狗仗人势欺负你，

他和潘家结下亲。

郭:(白)怨不得朱万春把彩礼拿来了,要往后挪日子?

韩:你看这不是花道道就在这里头吗!

郭:(唱第五曲)

骂一声朱家坏心肠,

早先两家穷得一个样,

他有了今天忘了本,

好了疮疤忘了疼。

韩:(白)大姨夫,你何必生这么大的气呢? 咱是好人家的儿女,他说

要就要了?! 不要就了啦?! 不能让他啊。

郭:嘻——纸里是包不住火,事到如今也不用隐瞒了,凤兰,到这来!

(凤一听叫她颤动了一下)

凤:桂香,爹叫我,你进里屋去吧。(桂香很懂事地进里屋了)

凤:(擦着眼睛上)爹叫我?

郭:嗯——

(唱第五曲)

叫声女儿听我言,

拿出彩礼我送回还,

地主的首饰咱不戴,

穷人不挂那长命簪。

凤:爹——(哭了)

郭:别哭孩子,长点志气。

凤:他也许是真的参军去,我们俩是一般长大的,他真格就跟

别人——

韩:哎,你怎这么傻呢? 他当了民兵,做了干部,是官了,心眼也就坏

了,你还信他们? 就打算他真去参军,他靠得住吗?

凤:怎么?

韩:我看朱老二心里顶花花了,一当上了兵,能干好勾当吗?

凤:他不是那种人啊!（自言自语地说）

韩:那可是保不住啊——

（唱第三曲）

他去参军不正当,

当了大官昧天良,

媳妇至少娶几房,

哪还把你记心上。

（白）如今晚年轻轻的小伙子,真是没准啊!

凤:那怎么办呢?

（唱第五曲）

一听此话暗思量,

如今他变成坏心肠,

他跟早先不一样,

就去参军也忘了家乡。

韩:（白）这话对啊,就是朱万福来了说一千句一万句,也别让他参军

去,他是哄弄你们哪。

（父女相呆,朱万福到门前）

福:（唱第一曲）

来到老郭屋门前,

心想进去又寒窖,

为了说参军心焦急,

我进屋里把他们见。

福:(忽听到话声,看屋里有人止住)怎么屋里有人?!

凤:爹,你看这……这怎么办啊——

郭:(叹气)嘻——

韩:这有啥不好办的,我可有个"招",让朱万福去不了啊。

(唱第三曲)

我有法我有"招",

准让他参军去不了,

你扯腿你喊叫,

故意寻死去上吊。

凤:(唱第五曲)

要扯腿来要喊叫,

未婚的姑娘多害臊,

这么做来不太好,

左比邻右有嗑聊。

(万福要冲进去,又站下了)

韩:哎,那怕啥啊,我看大姨夫是个老实人,所以我特地送个信来,可别好心当作驴肝肺,好话当作耳旁风,我得走了,大姨夫,再见啊。(走出门)这回朱万福算去不上了,我还得到别家去搅和去。

福:(看韩出来躲到门后一边,韩下)好啊,你们老郭家跟韩小辫勾搭在一起不让我参军啊。

(福进屋,凤躲到一边)

郭:(觉得奇怪地)啊?!万福来了。

福:(生气)来了。

郭:万福,听说你要参军去,是真的吗?

福:我是要参军去啊,是真的。

70

郭:万福,你这孩子怎的了?! 怎么说话成这个样?! 谁得罪你了吗?

（福不说话）

郭:你说呀,倒是怎么了?

（唱第六曲）

你这孩子不讲理,

谁也没有得罪你,

不知你心里有啥事,

一来就耍牛脾气。

福:（唱第六曲）

你们跟韩小辫像一个人,

一心一意不让我参军,

我要参军谁也拉不住,

以后少登你们郭家门。

郭:（唱第六曲）

骂一声万福你变了心,

你胡言乱语忘了本,

老郭家哪点对不起你,

你翻过脸来不认亲。

福:（白）谁说我变心了?! 真叫人生气。（过门不断）

（唱第六曲）

你们说我变心就变心,

你们说我忘本就忘本,

我姓朱的没有把良心坏,

用不着跟你们来表明。

郭:（唱第六曲）

气得我老郭头真寒心，

你睡上了热炕忘了冷，

我要知道你有今天，

养我老女儿也不跟你定亲。

（很难过地下，凤哭得厉害了）

凤：爹——（欲下）

福：凤兰，你，你哭什么？

凤：我……（哭不应声）

（唱第六曲）

万福你是负心汉，

如今晚你也变心肠，

穷家的亲事你不认，

我看你有啥好下场。

（欲跑下，让福叫住了）

福：（白）凤兰！

（唱第六曲）

叫声凤兰你别忙，

让我跟你把话讲，

你想寻死来拉住我，

我是好铁也不怕钢。

凤：（唱第六曲）

我的心里还刚强，

不会就往死处上想，

我问你为啥丢亲事，

借故参军来撒谎。

福:（唱第六曲）

　　我听此话好冤枉，

　　我不能对你昧天良，

　　想把亲事往后挪，

　　我去参军保家乡。

凤:（白）你说你参军去，我说你撒谎。

福:我对你撒什么谎？

凤:我不信——

　　（唱第六曲）

　　你跟潘家有来往，

　　你们二人拉扯上，

　　你跟地主定亲事，

　　把穷家女儿丢一旁。

福:（唱第六曲）

　　你是无风要起浪，

　　没有的事情你编成样，

　　潘家的姑娘是风流货，

　　我怎能跟她拉扯上。

凤:（唱第六曲）

　　你说跟人家没来往，

　　四合彩礼你都拿上，

　　你家贫寒我知道，

　　哪来的银钱买嫁妆。

福:（唱第六曲）

　　这都是多亏共产党，

帮咱翻身有余粮，

换来银钱买彩礼，

穷人的日子不比往常。

凤：（唱第六曲）

你骗人来嘴硬强，

做过的事情你不认赃，

说我在家不规矩，

到底你有啥证据。

福：（唱第六曲）

叫声凤兰听我讲，

我跟潘家没有来往，

我虽人穷志不穷，

不能跪倒在地主门庭。

（白）是有这么回事儿，潘家要用风流货来麻痹我，收买我，我早就知道他的心思，他让我给主任说好话，不压服他翻把，想要恢复他在咱屯的势力，可是叫我给骂出去了，没料到潘家在外面就造起谣言来了，说你不规矩……说……说了不少坏话啊，可是前儿个就叫咱们把那潘二算计给抓起来了，送到区上去了，这事你还不知道吗？

凤：（沉默）

福：你知道不知道啊？

凤：不知道。可你刚才说的话都是真的？

福：我跟你还能说假话吗？

凤：你不哄弄我吗？

福：我能哄弄你吗？

（唱第七曲）

　　我俩从小一般长，

　　我俩都是穷家生，

　　青梅竹马在一起，

　　受苦受难同长成。

凤：（唱第七曲）

　　我们都是穷苦人，

　　你给地主打长工，

　　我给地主去薅草，

　　一年到头忙个不停。

福、凤：（合唱第七曲）

　　　　咱们两家都贫穷，

　　　　恶霸地主把咱们熊，

　　　　吃不上来穿不上，

　　　　一年到头死里求生。

福：（唱第七曲）

　　我给韩老燕把活扛，

　　一天只喝两碗稀米汤，

　　那年鬼子要劳工，

　　我这硬汉子也难应承。

凤：（唱第七曲）

　　我一天不赚两毛钱，

　　一个姑娘都没长衫穿，

　　日头晒得头发昏（脖子都红），

　　地主嘴里还骂个不停。

福、凤：(合唱第七曲)

   不是咱们穷无能，

   恶霸地主欺压咱们，

   共产党救了穷苦人，

   如今咱们翻了身。

福：(唱第七曲)

  我挺起腰板抬起了头，

  拿上枪杆当上民兵，

  想不到穷人也能掌权，

  想想从前再看今天。

凤：(唱第七曲)

  咱们把眼泪都擦干，

  如今有吃来也有穿，

  苦日子今天也到了头，

  现在和早先不一般。

福、凤：(合唱)我们的恩人共产党，

   把咱们婚姻来成全，

   若不翻身礼不能过，

   你(我)也没法登我(你)家门。

福：(唱第七曲)

  共产党一心来救咱，

  如今穷人当家可掌权，

  说出话来能算话，

  又有房子又有庄田，

  蒋介石看了红了眼，

拿着美国刀枪来打咱，

要把咱穷人推下火坑，

重到苦海受熬煎。

"中央军"来横行又凶残，

那里的老百姓遭了殃，

抢夺你的银钱还不算，

还要霸占你的庄田，

今天要税来明天要款，

打骂不停鸡犬不安，

男被抓丁女的给强奸，

妻儿老小东拆西散，

为了保住咱好日子，

我要离家把军参，

我真心来没有假意，

也不欺来也不骗。

凤:(白)我太……太……(哭)我是叫人给骗了。

福:怎么了?! 谁把你骗了?!

凤:就是韩小辫他来造谣来了,才刚我问你的,都是他说的坏话!

福:他妈的,我知道他一肚子坏水,来破坏我参军来了,他一定还到
别人家去说坏话了,前儿个他就说万家屯参军的都跑了,到处造
谣,明儿个我就把他抓起来。

(老郭头从内上)

郭:哎,我也明白了,才刚你们说的话,我都听见了,咱是让那个无赖
骗了。

福:他就是再怎么骗、破坏,也挡不住我参军去啊!

郭:好,自己的家就要自个来保护,(对凤)凤兰,你这会乐意不乐意你女婿去参军了?

凤:我……(害羞地走过去两步)

郭:哈哈……好,我怎么也是这么着了,女儿十几年都养活了,那我再养活她两年,万福,我女儿答应了,才刚都怨我把你惹生气了。

福:不是,才刚我也太横了。

郭:唉,不怨你,这都是上了那个坏小子的当了。

福:明儿个一定把他押起来。

郭:你去参军去,我当老丈人的,没什么说的。

福:只要你们乐意我去就好啊。

(唱第一曲)

　　万福把心话对你们言,

　　革命不成功我不回还,

　　为了保家咱们暂离别,

　　胜利回来大团圆。

凤:(唱第一曲)

　　凤兰的心中有话讲,

　　你去参军我也喜欢,

　　愿你打仗多立功,

　　你光荣来我也有脸。

郭:(白)好啊,你们都乐意,我明儿个就送你参军去,我老头子高兴啊。

福:不早了,我得回去了,我还得上农会报告抓韩小辫呢!

郭:吃完饭再回去吧。

　　(桂香跑上)

桂:(玩笑地)哎哟,你们俩说的话,我都听见了,吓得我老半天没敢出来,把我惊坏了。对了,表姐夫吃了饭再走吧。

郭:哎,今儿个吃完饭再回去吧。

福:咱们在家里头的、在外头的,为了咱们将来更能过好日子,都加劲干!

众:对呀!

福:(唱第一曲)

　　我去参军上前线。

凤、郭、桂:(合唱)咱们在家里大生产。

福:(唱)我上前线当英雄。

凤、郭、桂:(合唱)咱们生产多收成。

（第三场完）

第四场（路上—农会）

（打击乐器开始,起第三曲过门,韩小辫上）

韩:(唱第三曲)

　　我东街走来西街串,

　　到处掉阉我又捣蒜,

　　昨天造谣我顺心,

　　再到农会去走一番。

（白）哎,这回朱万福这小子叫我搅和的,算去不上了,别的小伙子也非泄劲不可,哈哈哈……（想了想）咦?!他去不上了,还是能有去的,看昨天他们开参军会不是都挺坚决吗?我还得去搅和他们哪,我就便到农会说我也转变了,要参军去,嗯,混进他们那里,把要去的那些穷蛋们都给掉阉回来,好,走啊。

（唱第三曲）

我到农会把主任见，

花言巧语说转变，

我说学好要参军，

用个妙计把穷蛋骗。（下）

（农会主任捧出慰劳品、披红、大红花上）

主：（唱第一曲）

为大伙的事咱起得早，

张罗送参军不怕苦劳，

今天来个热闹欢送，

让参军英雄永远记着。

（白）喝，这回咱屯还要得参军模范呢，昨儿个开会一动员哪，这个说"主任，我乐意参加"，那个说"主任，我也乐意参加"，这自愿参加的就有好几个，都说是参军保家去，那咱将来的日子就更好过了。

（唱第一曲）

众人拾柴火焰高，

参军的英雄真不少，

抱起团来上战场，

打跑老蒋把家乡保！

（白）一会送参军的就来了，我趁这个时候把参军的报名册子弄出来。

（韩小辫上）

韩：哎，主任你忙吧？

主：啊，小辫，你来啦？

韩:对了,主任,咱想参军去呢,来报个名。

主:你还要想参军?

韩:我怎不想去参军呢,这回咱跟从前不同了!

主:怎么不同?

韩:咱也是穷光蛋了,明白了从前跟二叔在一起勾搭连环,这不对劲呵,咱往后要痛改前非,回头是岸。

主:(冷笑)哼,你说你能改变?要学好了?

韩:哎,主任啊,咱这脑筋也随你们开窍了。

主:你说你要学好了,我还不大信,再让我瞅你几天,才知道你好赖。

韩:不——主任,我现在真的学好了,在屯里不做坏事,老老实实的,我真想参加军队去呢!

主:我问你,你想参加队伍干什么?

韩:我想参加队伍保护咱自己的屯子呀,我自己也有面子,咱这个屯不也沾光吗?!

主:你要真能学好,早去晚去都一样,将来你再去吧。

(朱万福、春上)

韩:不,我现在就要参军去。

福:我让你参军去,我让你参军去。(打韩)

春:臭流氓,坏小子。

主:哎,万福,怎回事,万福你先别打。

韩:朱万福,你怎打我?主任,你看他太不讲理了,你不知道民兵不准打人吗?!

福:我不打好人,像你这样挑拨是非、造谣言的坏蛋,我非打你不可!

(又打)

韩:哎哟!哎哟!

主:哎,万福,别打了,咱把他怎么造谣、破坏,咱们弄明白了,咱们按罪来处罚他。

福:(推倒韩)去你妈的吧。

　　(郭、凤、桂、郭儿同上)

桂:咦?! 这不是韩小辫吗?! (上前踢了一脚)你把咱表姐调理够呛。

郭:你这个流氓,又跑到这儿来干啥来了? 昨晚上你顺嘴胡咧咧,把我哄弄半天,才明白过来。(上前打了几下)

凤:你这个臭不要脸的无赖,还有脸见人呢!

主:哎,老郭头,到底是怎么回事?

郭:主任,我告诉你,昨儿个这个流氓到我家去了,乱说一阵哪,说八路军怎么不行,打不过"中央军",又说我女婿跟潘家定亲了,叫我女儿拉住万福,好不去参军,说了好多破坏话啊,到万福上我家去了,才都明白了。

主:哼,潘家算计现在区上押着哪,你还替他造谣?!

春:这里他一定有坏道道。

福:你破坏参军,你又要参军,这都是什么意思? 你说。

郭:他还想参军?! 队伍上要你这无赖,他一定有坏心眼子。

众:对啦,主任,问问他。

主:韩小辫,你当你干的这些勾当,我们还不知道? 你破坏参军不让我们壮大队伍,可是你破坏不了,你看朱万福今儿个就上队伍去,不但他一个人去,还有好多人要去哪,你这回想法又来麻痹我来了,你说你也要参军,混进我们队伍,可是叫咱们给查出来了,你说你和你的二叔还有勾搭没有?

韩:哎,没有,没有啊。

福：你这是撒谎,你二叔是蒋家胡子,你当我们还不知道吗？你说他
　　在哪儿？

韩：我不知道,我真不知道。

主：好,你不说先把你捆起来,这会没空办你。

春：对了,先把他押起来,咱还有咱们的事情呢。

主：(叫福把韩捆起)对！咱们一会送参军的去,就把这个坏蛋一起
　　带到区上去,让区上问他。

　　(群众——老马,赵小二,小李及其父,老张及其母,及其他参军
的三个人和一妇女拿着慰劳品上)

众：主任,咱们送参军来了。这是慰劳品。

福：哎呀,老张和小李子来了,你们没啥问题了？

张、李：没问题。

赵：万福哥,凤兰答应你没有？

马：你的亲事往后挪行了？

福：哎呀老马,可差一悬了,他妈的,这个坏蛋到老郭家去了好一顿
　　破坏。

张：对了,他还到我家去破坏、说坏话了哪。

李：他也对我造谣了。

赵：都怎么破坏,万福哥？

福：说我跟老潘家定亲了,还说……

赵：(上前打小辫)你他妈的来破坏参军来了。

马：你他妈的,这一下要破坏了可不轻啊,老朱要去不上,咱这屯参
　　军多受影响！(也去打小辫)

众：打打打,打这个坏小子。

主：哎,大家不要打了,咱们还有正经事,咱们还是送咱们参军的。

反正咱们饶不了他，咱们把他押到区上去。

众：对，不能饶他。

福：（唱第一曲）

　　如今咱穷人站立牢。

众：（接唱）吓唬不住骗不倒，

　　谁要捣乱来破坏咱，

　　翻身的枪杆决不饶。

郭：（唱第一曲）

　　大家侍弄地苗长得好。

众：（接唱）大家搭桥才修得牢，

　　只要咱们抱得紧，

　　谁敢拔咱们一根毛。

主：（白）这家乡是咱们自己的了，就得自己来保护防备这样的坏蛋，

　　打倒蒋介石的进攻，保住咱们的家。

福：对了，参军保住家，是为了咱们以后的日子更过得牢绑啊。

马：对，老朱你说得对，谁还愿意？举手！

福：对了，愿意去的，咱们一起走！

众中二三人：我愿意去，我愿意去。

主：你们都愿意去吗？

众中二三人：愿意去。

主：你们都没啥问题了？

众中二三人之一：没问题了，我早就和我家里合计好了。

众中二三人之一：我和老马一样，跑腿一个，更没问题。

参军者：（唱第一曲）

　　　咱们参军做模范，

　　　身强力壮正青年，

　　　咱们参军要自动，

　　　不要别人来动员。

福：（唱第一曲）

　　　家自当来枪自扛。

参军者：（接唱）保田保家把兵当，

　　　门要把守贼要防，

　　　好小伙子要上战场。

福：（白）咱们都愿意去，上前线准能打胜仗啊。

众：对呀。

李父：万春呀，你愿意万福去啊？

春：我是太愿意了，家里留我一个人种地就行了，我叫我兄弟上前线
　　一心打蒋匪军去。

李：咱这没过门的嫂子愿意了？

凤：过一边去，逗啥人？！

众中一妇女：快别说了，凤兰都害臊了。

众之一：老郭头，你也愿意你女婿参军去呀？

郭：哎，我干啥不愿意呢，在伪满时节我叫他瞒着岁数，怕国兵，现在
　　我是从心眼里愿意他去啊。我这儿子若不小啊，也让他参军去，
　　现在他姐夫走了，叫他到自卫队来站岗放哨来。

众：哎呀，老郭头多好呀。

郭儿：对了，我替我姐夫来站岗放哨来，有坏蛋准跑不了，像韩小辫
　　这样的，都给逮起来。

众之二：你们看，连十多岁的小孩子也知道当家了。（众欢笑）

　　（外面秧歌大闹，锣鼓大作，郭儿、桂香跑下又上）

郭儿、桂:主任,秧歌来了。

众:走吧！走吧！

主:好,(命郭儿)你到外边把马都备好,来,大家把披红给参军的披
　　上,大红花给戴上。慰劳品给发了,再把这个坏蛋给带到区
　　上去。

　　（大家给参军的披红、戴花、发慰劳品）

主、郭:(唱第一曲)

　　　　咱们大伙来欢送。

众:(接唱)骑马戴花又披红,

　　都拿东西来慰劳,

　　秧歌队也都来欢送。

参军者:(唱第一曲)

　　　　感谢乡亲们多费心,

　　　　咱们好好打仗保家园,

　　　　多咱不打倒蒋介石,

　　　　决心到底不回还。

主、郭:(唱第一曲)

　　　　到队伍上要勤练兵,

　　　　学习文化要用功,

众:(接唱)打起仗来要英勇,

　　把蒋匪军都消灭干净。

福:(唱第一曲)

　　老蒋是个乱世大魔王。

众:(接唱)祸害百姓他黑心肠。

福:(接唱)死耗子要坏咱一锅汤。

86

众：（接唱）咱们大家起来不能让。

众：（合唱）（第一曲）

　　一根筷子可撅断，

　　千层砖瓦打不烂，

　　咱穷人要想过好年月，

　　全靠大家抱团团。

众：（接唱）（第一曲）

　　日头出来满天红，

　　打垮那老蒋齐欢腾，

　　丰衣足食过上好光景，

　　咱们的日子乐无穷。

（全剧完）

一九四七年六月十六日抄

东北书店 1948 年 9 月

◇李南　荆杰　颜一烟

如此"正统军"

时间：一九四六年冬。

地点：西满某地——游击区。

人物：王老太太。

　　　王桂兰——其长女，二十岁。

　　　王桂贞——次女，十七八岁。

　　　王克明——其子，十五岁。

　　　中央军——张连长；

　　　　　　　　胡排长；

　　　　　　　　兵甲、兵乙、兵丙。

　　　嫩江队——甲、乙。

　　　胡子——甲、乙。

　　　八路军——甲、乙。

第一场

（王老太太上）

王：(唱第一曲)

思八路，想八路，

思想起八路我泪涟涟！

想当初我们家给人耪青，

当牛当马多少年，

交不上租子出不了荷，

逼死了孩子爹我去了半边天！

拉扯着一儿两个女，

我寡妇失业受尽了熬煎！

(白)哎！那么咱要不着八路军来，我们这一家老小，饿也饿死

啦！八路军的好处，真是说不完呀！哎！哪儿想好景不长啊！

(唱)十一月十九又变了天！

八路军离开了××县，

"遭殃军"胡子队闯进来，

雁过拔毛老百姓遭了难！

军粮军款催得紧，

苛捐杂税要得急！

有肉的吃了你的肉，

没肉的剥了你的皮！

挨家挨户抓壮丁，

横行霸道抢闺女！

我家的儿女不敢露面，

姐们三个人"猫"在仓子里。

(开门往外看了看，又回来，关上门，松了一口气)

(白)哎！眼看着日头偏西哪！这么前儿总算是消停啦！铁帽子

队没来,今儿这一天又算是躲过去啦!（又听了听外面没有动静,转回,叫她的儿女）桂兰!桂贞!今儿个不能来啦,出来吃饭吧!克明!克明!今儿个不能来抓丁啦,快出来吧!哎!人人拿"满洲"比"中央",这"中央"来了比"满洲"更遭殃啊!

（王克明自内悄悄上）

克:哼!谁不说!端着美国枪,口称是"中央",又要人又要钱,又是杀又是抢!

王:是胡子,是"中央"——

王、克:（合）我们也说不上!

王:哎!"遭殃军"在这疙瘩,咱们老百姓简直不能活了啊!

克:谁不说!伪满国的时节,受了那么多年的罪,好容易八路军来救了咱们,这"中央"猴子队一来,咱们又都遭了大劫了啊!

王:哎!八路军多咱回来呀?跟咱们老百姓"无可无不可"的!这样的好队伍真没见过啊!

克:（机密又兴奋地）妈!我前儿个听人说,咱八路军就要回来了哩!

王:哎!小点声儿!（听听没有人）真的?哎!那可好啦!老佛爷啊!保佑咱八路军快回来吧!

（唱）求一声佛告一声天,

保佑咱八路军快回还!

王、克:（合唱）打走那"中央军"猴子队,

救咱老百姓出苦难!

王:（白）你姐姐们呢?

克:她们叫我先出来瞧瞧有动静没有。

王:哎,日头都偏了西啦,兴许没事儿啦,快叫她们出来吃口饭吧!

克:（转向内叫）大姐!二姐!出来吃饭吧!

王:哎！（一面盛饭）日头偏西啦还不敢出门,两个丫头都吓掉了魂啦！哎！这造的是什么孽啊！

（桂兰姐妹轻轻走出）

兰、贞:妈！不要紧了吗？

王:唉！要紧不要紧的,也得吃口饭啊！

（盛饭,一家人端起碗来刚要吃,外头忽然爆发一声枪响,全家人大惊,急放下碗。姐妹二人要拾掇碗）

王:（急推二女）去！去！快"猫"起去,这疙瘩事儿你们不用管！快去！快去！（推二人下,自己一面收拾碗等,深深叹了一口气）唉！这叫啥日子啊！（看见克明还待在那儿）克明！快"猫"起来去！

克:妈！你也进来"猫"一阵儿吧！

王:哎！快进去！快进去！（拾掇起饭具,推推大门,看关严实了没有,又关好屋门,恨骂）你这杀千刀的"遭殃军"！害得我们老百姓吃口饭都不能安生啊！（一面往里走一面祷告）哎！八路活菩萨呀！你们快回来救我们出火坑吧！（藏饭下）

（中央军兵甲上）

兵甲:（唱第二曲）

连长的妙计赛诸葛,

我到王家把亲说。

说亲不用一张嘴,

假装八路往她家躲。

（白）我,刘雄,新一军×师×团×营×连×排的一班长。今儿个张连长跟我说,要弄老王家的大闺女,叫我假装八路躲到她家菜窖里去！刚才我放了一枪,不知她们躲起来没有？（走到王家门口,听了听,笑)哈哈哈哈!

(唱)刚放一枪我再放一枪,

(又向空放了一枪)

看看你们藏不藏?

(听,里面没有动静)

(轻白)都藏起来了,好! 哈哈哈!

(唱)撕下肩章和臂章,

(撕下后,带起,推推门,推不开,想了想)

(唱)不叫门来我跳墙!

(翻墙,进了院,四面看了看)

(唱)张连长刚才对我说,

找个菜窖往里躲。

(推推屋门,也关着,从窗户钻了进去)

钻进屋里我先藏枪,

(进屋看了看,觉得柜底下好)

美国冲锋枪我往柜底下搁,

(把枪在柜底下藏好,又从窗口钻了出去)

藏好了枪来我钻出去啊,

找着菜窖我往里藏!

(急跑下)

("中央军"张连长带兵乙上)

张:(唱第二曲)

二人定计二人知,

施下巧计抢美人!

把她大闺女抓了来,

当天夜晚文明结婚！

张：（半自语）刘雄不知藏进去了没有？

兵乙：藏进去了吧？

张：叫门去！

兵乙：是！（叫门）开门！开门！

（王惊怕奔出）

王：哎呀！催命阎王又来啦！老佛爷保佑我一家老小啊！

兵乙：（叫门）开门！快！快！

王：来了！（一面去开）谁呀？

张：少废话！快开门！

王：（急开门，见他们，急掩饰惊慌，赔笑）噢！长官！屋里坐！

张：（凶凶地）八路藏在什么地方啦？说！

王：（晴天霹雳）哎呀！我们家哪儿有八路啊！

张：哼！没有？你骗鬼！一定藏在菜窖里啦！领我们上菜窖找去！

王：哎！菜窖里也没有啊！长官！

张：叫你领去就快领去！废什么话！

王：（不得已，一面自语）哎！领去就领去！没有八路啊！（一面带二
人下。少顷，外面"中央军"骂，王叫冤，张与兵乙拖兵甲去，王叫
着："长官！我冤枉啊！"随出）

张：妈的×，你还冤枉！（唰唰就是几鞭子）

（唱第二曲）

你说没有这是谁？！

你说你犯的是什么罪？！

王：长官！长官！我冤枉！我们家没来八路啊！

张：浑蛋！（怒唱）

还说没有八路藏，

难道这是谁栽赃？

王：（白）哎呀！我们家没来这个人啊！他也不是八路军，你瞧！穿的衣裳跟你们一样……

张：（不容她说下去，怒斥）难道是我们"中央军"？！妈的，你还想倒打一耙啊！（转向兵甲）你说你是不是八路军？

兵甲：叫你们抓住了，我还有什么说的啊？

张：好！（唱第二曲）

你小子有种有骨头，

（令兵乙）快给我再去把枪搜！

（兵乙要去搜）

兵甲：（接唱）不用搜来我自己拿，

枪就藏在柜底下。

（兵甲从柜底下拿出枪，给张，张令兵乙接过。王惊叫）

张：（怒向王）好啊！窝藏八路隐藏枪，你这枪毙还得带拐弯啊！

王：哎呀！冤枉！冤枉！真冤枉啊！这哪儿来的八路，哪儿来的枪呀……

张：（假意想了一下）藏了一个一定还有！（令兵乙）再搜去！

兵乙：是！

张：（向兵乙示意）捆上！

兵乙：是！（假捆兵甲后，与张径往里去）

王：（追喊）没有啊！哎呀！这一个还不知是咋来的哩！（见他们已去，无可奈何，担心地转回，向兵甲）你真是八路军吗？

兵甲：可不是真的！

王：大门关着，你咋进来的呀？

兵甲：我跳墙进来的呀！

王：为啥他们一问，你立刻就认承是八路军呢？

兵甲：不快认承就没命了嘛！

王：（想了一下，自语）八路军个个不怕死，我看这里头准定有毛病！

兵甲：（听见了，凶凶地）有毛病？有啥毛病啊？！

　　（王还没来及回答，张和兵乙拿枪逼着两个闺女上，张斥，女叫）

张：走！快走！

王：（大惊，叫）哎呀！"猫"得那么严实都给我搜出来了啊！

张：（唱第二曲）

　　　两个女的仓子里蹲，

　　　窝窝藏藏不是好人！

　　　命令一声快带走！

　　　一定都是女八路军！

　　　（令兵乙）带走！

兵乙：是！（过去要带走！王急拦）

　　　　叫声长官你分清：

　　　　是我闺女不是八路军！

　　　　长官你要是不凭信，

　　　　街坊四邻去打听人！

　　　　（白）长官！长官！你不信，打听打听去！这是我闺女啊！

张：妈的，老混蛋！我上哪儿打听去啊！

王：哎！（无奈，出门求救，向左右喊）她孙二娘！老刘家媳妇！你们
　　来给认认：这桂兰是不是我的闺女呀！他孙二娘……老刘家媳
　　妇……来给认认啊……（喊了半天，没人答应，没法子，叹气转
　　回）唉！都叫这帮子猴子队给逼跑了啊！（回屋向张求）长官！

长官！她们真不是八路军,真是我闺女啊！

张:两个都是?

王:两个都是啊!

张:她们是亲姐儿俩?

王:亲姐儿俩,一母同胞啊,长官!

张:(端详)(唱第二曲)

　　为啥姐儿俩长得不一样?

　　一定有一个是假装!

　　(贪婪地看桂兰,坏笑)

　　哈哈哈,

　　我看大的气色不正,

　　她就是八路共产党!

兰:(怕,轻向王叫)妈呀! 我不是共产党啊!

王:(惊、怕、急)(唱第一曲)

　　听一言来吓掉了魂!

　　我闺女怎么变成八路军!

　　明明是我的亲生女!

　　长官! 这不是活活害死人!

张:(凶白)少废话! 真赃实犯在这儿,你还要赖? (问兵甲)她是不
　　是跟你一块儿来的?

兵甲:就是跟我块堆儿逃过来的!

兰:(委屈地叫)哎呀! 老总! 你要说良心话啊!

王:老总! 你不能冤枉好人啊!

张:(怒骂)妈的×! 你还赖! (令兵乙)带走!

兵乙:是!(无奈,带兰)哎! 走吧! 姑娘! 没法子啊!(拉兰,兰叫)

王：（急拦，哀求）老总！她不是八路，是我闺女啊！

张：（怒打）什么妈巴子闺女！带走！窝藏八路，枪毙的罪过！知道
　　　不？带走！

兵乙：（一面带兰走，一面同情地）哎！走吧！姑娘！谁叫这么咱是
　　　人家的天下啊！（带兰走）

兰：（哭叫）我不是八路军啊！

贞：（同时哭叫）大姐！大姐！

王：（同时，追拉哭叫）老总！不能啊！你饶了她吧！

张：（一下子把王摔倒，怒）（唱第二曲）
　　　你他妈瞧不起我"正统军"，
　　　竟敢勾结八路军！
　　　明儿个再来带你走，
　　　巴篱子里头叫你蹲一蹲！
　　　（令兵乙）快带走！
　　　（兵乙带兰走）

兰：哎呀！妈呀！我不去呀！老总！我不是八路军呀！
　　　（被带下）

张：是八路又怕什么呢？哈哈哈！
　　　（向兵甲）走！（兵甲下，张随下）

贞：（哭叫）姐姐！姐姐！（又去扶王）妈！妈！

王：（挣扎起，哭叫追）桂兰！桂兰！
　　　（哭）（唱第一曲）
　　　骂一声胡子"遭殃军"！

王、贞：（合）假装八路栽赃来害人！

王：（唱）我守寡只有这一儿两个女，

如今割断了我一条筋！

我哭声天啊天不应。

王、贞：（合）我叫声地，地啊地不灵！

"中央军"这些个土匪兵！

我恨不得挖出你的虎狼心！

（王克明忽然从藏的地方奔出）

克：我豁出命去跟他们拼啦！（往外跑去）

王：（急拦）你去那不是白送命吗?！咱老王家就你这一条根啊！

贞：（同时）弟弟你不能去啊！

克：那就不管我大姐啦？叫那些强盗胡子糟蹋去?！

王：哎！踩在人家脚底下，如今还有啥法儿呀?！

克：（忍气吞声）哎！等！等八路军来，给咱们报仇！

王：哎！等着吧！

贞：哎！先歇歇去吧！（扶母下）

（克明关好门随下）

第二场

（"中央军"胡排长带兵丙上）

胡：（唱第三曲）

三连的张连长，

有了喜事不跟我讲！

干瞪着眼睛气不忿儿，

吴胜！快快给我把法儿想！

兵丙：胡排长别着急，

东北有的是大闺女。

胡：八路说来就要来，

　　谁知我等得等不得？

兵丙：(慌唱)提起这，我腿先颤！

　　　八路专打手榴弹！

　　　上回打八路我挂了彩，

　　　小命儿差点儿就交代！

胡：都像你，熊蛋包！

　　"中央军"就完蛋了！

　　打阵地战得找地形。

　　(白)谁叫你——(唱)糊里糊涂绕处跑！

兵丙：是！是！(想了一下，又怕，悄向胡，唱)

　　　大街小巷人叨咕：

　　　村子外头全是八路！

胡：(白)谁说的？(竭力掩饰自己的惊慌，唱)

　　村子外，没有八路，

　　别听他们瞎诈唬！

　　趁着歇这么两天兵，

　　快去找个好去处！

兵丙：好去处，有的是，

　　　不知哪家对你的事？

胡：(想)听说这村出美人，

　　美人里还属陈秀珍。

兵丙：(白)陈秀珍？东街上的那个？

胡：嗯。

兵丙：昨儿个不是叫二营营副弄去了？

胡：叫他弄去了？他妈的这小子真能抢先呀！那还有谁呢？（想）西

　　街老姚家的那个妞儿怎么样？

兵丙：哎，前儿晚上一家子不是都搬走了吗？

胡：搬走了？他妈的这些老百姓都是八路脑袋瓜！都该斩尽杀绝！

　　那还有谁呢？（想）噢！对啦，老王家还有个二丫头哩！

兵丙：真的？比张连长弄的那个怎么样？

胡：嘿，姐妹二人两枝花！

兵丙：那咱这就抢去吧！

胡：胡说！（唱）

　　堂堂的，"中央军"，

　　哪儿能白天去抢人？

兵丙：（接唱）张连长巧计装八路，

　　　　胡排长也要弄美人。

　　　　（白）排长！你也想个好招儿吧！

胡：对！（唱）咱快把，巧计想，

　　（兵丙合）好去把她二姑娘抢。

胡：（想了一会，自语，唱）

　　她还有个小兄弟，

　　就在他身上打主意。

　　（向兵丙耳语）你看这个法儿怎么样？

兵丙：好！好！这个法儿太高强啦！

　　（胡大笑，兵丙赔笑）

胡、兵丙：（合唱）说高强，真高强，

　　　　赛过三连的张连长，

　　　　说走就走快快走，

去找那俏皮小姑娘！

（笑急下）

第三场

（胡子甲乙——神枪二里五、天飞，上）

神：（唱）江洋路上一海蛟，

　　绿林行中逞英豪。

天：我是天飞的正当家，

　　天飞的"柳子"①我掌着！

　　（白）我说，神枪二里五啊！

神：咋的？ 天飞大哥？

天：咱们到"虎头子万儿"家②"下他的底"③去！

神：他"值金儿"④吗？

天：现下他们都翻身啦，"水"多⑤啦！ 不给"鞭"他⑥！

神：跳⑦！

　　（二人走）

神：趁着八路没来到。

天：踢开"卡拉"⑧把"花子子"⑨闹。

---

① 匪帮。
② 王家。
③ 抢他的财物。
④ 趁钱。
⑤ 钱多。
⑥ 揍他。
⑦ （读如"桃"）走。
⑧ 打开院子。
⑨ 钱票子。

神:碰见八路我装百姓。

天:碰上"中央军"我把符号掏。

　　(掏出符号,亮了亮,又收起)

　　(走到王家)

神:这就是"虎头子万儿"家。

天:"靠扇儿"①!

神:对!(叫门)开门! 开门!

　　(王老太太昏沉地但又燃烧着希望地上)

王:(唱第一曲)

　　耳听得门外有人声,

　　莫不是桂兰女转回家门!

　　哎! 哭桂兰哭得我肝肠断,

　　盼桂兰盼得我眼发昏!

　　(强扎挣往门那边走)

　　昏沉沉颤巍巍站立不稳,

　　强扎挣接桂兰我去开门。

　　(挣扎着走近门,昏迷迷地满怀希望伸手正要开门)

神、天:(在外猛力捶门,怒吼)开门! 开门! 快开门!

王:(冷水浇头,大梦惊醒,大叫一声)啊!(踉跄惊退)(唱)

　　大门砸得响砰砰,

　　门口外又来了五殿阎君!

　　哎……哎……(清醒,悲痛地)

　　我桂兰好一比羊入虎口,

———————————

　　① 叫门。

102

盼她回来——

　哎！我做的是什么梦！

神、天：（更猛地捶门，更凶地叫）开门！开门！再不开砸啦！

王：（无奈，开门，边开边问）谁呀！

神、天："中央军"！（踢门闯入）怎么开门开得这么慢！

王：哎呀！你们！

天：（不容她说什么）我们是"中央"先遣军，刚打完了八路回来。

神：（接）上你们这疙瘩打打尖歇歇腿来啦，庄稼人快去给安排吧！

王：（愤恨，又无可奈何，还得应付）哎！穷家破户的，啥也没有，你们
　　说要吃啥呀？

天：我要吃活人脑子，你给我砸去吗？

神：苞米楂子"拉"嗓子，高粱米子儿吃不惯，给我们弄粳米白面去！

王：哎呀！我们没有粳米白面啊！

天：（怒打）妈那巴子的，"中央军"给你们打八路，吃你们点粳米白面
　　都不给弄！

神：分明是瞧不起咱"中央军"，你不给，翻！

　（说着二人径到柜前，掀柜，王急过去拦）

王：哎！柜子里面没有白面，你们别翻啊！

天：（掀不开盖）柜子里头是啥？快敞开盖子叫我们检查！

王：哎！家常使唤的破东西，没有什么犯私的！

神：没犯私的也得看！这是"中央军"的规矩，你敢违抗吗？

王：（无奈，含愤敞开柜，一面说）哎！这里头啥也没有啊！

　（神、天大翻，除零碎东西外，翻出一件较好的花衣服，看了看，
想要）

天：你们家能有这东西？准是八路留下的！

（要收起，王急拦住）

王：哎呀！这是我闺女的陪送，不是八路留下的啊！

神：（又翻出层层包裹的一对银手镯，看了看，欣叫）好啊！（又转向
　　王）哼！还藏着八路的银手镯，老杂种你是不想活啦！（要带起）

王：（拦抢，愤愤地）"遭殃军"把我闺女抢走啦，你们又来抢嫁妆，不
　　行啊！

神：什么妈巴子嫁妆！明明是八路的贼赃！

天：跟这个老王八犊子费啥话！（指镯）这个给我！（指衣）这件你
　　拿去！

神：不行！这个分法儿我不乐意！我要镯子你要衣裳！

天：那不行！不行！（二人抢）

王：（拦抢）不能！不能！你们谁也不能要！好容易分了地分了粮
　　食，才给我闺女置备下的陪送啊！

天：什么妈巴子陪送！

神：麻利儿松手！

王：不能啊！

天：把镯子给我！

神：我搜出来的！

　　（三人正争夺中，嫩江队①二人上）

嫩甲、乙：（合唱第四曲）

　　　　蒋介石，太偏心！

嫩甲：（唱）洋枪洋炮都给新一军！

嫩乙：给咱套筒子去送命。

---

　　①　被蒋介石收编的，伪满警察、特务宪兵等的反动武装，活动于嫩江地区。

嫩甲、乙:(合唱)简直瞧不起咱东北人,

老百姓,更可恨!

嫩甲:有闺女也给新一军!

嫩乙:咱也得去抽个头。

嫩甲、乙:(合)快到老王家去说亲。

（二人走,到了王家,神气地闯入,见里头正抢东西,怔了一下,指胡子）

嫩甲、乙:咦! 你们他妈的是干啥的?

（一见又有人进,王更惊,手一缩,东西被胡子弄到手）

天:(突见人来,开始一怔,见嫩江队二人,回骂,唱)

（第四曲）

你他妈的是什么人?

神:(接唱)我们是正牌的"中央军"!

嫩甲:你他妈的是"充缨儿"①。

嫩乙:(接唱)你们是哪连属哪营?

天:管我哪连属哪营?

神:(接唱)吃打饭的当了兵!

天:(接唱)什么编制咱们不管。

天、神:(合唱)就听参谋长下命令!

嫩甲:(唱)原来是招的胡子兵!

嫩乙:(接唱)怪不得在这儿显原形!

天:咱也跟八路见过仗!

神:(接唱)脑袋掖在裤腰带上!

————————

① 冒充。

105

天：谁不知你是嫩江队！

天、神：（合唱）爷儿们面前少兴洋！

嫩甲、乙：（合唱）你他妈的少废话！

　　手里拿的是什么？

天、神：（合唱）八路的贼赃搜着两件，

　　先没收东西后把她办！

王：哎！这不是啥"贼赃"！那么咱分了地，日子过好啦，才置下的！

　　这是我闺女的陪送，你们不能抢啊！

　　（四人只管争执，并不搭理她）

嫩甲：麻利儿撂下东西给我滚蛋！

天、神：你没资格撵我们！

嫩甲：老子是"中央军"的大军官！

嫩甲、乙：就有资格管你们！滚！快滚！

天、神：（回骂）你他妈的先滚一个给我看！

嫩甲：（先向乙）不滚就揍！

嫩乙：揍！

天、神：揍就揍！怕你是丫头养的！

四人：你滚！你滚！把东西给我！我搜出来的！

　　（四人骂着，打成一团）（王大叫）

　　（"中央军"胡排长带兵丙上）

胡：（见四人扭打，惊、斥）你们这是干什么？！

　　（四人听声音，一怔，手一松，东西到了嫩江队手里。王见又来"中央军"，更惊）

胡：撕撕打打的，你们是干什么的？！

嫩甲、乙：我们是"中央"光复军！

天、神：我们是"中央"先遣军！

神：我是"神枪二里五"！

天：我报字"天飞"！

胡：(神气十足,威风凛凛地)叫你们打八路去,谁叫你们跑这儿闹冲突来啦?！

嫩甲：不是跑这儿闹冲突,我们是搜八路贼赃来啦！

胡：(看看他手上的东西,吓唬)八路的贼赃不归你们管——快交出来,走你们的！

四人：(先后白)这是我们搜出来的嘛！

胡：谁搜出来的也得拿出来！拿不拿?！

四人：(嘟囔着)谁搜出来的就得归谁嘛！

胡：(拿枪逼着)拿不拿?不拿立刻缴你们的械！

天、神：(向嫩甲、乙)麻利儿交给人家吧！

　　(嫩甲乙无奈,把手镯和衣服交给胡,胡收起枪,要往身上带东西)

王：(急拦)长官！这不是啥"贼赃",是我闺女的陪送啊！

胡：(怒斥)什么陪送！你隐匿贼赃,还要办你哪！(转向兵丙,指四人)把他们身上搜一搜！

兵丙：是！(搜嫩乙,没搜出什么,搜嫩甲,搜出一只表,向胡)胡排长！表！

胡：嗯嗯,八路的贼赃！没收！

嫩甲：这表是我个人的嘛！

胡：什么你个人的?就是在这儿拿的！

　　(嫩甲还要说什么,嫩乙急拦)

嫩乙：(轻向嫩甲)给他！咱到哪疙瘩不弄几块去?

（嫩甲愤愤地不作声了）

（兵丙又搜神、天，在天飞身上搜出一些钱）

兵丙：（向胡）胡排长！钱！

胡：没收！

天：我的钱，你凭啥没收啊！

兵丙：就凭是八路的贼赃！（抢过钱，连表一起交给胡。天还要争，神拦住）

胡：（带起钱、表，又斥令四人）走！快走！

嫩甲、乙：这我们的事儿还没办哩嘛！

胡：（怒斥）还办什么事儿？走！（又掏出枪来）再不走立刻毙了你们！

四人：（对看了看）哎！走吧！

胡：哈哈哈哈！不吃软来就吃硬，天生亡国奴的劣根性！（四人气极）

天：（已走至门口，听了这话，气愤地就要往回走，一面骂）妈巴子的……

神：（急抓住他，把他拉出门，轻说）光棍不吃眼前亏，走吧！

嫩甲：妈巴子的刮到老子头上来啦！

嫩乙：哼！少他妈扬拔！八路来了，比兔子跑得都快！

天：妈巴子的！骑驴看唱本，走着瞧！走！

（四人分下）

胡：（向王）这两天八路打得紧，要你儿子当兵去！快把他叫出来吧！

王：（又是一个晴天霹雳，惊叫）哎呀！我儿子没待家呀！

胡：我不信他没在家！吴胜！

兵丙：有！

胡:进去搜!搜着就捆起来。

兵丙:是!(走)

王:(追喊)哎呀!老总!不能啊!老总!

　　(兵丙摔开她,径入内)

王:(悲愤地)(唱第一曲)

　　　听一言我的三魂出了窍,

　　　刚抢走我闺女又把儿要!

　　　你们简直是不叫人活,

　　　我儿年小怎能把兵挑?!

兵丙:(自内捆克明出)走!快走!

王:(追过,拉住叫)不能!老总!不能啊!我们老王家就这一条命
　　根子,拉走他叫我去靠谁呀!你们……你们……你们这简直是
　　不叫人活啊!(疯狂地向胡撞去)

胡:(狠打狠骂)老杂种!你敢违抗命令吗!吴胜!给我捆起来!
　　(一面做得很凶,一面向兵丙示意)快捆!快!

兵丙:是!是!(走近胡前,假意说情)胡排长!您先别生气,让我跟
　　她说说。(拉过王,假意为她设法)老太太,你别糊涂!这是给
　　蒋委员长去效力,谁也不敢违犯!

王:唉!老总!我寡妇失业的,就是这一个儿子啊!

　　(胡向兵丙示意)

兵丙:(故作同情,叹气)哎!真也是!(故意想了想)这么着吧,我给
　　你出个主意:听说你还有个二姑娘,就把她许配给我们胡排
　　长,应名顶了替吧!

王:(惊讶)啊!(呆住了)

胡:(假意不答应,装腔作势地)不行!不行!那不行!这不显得我

图希人家闺女嘛！

兵丙：（假意代求）得了，胡排长！这回您就高高手吧！她独子独根的实在可怜！（转向王）老太太，就这么办吧！（又转向胡）就这么办吧，排长！这回您就当是赏我一个脸！

胡：（假门假事地）嗯，这可是看你的面子！（向王）怎么样？（看她怔视不语，近前）那就把新娘子请出来吧，别在屋里头藏猫猫啦！

王：（完全洞悉了他们的诡计，咬牙骂）好！好！好！（唱第一曲）

好你个"遭殃军"啊虎狼心！

千方百计遭害人！

装八路抢走了我的大闺女，

又来算计我的小桂贞！

（咬牙跺脚）

人活百岁也是一个死，

豁出老命我跟你们拼！

（恨到顶点，爆发了，一面叫着）我跟你们拼啦！（一面向胡撞去，打）

胡：（摸着被打处，恼羞成怒）妈的！给你脸你往鼻梁子上抓！真他妈十八世纪的脑袋瓜！当我就不敢打你啦！（暴打，王怒骂挣扎，克明看着又恨又痛，一下子过去，拉开胡）

克：别折磨我妈啦！我跟你们当"中央军"去！

胡：好！拉走！

兵丙：（同时）好小子有种！走！（拉克走）

王：（拉克不放）不能！不能！他才十五岁呀！

胡：老浑蛋！你别糊涂！当"中央军"打共产党，这是最光荣的！（向兵丙）快拉着走！

兵丙：（拉克）快走！

王：（往回死命拖）不能！不能！你们不能啊！

胡：（狠打她，一面打，一面骂）老杂种，你他妈的闺女也不给，儿子也
　　不给，你想造反是怎么着？

　　（胡打骂，王挣扎、骂，克拦）

　　（二女桂贞突然从里面叫着奔出）

贞：别打！别打！别打我妈啦，我乐意替我兄弟当"中央军"去！

胡：好！那就走吧！

兵丙：瞧人家多明白！

王：（扑过去叫）桂贞！桂贞！你疯啦！

贞：唉！妈呀！（哭）（唱第一曲）

　　桂贞开言泪满面，

　　谁叫咱这里没有青天！

　　老王家只有兄弟一条根，

　　后代的香烟全靠他传。

　　狗强盗抓兄弟不是真意，

　　不弄走女儿，他……他……他的心不甘！

　　我替兄弟当兵去，

　　留下弟弟在妈的眼前！

胡：少废话！去就快走！（令兵丙）快拉走！

兵丙：（拉贞）走！

王：（拉贞，叫）桂贞！桂贞！

克：（追拦）二姐！还是叫我……

贞：（不容他说下去）不！我去！

胡、兵丙：走！快走！（拉走）

王:(追拉)桂贞！桂贞！你糊涂啦！他们弄了你去,就……

贞:(明白母亲的意思,决心地)妈呀！(唱第一曲)

　　叫声母亲你放心！

　　孩儿不能败坏家门。

　　克明你,我的好兄弟,

　　你要长志气,给我报仇恨！

胡:快走吧！瞧这腻腻歪歪的！

兵丙:走！

　　(胡与兵丙拉贞,贞哭走)

王:(追,哭叫)桂贞！桂贞！

克:(追,哭叫)二姐！二姐！

贞:妈！兄弟呀……

胡:(不耐地推贞)得啦,这是带你享福去！

　　(胡、兵丙带桂贞下)

王:(追,哭叫)桂贞！桂贞！

克:(追,哭叫)二姐！二姐！

　　(王母子二人看他们去后,悲愤到极点,哭无泪,泣无声)

王:(望着桂贞的去处,叫)桂贞！桂贞！(唱第一曲)

　　房漏偏遭连夜雨,

　　船破又遇顶头风！

　　三番两次遇上大灾难,

　　活活要我的命残生！

克:(追骂唱)哪儿有"中央军"哪就有胡子！

　　"中央军"来了胡子也成官！

王、克:(合唱)"中央军"胡子一泡货,

112

把咱老百姓活活糟践！

克:(突然决心地)妈！咱走吧！

王:哪儿去？

克:出村去找八路军,给我姐姐报仇雪恨！

王:哎！(唱)千重的仇来万重的恨！

千万重的仇恨记在心！

克:(催白)妈！走吧！找八路报仇去！

王:(唱)难道说走这就走？

克:(接唱)这个地界不能久停。

(白)快走吧！等会儿要再来一拨子什么,就没命啦！(拿了一件衣裳,给她披上,拉她走)妈！走吧！

王:(咬牙跺脚)哎！走！

(唱)桂兰桂贞你们等着我！

王、克:(合唱)找来了八路军给你们报仇雪恨！

王:桂兰！桂贞！

(叫着,克扶王下)

第四场

(胡排长得意地上,桂贞含悲忍愤随上,兵丙端枪在后跟上)

胡:(唱第三曲)

走出门来我好喜欢,

回头又把佳人看,

咂嘴皱眉眼睛含泪,

(走近桂贞,涎脸地)

有什么心腹事快对我言！

（拉住她的手，白）姑娘！你还有什么不乐意的呀？

兵丙：不是不乐意，是害怕！

胡：噢！（唱）姑娘姑娘你别怕！

　　（兵丙合）咱们不打也不骂。

胡：（唱）咱们不比那穷八路。

兵丙：（接唱）跟了排长享不尽的福！

　　（贞咬牙痛恨）

胡：（贪婪地看她，大笑）哈哈哈哈！

　　（唱）细端详，我哈哈笑，（笑）哈哈哈哈！

　　我的艳福真不小！

兵丙：（接唱）头是头来脚是脚！

　　　就是岁数有点小！

胡：（不同意地白）哎！嫩雏嘛，更带劲！

兵丙：对！对！

胡：（唱）说带劲，真带劲，

　　二八佳人正爱人！

　　萝卜都是脆的好，

　　白菜还要吃菜心！

　　（在桂贞脸上扭了一把，桂贞反抗，愤恨到极点，胡大笑）

　　（唱）吃个嫩，吃个嫩，

　　心里痒痒身上来劲，

　　我恨不得……

　　（过去就抱她，贞愤恨，正要有所反抗，外面枪声大作，胡惊怔……）

兵丙：（惊叫）哎呀！八路进来了！快跑！（抱头奔下）

（与兵丙动作的同时，桂贞就在胡一怔、一回头的节骨眼，猛下子抽出胡身上的佩刀，猛力向他刺去，胡不备被她刺倒，桂贞正要趁此逃跑，胡挣扎起，骂着向她扑去）

（外面枪声止，八路军歌声，群众欢呼声）

（胡扑住桂贞，抢她的刀，二人搏斗——胡虽然受了伤，但是力气到底还是比桂贞大，扑倒她，抢过她的刀，骂着，举刀正要刺下去——）

军甲：不准动！举起手来！

（胡吓得哆嗦地举起手来，手里刀落地）

军甲：（向军乙）捆起他来！

胡：哎呀！（紧爬两步，磕头如捣蒜，哀求）八路老爷饶命吧！我缴枪投降行不行？（说着把枪举给八路军，军乙拿过他的枪，把他捆起，他苦苦求饶，军乙把他拉至一边，军甲过去正要去扶桂贞，王老太太被克明扶着奔上）

克：（边出边说）妈呀！八路军打进村子来了！

王：快求他们救救你姐姐吧！（走，一下子看见了桂贞，悲喜交集，急扑过）

王：（边过去边叫）这不是桂贞吗？！桂贞！桂贞！

克：（同时）这不是二姐吗？二姐！二姐！

贞：（逐渐清醒，半昏迷地）（唱第一曲）

　　正跟强盗把命拼，

　　（睁大眼睛四面看，清楚地看见母亲和兄弟）啊！（接唱）

　　眼前又见我的亲人！

王：桂贞！桂贞！

克：二姐！二姐！

贞:(抓住他们,又有点怀疑地,接唱)

母亲兄弟你怎么来?

莫非这是一个梦?

王:桂贞!桂贞!醒醒!这不是梦!

克:八路军打胜仗进了村,把你救啦!

贞:(完全明白,痛定思痛)噢!是八路军把我救啦!

王:对啦,快谢谢咱八路军吧!(拉住儿女就要跪下磕头,八路军急
拦住)

王:(唱第五曲)

叩谢恩人八路军,

你的恩情比海深!

军甲:(接唱)说什么恩情比海深?

为民除害是我们的本分,

是我们的本分!

王:(亲切地拉住他,唱)

我只当你们把我们忘,

盼你们回来,一天三炷香。

军甲、乙:(合唱)八路军打仗为老乡,

我们不能把你们忘。

不能把你们忘!

王:(感激涕零,白)哎!同志!你们再不回来,我们这一家人就都完
了啊!

(唱)多亏回来了八路军,

救了我闺女小桂贞!

王、贞、克:(合唱)母子三人见了面,

多谢同志你的好恩情！

你的好恩情！

（三人又要跪谢，八路军急拦住他们）

军甲：（唱）老大娘不要挂在心！

我有言语你是听：

不用说来不用谢。

军甲、乙：（合）军民本是一家人，

本是一家人。

军甲：（唱）我们应当把你们救！

帮助咱穷人来翻身！

打垮了"中央"胡子兵，

军甲、乙：（合）家家户户才能安生，

才能安生！

军甲：（白）老大娘放心吧！这回咱们把那些"中央军"、嫩江队、"中

央"胡子，都打死的打死、活抓的活抓，全消灭干净啦！

王、克、贞：（欢呼）好啊！这可给咱们报了仇了！

王：（感戴莫名）哎！真是好军头啊！（又拉住儿女）哎！八路回来，

这就好了啊！哎！桂贞！你叫咱们八路给救了，可是你姐姐

呢?！哎！

贞：唉！不知她遭了什么难了啊！

军甲：怎么？你大姑娘怎么啦？

王：哎！叫那丧尽天良的"遭殃军"给抢走啦！

克：就是那个大个子张连长！

军乙：三连的张连长吗？

王：哎！就是那个死挨刀的猴子队！

军甲、乙：我们把他俘虏啦！

王、克、贞：（欢呼）真的？那可好啦！（欢喜地拉着军甲）同志！那快
　　领我找我姐姐桂兰去啊！

军甲：对！走吧！咱们已经把那个张连长抓住了，不怕问不出你闺
　　女来！

王等：那可好啦！快走吧！

军甲：走！

军乙：等会儿！（推过胡与兵丙）这儿还俘虏着两个啦！

王：好啊！（过去一把扯住他，怒打，克也奔过去打）你也有今天啊！

　　（唱第五曲）

　　　一见仇人眼睛红，

　　　打你一拳我骂你一声：

　　　糟践百姓赛"满洲"。

王、克、贞：（合唱）这算认得了你们"正统军"！

　　　你们"正统军"！

王：（白）这回我们算真正认得你们"正统军"了！（打）

胡：（求）老太太！你饶了我吧！

克：你早先那个洋气哪儿去啦？堂堂的"中央军"，死也扬拔点儿嘛！

胡：我下回不敢啦！

军甲：（向乙）带走！（转向王）老大娘！咱走吧！

王：走！（向胡）找着我大闺女再跟你算账！走！

　　（众人要走，克急拦住）

克：等一等！（向军甲）同志！我要参加八路军，打"中央"胡子！

王：好！好！克明好孩子！有志气！（拉克向军甲）同志！我把他交
　　给你啦！跟了你去，就跟在家里一样！

118

军甲:(看了看克)小兄弟,你多大啦?

克:十五啦!

军甲:才十五?哎,你志气虽然大,可是你的岁数太小啦! 还不到参军的年龄!

克:十五还小?

军甲:小! 你瞧枪都比你高,这怎能打仗呢?

克:(无奈,想了想,想起了主意)参军打仗去你们嫌我小,那我参加公家成不成啊?

军甲:(想了想)这么着吧! 咱村就要成立少先队啦,你参加少先队吧!

克:好啊! 啥时候成立少先队啊?

军甲:就在这么一两天!

贞:好! 好! 我也要参加公家!

军甲:对! 咱村还要成立妇女会哩! 你乐意参加,明儿个就去报名吧!

克、贞:好! 好! 明儿个咱块堆儿去报名参加! 打"中央"胡子!

　　(后面人声大作,歌声,欢呼声,口号声)

军甲:咱大队也到了,快走吧!

军乙:对! 快找那个张连长,跟他要人去!

王:(感激地向子女)哎! 这你大姐也有救了啊! 快走吧!

众:走! (除胡与兵丙外,齐欢唱)(唱第五曲)

　　天上有个北斗星,

　　地上有个毛泽东!

　　毛泽东是大救星!

　　他来搭救咱东北人!

搭救东北人！

关里有个朱将军，

率领着千万个子弟兵，

王、克、贞：救咱老百姓出火坑，

救咱出火坑！

克、贞：好男儿要参加八路军，

众：（合唱）八路军打仗为百姓。

打垮蒋介石官胡子，

保田保家保太平！

保太平！

（同下）

一九四七年二月于齐齐哈尔

东北书店 1947 年 9 月初版

◇李琳　陈毅　金英

人民英雄刘湖兰

时间：一九四五年（日本投降后）。

地点：山西省文水县云周村。

人物：刘湖兰（简称刘）——十七岁，妇女会小组长。

　　　金大嫂（简称金）——二十二岁，妇女会员。

　　　于秀云（简称于）——十九岁，同上。

　　　张大嫂（简称张）——二十八岁，同上。

　　　小玉（简称玉）——十五岁，同上。

　　　李大嫂（简称李）——三十岁，同上。

　　　孙长盛媳妇（简称孙）——二十一岁，同上。

　　　民兵队——二人。

　　　赵老四（简称赵）——二十四岁，民兵队长。

　　　陈老头（简称陈）——五十九岁。

　　　农会长（简称农）——三十五岁。

　　　王连长（简称连）——三十五岁，蒋匪官。

勤务兵（简称勤）——十九岁，连长勤务兵。

兵甲（简称甲）——二十三岁，蒋兵。

兵乙（简称乙）——三十岁，蒋兵。

杨大肚子（简称杨）——四十二岁，地主，与蒋匪勾结的大
　　　　坏蛋。

男女群众十余人。

第一场

（开幕时妇女会员金、于二人上）

金：（唱）自从打垮了鬼子兵，

于：全国老百姓笑盈盈。

金：昨天开了动员会，

于：大家生产家业兴。（曲一）

金：（白）咱们昨天开了小组会，刘湖兰动员咱们大伙生产，今年一定
　　要好好干哪。

于：（白）可不是怎么的，咱们的小组长可能干啦！咱们要跟她学习
　　一定不会错了，金大嫂咱们快走吧！

金：对！

金、于：（合唱）刘湖兰是妇女的好模范，

　　　反对懒婆和闲汉，

　　　你织布来，我纺线，

　　　妇女劳动才能把身翻。（曲一）

　　（二道幕开，内有刘湖兰，小玉及张大嫂在院子窠里一大树底下
纺线）

金：你们早都来啦！

于：小玉也在这呢！孙长盛他媳妇和老李大嫂怎么没来？

玉：还说呢！俺们等你半天啦！

刘：来来，快坐下吧，怎么他们还没来呢？

张：我看她俩不能来了，昨天开会她俩就不愿参加咱这生产小组。

金：我看也是，孙长盛他媳妇脾气可隔路啦！昨天还和她老婆婆打
　　仗呢！她婆婆一叫她做活她就嘟嘟囔囔的。

玉：她要再那样，咱小组就开个会不要她。

刘：咳！你这个小孩懂得啥，像这样的人咱们就得好好地劝她，你说
　　是不是，金大嫂？

金：可不是咋的，咱们快纺线吧。（大家纺线）

刘：往后的日子就一天一天地好了，把咱们纺的线织成布，以后就不
　　用到街上买布做衣裳了。

玉：刘大姐！赶明儿个我织花布做衣裳。

于：小玉你心真高呀！咱们要把大布多织一些，那咱们穿衣裳就便
　　利多了，你们大伙说是不是？

张：哎！"看花容易，绣花难"啊！家里有的倒行呀！就拿我来说吧！
　　纺完了这点花就没有啦！

于：咱们这会儿有了生产小组了，以后有了困难大伙互相帮助嘛！

刘：张大嫂！我这有半斤花，早就想给你，我知道你家里很困难的，
　　你收下吧！

张：哎！那哪能呢！老刘大妹子你留着用吧！你别听我说呀！

刘：咱们都是一个小组的，有了困难就应当帮助。

众：对！你收下吧，咱们这一组谁使唤谁的还不都是一样嘛。

金：像孙长盛他媳妇那样的，有棉花可是她就不干！

刘：咱们明天去劝劝她，给她讲道理，叫她明白咱们妇女要想翻身就

得和男人一样地干活才能行。

（唱）要想翻身翻到底，全靠自己去努力，

起早贪黑多负苦，劳动生产要积极。（曲一）

众：对呀！

（唱）大家同心齐努力，加紧建设解放区，

纺纱织布多生产，不愁吃来不愁穿。（曲一）

张：咱们纺的时候不少啦！歇一会吧！

刘：对！咱们一边歇着，我一边念书给你们听，你们听听人家这女的

多能耐呀！

"一九三八年五月三十日，边区自卫军大检阅，男的自卫军，女的

自卫军，整整齐齐的，一队一队的，在延安南郊场，操练着，演习

着，在这许多自卫军里出现了一支小小的队伍，只三十个人都是

女的，可是看吧！她们走得那样整齐，操得那样熟练，这妇女的

队伍，她们开步走向左转；跪下，卧倒，三十个人是一个动作，一

个声音，可是这三十多个的指挥员，却是一个女人，穿着黑衫裤，

绑着白裹腿，草鞋，军帽，两面短头发，在五月的太阳下，兴奋得

发红了。"（一阵吵闹枪炮声，赵队长急忙忙地上）

赵：咳呀！不好啦……方才东庄上……

众：东庄上怎的啦？

赵：（唱）东庄来了蒋匪兵，杀人放火真是凶，

大家赶快来准备，把他全部消灭净。（曲二）

（白）咱们赶快准备吧！我马上去召集民兵去。（转身欲走，刘

扯赵）

刘：赵队长你先别走，等一等，我把咱藏的手榴弹给你拿来！（刘

急下）

金:赵队长！你听说进了东庄没有？

赵:进去啦！进去啦！听跑出来的人说：

（唱）那帮贼胡子真可恨,硬抢粮食还打人,（曲二）

蛮横骂人不讲理,快想主意对付他们。

（白）那些贼胡子到那抢粮食、打人、骂人,可厉害啦！

于:赵队长！那帮胡子有多少人呢？

赵:听说有六七百号呢！

众:哎呀！这可怎么办呢？（众急得手忙脚乱,刘拿一破麻袋包的手

榴弹,后随两个民兵上）

刘:赵队长！你快把这手榴弹拿去召集民兵去,叫他们用劲打死敌

人……（赵和民兵下）

众:刘湖兰哪！方才赵队长说,那帮胡子到那连抢粮食还打人,还骂

人,你说这咋办？（众着急）

刘:你们别着急呀！

（唱）不要慌来不要忙,赶快回家去藏粮,

组织好担架接伤员,帮助军队打胜仗！（曲三）

（白）咱们赶快回去把粮食藏起来,叫那帮贼胡子,一个粮食粒也

叫他捞不着,再回去多动员担架……

众:好！咱们赶快回去准备准备吧！（众急下）

（一场完）

第二场

（后台有枪炮喊杀声,两副担架匆匆上,刘湖兰在前面抬着,老

陈头在后面,另一副担架随后。金、于各随一担架喊唱上）

众:（唱）抬着担架往前行,咱们要好好来照应,

赶快抬回家里去,别让同志受了风。(曲四)

(另一副担架由远方过场)

陈:到了我家了,抬进屋去吧!

刘:抬到我家去吧!

于:老陈大爷家近就抬到这吧!(担架下)

("中央军"连长带勤务兵及地主杨大肚子上)

连:(快板)蒋主席下命令打内战,叫我们开拔到前线,刚刚走到这村头,就和八路开了仗,这一仗真操蛋,国军死了一大半。这村的老百姓真混蛋,帮助八路来作战,埋地雷,抛手榴弹,打得我国军没法办,这回挨家来搜查,抓着穷棒子把账算,把账算。

杨:(快板)哎,光这些还不算,又分房子又分田,另外又要分浮产,今天斗,明天算,穷人稀里哗啦就闹翻了天,弄得咱粮户没吃没住又没穿,国军来了给做主,这回我要把身来翻!

连:你知道你们这个地方,村里谁最坏?是谁领头把八路伤兵抬来了放在那块?你领我去,老百姓这行子玩意不打是不行哪!

杨:咱们这村子有个姓刘的丫头,顶坏了,她领着一伙人斗争、埋地雷,这些事都是她捣的鬼,还成天讲国军老爷怎么不好、怎么坏,刚才抬一个八路的伤兵回去了。

连:走!你领我去!

杨:那成!那成!(殷勤点头应承)(二人下)

(二道幕开,刘、陈在热爱扶持伤员)

刘:陈大爷,我把军衣拿去洗了,我给藏起来,等狗军队来了,你就说同志是你儿子,我是你姑娘,咱们为了把同志保护住,就是他们打死咱们,咱们也别说出实话来呀!

陈:刘湖兰哪!你先别洗啦,把衣裳藏起来,同志也饿了,我先把饭端出来,给同志吃。刘湖兰哪!你放心就是了,咱们翻身全靠八路军,同志受了伤咱们应该保护他嘛!决不能露就是了!

刘:对!那也好。(陈下)

刘:同志!你伤口怎么样了?疼不疼?(边说用手抚摸伤口,用布缠,安慰着)哎!"中央军"这些王八蛋真没长人心哪!你这都是为了咱们老百姓啊!

伤:(感激地坐起来)老乡啊!真麻烦你啦!

刘:同志,你咋这样说呢!你受伤还不是为咱们老百姓翻身吗!同志啊!你这是怎么挂的彩呀?

伤:(兴奋得忘却了疼痛)上级下来冲锋命令的时候,我抱着炸药把铁丝网打开一个缺口,冲到敌人的碉堡跟前,连着我就把手榴弹拉火线扯住,就伸进小窗户口,我就喊"缴枪不杀,人民解放军优待俘虏",他们就一个一个很规矩地把枪从碉堡门递出来,我就抓了二十九个俘虏……

刘:(没等说完就高兴的)你真勇敢哪!以后呢?

伤:以后我刚赶着俘虏往后送的夹当儿,不知从哪儿打来一个枪子儿,就打到我腿上啦!虽说是这样,俺们是"轻伤不下火线,重伤不叫唤",我又坚持了一个钟头,可是血淌得多了,同志们才把我抬下火线。

刘:你虽然受了伤也是光荣的呀!像这样地干,反动派还想活呀!真是妄想。同志啊!你好好休养吧!几天就会好的。(把裤口放下,伤员不能支持而躺下)

伤:好!谢谢你啦!好了以后,我还到前方多杀敌人!

刘:对!多杀敌人,把反动派都杀净才好呢!

(端碗上)

刘：（唱）同志们挂了花，流血过多伤口重，

我这里耐心来侍候，就像我的亲哥哥。（反复一次）

（白）同志！吃饭吧！咱家也没有什么好吃的。等养好伤口再上前方打反动派呀！

（后台"中央军"声：他妈的！这块有没有八路？挨家搜！对！挨家搜！你领着去吧！）（刘、陈二人听到有"中央军"严厉声就骂起来）

刘：老陈大爷，咱们还是赶快把同志藏到后边的粮食窖里去好啊，还安全！

陈：还赶趟不赶趟啊？

刘：赶趟！咱俩快搀着他，快送下去吧！（沉着欲搀下）

伤：老大爷！我出去跟他们拼了去！省着连累你们哪！

刘、陈：同志！可不能啊！先躲过去休养好了再报仇吧！快走吧同志！（伤挣扎向外，被刘陈拖下）

杨：王连长！我看刚才进屋了！（鬼头鬼脑）（连及三兵上）

连：好！你先回去吧！（向甲）叫门！小心点啊！

甲：开门！快他妈开门哪！（屋内恐慌）

陈：谁呀？

甲：快他妈开门吧！（未等开门一脚踢开门）把手举起来！

连：你们姓什么？几口人？快说！

陈：我姓陈！两口人哪！

连：刚才你们抬的受伤八路搁哪里？你们藏在哪里？不说就打死你们，痛快说！

陈：老总！哪有什么八路哪！我只有这么一个女儿。

连：少胡扯！什么女儿，他妈的，快说实话，你们把受伤的八路藏在

哪里？运出来我饶了你们。

刘：老总！你不能胡赖啊！

（唱）老总不要诬赖人，我们没藏八路军，

你要不信翻翻看，俺们不是欺骗你。（第四曲）

连：你说没藏八路军，我一点也不相信，

刚才有人告诉我，不说实话命难活。（四曲）

（白）快说！藏在哪里？不说要你的命！

刘：老总！你不能不讲道理呀！八路军不都撤走了吗？

连：什么不讲道理，你还敢硬嘴，我早知道，快说好了。

陈：老总！俺们是老实的庄稼人哪！真没有啊！

连：你少说话。（向刘）哎！你快说吧！我早调查好了！

刘：叫我说啥？没有就是没有，俺们还能撒谎吗？

连：（陈欲说，上去一耳光）他妈的！不给点厉害，你不知老子是干啥

的，（向刘）你说不说？

刘：没有嘛，你打死我也是没有！

连：你他妈的！你这个小丫头蛋子，还硬嘴，当我不知道呢？（向兵）

不说，给我绑起来。

陈：（陈看要绑刘忙说）老总，她年轻不会说话，你饶了她吧！

连：去你妈的，（推陈）这地方老百姓没好的，把他给我捆起来！

兵：是。（绑刘、陈二人）

连：他妈的，你们都是八路脑瓜，给我揍。

甲、乙：（打陈刘边打边问）快说！快说！

连：快说！（甲乙打个不休）

陈：你就打死我，俺也没藏八路啊！

连：好！把他俩给我拉到外边砍了。

129

甲:连长,把他枪毙了吧?

连:枪毙!他还不值一个枪子钱哪!你们这街上都是八路脑瓜,把
　房子都给我点着,(对甲乙)给我拉走!(陈刘二人不走,甲乙边
　打边推走)

（幕落二场完）

第三场

地点:云周村村头

人物:蒋匪连,甲乙勤,押陈刘二人上。

甲:快走!这些贼兔崽子,八路是你们的爷爷吗?

乙:你们这些混蛋,他妈的,想找死啊!(到了村头)

连:(向兵)喂,叫他俩站住,我再问问他。

兵:是。(站住)

连:你说!你给八路都干了些什么事?

刘:(不语)

连:你当我不知道呢?你成天领头斗这个算那个,拉那个埋地雷,你
　说这些事情是不是你干的?

刘:(不语)

连:他妈的,昨天进村子,就把我们国军炸死二三十个,你说,那地雷
　是不是你埋的?你说!你们这个村子有多少民兵,都在什么地
　方,有多少枪炮子弹,把粮食都藏在什么地方,你说,你若说了就
　放了你。

刘:我不知道。

陈:老总,俺们是老实庄稼人,俺们上哪去知道这些事啊!实在是不
　知道啊!(央求)

130

连:(急了)他妈的,这个老家伙还撒谎,给我打呀!(兵打陈)哎!你
　说嘛!你这个小丫头怎么爱给八路干事呢?跟他们那些穷党吃
　苦受罪的,有多么不上算呢!说了吧!

刘:(气愤的)你少胡扯。

连:哎!你不要生气嘛!说个实在的,你看看咱们国军多神气,吃
　的、住的、穿的都是美国的,哪样不比你干穷八路强啊!若跟他
　们死了,有多么不值个啊!我看你还是说了吧!跟我去给我当
　个官太太,你看那有多阔啊!

刘:呸!狗畜生,你别看我是个女的,我不能像你们这一群王八犊
　子,为了升官发财出卖了中国,甘心认美国干爸爸。
　(唱)骂一声无耻的蒋匪军,你把百姓推下火坑,
　你不想想你是中国人,丧尽天良的狗畜生。(曲六)
　(白)拿着美国枪杀自己人,你也不拍拍你的良心还够个中国
　人吗?

连:(厉声地)哎!你还骂我。
　(唱)你这丫头真不识抬举,你的狗命在我手心里,
　今天若不把实话讲,定要你一命见阎王。(曲五)
　(白)你不说,今天我就揍死你。

刘:死,死没有什么,只要我真给乡亲们办事了,就算我没白活一回,
　你想叫我屈服你们,你算妄想。

陈:老总!我们真是不知道啊!你不能冤枉人哪!

连:什么不知道,你们家窝藏八路,你快说,你是不是老八路?

陈:没……没有八路啊!

连:什么没有!刚才你们抬的那个八路搁哪里?不说,给我打!(士
　兵打陈)你们村有没有共产党?

刘:（见蒋匪打陈,打得太重了,便毅然地）凡是穷人都是共产党。你们小心你的脑袋吧!

连:你们不干那个穷党行不行?

刘:共产党是给老百姓办事情的,我们穷人翻身全靠共产党,不像你们专祸害老百姓,你记住吧! 要有我刘湖兰一口气在,我就坚决干到底,绝不能屈服你们。

连:你他妈的王八吃秤砣算铁心了!（指勤务兵）哎,你把他找来。（勤务兵下）（对陈）哎,老头,你说她真是你的姑娘吗? 你可要说准啊!

陈:老总,姑娘还有假的吗?

连:既然是你姑娘,那八路的东西都搁在哪里你一定知道了,你说。

陈:唉,连八路我都不知道还说得上什么东西啦!

连:这个老豆包,不说实话,（向兵乙）去把铡刀拿来。

乙:是。（兵扛铡刀给刘看）

连:（用威胁刘的态度）拉下去给我铡了。

甲、乙:是。（铡刀和老陈头一同拉下）

（后台老陈头惨叫,"中央军"吆喝声及铡刀声）

刘:（听陈的惨叫心如刀刺地欲下,被连长阻止）

（白）你们这狠心的强盗啊!

（唱）见此情我心中好难过,痛恨强盗实在万恶,

年迈老头有啥罪过,活活铡死陈老大爷。（曲六）

（勤务兵引杨大肚子上）

勤:报告,找来了。

连:（对杨）唉,你认识她不?

杨:（臀高过头地）认识,认识。

杨:(接着向刘假劝)刘湖兰哪!你别傻了,你看你受这个罪,这是图个什么?我早就跟你们说过"成事不足,败事有余"。这下子闹到自己头上来啦吧!年轻轻的什么不能干,偏干这个,快告诉国军老爷吧,地雷你埋在哪儿了?八路你给藏在哪儿块啦?你若再惹国军老爷生气就会要你的命啊!你没看老陈头吗?

刘:(没等杨说完即气极地)你他妈滚蛋,咱们村子里怎么出你这个坏蛋,情愿跟"中央"胡子一个鼻孔眼儿喘气,告诉你,我早就看出来你啦!

甲、乙:(持血红的铡刀上)报告,铡了。

连:先放在地下。

连:(向刘)哎,你看见没有?你只要说你今后再不给八路办事,把八路的底细都告诉俺们,我就饶了你,你看,你这么年轻,这么漂亮的小姑娘,心眼怎么这样不开通呢?你说了,跟我去过上几年好日子,给国军老爷当个官太太,该多么美啊!

杨:对啦,对啦。

(刘冲上前要和蒋匪拼了,撕咬)

甲:哎,你瞅着没有?不说就开铡呀!

连:你看见了没有?你说,你今后再不给八路办事啦,你说,因为你是个女人,不知道什么,以前给八路办事是错啦。

刘:我是女人,我干得对,我干得对。

杨:刘湖兰,你真愿意死怎么的?那我可不能给你讲情啦。

连:(再威胁地向兵甲)把铡刀顺过来。

杨:(凶相毕露地)这是生死的关头啊!你快说吧!

刘:(愤恨切齿地)杨大肚子,你记住吧!我死了不要紧,咱们乡亲们不会饶了你的!民主政府也不会饶了你的。

连:若铡死,再想活也晚了。

刘:(英勇姿态地)你杀,你铡,随你的便,你想叫我不给老百姓办事,那比上天还难哪!

连:你真愿意死吗?

刘:(坚决不屈地)死,死有啥关系,为老百姓办事情,为老百姓死了也是光荣的。

连:(威胁地)给我铡。

甲:是。(欲铡)

连:喂,先等一等。(向刘)现在你说还不晚,你只要点点头,我就不杀你,快说吧! 我限制你三分钟的工夫,我说一、二、三,只要你悔过,点点头就行。

杨:说吧! 命要紧,胳臂拧不过大腿,刘湖兰啊! 现在说啦,国军老爷还能饶了你呀!

刘:还是随你们的便,我死不要紧,你们记住吧! 一定会有千千万万老百姓替我报仇的。

连:好,现在我数数,我说一、二,快说吧! 这是最后的一分钟了,你要好好想想,(少停)到了,三。(刘仍旁若无人地毫不理睬)

连:(连长大怒)给我铡。

甲:是。(欲推刘,刘以英勇的姿态,绕场一周,从容就义,自动到铡刀前高呼)(奏国际歌)

刘:毛主席万岁!

共产党万岁!

中华民族解放万岁! (二道幕落)

(后台铡刀声、惨叫声、吆喝声)

(杨喊:走吧! 国军老爷,到我家去喝酒去吧! 连:走吧!)

（场上一阵沉寂，稍刻小玉跑上，四面张望一下，看没有人，转身向后台喊）

玉：（难受地）快来呀！刘大姐叫他们……快来呀！（二道幕开，群众都拥上前，难过地俯首哭泣）

（发现刘已死，群众都扑到刘尸前，号啕大哭，边说着）

金：刘湖兰哪！你是为了咱们老百姓大伙才牺牲的，这是光荣的，你活着的时候常在一块的这些姐妹们都在这里呢！俺们下决心，一定都向你学习，咱们八路军一定还会回来的，俺们大伙一定要给你报仇伸冤啊！

玉：刘大姐！我总也忘不了你！你活着时候待我那样好，教我做活，我长大了一定给你报仇啊！

于：（在大家哭泣中）姊妹们！都别难过了！咱们赶快把两个死人埋了吧！（众悲愤中，二道幕落）

（"中央军"在猛烈的枪声中狼狈地在二道幕前鼠窜，八路军和民兵持枪在后面追下。同时喊：缴枪不杀！优待俘虏）

（第三场完）

第四场

地点：和第一场同。

（开场有妇女会员六人，即与刘湖兰同一生产小组者）

众：（唱）蒋匪来了奸淫烧杀，吓得咱女人不敢露面，

雨过天晴真喜欢，新的光景又实现。（曲一）

金：（白）从来了狗军队，吓得咱们多少日子也不敢出大门，咱们这些人呀，多少日子也没到一块儿做活啦！

于：（白）可不是咋的，这都是多亏八路军打跑了那帮"中央"胡子，咱

们又重新过着安稳的日子啦!

（众都坐下,有纺线的,有做活的）

张:哎!咱又到一块啦!就是少个刘湖兰哪!咳!真想不到刘湖兰死得这么可惜啊!

玉:哎呀!这纺花车子还是我刘姐扔下的呢!这也是个念想。

孙:刘湖兰真是个好人哪,拿我来说吧,我在早就不愿意干活,整天和俺们家你大兄弟唧唧,他看不上我。从刘湖兰动员我参加咱这个妇女生产小组,她天天抽空就给我讲道理,教我做活,教我识字,我从那才进步了,家里的人对我也和气了。若没有刘湖兰哪!我哪能像今天这样。

李:你提起这个啦!想当初我还不是和你一样,细说起来,人家那么年轻岁数,和咱们比起来,咱们真是白活。

张:（白）刘湖兰那年轻人啊!

（唱）刘湖兰年轻心眼好,对人像己一般高,

我没棉花她帮助,懒老婆也被她劝好。（曲七）

于:（白）哎呀!刘湖兰那个年轻人啊!可能干啦!

（唱）刘湖兰吃苦耐劳,开荒除草不偷闲,

帮助学习讲道理,她是咱村英雄汉。（曲七）

金:（白）光那些还不算呢!刘湖兰人家道道可多啦!

（唱）刘湖兰遇有情况她不慌,担架运输运粮忙,

她说若想打胜仗,军民互助理应当。（曲七）

玉:（白）提起我刘大姐呀!我就止不住难受!

（唱）刘大姐死得好苦情,蒋贼毒打处死刑,

坚强不屈英勇牺牲,全村都称她女英雄。（曲七）

孙:（白）蒋家胡子太不长人心啦!

金:哼! 他们杀死一个刘湖兰,咱们要好好向她学习,将来咱这些女的都变成刘湖兰,一定要给刘湖兰报仇啊!

于:对! 咱们一定要替刘湖兰报仇!一会儿斗争杨大肚子我非替刘湖兰好好伸冤报仇不可!

玉:瞅着,等开斗争会时,我非好好收拾收拾他不可,出出这口气,替我刘姐报仇。

金、于:哎呀! 时候不早啦! 咱们赶快收拾收拾去开会吧!

众:对! 咱们赶快开会去吧! (边收拾东西)

众:(唱)这件血泪惨案令人心寒,地主害死了刘湖兰,

今天去开斗争会,定要杨大肚皮把命还。(曲八)(众下)

第五场

(群众参加完斗争会向坟上走,于二道幕前)

众:(唱)通红的太阳照满天,咳咳,今天咱们多呀么多喜欢,咳咳,报了仇,伸了冤,抬起了头,见青天,千年的铁树开了花,万年的磐石把身翻。(曲九)

(二道幕开,奏着悲乐,在刘湖兰墓前立一大碑,有无数男女群众在祭祀着,在碑的侧面摆着挽联、幛子,缴获的"中央"军装、枪械,杨大肚子跪在碑的前面,负伤八路军已痊愈在场,会已开始了)

(于和农会长二人在献香)

金:(献花圈)刘湖兰哪! 在你活着的时候,你帮助咱们组织生产小组,每天干活学习都很好,在你牺牲以后,咱们八路军回来啦! 打跑了中央胡子,咱们老百姓又过太平的日子了,咱们妇女生产小组又扩大了,都提出口号要向你学习,这回生产更起劲,这都是你给俺们的好处啊! 全村人为了纪念你,献给你这个花圈啊!

137

（悲痛）

玉：（拿纺花车到墓前）刘大姐！这个花车是你留下的，我一拿起这花车子，就想起你来啦！你活着时候教我干活，你虽然牺牲了，我一定照你的话做，加紧干活啊！（流泪）

伤：（把悲愤变成力量地）刘湖兰同志啊！老陈大爷！你们为了救我丧了命，这回我的伤养好啦！（更刚毅地）我这就上前方去，坚决消灭反动派，替你们报仇雪恨哪！

农：刘湖兰你是中华民族的好儿女，是个模范的共产党员。（转向群众）刘湖兰她是个共产党员哪！（转向墓）刘湖兰哪！老陈头啊！今天俺们给你报了仇啦！什么事情都弄清楚啦！是坏蛋杨大肚子勾结"中央"胡子害死你们的，又把咱们埋的粮食都给起出来了。政府已经同意咱们全村大伙的意见，枪毙杨大肚子，在你坟前祭灵，为后大伙一定照着你的精神和反动派干到底，现在就枪毙杨大肚子，给你报仇！（对民兵）拉去枪毙。（民兵持枪拉杨下）

众：对，枪毙，枪毙！

（后台枪声响）

众：（呼口号）枪毙坏蛋！

替刘湖兰报仇！

我们要向刘湖兰学习！

我们要向英雄刘湖兰看齐！

拥护共产党！

共产党万岁！（民兵队长跑上手持捷报）

赵：哎呀！我告诉你们个好消息，咱们军队又打大胜仗啦！

众：你怎么知道的呀？

赵：方才我换岗，看见有人送捷报来，这不，我还拿来一张呢！

众：你快念给俺们听听。

赵：（念捷报的意思）敌人用二十万军队来打咱们，叫咱们给消灭了十万，另外在邯郸又活捉了七万，缴了枪炮子弹老鼻子啦！

众：（鼓掌）咱们军队又打大胜仗啦！俺们大伙快去劳军去吧。

农：刘湖兰哪！咱们队伍又打大胜仗啦！俺们大伙要回去准备去劳军去啦！要像你活着时候一样去劳军去。

众：对！走吧！走吧！（众扭秧歌舞下）

众：（唱）胜利的消息到处传，解放区老百姓乐呀么乐欢天。你拿米，我拿面，去劳军，应占先，军爱民来民拥军，军民本是一家人。

（曲九）

（幕徐落）

（剧终）

附记：一九四八年"三八"节时，根据"刘湖兰画本"编的。

选自《女英雄刘湖兰　姑嫂劳军》，辽北书店 1948 年 12 月

◇李蒙　赵惠　刘增文　刘百合　竞痕

宋福泰家

时间：春耕时节。

地点：接近敌人阵地，我方阵地外六里之柴河铺。

人物：宋福泰——五十多岁，富农，有点自私，怕老婆，脾气有点倔。

　　　宋妻——四十多岁，"小店"，好叽咕。

　　　桂贤——福泰女儿，十七岁。

　　　虎子——福泰儿子，二十多岁，忠厚老实。

　　　民主联军——指导员，三十多岁。

　　　　　　　　副连长，二十多岁。

　　　　　　　　战士甲，乙，丙，丁，戊，已。

　　　　　　　　王班长，二十岁，精明强干。

　　　"中央"胡子——队长侯警长（伪职）

　　　　　　　　队员甲，乙。

　　　苟连长——"国军"前卫连长。

　　　卫士。

列兵甲,乙,丙,丁。

传令兵。

第一场 （挖战壕）

挖战壕歌

（一）

咳哟！咳哟嚎,

挖呀！挖战壕,

你一锨,

我一镐,

保卫和平民主,

工事要做牢,

平时多流汗,

战时少流血哟,咳哟嚎。

（二）

咳哟！咳哟嚎,

挖呀！挖战壕,

你一锨,

我一镐,

散兵坑,

交通壕,

架好地堡顶,

挖好机枪巢,

消灭敌人咳哟,

把自己保。

（三）

咳哟！挖战壕，

你一镐，

我一锹，

（民）军队爱护百姓，

（军）百姓拥护军队，

（合）打仗为咱大家，

大伙一齐干，

打倒反动派，

日子得安然。

（四）

咳哟！咳哟嚎，

挖呀！挖战壕，

蒋介石，卖国贼，

为了欺压百姓，

勾结美国鬼，

你要敢来把你，

立刻打跑。

（反复的歌声中幕启）

副连长：同志们！歇会儿吧！来，老九抽袋吧！锁柱累得够受吧？

锁柱子：我从九岁上就下地，起小给人家支使着，铲大地，比这活累
　　　　得多呀！这算个啥。

王班长：（吹哨子）休息喽，（望远处）休息了！（远处声——"休息
　　　　了"）

副：（拿出烟袋）给老九先抽。

老九：今儿早上发给我的这份儿，还没动呢，你抽吧。（从怀里掏出一包烟来）锁柱子你先抽。

锁：咳！常在一块多会儿见到过我抽烟哪，我和双喜都不会抽。

战士甲：给我块纸，我卷颗烟抽！

副：我没带着纸。

甲：那我等你抽完了，再抽吧！（自语）唉！今儿咱们指导员没来，"大白杆"也抽不上了。

乙：唉！真的！咱们指导员哪去啦！

甲：你真不管闲事，咱们二排，缺了一个班你都不知道！

乙：他们干啥去啦？

甲：帮老百姓种地去啦！

乙：帮谁家呀？

甲：你这个人，这个啰唆劲儿的，你问我我问谁去？

乙：你这是什么态度？！

副：你们俩净磨牙，三句话不来，就抬上啦！给（向甲）！抽烟吧！

乙：（把烟袋接过去了）

甲：对！咱们让着点。

乙：（边装烟，边说）我问他咱指导员哪去了，他不告诉我，还呲儿了我一顿。副连长！咱们指导员到底干啥去啦？

副：帮咱房东宋福泰种高粱去啦！

乙：怎么帮他种地去啦！哼！帮助谁也不能帮他呀，那老头啊！可"生古"啦！

双喜：你也知道他"生古"啦？

锁：咳——那在俺们屯里，有了名的"小店"，你还没见他老婆哪！比他还厉害，光占便宜不吃亏。

143

喜：我看他是不宜好，大处不见，小处见，你要说他一句呀！嘿！他翻儿啦！你要真打他一顿，他倒老实啦！（向锁）你还记得"满洲国"时候，在咱们屯里待的那个侯——侯，侯什么来着？

锁：噢！那个侯警长呵，咳！那家伙可没少弄他的钱啦！

喜：那小子一没钱花了，就去啦！你瞧吧！吃着、喝着、打着、骂着，钱就到手啦，要三他不敢给两。

乙：我看也是那么回事，你就拿他北岭上这块地来说吧，为了咱们在这挖战壕，政府还按规章给他粮，指导员还翻过来说，掉过来说，他就不开窍，你看还有个"整"儿！

老九：可"生古"啦！要按说这么点地，政府还给粮，指导员还又带人帮他种地，再说也是为咱百姓好哇。

锁：看！怎么叫死脑筋呢！那家伙上炕认识他老婆，下炕认两双鞋，可是不开窍啦。

丙：我看就不应该帮助他，有那工夫还帮别人家呢。

戊：别人家不是都帮助完了吗，再说咱们帮助老百姓是应该的，也不能因为他"生古"就不帮助他呀！他又是我们房东。

锁：要按理他可不应该叫帮助。

乙：是吗！又是劳金，又是半拉子，造了三四个……

甲：得啦！他要像你似的，革命早成功了！依我看越这样的人，才越应该多帮助多教育呢！

丁：唉！副连长，宋福泰来了！（指远处）那不是，从山傍上来啦！

副：（站起来拍打身上的土）老大爷下地来看看哪？！

宋：（不语）

丙、乙：（在一起看着宋不知叽咕些什么）

副：（瞪了他俩一眼）宋大爷！请这边坐一坐吧！

宋：唉——

（唱）我老宋，真遭殃，

祖先不该置地在山岗，

人家好地，没摊上，

咱这三十垧岗地变成战场。

（白）唉！真他妈不走字儿！

副：老大爷，这都怨国民党反动派，勾结美国鬼子打内战要祸害咱们老百姓，咱们为了不受他祸害，不受蒋介石压迫，才自个组织起来，保护自个，咱们这是军事上需要，不能不在你这挖战壕。

宋：（唱）

八路军，"中央军"，两头打仗。

咱百姓，在中间，跟着遭殃。

（锁柱子、老九、双喜，直看着宋咂舌头）

乙：你知不知道有欺侮人的人哪？蒋介石把东北同胞卖给日本小鬼子，叫咱们当了十四年亡国奴，这会儿他又勾来美国。你愿意叫他们骑着脖颈拉屎，你没受过汉奸欺侮吧？

九：大叔，你这么说，可就不对啦，人分三六九等，木分花梨紫檀哪，在"满洲国"你又是受过气的人，你再看看咱们八路军不顾命地这样苦干，为谁呀？这全是为咱老百姓过好日子呵，就拿在你家里住着，担水扫院子帮你种地，哪一点待咱错啦？你活了五十多岁见过多少这样仁义的队伍哇？

喜：路是弯的，理是直的，谁好谁坏总有个理管着，眼是观宝珠，嘴是试金石，谁好谁坏还看不出来呀？国民党从前勾结小鬼子，八路军老百姓把小鬼子打跑了，他又勾结美国欺侮咱老百姓，你耳不聋眼不花的，这些事你应该知道嘛！

锁：(向双喜)看咱宣传委员,带劲,替农会增光。

九：宋大叔,别那样死脑筋,把眼睛擦亮点,常言说,家贫出孝子,国乱才显忠臣呢,八路军待咱们够多好,人家把咱看成亲人,你想想自古到今,谁拿咱老庄稼人当过人哪?

副：好啦,开始干吧!

宋：我看!副连长,挖到这儿就别再挖啦,正当地挖这么条大沟,我这就没法种啦!

副：老大爷,我们已经跟你老商量了好几回啦!你老应该明白嘛!我们不是为自己个,就拿我说吧,我是关里人,从关里好几千里地跑到这关外来和国民党反动派打仗,为啥呀!为钱吗?不是,上至毛主席朱总司令,都一个钱不挣。为升官吗?我是副连长,我跟同志们一样干活。我们流血流汗都是为老百姓过好日子、不受蒋介石压迫,占了你一些地,也是大伙安全,再说政府又给你粮食。

宋：说得倒好,给的我粮在哪儿呢?

副：还没给你呀?

宋：那还不是说说当啦!

王：(吹哨子)噢!开工了!

　　(人们哼着歌子,挖起来,挖下去)

宋：你看!打这北岭往南直到我们柴河铺那疙瘩,这六里地都是一漫平川,也好挖呀!你们就不占,单单相中了我这块破山头啦,你说"邪腥"不"邪腥"?
你说吧,从西边六里河子,到这北岭再往东到北河霸小孤山子,这一溜都是些个山岗子地,你们怎么就单单相中这些地方啦!再说又多难挖呀!

副：好啦！老大爷回家再"唠"吧！

宋：副连长！求你怎么也得帮帮我的忙,你抬抬手我就过去了,别再往东挖了。老弟,我讨个大来说吧,老哥哥还能让你白帮忙吗？再说我也不是那个四六不懂的人哪。

副：老大爷,你把我们八路军看成什么人啦,我们是按理行事的,通通钱、挖挖门子、掏掏窗户的事不时兴啦！

宋：咳！不是不是,副连长真的不能原谅这回？

副：这是军事计划,不能随便改变,老先生你先请回吧。

宋：不忙！（碰了钉还不死心站着不走,副连长干起活来了）

副：老大爷你休息。（挖下）

宋：（眼看着副连长退一步他跟一步,没下场就被二幕遮住了）

第二场　（分化）

　　（二道幕开,台上一床,母女坐床上,媳站一旁,一边还有俩凳子）

妻：（唱）

军队在北岭挖战壕,

好好的熟地糟蹋了,

区政府送粮,

为了啥？

倒叫老婆子摸不着?！

女：妈！我看这军队都挺和气,又给扫院子,又挑水,他们说,国民党来了就乱祸害呀！看他们和庄稼人一样,还帮助咱们种地,多好呵！

妻：替干活,

倒是好，

工钱可真大。

女：人家连顿饭都不吃咱家的,跟你要啥工钱啦?

妻：没要钱，

把咱地，

挖得乱七八糟。

（白）这比要钱还厉害呢。

媳：军队上，

挖咱地，

区政府给咱粮。

劝婆母，

别生气，

要放宽点心肠。

妻：听此言，

细思量，

官家哪能给咱粮?！

心里事，

放不下，

等你爹回来再商量，

（外战士回来唱着——）

革命军人,个个要牢记，

三大纪律,八项要注意，

第一……

第二……（歌声由远而近进院）

回来了,辛苦辛苦,种完啦!

众：不大离了！

妻：指导员累了吧？

指：不累不累。

妻：桂贤！去看看是不是你爹回来了？！

媳：不是！不是，是指导员帮咱们种地的那伙回来啦！桂贤！走，咱们看看收拾饭去。

女：人家不吃咱们饭。

妻：你听那一套，不吃饭白给你干活？！

女：妈！你看你，人家又扫院子又挑水的，还帮咱家种地，你老是说人家不好，人家哪点不好啦？

妻：唉！你这个丫头，真是连毛胡子吃炒面，里挑外。

女：本来人家是好嘛！你就拿昨天帮锁柱子家种地回来，锁柱家娘儿俩，扯着这个那个地扯了半天，也没留住了一个去。人家赵指导员还说"老乡这不算啥，我们就是给老百姓办事的"。

妻：臭丫头蛋子！我不听这一套，快滚。（咳哟！咳哟嚎！……歌声由远而近，进院了）

媳：唉，这是北岭上那伙回来啦！（拉桂）走，咱看看爹回来没有。

（"桂贤！你们都干啥呢？这么半天啦，都没听见！？"）

媳：噢！来了！快去，你哥哥叫了。（姑嫂二人同下）

（宋福泰和副连长并肩而入，副连长说得老头无答对的样子，低头考虑）

副：（结束语似的）老先生想开点，先歇会儿，等会我再来，我先回去看看。

（老头进房了，副连长下，正和虎碰上，亲切地抓住了虎的手）虎子回来啦！

虎:回来啦,我和指导员他们也刚回来不大的会儿,到屋吧。

副:我回去看看,一会儿来。

妻:看地一去,

　　下半天,

　　我只当你,

　　死在地里边。(这时虎听母骂父停下)

　　区政府

　　送来细粮,

　　整两石,

　　闹得我

　　老婆子倒

　　坐卧不安。

宋:区政府当真给咱送来粮啦!(想想)这还不大离。

(唱)

　　看这样,副连长,没把我骗。

　　论道理,叫人家,把嘴堵严。

　　八路军,帮咱们,种地担水。

　　区政府,真送来,细粮两石。

妻:不管他们做得再好,反正咱家地是挖了,你看了看地挖成什么
　　样啦?

宋:靠岭头,从西边,挖到东边。

　　一条沟,这会儿,挖成一半。

妻:哎!那就好,咱们通俩钱,跟指导员、副连长再好好地说说,就别
　　再挖啦不行吗?

宋:在地里,我也曾,拿话试探。

人家说，当八路，不是为钱。

叫老伴，依我看，别这么办。

这清官，不爱财，这法不沾。

妻：我看你，真是个，老窝囊废。

跟着你，一辈子，受苦受罪。

（白）男子汉大丈夫顶不起个儿来。

宋：这都是，老天爷，他不睁眼。

这是咱，命里该，你把谁怨。

遍天下，是胳膊，拧不过大腿。

我老宋，像耗子，在风箱里边。

妻：现成的法，你不想嘛！

宋：通钱通不上，说理咱没理可说，你叫我怎么办呢？

妻：今晚上，打点酒，炒上个菜。

指导员，副连长，请到家来。

荷出来，今晚上，花上几百。

喝完酒，再和他，把口来开。

宋：那，那怕不行吧？！

妻：不行！你说怎么办？！

宋：我看不准行？！你要办，那就试试吧。

（副连长、指导员上，虎儿难为情地）

虎：（白）指导员、副连长！（唱）

我爹爹，我母亲，是死脑筋。

同志们！讲的理，他全不信。

疑惑这，疑惑那，俩人直吵！

他说好，说歹的，原谅几分。

指、副:没啥! 宋大爷在家哪?

虎:进来吧。

妻:指导员,累了吧?

指:不累,不累。

妻:哎! 指导员,还帮我们家种地呢,在家里没种过地吧? 抽袋烟吧。

指:好好! 种过地咱们在家里,也是庄稼人吗。

女:(急跑上,没注意屋里有别人,指责哥哥)看! 叫你去,早点叫人家你老是磨蹭着,人家都吃了饭啦!

宋:呵! 指导员早吃了饭啦!(看看指导员,又看了老婆一眼,低下头惭愧地叹了口气)

指:噢! 叫我们吃饭哪……

妻:哎! 可不是,帮我们忙活了一天啦,咱家也没啥好的吃……

指:我们一天两顿饭,本来就吃得早,我们八路军的规矩,是不许动老百姓一针一线的,哪能吃你们的饭呢。

宋:(惭愧脸上挂着一点笑纹)我还说打点酒,请指导员喝两盅呢,累了一天啦。

指:不,不,我们都不会喝酒。

宋:(看了看妻,白费了一场心思)

妻:(瞪了宋一眼)虎儿! 快去……

虎:干啥去?(妻被儿子问的,没好说出要虎儿打酒的话来)

指:老先生,请坐吧。我听说老先生,关于地里挖了一条沟的问题,还没想开呢。我想再和你老谈谈好吧?

宋:那,就不用谈了,就那么去吧。

妻:(气得跳下炕来跑到门外去)虎他爸,来! 出来一下。

宋:干啥呀?

妻:(指点着老头)你不要地啦?!

宋:怎么不要哇?

妻:说你是块老窝囊废一点也不屈你!你,你怎么认可啦?! 真老糊
　　涂死你啦!

宋:看!酒又没打来,人家把饭又吃啦,咱又没理可讲,人家说了又
　　不是一回啦,我看副连长说的许是真的,从北岭回来,又和我唠
　　了一道儿,挖战壕是为大伙好,连咱屯里人都异口同声地说我死
　　脑筋,你看人家指导员又带着十几个人帮咱忙活了一天,连顿饭
　　都不吃咱家的……

妻:你呀!(恨不得一指头把老头的眼挖出似的)你也变了! 那为啥
　　他们不挖别人家地去呀,把地挖成那样,我看你还怎么种,你也
　　听他们那套啦?(一甩袖子进屋,宋慢慢地跟进去)

指:好! 老大爷,你既然想开了,就好啦,政府给的粮,送来了吧?

妻:那么点粮,够干啥的呀!

指:够干啥的,快够你们五口人吃个小半年的了。今年虽然少种个
　　三垧五垧的,总还是为大家嘛,我们为了东北老百姓过好日子,
　　把命都荷出来了,将来咱们打走了反动派,地还是你的。

副:老大爷,只要保住了命,没什么也不怕,真要是叫国民党和美国
　　鬼子那帮狗日的们要来了呵,老百姓就又上了刀山下了油锅啦!

指:老先生,想开了就好,我们就走啦,今晚上我们还开个会呢。

妻:坐会儿吧。

指、副:不啦,有时间再来。

宋:不坐啦?(看了看妻)

指、副:老先生请回。(转身回屋,虎随指导员下)

妻：（没好气的）你呀！

宋：你有能耐，你施展哪，你光怨我干啥！（看着妻背影随下）

第三场 （进入阵地）

（二道幕闭，抬下床把桌子放在另一个位置，指导员在那里办公，二幕开，副连长进）

指：回来啦！连长的伤口怎么样啦？

副：还没完全封口，胳膊还撩着呢，他直要求回来，卫生所所长不许他回，还每天换药呢，回来怎么办，我也劝了劝他。

指：你到团部去了吗？

副：去啦，团长、政委给连长带了好些东西去，还叫我把表扬咱们连的那份报带了去。政委特别嘱咐叫告诉连长，"你就说我命令他在那里养好再回来"（学着政委的口音）。这儿没啥新情况吧？

指：半夜里侦查员来报告，叫咱们打散了的那帮胡子，有二十多个，和张店的敌人会合了，敌人抓了三百多劳工现在正遍处找铁锹呢，看样子有前进模样。

副：对啦！营长告诉，要我们注意敌情变化，如有情况，要我们前哨连撤回阵地，留一个排在外边，监视敌人就行了。

侦查员：（两）（着便衣）报告！距离柴河铺十里正南方，发现敌人侦查员，十五里地三家子，发现敌一个步兵连向我方搜索上来，后续部队兵力不明，继续侦查中，完了！（下）

指：（考虑一下）副连长！那就马上准备一下，还东西，弄坏了的东西要按价赔偿，再告诉各班把对敌人的宣传品贴出去，住地要打扫好！完了马上进入阵地！

副：你看让哪个排留在这阵地外面呢？

指:前边小哨不是三排吗？那就把三排作为连的后卫。等部队出发后叫小哨移到柴河铺村南。靠近河沿一带监视敌人，可千万不许依河打起来，只要隐蔽自己监视敌人就行了，不然他从南边下来，河滩是凹地，我们有亏吃。

副:让他们留一班在坡上监视、瞭望敌人，待敌人接近时……

指:瞭望是可以的，可千万不要跟他在坡上打！可这河上就那么一个小桥，背水战可是有危险哪！可以让敌人进屯。

侦:报告！和敌人会合的二十多胡子，任前哨侦察，尖兵，敌人后续部队番号是七六八、七六九两个团，另外有三百多民使，敌前哨距此约八里左右，完了！（下）

指:（看表）现在是三点二十分，半点钟后带队进入阵地，顺大道左翼正北方向进入北岭阵地。还有马上派人告诉农会，去信让他把老乡们动员一下随司务长先走，免得老乡们受反动派的祸害。

副:他早有准备啦！（下）

指:那就好！（向里叫通信员未应又向外）通信员！通信员！（未等下场，二道幕闭）

（二道幕前一个武装整齐的战士在还东西）

戊:老大娘、老大娘！给你这两盆四个碗，还有筷子！（边说边掏口袋）

妻:不使啦？

戊:不用啦！老大娘！我丢了你两双筷子，给，赔你十五块钱。

妻:（接钱到手）咳！丢就丢了呗，还给钱！

戊:这是我们的规矩，要不叫上级查出来坏了东西不赔钱还得受处罚呢！

妻:噢！可挺好！八路军还有这规矩呢？哎！你们王班长今儿早晨

155

还拿了我个针去呢！要是……

（言还未尽，王班长拿一扫帚和戊碰了个满怀）

王：瞧！老大娘，给你这个针，一把扫帚。

戊：老大娘还叫我给你带信儿呢！

妻：（接过针）扫帚放到那边旮旯里吧！

王：（放扫帚回来）老大娘！国民党那帮龟犊子要来了，他们来了咱
　　百姓就得倒霉，你们屯里有好些人早跟我们司务长走了，到北岭
　　那儿有我们挖的战壕打反动派，保护你老大娘不受国民党反动
　　派的祸害。

妻：穷家难舍，咳！咱老百姓怕啥，谁来了我们还不是一样。

王：咳！国民党那帮小子，他们是欺侮老百姓祸害咱庄稼人的，可是
　　"乍古"啦。

（后面集合号响了）集合了！老大娘你看看就知道啦！（跑下）

妻：看什么，还不都是中国人！（向外）虎他爹！又死到哪儿去了！
　　（下）

（二道幕开，队伍的排尾依次地也不见了，指导员问虎儿）

指：虎儿！你父亲呢？

虎：刚才还在这来呢！（四处看）

指：好！不要找啦……

虎：从你们住的那屋里出来啦！爹！指导员找你。（宋上）

宋：唉！指导员你这人太好啦，真不愿意让你走。

指：老大爷，往后的日子长着呢！这会把反动派打退了，一定还会见
　　面的，我要活着，我和老乡们始终是在一起的。

宋：唉！指导员真是舍命为百姓呵！

指：我也是老百姓，我的父母兄弟都是老百姓，我们为百姓死，是最

光荣的事。老大爷！我还是劝你躲一躲好，要不等受了祸害后悔就来不及啦！好！我走啦！（下）

虎：爹！咱屯里的人都走净了！

宋：走！回去和你妈商量商量！再说。

虎：（急得直跺脚）唉！咱这一家子就让我这个妈给整糟啦！（急下）

宋：（看着指导员的背影，投去含有留恋和犹豫的眼光）（唱）唉！

　　虎不辞路，羊不辞山，

　　得罪人容易，交个人难。

　　对八路，我也不得罪；

　　"中央军"来了，我也一样种庄田。

　　（白）穷家难舍呀！

　　（唱）交上钱粮，不怕官。

　　　（虎穿上了衣服，手里拿一块手巾跑上）

宋：（一把拉住虎）干啥去？！

虎：队伍上落下手巾啦！

宋：指导员早走远啦，回家吧！

虎：（垂头丧气地随父绕场，母迎出）

妻：都走啦？

虎：哼！还落下了块手巾。

妻：你吵吵什么！拿！给我！（抢过来）

虎：妈！赵指导员临走，嘱咐要咱家躲躲。咱屯里都快走净了，咱们也到北岭上躲躲吧！

妻：傻王八蛋！听他们那套，咱们怕啥！（这时外边枪声连发四五响）

虎：打枪啦！

妻、宋:（惊）打来啦?!（狗叫咬声）

妻:你快去看看去!（宋下）

女、媳:（喘吁吁跑上）妈! 快! 快! 外边打起来啦!

女:妈! 咱们快跑吧!

妻:待着,往哪儿跑哇? 你爹……

宋:（跑上）糟啦! 快! 快快躲躲吧,我在墙头上趴着看呢! 我一眼就看见从前在咱屯里待过的那个侯警长,怎么那狗日的成了"中央军"啦?!

妻:是他! 桂贤! 快躲起来!

虎:是胡子吧? 侯警长,听说不是当胡子啦?

宋:不管是什么吧! 我看先躲起来看看风头再说吧!

女:这! 这可藏在哪儿?

宋:桂贤! 和你嫂、你妈躲到后窖里去! 虎儿! 去给她们把窖口盖好!（全下只留老头在,场外边枪声、狗咬声,老头有些悔意）

唉! 还不如到北岭躲起来呢! 我只说"中央军"还不是中国人,谁想到那狗日的侯警长也来啦呢? 难道汉奸特务真的都变成"中央"的人啦?!（外边枪声狗咬乱成一片）（唱）

鸡又叫,狗也咬,子弹乱飞,真叫人发毛。

佛龛前,忙跪倒,口尊佛爷,把我全家保。

消了灾,免了祸,一年到头,我把香烧。

虎:（跑上,这时外边到处乱敲门）爹! 起来! 你干啥呢? 我把她们藏好啦。

宋:（唱）

叫虎儿,别管我,先躲躲好。

到外边,听听风,再作计较 。

（外边打门声、叫骂声，叫到自家门上啦！开门！妈巴子！龟犊子日的！快开门！"呼"地打了一枪）

宋：快！快叫到咱家门上啦！（唱）

又打枪，又喊叫，来势汹汹。

叫虎儿，快点跑，爹爹支应。

虎：我走了！爹！（下）

（外边打门声更急，又打了两枪，叫骂声更急，宋转回身去开门去啦，进来的是侯警长另有两个端枪的，亮煌煌的刺刀逼近宋的胸口）

侯：老杂种日的！为什么不早开门？（朝着宋的顶空打了一枪，宋吓倒在地，没等爬起又被踢倒）

宋：老爷！

侯：杂种日的！为什么不开门！（一个大嘴巴）我看你是死催的。

宋：饶命吧！侯警长！

侯：什么他妈警长！老子是"中央"地下军队长，（进屋看了看）你们家里人们呢？都他妈随了八路啦！

宋：不，不是，他们娘儿几个，串……

侯：（向左右）搜查一下，姑娘、媳妇、"老邦穷"都不见啦？

队员甲、乙：是！（下）

宋：队长！看在老熟人面子上，宽容宽容吧警，不，队长！

侯：老熟人！他妈你不开门。（又是一脚）你闺女、媳妇的都到哪儿去啦？

甲：报告！没有！

侯：他这又有媳妇又有闺女，去先把苟连长请来这儿再说。

甲：是！（下）

侯：老宋头！我先告诉你，痛快点，别不宜好！"中央"来了，把你闺女嫁给连长吃香的，喝辣的，车上来，马上去，够多好！

宋：都上他姥姥家去啦！不在家。

侯：哈哈！好巧哇！今儿我先告诉你，你想活想死吧？

宋：队长，实在是不在家。

乙：报告！在后院草棚里，抓到一个人。（往前一推，是虎子）

侯：老龟犊子日的，还私藏八路！

宋：警长！他、他是虎子，不是八路，队长！

侯：老杂种！别跟我"耍狗驼子"，明明是隐藏的八路，还说是他儿子！给我打！（把宋没头没脑地打起来）

虎：（扑到宋身上，被拉开去，跪下哀求）

（唱）侯警长，你不要，把我错认；

我是虎儿，不是八路军。

全家人，串亲戚，确实不在，

我的爹，年纪大，警长宽恩。

侯：你父子，真正是，一窝混蛋，

你为孝，他为儿，我要的桂贤。

（白）好好地把你女儿交出来，万事大吉，不交出来呀，哼！要你们父儿俩的狗命！

宋：呵！听此言，浑身打战，好似钢刀，刺心间。

这一下，把我父子们，送到鬼门三关。

苟：（随队员甲上）老侯！这怎么样？

侯：没事儿，连长不是要"压花窑"吗？我正在这给你找呢。

苟：我亲手挑了两个来啦，这行吗？

侯：行！这小院还干净。

160

苟：(向甲)告诉他们,把那俩姑娘抬进来!

甲：是!

侯：漂亮吗?

苟：三十多个,挑了两个,你想想吧!

甲：来了! (俩闺女,嘴被堵着,绑得紧紧的,俩抬一个)

侯：抬到后房去。

苟：老侯,来吧! (下)

侯：先走! 就来! 把这小子放到那伙刚抓来的兵里头,(向宋)拿你
儿子当抵押,交不出你姑娘来,就抓他去当兵。

宋：队长! 求求你,我就这么一个儿子!

侯：(一个大嘴巴)少啰唆!

甲：走!

虎：爹! (拉下)(后台女子叫骂声)

侯：把这老家伙交给你,(向乙)让他侍候我们,跑了找你要人。(匆
忙下)

乙：是! (拉老下)

（这时抬姑娘的兵回来,走在后边的两个狠狠地看着女子叫
喊处）

他妈的! 谁家没有姐儿妹子,你们他妈整吧! 早晚让子弹炸乱了
你们的脑袋。

第四场　（夜奔）

（黑黑的夜里,宋福泰一个人,机警地出,四周静静的,只有从后
窗传出来的打牌声,和遭难的女人哭泣和兵叫声）

宋：指导员说,国民党狠,我不相信,

这三天,才知道他,狗肺狼心。

"满洲国",汉奸警察,当上国民党队长,

拉女人,要劳工,抓兵成群。

把我儿,抓了去,不知下落,

硬逼我,交桂贤,赎我儿身。

开口骂,举手打,不讲情面。

狗杂种,限七天,还得要人。

全家人,眼睁睁,走投无路,

在窖里,受折磨,难以生存。

八路军,住我家,我骂我恨。

这真是,狗咬吕洞宾,不认真人。

左也恨,右也恨,恨恨恨!

恨我自己,下决心,到北岭,找八路军,

趁他们,不注意,偷偷逃走,

搭救我,全家人,脱离火坑。

(二道幕闭,宋急上转场,急行)

宋:提心!吊胆!逃出柴河铺,

眼看,北岭,在眼前。

三步,并成,两步走!

恨不得,一下,见到指导员。

(二道幕开已接近工事了)

(工事里发出雄壮的吼声"谁""干什么的",宋吓了一跳,坐在地上,双手高高举起战战兢兢地)

宋:我,柴河铺的老百姓,我叫宋福泰。

(工事里议论着)

哎！柴河铺的！

宋福泰！

是不是咱们住的那家房东呵？

听声音，像。

叫他过来不？

把手高点举起，过来吧！

（宋福泰，按人家要求，慢慢地走下场）

（王班长引宋上场到指挥所）

王：指导员！指导员！

指：干什么？

王：柴河铺的宋大爷来啦！（把宋一让）

宋：（如见久别亲人）指导员！（跪下）

王、指：老大爷！这是怎么啦?！快起来！（俩人将宋扶起）

宋：（一时痛心泪流满面，咽喉哽着难发言）

指：老大爷，不要难过，慢慢讲。

宋：唉！

　　见指导员，如见亲人，

　　脸上发烧，泪湿衣襟。

　　自从那日，你们走后，

　　先进来了，汉奸队，

　　后进来，"中央军"，

　　他们连部，就安在我家，

　　拉女人，要劳工，抓兵成群。

　　那汉奸，指着我，要我闺女，

　　拉我儿，作押账，鞭打我身，

163

"满洲"票,花了个,无计其数,

全家人,困地窖,难以生存,

一家人,不打死,也得饿死,

指导员,发慈悲,救我全家人。(又跪下去)

指:好!老爷子,快起来,别难过,(扶起宋)通信员,你去把老大爷领
到司务长那儿,歇一会儿。(向宋)老大爷你先跟他去歇一会儿,
我们商量商量,就给你想办法。

宋:指导员,无论如何你得搭救我全家呀!要不,我全家不打死也得
饿死呵!

指:老大爷!你先歇一会儿,我一定给你想办法。(宋下)

王:报告!指导员,我回去啦!

指:不要走,副连长!来,咱们研究一下怎么办,看这老头这情况,和
昨天侦查员报告情况相符,你们看这事怎么办好呢?

副:要去救,这对他是很大的一个教育,再说,我们也不能见死不
救呵!

王:对!应该去!

指:哪!副连长,你去营部见下教导员,把我们对他的意见谈一谈,
看营长和教导员意见怎么样!

副:对!(下又被指导员拦住)

指:要行,快点回来,不然被敌人发觉了就不好办啦,(副下)(向王)
把老先生请过来吧!你熟悉柴河铺地形吧!

王:熟悉!(下)

指:(想)(唱)

现在是,整十一点半,

柴河铺,六里地得走半点。

副连长,要回来,

就得半夜,救回人,

也得到,拂晓时间。(王领宋上)

宋:指导员!

指:(安慰地)老大爷,你先歇会儿,副连长到营部请示去啦,回来就去。

丙:报告! 慰劳品领回来啦! 营部的大车给拉回来的。

指:还拿大车拉的?

丙:两辆哪! 净猪就两口,还有羊,还有面,可多啦,这是慰问信。

(把一包慰问信交给指导员)

指:好! 你把大车领到司务长那儿,好好招待一下。

丙:是!(下)

指:这后方老百姓真好,一点也不怕,这样黑天半夜的,帮我们送子弹、炮弹,还给我们送来了这样多东西,这真是"军爱民,民拥军,团结起来打敌人"哪,老先生抽烟吧!(宋接过烟)这都是老乡们送来慰劳我们的。

宋:(没说出话,长叹一声,感动落泪)

副:(喘吁吁地上)

指:回来啦,怎么样?

副:我去了把前后情形和教导员一说,教导员又给政委打了个电话,批准啦!

指:怎说的?

副:同意咱们的意见,让去,不过教导员和政委都嘱咐说,敌人那儿住的是一个前哨连,柴河铺村南一里半地,就是敌人工事,东南方和西南方的突出高地上的机枪巢,柴河铺正是火力交叉点,去

多了人恐怕救人目的难达到,叫派二三人跟老先生从熟悉的僻静的空隙中钻进去。

指:好! 现在是十二点三分,王班长,听清楚没有?

王:听清啦!

副:可要注意,以救出人为目的,千万避免冲突,柴河铺屯南就是敌人阵地。

王:不怕。

指:你就马上带上两个有侦察经验的战士跟老先生去吧! 拂晓前一定赶回来,要沉着、机警,我们这里听见枪声就去增援。(向宋)老大爷,随王班长去吧,哪有敌人,哪没敌人你都摸得清吧?

宋:知道,哪间房上、哪个路口有人没人都彻底。

指:那你们就快点走吧!

(二道幕闭)

第五场 (回救)

(二道幕映出窗口形的白光洞,在窗上可以看到屋里的那群吸血鬼们荒淫无耻的一幕——猜拳行令的影子,和恶狼似的吼叫声)

(黑夜,静肃的院子里出现了端刺刀的王班长,两个同志,右手提枪,左手握手榴弹,宋老头紧随在后,王班长指挥着各自站好阵地,自己监视着后窗口,老头去移动窖口柴火,老头用熟悉的声音轻轻地唤出了家人,由于战兢兢的紧张过度,不意老太太倒在柴火上,柴火发出较大的声响,狗咬起来了,屋里发觉了)

赵德贤,到外边看看,狗怎咬起来啦?

是!(出来了一卫士,王班长见势不妙,忙将全家人拥入洞口里,自己搬柴)谁?

166

王:(沉着机警地)我,做饭的,拿点柴火烧水。

　　(卫士也没顾多问,回房去了,王班长见卫士进屋啦,忙将柴移开洞口,老头将全家引出洞口,从来路去爬墙去了,两个同志撤回去帮助爬墙,王班长留在下场口,监视,并不断地回身直看,最后见大家都爬出去了,自己才赶上去,二道幕开,静悄悄地在往外村绕,最后松了口气,钻出了屯子)

王:出村了,老马? 你在前边引路,我俩在后边掩护。

马:好!

王:走快点呵!(这时打了一枪)快! 敌人哨兵发觉啦!(接着又是两枪)

　　(全家人被马同志引跑下,王班长俩人还了枪并指挥马同志)

王:马同志,这有我俩抵挡,你带他们从左翼凹地快跑,留神敌人、伏哨。

　　(二人且战且退,全家由马同志引过场,王班长俩人打了一阵退下,敌人追兵过场,副连长带援兵迎面上来,发现前边有人,很快布置好)

　　口令!

　　"建"!(副连长听出是马同志声音)

副:马德祥?

马:是副连长? 快起来! 副连长接咱们来啦!(引全家上)

副:都来了吧?

马:来了! 王班长他俩在后边打!

副:离这多远? 有多少敌人?

马:听声音也多不了,多着有一个排。

副:消灭狗日的,你领老先生一家走吧,不怕啦。(向战士们的不同角落发出命令)同志们包围上去!(分别下场,战士们一个个如

同猛虎,以熟练的战斗动作冲向敌方)

(枪声、机枪声大作,追兵散乱在台上)

怎么四外打起枪来啦?!

叫八路包围了吧!

(面前响起了手榴弹,震耳的冲杀声中战斗的镜头开始了,缴械的,丢枪逃跑的,打死的,打得不可开交的,被俘的,紧张地战斗中)

(闭幕)

选自《人民戏剧》,1946 年第 3、4 期

◇李鹰航　李士勤　张岚　蔡子人

杨继武　冷岩　李德智　许诚　王琅

立　功

时间:一九四八年春,立功运动展开后。

地点:哈尔滨某公营铁工厂。

人物:赵海明——五十五岁。劳动英雄,第二组小组长。

　　　厂长——三十五岁。

　　　工会主任——三十岁。

　　　高升——二十五岁。第二组工友。

　　　王奎——二十四岁。第二组工友。

　　　石永庆——二十八岁。第二组工友。

　　　陈守德——五十八岁。第二组工友。

　　　张学文——二十岁。第二组工友。

　　　李德春——三十二岁。第二组工友。

　　　老孙——二十七岁。第二组工友。

　　　老刘——四十岁。第二组工友。

群众——甲、乙、丙、丁、戊、己。第二组工友。

第一场

第二组接到做锹镐的新任务,他们开了个会,现在会正在结束。在强烈的音乐声中开幕,台中间立着一块揭示板,上面贴了许多通知、计划书,及各种稿件。

(后台一个人领着喊口号)我们要克服一切困难! 坚决完成任务! 努力生产支援前线! 为人民立功争取模范组!

口号喊完,一阵掌声,笑声,歌声起。接着,第二组的工友三三五五陆续地走出来,现在他们被新的任务和工作的热情鼓舞得非常兴奋。其中,王奎等三人手里拿着挑战书,在歌声中,贴到揭示板上去。

(唱第一曲)

工人阶级是先锋,生产战线要多立功,

多立功呀,多立功,多立功,人民功臣最光荣,

光荣旗帜飘,光荣旗帜红。

后方多生产,前方大反攻,

前方后方责任一般重,责呀么责任重,莫呀么莫放松,

责任重,莫放松,支援前线靠劳动。

多呀么多生产,大呀么大反攻。嘿!

打到南京去! 活捉伪总统!

解放全中国! 永做主人翁!

(群众边唱边下,歌声停止后,众在后台传出来笑声。赵海明笑容满脸上,他走到黑板前,看看方才贴出来的挑战书,又向众笑的地方望望,他特别兴奋地)

赵:（唱第二曲）

　　咱们第二组,任务又来到,

　　一千铁锹五百镐呀吗,这批活计很重要,

　　这批活计很重要,呀吗嗬嘿。

　　镐头刨阵地,铁锹挖战壕,

　　前方同志们等着用呀吗,

　　上级规定十天交,

　　上级规定十天交,呀吗嗬嘿。

　　刚才开了会,大家情绪高,

　　坚决完成新任务呀吗,

　　都要为人民立功劳,

　　都要为人民立功劳,立功劳。

　　他说要加班,他说不睡觉,

　　大家这样下决心呀吗,

　　模范组一定能得到,

　　模范组一定能得到,能得到。

　　这次做锹镐,计划订得好,

　　铁锹下料要节省呀吗,

　　压型保证歪不了,

　　压型保证歪不了,呀吗嗬嘿。

　　镐头分量准,尺码要正好,

　　保证产量质量高呀吗,

　　保证活计到期交。

　　保证活计到期交,到期交。

（白）今天早晨厂长把我找去,给我们第二组一个新任务,是一千把锹,五百镐头,说前方等着急用,让我们十天做完。可是这个任务里还有困难,上回十天做了五百镐五百锹,加了好几个班才做完,这回是五百镐一千锹,铁锹多了五百把,还是十天期限。活计多,日期短,这是第一个困难;第二个困难,是剪子笨,出活慢。因为有了这两个困难,厂长叫我回来和大伙好好讨论讨论。刚才趁着午休的时候,我召集大伙开了一个会,把这个事一说,大伙听说是前方等着急用,就都热烈地响应,下决心要克服困难,保证定期做完送到前线去。工友们情绪真高哇!

(唱第二曲)

大伙情绪高,我高兴得不得了,

保证任务早完成呀吗,

模范作用要做到,

模范作用要做到,呀吗嗬嘿。

英雄当到底,永远不骄傲,

推动大家加油干呀吗,

红旗一定能得到,

红旗一定能得到,能得到。

赵:我赵海明是小组长,又是劳动英雄,一定推动大家把这个困难克服了,把上级交给我们的任务完成了。刚才这个会开得很好,我得到厂长那汇报去,一会就开始干哪。

(欲下,厂长和工会主任迎头上)

赵:厂长和主任来啦,我正想找你们去呢!

厂:你们的会开完了吗?

赵:开完了!

主:大家讨论得咋样啊?

172

赵：讨论得挺好，情绪特别高，都说要克服困难，完成任务。根据上回产量提高了百分之十五的经验，这回再加上一把油，把产量提高到百分之二十五，那完成任务就没有问题了。

厂：那你们那压料的大剪子不是太笨吗？！大伙在会上咋讨论的呢？

赵：对了，剪料那剪子是太笨了，出活慢，剪料又是头一道活，料若剪不出来，底下的活就都得等着，大伙就为这个事讨论了半天呢，后来决定到别的厂子再借一把剪子，搁两把剪子干，就供上使了，现在高升已经借剪子去了。

主：高升对这次的工作态度怎么样？

赵：看样子还是不愿意好好干哪。才刚搁会上王奎批评他两句，他又跟王奎唧唧起来了。

厂：对高升这样人应该适当地鼓励和批评，发现他的一点优点就表扬，这样一来，他的毛病，也就慢慢地改过来了。

赵：这话说得对！是应该这么办。

厂：大家都很好地团结起来，那才能完成计划，把生产搞得更好。

主：哎！你们这回计划订得怎么样？

赵：计划订得挺好。厂长、主任你们看，（指揭示板）我们的挑战书都贴出来了，还跟别的组挑战呢！

厂、主：（看挑战书）哎呀，真快呀！

赵：（唱第二曲）

这次做锹镐，计划订得好，

铁锹下料要节省呀吗，

压型保证歪不了，

压型保证歪不了，呀吗嗬嘿。

镐头分量准，尺码要正好。

保证产量质量高呀吗，

保证活计到期交，

保证活计到期交，到期交。

厂：好！你们的计划订得很周到，老英雄！你要鼓励大家为战争多流汗，在生产战线上再立大功劳哇！

主：眼看这个月的生产竞赛总结就要到了，你们头二十多天已经有了很好的成绩，希望你们这回再加一把油，把模范组的红旗得到手。

赵：对！我们一定要多立功，争取模范组！

厂：对了！现在咱们翻身了，不像伪满时候是给鬼子干活，也不像蒋管区的工友，还受国民党反动派的压迫；眼看全国胜利就要到来了，我们更应该加紧生产，多支援前线，争取战争早日胜利。

赵：这些事我早就看透了，只有共产党才是咱们工人的党呢！我做了一辈子工了，旧"中华民国"、"满洲国"、国民党在这的时候，啥苦我都受过呀！若拿我现在跟过去比呀，那简直就不能比呀。

（唱第二曲）

提起我老赵，苦难没少遭，

八岁给地主放大猪呀吗，

十岁就把手艺学，

十岁就把手艺学，呀吗嗬嘿，

辛苦多半辈，天天愁吃烧，

受尽压迫当奴隶呀吗，

穷人的日子水上漂，

穷人的日子水上漂，水上漂。

赵：早先穷人到多咱都是受穷啊！

174

盼到八一五,寻思能得好,

哪曾想"中央军"来接收呀吗,

乌烟瘴气更糟糕,

乌烟瘴气更糟糕,更糟糕。

说咱是穷骨头,黑手爪子没礼貌,

活计白干了三个月呀吗,

一个大钱没得着,

一个大钱没得着,没得着。

赵:国民党在哈尔滨待这几个月,可把人坑苦了,给他干活不给钱,还吹胡子瞪眼睛的,跟鬼子一样压迫咱们,拿咱们当奴隶。若不是共产党来了,咱们还不都得叫国民党给折腾死了啊。

(唱第二曲)

满天乌云散,太阳当头照,

共产党救咱出火坑呀吗,

翻身做主生活好,

翻身做主生活好,生活好。

干活为自己,工作情绪高,

支援前线多生产呀吗,

推动大家立功劳,

推动大家立功劳,立功劳。

赵:这些苦处我算忘不了哇!我得好好干哪。

主:对啦!好好推动大伙立功劳吧。

赵:好!我回去看看他们,准备得怎么样了。

厂:好!我们再到别的组看看去。(对主任)走吧!

赵:好!

（分头下）

第二场

（高升不耐烦地上）

高：（唱第三曲）一天到晚不得闲，

叫我高升不耐烦，

又开会，又加班，

这些事，真讨厌！

什么生产大竞赛，

反正我是为挣钱。

上次活计才干完，

又来镐头和铁锹，

活计多，日期短，

这帮人，显能干，

压料剪子出活慢，

硬说十天能干完。

高：这回下来这个任务，规定十天期限，我一看就知道完不了，上回做那五百镐、五百锹，就加了好几个班，十天才干完。这回五百镐、一千锹，锹多了五百把，期限还是十天，这哪能干完呢！还硬说能干完，剪料那大剪子出活又慢，这不扯淡吗？！搁会上我就把这个意见提出来了，哪曾想王奎搁那边炸了，把我好顿批评，老这么当场"砢碜"我，这不是纯粹打击人吗？！（稍停）后来大伙说，出去再借一把剪子，我一听这可不错，搁两把剪子干，我也能省不少劲呀，我就出去借去了。哪曾想人家都使着呢，白跑一趟没借来，真他妈憋气。

（王奎上）

王：哎！老高剪子借来没有？

高：（不高兴地）没借来呀！

王：（急躁地）怎么没借来呢？

高：怎么没借来？人家使着呢呗！

王：你不会把咱们任务的重要,好好和他们说说吗？

高：你咋知道我没说呢？我告诉你王奎！你别总瞧不起我。

王：我多咱瞧不起你啦！

高：你才刚在会上,把我好顿"砢碜",这回你又来找毛病来了,是不是啊？

王：找毛病啥话呢！搁会上人家情绪都挺高,就你在那边瞎嘟哝,说任务完不了。

高：对！我是这么说来的。不但搁会上这么说,现在我还这么说,剪子借不来,日期短,任务他就完不了。

王：剪子借不来,想别的办法也一个样能完成任务,就看你能不能克服困难得啦。

高：有办法你想吧！这个困难我克服不了哇,我没你能干。

王：能干啥话呢！搁伪满时候给鬼子干活,咱们还都磨洋工呢。现在干活不是给咱们个人干了吗,有困难就应该想法克服。

高：得啦！得啦！你道理明白得多,你想法克服困难去吧！我落后,我不进步。

王：老高！你咋来不来又发起牢骚来啦？

（唱第四曲）

老高你真糟！总是发牢骚,

应该仔细想一想,伪满洋罪遭多少。

如今干活是为自己，咋不好好立功劳。

高：（接唱）

立功我知道，少跟我扯这套！

这些道理我都懂，你也不比我强多少，

你要立功你就立，我发牢骚你管不着！

王：（接唱）你咋不自觉？我是为你好。

高：（接唱）啥叫为我好，成心找小角！

王：（接唱）我是帮助你。

高：（接唱）实在受不了。

王：（接唱）不管啦！

高：（接唱）那更好！

王：（接唱）去你的！

高：（接唱）两拉倒！

　　（二人互相扭过脸去憋气，赵海明上）

赵：哎！你们俩又唧唧啥呀？

王：你问他吧！（走到一旁低头生气）

赵：哎！高升！怎么回事呀？

高：（不语）

赵：你不出去借剪子去了吗？借回来没有哇？

高：我没用，没借来，让王奎借去吧！

赵：你没借来，他去不也是借不来吗。

高：王奎能借来，他有能耐，人家会说。

　　（王奎看了高升一眼，听不下去了，赌气下）

赵：咳！成天在一块，别动不动就叽咕。

高：倒不是我叽咕，人家明明使着呢，倒不出来，他偏说我没说好，这不是诚心找小角吗！

赵：你看，你这话说的，王奎就是那么个炮筒子脾气，他必是听你说剪子没借回来，着急啦呗！

高：他着急？剪子没借来，搁一把剪子干，供不上趟，还得累个贼死，我不着急吗？

赵：没借来也别着急，光着急有啥用呢。

高：光说不着急，这得咋办呢？

（唱第五曲）

老英雄，怎么办？

一把剪子压，完成任务实在难。

高：这玩意搁一把剪子压，这任务可实在难完成啊！

赵：（唱）叫高升，别怕难，

大家努力干，任务到期一定完。

赵：只要大家努力干，就能完成任务啊。

高：（唱）叫我看，不能完，

不如找厂长，要求再缓几天限。

高：我看干不完哪！咱们还是要求要求厂长晚交两天吧！

赵：哎！那不行啊！

赵：（唱）到期限，要做完，

前方等着用，绝对不能再拖延。

赵：前方等着急用，这可耽误不得呀！

高：（唱）活计多，日期短，

就是怎么干，到期也怕做不完。

高：活计又多，日期又短，就是怎么干，也怕干不出来呀。

赵：（唱）日期短，别为难，

剪子供不上,先加一把"啃子"①干。先加一把"啃子"干。

赵:这回咱们费点劲,加上一把"啃子"先干着。

高:"啃子"? 那玩意(做手势)这么一下一下地,半天也剁不出一个

　　来,得哪辈子能干完哪?

赵:"啃子"虽然慢,加一把总比不加强啊!

高:那你光加一把能快多少,若加就得多加几把。

赵:加一把就得占用两个人,若再多加,也抽不出来那些人哪。加一

　　把先干着,以后再想别的办法,你看怎么样?

高:(犹疑地)也就得这么办了,干到哪算到哪呗! 到时候完不了再

　　说,若不咋整。

赵:(拍高肩膀鼓励地)只要你们剪料的多使点劲,受点累,到期管保

　　能干完,你看是不是?

高:(勉强的)受点累倒没啥呀!

赵:对啦! 现在是打老蒋的时候,眼看着全国胜利就要到了,咱们应

　　当多出点力,多受点累,支援前线,多多打胜仗,咱们应当好好

　　干哪!

高:(不语)

赵:哎呀! 你看你跑了半天,还没吃晌午饭呢! 快吃饭去吧! 吃完

　　饭好干活。

高:忙不了哇!

赵:哎! 那也不能不吃饭哪,走吧! 走吧!

　　(二人同下)

----

① 又名"剁子",剁钢板用的工具。

第三场

（中幕开，第三天夜里。在工房的一角，中间放着一把剪子，石永庆和高升在剪料。陈守德和张学文用"啎子"在剁料。赵海明在矮案子上画料。后台不断传来铁锤、砂轮、锉等声音）

众：（唱）（前后台齐唱第六曲）

　　嘿哟嗬嘿！ 嘿哟嗬嘿！

　　干哪干哪加油干哪！ 咱们大家多流汗！

　　嘿哟嗬嘿！ 嘿哟嗬嘿！

　　加夜班，为前线，吃苦挨累也情愿。

众：（唱）嘿哟嗬嘿！ 嘿哟嗬嘿！

石：（唱）咱们不怕剪子笨哪，拿出力量使劲干！

众：（唱）嘿哟嗬嘿！ 嘿哟嗬嘿！

石：（唱）剪子笨，压得欢，艰苦奋斗不怕难。

众：（唱）嘿哟嗬嘿！ 嘿哟嗬嘿！

张：（唱）咱们不怕"啎子"慢哪，拿出力量使劲干！

众：（唱）嘿哟嗬嘿！ 嘿哟嗬嘿！

张：（唱）"啎子"慢，打得欢，艰苦奋斗不怕难。

众：（唱）嘿哟嗬嘿！ 嘿哟嗬嘿！

张、陈、石：（唱）怕难不能得红旗呀，怕难不是英雄汉。

众：（唱）嘿哟嗬嘿！ 嘿哟嗬嘿！

张、陈、石：（唱）为革命，多生产，做工好比上火线。

众：（唱）嘿哟嗬嘿！ 嘿哟嗬嘿！

　　干哪干哪加油干哪！ 咱们大家多流汗！

　　嘿哟嗬嘿！ 嘿哟嗬嘿！

加夜班,为前线,吃苦挨累也情愿。

（在歌声中,不断有人搬运钢板①和做成的锹镐,唱完歌音乐继续轻奏）

（后台传来老刘的喊声）哎! 你们压料的加油啊!

石:我们紧干着呢。

张:怎么的? 又没有了咋的?

（后台老刘喊）可不是咋的,你们快干哪!

石:(对后台)来! 给你们。（扔过去几个剪好的钢板儿）

陈:这还有几块。（扔过去,回过头来,关心地对张)来! 张学文,又要供不上了,换换吧!

张:不用! 陈师傅,我还不累呢!

陈:来吧! 你干的时候不少了,快换换吧!（站起来要接张的锤子）

张:(将锤子背在身后不给陈)不用换哪! 年轻的人多干点活怕啥。

陈:快点呢! 别耽误事儿啦,给我吧!（把铁锤子抢过来,推张坐下）

（在他们争抢时,高升回头看着他俩）

高:谁干还不是一样呢,抢啥!（一不小心把料续歪了,急止石别压,但剪子已经下去了)唉! 唉! 别压! 别压!（高一看钢板儿压歪了,反埋怨石)不让你压,你偏压,你看你看这下子压哪去了。

石:(急问)咋的啦?

高:(气愤的)压斜歪了呗! 这又瞎了一块。

石:(埋怨的)你看你老朝边瞅啥? 你倒注点意呀!

高:那……（又要分辩）

————————————

① "钢板儿"是指薄一些的钢板;而"钢板"则是指厚一些的钢板,做锹不能用。所以剧中之钢板,皆应读为"钢板儿"。

赵:(急劝止)行啦! 别吵吵了,已经压坏了,以后多加点小心吧!

　　(王奎上)

高:(拿着剪坏了的钢板儿看了看,自语)真他妈的别扭! 这玩意儿
　　越不好整越出岔,这得哪百年能干完哪?(赌气把手中的钢板儿
　　一摔,正摔在王奎的面前,又指着"啃子")加上那个破"啃子"也
　　没顶啥事。

王:(拿起剪坏了的料,责备的)你看你咋不加点小心呢? 这又瞎了
　　一块,快干吧! 那边又快没了。(蹲下整理剪出来的钢板儿)

高:(瞪王一眼,对石)我出去一趟。(下)

　　(王奎看高出去了,站在门口,望着高的背影)

张:(指着高背影不愉快的)哎! 陈师傅你看高升又上便所了。

陈:你干你的吧,他那抽烟、看表、上便所,那三大主义那还不是他的
　　老毛病啦,快干吧!

王:这色货! 活干不出多少来,净出岔,(对张)还老上便所去,明个
　　非得狠狠批评他一顿不可。

张:对! 非得好好批评批评他不可。

　　(刘上,在"啃子"旁边拾起两块剪完的料)

刘:那边活又供不上啦,快干吧!

王:咋的,又没有了?(对石)来! 老石咱俩干。

石:那你那边的活呢?

王:我那活赶趟,来! 咱俩干吧!

石:来吧! 你续料。(二人剪料。老刘着急地催他们快剪)

刘:快点! 快点!

王:等一等,还有一剪子呢。(剪完,刘把料拿起急下)(王到案子上
　　又取来一块画完的料,看看高升还没有回来,自语的)真气人,明

个非得好好批评他一顿不可。

赵：哎，王奎呀！（劝解地）你这么说不对呀，高升的毛病你光批评他也改不过来呀。

王：不批评他咋的？就像前天吧，剪子没借回来，还发牢骚，我说说他呢，他就急了。

赵：哎！这你就不能光怨他了，你的脾气也不好哇！你对他要是光批评，态度再不好点，他不但不能接受，反倒还破罐子破摔了呢。对高升啊，（向大家）咱们以后无论是谁呀，批评和鼓励都要适当，看见他有好的地方就多表扬，再从思想上多帮助他，慢慢就把他的毛病改过来了。

张：（赞同的）对，老英雄说得对呀。

石：是应该这么帮助他。

王：（承认错误）对了，我的脾气是不好，以后我一定得改。

（后台声音）哎！王奎呀！回来吧，干你的来吧。

王：哎，我就去。

赵：你快干你的去吧！来，给我压吧，（对石）你续料。

王：好吧！（王下，赵和石开始压起来，稍停，高升上）

高：（拿出表看一下，走到赵跟前笑着说）老英雄！你先别干了。

赵：（没抬头）行！我先干一会吧。

高：哎，老英雄！（赵抬头看看他，他把表伸过去）到十点钟了。

赵：十点钟了？（压了一剪子）收工吧！

张：忙啥的，再干一会呗！

高：哎！这玩意儿不是忙不忙的事儿，十点钟睡觉不是大伙规定的吗？

（张、陈不理他，继续剁下去）

赵:对啦！到时候咱就睡觉,觉要是睡不足啊,活也是干不好啊,快
　　收工吧!

　　（向台左喊）到时候啦,收工吧!（边喊边向左走下）

　　（后台群众喊声）"到时候了吗?""到钟点了吗?""把这点干出来
　　再睡吧。"

　　（赵在后台声）"睡去吧! 没干完的明天再干吧!"（砂轮声停下,
　　锉锤声继续响着,后台稍静）"摞下! 摞下! 那先不用收拾了。"

　　（后台工友陆续上,张、陈仍在继续干着）

甲:今晚造得可真快呀!

孙:要不叫压料的耽误了哇,那更能快呢!

李:（向石）老石你们这玩意儿咋整的? 咋老也供不上呢?

石:我们这边不也紧干着呢吗。

丁:你们这边要供不上,那边还都得等着,我看这任务十天够完
　　成的。

石:谁不着急,我们知道压料是头道活,这边要供不上,那边就得都
　　等着,那有啥法呢。

孙:不管咋的,你们倒想个办法多整出来点呀,若不也供不上哇。

陈:想法? 想啥法。这大剪子和"哨子"本来就是个笨玩意嘛,哪有
　　啥法可想呢!

甲:可真是,这玩意儿可真费劲哪。

　　（赵在后台喊声）天天睡觉还得紧催你们,快睡去吧! 活不是一
　　天干的。

　　（后台劳动声音完全停止,赵推着两个工友上）

众:（对张、陈）你们俩也快收拾吧!（二人停止）走吧! 走吧!（帮
　　助他俩收拾,群众中有光着膀子的）

赵：把衣裳都穿上点啊！半夜啦，外面凉，可别闪着哇。

众：对！老英雄告诉穿上点呢，别凉着，走吧！（众穿着衣服擦汗陆续下）

（赵留在后面，看大家都下去后，他走到大剪子旁，看着大剪子沉思片刻。陈上，发现赵）

陈：哎！你咋还不回去睡呢？搁这寻思啥呢？（拿起忘在"唏子"旁的烟袋）

赵：（回头一看）哎！你咋又回来了呢？你先睡去吧！我一会就回去。

陈：那你搁这干啥呢？（追问）

赵：我寻思这个大剪子太笨，咋想法叫压料的省点劲还能供上使。

陈：笨还有啥法呢，大剪子本来就是个笨玩意儿吗。

赵：琢磨琢磨就备不住能想出个法来，若不这玩意儿也太费劲了。

陈：费劲还讲得了啦，咋琢磨它不也得一下一下地压吗。

赵：不是，我寻思想个法儿把大剪子改了。

陈：（惊奇的）怎么的？你打算改大剪子？这不瞎扯吗！那玩意儿得咋改呀，我干了这些年了，也没听说大剪子还能改，我看你趁早别费这份劲了。

（第五曲）

陈：（唱）要改造，办不到，

　　从来做铁锹，都用这样剪子剪。

陈：从打做铁锹那天就用这样剪子剪料。

赵：（唱）下决心，能办到，

　　困难要克服，咱们工人要创造。

赵：咱们工人得创造啊！

陈:（唱）你说的，虽然好，

　　鬼子都没能改，咱们哪能改得了。

陈:连日本鬼子在这的时候都没改了，咱们就能改了。

赵:（唱）你说的，太可笑，

　　要都这样想，哪能发明和创造。

赵:老陈哪，你还是那老脑筋呢！咱们工人不是不能创造啊，你看发电厂那五、六号发电机，连日本鬼子在这都没法修理好，不是叫刘英源老英雄领大伙把它修理上了吗?!

陈:这些事我都知道，可是咱们他不不是刘英源吗！再说大剪子这玩意儿，我总觉着咱们改不了。人家工程师长年到月的研究都没有改造了它，咱们就能改啦，我看你还是别费这份事了。

赵:天下无难事，就怕心不专哪，只要是能专心研究，就没有办不到的事儿。

陈:拉倒吧！还研究啥。我看哪，这么对付着干得了，你一天到晚比谁都累，走睡觉去吧！（拉赵）

赵:不，你先睡去吧！我再琢磨一会。（坐在案子上，拿起锹型）

陈:乐意琢磨明天再琢磨还不是一样吗，都啥时候啦，走吧！走吧！

　　（硬拉赵）

赵:（考虑一下，放下锹型）那好！睡就睡吧。（赵把灯闭上，台上骤暗）

　　（二人同下，静场，片刻，钟响了十二下，在黑暗中老英雄摸索上，慢慢地把灯开开一个，向四周看了一遍）

赵:（唱第二曲）

　　天气已不早，大家都睡得好，

　　突击加班多疲劳呀吗，应该好好睡睡觉，应该好好睡睡觉，呀吗嗬嘿。

我心里压着事，咋也睡不着，

趁着夜深人声静呀吗，想法把大剪子来改造，

想法把大剪子来改造，来改造。

老陈他言道，剪子改不了，

说我瞎扯白费事呀吗，咋的也是办不到，

咋的也是办不到，办不到。

他说这些话，我看不可靠，

多少机器都发明呀吗，为啥剪子就改不了，

为啥剪子就改不了，改不了。

回到宿舍里，用心细思考，

想来想去我有了办法呀吗，想出个闷子压铁锹，

想出个闷子压铁锹呀吗嗬嘿。

闷子若能成，省工又省料，

工作任务早完成呀吗，大家情绪更能高，

大家情绪更能高，更能高。

（在过门中，走到案子旁坐下，拿起纸笔尺边唱边画）

拿起纸和笔，把图先画好，

高低厚薄要算准呀吗，尺码要不大也不小，

尺码要不大也不小呀吗嗬嘿。

一公一个母，上下要合套，

比着样板仔细画呀吗，不能相差半分毫，

不能相差半分毫呀吗嗬嘿。

越画越高兴，暗暗心里笑，

画得细致手又快呀吗，不大一会画完了，

不大一会画完了呀吗嗬嘿。

先到压力那儿,比比大和小,

明天找大家再研究呀吗,看看到底好不好,

看看到底好不好呀吗嗬嘿。

赵:闷子图样可画出来了,可别不合炉,再到压力那儿好好照量照量,看看尺码对不对,明天再找大家提提意见,完了好拿去做去。

(下)

(王、石上)

王:(四外看了看大声喊)哎!灯咋还没闭呢?

石:(急止)别吵吵哇,走时候忘闭啦呗!

石、王:(同唱第二曲)

趁着都睡觉,咱俩把料剪,

省着明天供不上呀吗,别人还得都等着,

别人还得都等着呀吗嗬嘿。

咱们为工作,应该多任劳,

免得大家都着急呀吗,今晚先把它预备好,

今晚先把它预备好呀吗嗬嘿。

石:来!王奎你续料。

王:好吧!咱们今天晚上多干点,省着明天供不上,大伙还得都等着。

石:可不是咋的,咱们快干吧!(二人很迅速地干起来)

(干了一气,王去取料,不慎把钢板儿碰倒,当的一声,二人一惊,王忙用手按住)

石:你倒加点小心哪,看你愣头愣脑的,把大伙惊动起来咋整。

王:你看,你还吵吵啥呢!(向外看了看,转回来,把钢板儿轻轻放在

一旁)快干吧！（二人又干了几下，赵上）

赵：哎，你俩咋又来了呢？

王、石：（一惊）谁？

石：啊！老英雄啊，你啥时候来的？

王：（走过去）你干啥来了？

赵：你们俩又干上了，咋不睡觉呢？快回去吧。

石：我们恐怕明天供不上，今下晚多干点出来，等我俩再干一会再回去吧。

（高、陈披衣上）

高：（不满意的）你们干啥呢？整得叮当的，人家还睡不睡觉了。

赵：（对石、王）你看这是咋说的，看把大伙都惊醒了。

陈：你们都搁这干啥呢，咋不睡觉呢？

石：我们俩寻思今晚上多干出来点。

（唱第五曲）

石、王：（唱）剪子笨，出活少，

　　　　怕是明天供不上，打算今晚预备好。

石、王：我们俩因为剪子太笨，寻思今下晚多干点。

赵：（唱）你们俩，精神好，

　　工作负责任，可到时候也该去睡觉。

赵：可到时候也该睡觉哇。

陈：你看你光说人家啦。

陈：（唱）你说的，倒挺好，

　　　你又来干啥？咋不回去快睡觉。

众：是呀，你咋不回去睡觉去呢，你又来干啥来了？

赵：（唱）剪子笨，我想改造，刚才画个图，

190

大伙看看好不好,大伙看看好不好。

赵:剪子笨,我研究个闷子,刚才画了个图,你们大伙看看咋样。

众:(争问)啥图哇?画好了吗?快看看,啥样啊。(大家围着看)

赵:咋样你们看明白了吧?! 这玩意儿挺简单的,照着铁锹的形做出来一个"闷子",(指点着给大伙讲)是一个公一个母,往压力上一按,把钢板儿往当间一搁一压就是一个。

王:(高兴的、惊奇的)哎呀,这玩意儿可太好了,你早咋不把它琢磨出来呢?

赵:早先我光瞅着大剪子着急了,我也没想起来呀。哎,你们大伙看看还有啥毛病没有,提点意见。

(大家接过图样来将要看,王一把夺过去,就看一眼)

王:挺好! 没啥毛病,明天早点拿去做去吧!

石:对了! 管保能行。

高:(接过来看)嗯,这玩意儿要能使上可省老劲了,(走到赵跟前)老英雄!(指图)这厚下是四十个厘呀?

赵:对了,是四十个厘呀。

高:我看薄点吧,要像咱们使这样好钢板儿啊,一压还不得把它压裂了哇。

赵:(猛被提醒)对呀! 四十个厘是薄点呀,若是五十个厘能不大离吧?

高:嗯,我看也是。

赵:(鼓励的)高升啊,得亏你想到这块了,若不价明个咱们做出来不好使不白瞎了吗。

石:(拍高肩)老高说得对呀,你瞅瞅咱们就都没想起来。

高:(满意地)可也没啥,反正见到就说呗。

赵:(鼓励的)高升你这个意见提得太好了,对工作都多用心就是贡献哪。

石:老英雄这话对呀! 咱们以后对工作都要多用心哪。

赵:大家伙再看看还有啥毛病没有?

王:(从赵手里接过来递给陈)陈师傅你看看咋样?

赵:对! 陈师傅来看看。

陈:(拿出眼镜戴上,把图端详半天,心服口不服的)看图可差不多,可这是新玩意儿啊,做出来好使不好使可说不准称啊。(把图交给赵)

石:叫我看哪,准能好使。

王:对啦,一定能好使。

赵:那明个早晨再让大伙参考参考提提意见,完了再做。

高:那明个早晨就赶快拿去做去吧。

赵:好吧! 这玩意儿真能使上的话,大剪子压一个它就能压出来五个六个的。

石:这回完成任务还能快呢。

王:那模范组也一定能得到手哇。

赵:那就全靠大家努力啦。

众:(热烈的)放心吧,错不了。

赵:那走吧,睡觉去吧,别把别人再惊动醒了。

众:对了,走吧。快睡去吧。(同下,王奎在最后,把灯闭上)

第四场

(赵上)

赵:(唱第二曲)

192

"闷子"研究好，昨天用上了，

这个玩意真好使呀吗，又省力气又省料，

又省力气又省料呀吗嗬嘿。

活计出得快，都说"闷子"好，

黑板报上给表扬呀吗，说咱二组能创造，

说咱二组能创造，能创造。

大家更起劲，工作越发好，

剪料倒出四个人呀吗，都来动手打锹镐，

都来动手打锹镐呀吗嗬嘿。

虽然日期短，一定完得早，

可是钢板儿都用完呀吗，现在一张也没有了，

现在一张也没有了，没有了。

派人买材料，今天还没到，

不知出了啥事情呀吗，实在叫人好心焦，

实在叫人好心焦，好心焦。

钢板儿接不上，这可怎么好，

我再问问厂长去呀吗，看看多咱能运到，

看看多咱能运到，能运到。

赵：从打昨天"闷子"这一用上啊，又省劲活出得又快，能顶五六把大
剪子使唤，还把四个剪料的倒出来干别的活去了。这一来，大伙
干得更起劲了，寻思这一下子一定能提前完成任务。哪曾想这
一快，把够使六七天的钢板儿，到今个五六天就用完了，现在一
张也没有了。去买材料的说，顶晚五六天就能回来，可是今个第
五天都快过去了，这都下班了还没有信，大伙都特别着急，我还
得到厂长那块问问去，合计合计这事得怎么办。（急下）

（中幕开，高升不耐烦地站在一堆木头的旁边，不时掏出表看看望望天）

高：（唱第三曲）

太阳已落快黑天，材料没有咋加班，

没钢板儿，那更好，歇一歇，抽根烟。

巧女难做无米粥，这可不算我偷懒。

（过门中掏出纸来撕开卷烟）

一订计划我就说，日期太短做不完，

这帮人，不听劝，硬要说，能干完，

这回钢板儿接不上，我看你们怎么办。

高：一订计划的时候我就说，活计多，日期短干不完，大伙不听我的话，还都说"只要加劲干就能完"，咋样？钢板儿又接不上了，这回都蹶着吧。（稍停）我早就知道非出岔不可，不听劝嘛，这回都知道着急啦。可你光着急当啥呀？也变不出钢板儿来。（点烟吸着，看表望望天）哼！没材料我更愿意，也不用加班了，活该我老高歇歇。

（石上）

石：哎！老高哇，你吃完饭搁这坐着干啥？走进屋看看去吧！

高：进屋干啥？钢板儿也没有了，搁哪还不是待着呢。

石：（一看高气不顺）那你在这坐着吧，我到屋看看去。（欲下）

高：哎！老石你先别走，我有点事跟你商量商量。

石：啥事啊？

高：（笑着说）我看这材料，今个算来不了啦。咱们不如趁今下晚没活，回家看看去得啦。

石：那哪能行呢！材料没到，老英雄不是又到厂长那问去了吗，一会儿回来听听信再说吧。

高:他问也是白问,现在还没有信,还有啥希望了。我看哪,咱们今天晚先回去,明个起早再来,也耽误不了活。材料若是到了呢,就接着干,若到不了呢,就快点把镐打出来,锹做出多少算多少,往上一交就得了。

石:那还行啦,咱们一订计划的时候,不就说要克服困难,保证完成任务吗。再说这批活前线同志们等着急用,(高不耐烦地把头转到一边)他们流血牺牲,不都是为了咱们吗,若不照数交上去,也对不起同志们哪。咱们天天说,支援前线,支援前线,这不就是支援前线吗,说啥也得把这批活都交上去。

(高不愿意再听下去,又坐在木头上抽起来)

(陈、王、张、李等陆续上,他们为了材料没有特别着急)

王:哎!老石,老英雄回来没有哇?

众:老英雄回来没有?老英雄还没回来呢?

石:没回来。

李:真是的,剩四天就要到期了,这可咋整呢。

陈:等一会老英雄回来就听着信了,咱们坐这等一会儿吧。

王:(边坐边说)这事闹的,(抬头看见高,高瞪了王一眼站起来走到旁边去)去买材料的说顶晚今天回来,这都快黑天了,连个信都没有。

张:好容易研究出个"闷子"剪料快了,钢板儿又没有了,真憋气。

石:(自语的)反正什么别扭事都往一块儿赶啦。(着急地站起走了两步,猛一抬头)哎!老英雄回来了。

众:是吗?在哪儿呢?

石:(用手向左指)你们看,那不是厂长也来了吗。(跑下)

张：（向台右喊）哎！老英雄回来啦。

（孙、刘、甲、乙、丙、丁、戊、己等陆续跑上。赵、厂、石由台左上）

众：老英雄回来啦，厂长也来啦。

厂：你们都歇着呢呀？

众：（围上去争着问）啊，歇着呢！钢板儿咋样啦？

厂：去买材料的张同志回电报了。

众：（急问）咋说的？

厂：好钢板儿那块儿也没有了，他又上旁的地方买去啦。

众：（失望、着急地）哎呀！那得多咱能买回来呀？

厂：最近几天算买不回来了。

众：那可咋办呢？到期咱们这活不是做不出来了吗？

赵：厂长也特别着急呀，刚才合计了半天，也没合计出啥好法来。

厂：这件事情真意外，张同志对那边挺熟悉，他过去还上那边去买
过，临走时候还说，到那准能买回来，谁曾想那块儿也没有了，最
近买不回来了，这个任务又这么重要，我知道大家听到这个信，
一定比我还着急，可是光着急也没用啊，我来就是和大家合计合
计，这个事到底咋办。

赵：对啦！咱们人多主意多呀，这个困难就要靠大家伙想办法了，谁
有啥办法说说吧。

（大家有的低头想，有的互相低语，很着急地）

王：谁知道别的工厂里有没有这样好钢板儿？

众：别的工厂……

陈：当地这些工厂我都知道哇，要找普通钢板儿那有的是，可是像咱
们用的这样好钢板儿，那怕不好淘换吧。

众：是啊，不好淘换哪。

甲:哎哎!(走到众前面)我看哪,就搁那普通钢板儿顶上得了,要不咋整?

石:那不行啊,这是作战用的铁锹,拿到前线上去一整就弯了,那不是哄弄咱们个人吗?!

众:是啊! 那不是哄弄咱们个人吗? 这可不行。

刘:可不是咋的,这哪能行呢。

(众又沉默片刻)

李:(忽然想起,高兴地跳到木头上)哎! 我有办法了……

众:(有了希望地急问)老李! 啥办法呀?

李:咱们把那铁板儿沾上钢药,不就顶好钢板儿一样使唤吗?

众:(一部分人赞成,有的鼓掌)对呀! 这是个好办法呀。

赵:嗯,这个办法我也想到了,可是钢药不好淘换哪。

陈:可不是咋的呢,你就是淘换着一星半点的,也不能顶大用啊。 咱们这不是一件两件,这叫好几百呀,这算不行啊。

众:(又失望地)对呀! 那算不行啊。

厂:大家再仔细想想吧。

张:我看明个咱们还是到各工厂里找找钢板儿吧,万一若是能有呢。

陈:唉唉! 刚才我没说吗,好钢板儿当地没有,何必还非得费这回事呢。

赵:大家还是再想想吧,备不住就能想出个办法来。

陈:对啦,想想别的看吧!

(众又沉默下去)

高:(忍不住地)我说这玩意就老这么憋着啊,得多咱能憋出个头来呢?

(众不耐烦地看他一眼)

高：哼！克服困难？我看这困难够克服的。还把挑战书贴出去了，和别组挑战，明个趁早揭回来吧。

王：(实在忍不住了站起来对高)你这是何苦的呢！大伙都挺着急的，你老磨叨啥？

高：磨叨啥话呢！这事不搁这摆着呢吗？出去买材料的呢，没买回来，当地又没有，你说咋整吧？

王：咋整？我知道咋整，他不得大伙想办法吗。

张：他不得大伙讨论吗。

高：讨论？钢板儿这么缺，你光讨论顶啥？！

王：那你明知道钢板儿缺，你干活的时候咋不知道加小心，把铁锹剪坏了好几把。

高：那……

石：(急止高，劝王)哎，王奎呀，你咋又来你那个劲了呢，老唧唧这些没用的事干啥呢。

王：(知道自己错了忍气坐下不语)

高：(得理不让人地，对众像似控诉王)这纯粹是看谁不顺眼找毛病啊！我统共才剪坏了两把，咋硬说是剪坏了好几把呢？再说我也不是故意的，谁干活还没个一时大意呢。

陈：(劝解地)行啦！行啦！都别说了，咱们现在使材料我看就够节省的了，若在伪满那时候，做这些活有一百把也不够糟害的呀。

高：那可不是咋的，现在干活我真是加了十二分小心，像从前给鬼子干活的时候，那成用的材料我都随便往废铁堆里扔，一个人拿不动，两个人抬着往里扔。

厂：对啦！那时候给敌人干活，应该往里扔，怠工破坏就是斗争嘛。现在使材料经心这是好的，人民的财产应该爱护。

众：对！现在和以前可不一样啊。

赵：（突然被提醒）哎！有了办法啦！

众：（争问）啥办法呀？

赵：叫你们这么一说把我给提醒了。

众：啥呀？

赵：鬼子在这儿的时候，那铁堆里钢板材料扔老鼻子啦。

（唱第二曲）

工厂西北角，废铁堆成山，

里边材料有的是呀吗，钢板零件样样全，钢板零件样样全呀吗

嗬嘿。

大家费点力，去把铁堆翻，

翻出铁块做镐头呀吗，翻出钢板做铁锨，翻出钢板做铁锨呀吗

嗬嘿。

赵：那里边成用的材料有的是呀，咱们为什么不把它翻出来用呢？！

众：（高兴地）对呀！咱们为什么不把它翻出来用呢？

厂：这个办法太好了，节省材料克服困难，任务也能完成啦。

陈：对啦！废铁堆里好材料是有的呀，连大半张的钢板儿都有，可就

有一样啊，那玩意压得太深，怕不好翻吧？

石：那不怕！不管它压得多深，咱们也要把它翻出来！

众：对！不管它压多深，也能把它翻出来。

张：那咱们多咱去翻去呀？

王：走！这就翻去。（高兴地推张欲下）

厂：（拦住）今天哪能行呢！天就要黑了，明天再翻吧！（拍王肩）看

把你急得那个样子。

（众笑）

赵:对啦! 翻铁堆你摸黑咋翻呢,明个早晨咱们早点起来一齐动手干,大伙同意不?

众:同意! 明早,起早就翻哪!

厂:对啦! 还是明早晨翻吧。(回头向赵)哎! 老英雄,你们的检讨会什么时候开呀? 顺便把明天翻铁堆的事组织一下。

赵:对啦! 今天打镐的还接着打镐,做锹的咱们开个会,检讨检讨这几天的工作,互相提提意见,再把明天翻铁堆的事也组织一下,这个会厂长和工会主任也参加,一会儿咱们就到课堂去吧。

众:好吧。

厂:咱们抓紧时间快点把会开完了,大家好早点休息,这几天也够累的啦。

众:没啥! 不累! 这还算累啦。

赵:对啦! 今天早睡明天好早点起来翻废铁堆,咱们翻身啦,叫铁堆也翻翻身。

众:(欢呼)对! 铁堆翻身哪! 明天一早就干哪!!

(齐唱第七曲)

大家伙,齐心干,铁堆要翻身,省料省本钱。

不怕铁堆不好翻,克服困难多生产。克服困难多生产。

多出力,多流汗,我们不怕苦,我们不怕难。

抓紧时间快开会,咱们明天就动手干。

咱们明天就动手干。(大家兴奋地在歌声中下)

第五场

(夜里,天很黑。王奎边喊边上)

王:(天黑,看不清前面的东西,他用力向前望看)高升……老高……

（喊了几声后，没人应，自言自语地）上哪去了呢？从打才刚开完检讨会，他就没了，这都到睡觉的时候了，咋还不回来呢？（又喊）高升……老高……（喊着下）

（高升烦躁苦闷地上）

高：（唱第三曲）

　　检讨会，刚开罢，高升我心里乱如麻，

　　东走走，西转转，站不住，坐不下，

　　脑子憋得真难受，好像小鸡乱噙架。

　　过去咱们受欺压，挨打受气当牛马，

　　到如今，翻了身，工厂就是自己家，

　　积极工作理应当，不该偷懒说怪话。

　　过去的毛病要改正，坏思想意识要打垮，

　　狠狠心，咬咬牙，从今天把决心下，

　　要向大家多学习，再不进步不像话。

高：刚才检讨会上，大伙给我提了很多意见，厂长和工会主任讲了那么多道理，说是咱们工人，如今翻身当了主人，工厂就是咱们的家，干活是给自己干。老英雄又把过去工人干活时候所受的苦，跟现在工人的生活比着跟大伙说，那些话一句一句就像针扎在我心上一样。回想我过去太不对了，不该偷懒说怪话，好发牢骚。这几天我们做的活前方等着急用，大伙就自动地加班，干得特别起劲，有困难想法克服。我呢，还是像以前一样：干活不起劲，不愿意加班，还老说泄气话。人家也是人，都能往远处看，一天比一天进步，为啥我就不能呢？我过去不也是和大家一样受过苦吗？还不是共产党来了我才翻的身吗？哎……（蹲下沉思，难过）

（稍停，王奎由后边喊着上）

王：高升……高升……老高……

高：哎！

王：哎呀！你在这呢！我找你半天了。（走过来）

高：有啥事？

王：老英雄叫我找你快回去睡觉呢，（拉高起来）说咱们明个早晨还
　　要起早翻废铁堆呢。

高：你先回去吧！我一会就回去，明天翻铁耽误不了。

王：那你一个人搁这干啥呢？还是快回去吧！（拉他）

高：我回去也睡不着觉，还是搁这待一会儿吧。（又蹲下）

王：（怀疑地）老高！你是不是对大伙搁会上给你提那些意见不同
　　意呀？

高：不是。

王：你是不是对我在会上的检讨还觉着检讨得不够？

高：不是。

王：（也蹲下，关心亲切的）那你到底为啥，这么不高兴啊？

高：（看王很诚恳，自己就坦直地）老王！我这个人不是不能干活，干
　　起来也不比别人差呀，就是怪我思想落后，不好好地干嘛，没有
　　把自己看成一个主人，还像在伪满一样，混一天算一天，我寻思
　　咱们工人还能咋的呢？！到啥时候还不是凭两只手挣钱呢。以
　　前大伙也没少给我讲，可是我都没往心里去。今天在会上听了
　　厂长、工会主任，还有老英雄，和大家伙说的那些话，我都一个字
　　一个字地记在心里了。老王呵！你以后看着我吧！我总能对得
　　起大家伙对我这片心思得了。

王：（安慰地）你也别难受了，谁还没有毛病呢，只要是能知道个人的

缺点,很快地改过来就行了。

高:从打开了会,我想来想去,越想越觉着我过去太不对了。厂子和工会对我照顾得这么周到,给我家里送纺线车子,帮助我家里发展生产。我的孩子送到工人子弟学校,供他念书,还不花学费。我老婆病了,给钱慰问她,还送到公家的医院里给她治病,大伙平常又这么关心我、帮助我,可是我就像木头人一样老不知道进步,动不动还和大家伙发脾气、顶嘴,我真太不像话了!

王:那大伙搁会上不也都检讨了吗?过去对你帮助得不够,不耐心,光看你不进步瞧不起你,说话态度也不好,老高! 我保证今后我再不和你唧唧了。

高:过去咱俩唧唧那也不能怨你,都怨我思想太不进步,让你瞅着着急嘛。

(后台赵声)哎! 王奎,高升,你们俩咋还不睡呢? 有话以后再唠扯吧! 明个早晨还得翻铁堆呢。

王:(对后台)哎! 我们就睡去。(回过头对高)老英雄叫咱们呢,咱们回去吧,明个找时间再唠吧!

高:那好,回去吧。(诚恳地)老王! 以后你看着我有啥缺点就提出来,我一定接受。

王:看你这话说的,咱们以后还是互相帮助、互相学习,我过去的脾气不好,还不是老英雄和大伙常帮助我才改过来的,咱们以后还是多听老英雄的话,多向老英雄和大伙学习就行了。

高:对。

(后台赵声又起)快回来睡来吧! 天不早了。

王、高:好! 来啦,来啦。

(二人亲热地拉手下)

第六场

(早晨,太阳刚出来,第二组已经动手翻废铁堆了,在这一场中充满了朝气,每个人都是紧张愉快的)

(群众在中幕后声音)加油干哪!快翻哪!快抬呀!

(喊毕在热烈的歌声中开幕。他们都紧张地、来往不停地搬着)

全体:(唱第八曲)

太阳出来红光闪哪!大家翻铁忙得欢哪。

翻哪,翻哪,用力翻!废铁堆成山哪。

干哪,干哪,加劲干!赶快往回搬哪。

铁块子打铁镐,钢板儿做铁锨。

利用废铁多生产哪,做好成品送前线哪。

前方打胜仗,后方多支援。

前方后方齐努力呀,快把蒋匪消灭完哪!

翻哪,翻哪,用力翻!废铁堆成山哪。

干哪,干哪,加劲干!赶快往回搬。

(歌声停止,后台一片劳动的声音,王、高推铁桶上,迎面碰见石、刘)

石:(指铁桶)你们推这玩意干啥?

王:整回去装点乱七八糟的东西。

高:装点嘎码的。

石:打锨打镐的材料还整不过来呢,你们整这个干啥?

高:(对王)那咱们推回去。

王:不用啦,就搁这儿吧。

(高、王把铁桶推往一边,这时李德春和老孙抬铁上)

李:哎！（向王、高）你们看看厂长也来干来了！

王:是吗！在哪儿呢？

孙:（向后台指）那不是吗,搁那边抬着铁来啦。

王:（向前看）可不是咋的呢,（迎上去厂长和群丙抬铁上）哎呀！厂长抬这么老些呢,太沉哪！少抬点吧。

众:可不是咋的呢,别压着哇！

厂:不要紧。你们累不累？

众:不累。

厂:（高兴地）对,大伙加油干吧！

众:使劲干！

（唱第九曲）

厂长:（领唱）多少年废铁要翻身哪！

众:（齐唱）翻了身哪。（主任拿扁担上）

主任:（领唱）几千年奴隶把头抬呀！

众:（齐唱）抬起来呀！

（后台翻铁众唱）我们在这边翻。

（前台抬铁众唱）我们在这边抬。（赵拿扁担上）

赵:（领唱）伪满咱们往里扔啊！

众:（齐唱）扔得凶啊！

赵:（领唱）现在咱们往外翻哪！

众:（齐唱）翻得欢哪！

前方反攻大进军,一块铁似一块金,

突击工作早完成,全靠大家一条心。

（石、刘抬空筐上）

石:这成用材料有的是呀！

刘:得亏伪满给他糟害,这回用上了吧!

　　(高、王抬铁上,高在前,王在后,抬得特别高兴,喊着一二一,走出来)

王:(忽然,发现绳扣要开)哎,老高,撂下撂下,绳子要折了!(放下筐边整绳子边说)这玩意真沉,把绳子都要压折了。(指着钢板儿)这块钢板这么大也说不上谁扔的?(对高)哎,老高!我记着伪满时候数你能糟害,这不是你扔的呀?

　　(厂长和群丙抬空筐上)

高:当时我扔得太多了,我也记不住了。

厂:(站住,接腔)哎!老高,在伪满的时候你没少糟害吧?

高:(点头)嗯。

王:那时候高升可能糟害了。

厂:那时候是给鬼子干活吗,所以你们才糟害,现在这给咱们个人干活,所以大家才干得这么起劲呢。

高:对嘛。

　　(石永庆提一把上锈的风握子上)

石:(兴高采烈地)哎!你们看,这还翻出个风握子来呢。

　　(众争看)

厂:还能使唤不?

石:锈住了,收拾收拾还能使唤。

王:(端详了一下后)哎!老高,八成是你扔那个?

高:(看看,很高兴地)嗯,就是那个,那不是还有一个坑呢。

厂:(鼓励地)哎,老高,这就是你的贡献,这就跟你献工具一样啊!

王:厂长!我看见这风握子我就想起来老高在伪满时候挨鬼子揍那回事来了。

206

厂：是吗！怎么回事？

王：伪满那时候，我们这些工人也不干活呀！净磨洋工，鬼子还说不上多咱就来查一遍，我们怕他看着，就在门口那拴条绳子通到屋子里头，上头系一个小铃铛，搁一个人搁外边打眼，看见鬼子离老远一来，他就一拨，当啷一声，屋里人听着了就假装着干活，鬼子进来看着还挺高兴的，老说"腰细，腰细"①的。（这时李、孙抬铁上，听见和王相视一笑下）有一天老高把新买来的一把锉，搁砧子上一摔两截了，正赶这时候打眼的那个人上便所去了，鬼子进来（这时老陈头正走出来，王奎一指，指到他身上，大家都一笑）看见了，把老高扯过去好顿打，老高一赌气在下班的时候，就把这个风握子（指石手中风握子），给扔废铁堆去了。（张上）

陈：（笑着拍高肩）你小子还记着吧？

高：（得意地）那我还有个忘。

张：陈师傅，咱们快抬去吧！

（陈、张下）

王：哎，老高，是不是这么回事呀？

高：（一点头）嗯。

厂：这十四年里，咱们的罪真没少受哇！

王：我们可也没服那个劲呀，得把就给他糟害呀！

厂：对了，那时候破坏就是和敌人做斗争，（拍高肩）高升！那时候你能和敌人做斗争，现在再能给人民立功，那就更光荣了！

高：（一笑）

厂：（对众）哎，咱们干吧！

---

① 日本语"很好"的意思。

王:对,干吧!（和高往起抬筐,兴奋地喊）预备,起!（抬起筐来大家分头下,王、高仍喊着一二一,下）

　　（陈、张抬铁上）

张:陈师傅! 你那头沉,朝我这头串串吧。

陈:走吧,不用,这不沉。

　　（王、高上看见他们推让）

高、王:（笑嘻嘻地）串串吧! 串串吧!（硬将筐子串到张这边来,二人笑着下）

　　（主任、群乙拿空筐上）

主:（对陈）咋样,抬得累了吧?

陈:不累,这正抬得有劲呢!

主:（到陈筐前一看）哎呀! 怎么抬这么老些呢,不行啊! 你这么大岁数,再累着呢。来咱俩换换（去接）,我把它抬那边去。

陈:不用,不用,这不沉。

主:来吧,来吧!（硬接过来,和张抬下）

陈:（没办法地）你看,这咋说的,（对乙）走吧,咱俩再去抬去。

　　（欲下）

　　（厂长和丙抬铁上,这时后台一声响）

　　（众在后台喊）哎呀! 老英雄咋的了? 哎,快搀起来。

　　哎呀! 出血了。高升,你咋不加小心呢?

　　快搀住,走看看去吧!

　　（这时台那边人也往这边跑,众把赵搀上来,坐在铁桶上,厂长急迎上来,赵腿在出血,高升紧跟在后边,他很着急）

　　（后跑上来的众问）哎呀! 咋整的呀? 这可咋办呢!

厂:快把血止住哇。

王：找点啥玩意缠上吧。

厂：我这有手巾。（掏出来）

（众缠伤）

厂：这是怎么搞的呀？

（众互相看看）

高：(惭愧、懊悔地)我太冒失了，搁那边翻铁没加小心，把老英雄腿砸这样！

赵：(安慰他)这不要紧，高升你别着急。

王：伤了骨头没有，到屋里上点药去吧。

众：对啦，上点药去吧。

厂：快上点药去吧。

赵：没伤了骨头，上啥药呢，走吧，走吧，别耽误了活。

陈：还是上点药去吧，老骨头老肉的别孱腐①了。

高：对了，老英雄！你还是上点药去吧。你走不动，我搀你去，完了我再把你送回家去。

赵：唉唉，高升，这点伤算啥，你看前方同志轻伤都不下火线呢！ 走吧，干活去吧。

主：不行，你还是上点药去吧。

众：对了，还是上点药去吧。

赵：先不用，你们看没咋的。（把腿伸了伸，众急止）

主：你不去上去，我把药给你拿来吧！

厂：对，你去取去吧。

赵：走吧，快干去吧，别耽误时间了。

---

① 化脓的意思。

众：你别去了，你快回屋躺一会去吧。

赵：这还用躺着了，走吧，走吧。（不用人扶，往下走，众拦不住）

众：那你到那可别动手干了，搁那照应点就行了。

（众分头下。高升一个人站在那里发呆，两边传出来热烈的劳动声音，刺激得他更难受了，这时王奎上）

王：（关心地）老高，你看你咋整的？

高：（懊悔地）从打昨天晚上开完会以后，我就想开了，今天活干得特别高兴，哪曾想光顾高兴了，就把老英雄腿给砸了。

王：（安慰地）老英雄他也不能埋怨你，他还怕你着急呢。（鼓励他）再说咱们干活，你光今个积极、明个积极也不行啊！你得积极到底才行呢。

高：那往后你就看着我吧。

王：好！老高，我把筐都装上了，走抬去吧。

（后台众喊）这又翻出大块的来了！

王：（对后台兴奋热烈地）又翻出大块的来了，干哪！（对高）走哇，干去呀！（拉高兴奋地下）

（这时前台后台又热闹起来，来往的人抬得更紧张、愉快、热烈）

全体：（唱第八曲）

　　　　太阳出来红满天哪！大家翻铁忙得欢哪。

　　　　翻哪，翻哪，用力翻！废铁堆成山哪。

　　　　干哪，干哪，加劲干！赶快往回搬哪。

　　　　铁块子打铁镐，钢板儿做铁锹。

　　　　利用废铁多生产哪！做好成品送前线哪。

　　　　前方打胜仗，后方多支援。

　　　　前方后方齐努力呀！快把蒋匪消灭完哪！

翻哪,翻哪,用力翻! 废铁堆成山哪。

干哪,干哪,加劲干! 赶快往回搬。

(在歌声中,中幕落)

第七场

(工会主任抱着手巾愉快地上)

主:(唱第二曲)

二组成绩好,带头把铁翻,

困难自己能解决呀吗,推动全场都来干,推动全场都来干呀吗

嗬嘿。

他们有贡献,大家都称赞,

厂长职员出手巾呀吗,鼓励他们争模范,鼓励他们争模范呀吗

嗬嘿。

(王奎在后台的喊声)哎,走吧,吃下晚饭去呀。

(三四个人回答)走吧!

(王、陈、李、张等上)

主:你们吃下晚饭去呀?

王:是啊! 吃晚饭去。(看见了手巾)主任拿那些手巾上哪去呀?

主:给你们送来的。

(赵、甲、乙等继续上)

赵:啊! 给我们送来的,怎么回事呀?

(众也随着问)

主:这是厂长和职员给你们的。他们说你们翻铁堆,把大伙都推动
  起来了,现在大伙干得特别起劲,翻出来的材料和零件老鼻子
  啦,全厂都说你们贡献大,厂长和职员拿出来这些手巾,让我给

你们送来,慰劳慰劳你们。

赵:你看,他们也都起早贪黑地参加翻废铁堆了,还慰劳我们干啥呢?

众:可不是咋的呢!

主:行啦! 别说这些了,(对赵)你把这些手巾给大伙分分吧!

赵:(接过手巾)这点事还值得慰劳。

主:不光这个,今天报纸都给你们登出来啦。

众:是吗? 我们还没得空看呢。一会回去快看看。咱们又上报纸啦。

主:对了,这回你们若能把模范组得到手还能上报纸呢,大家伙加油干哪!

众:对! 我们一定加油干!

主:哎,老英雄! 一会吃完饭咱们评功委员开会,抓紧时间把这个月的生产竞赛总结出来,明天好发表。

王:我看哪,你们今天下晚多熬点夜,快点把它总结出来,省得大伙着急。

(众笑)

主:对,我们一定把它快点总结出来。(向赵)老英雄! 我先回去啦,你吃完饭就去吧! 我去告诉别的委员去。(下)

赵:(问大伙)咱们这组的人都搁这呢吧?

(众互相看看)

陈:高升跟石永庆他们还在屋呢。

乙:他们搁那过锹镐数呢。

赵:快把他们招呼来吧! 告诉他们领手巾。

乙:我去。(下)

王:哎！你们没听主任说吗,明天就发表啦,这回咱们就赌等着得模
　　范组啦!

李:你可别那么说,人家别的组成绩都挺好哇。

甲:那可不! 人家第六组这个月的任务也超过不少哇。

陈:它光超过任务顶啥? 那得样样都好才行呢。

张:那咱们哪样也不次啊! 我看模范组就是咱们的了。

李:算了吧! 光咱们说好不算哪,得全厂大伙都说好才行呢。

　　(高、石、孙、刘、丙、丁、戊、己,兴奋地上)

高:哎! 怎么,分手巾咋的?

众:对了,分手巾哪! 厂长和职员给咱们的。

赵:你们来啦,数过完了吗?

石:过完了。

高:(高兴地)锹还差六十把不到一千,镐差三十五把不到五百。

赵:镐还差三十五把呢! 那明个怕打不出来吧? 这边再过去两个
　　人吧。

高:我和石永庆我们俩打镐去吧。

石:对啦! 我们压力那边都干出来了,我们俩去吧。

赵:好吧! 你们俩今下晚就跟着打镐吧,大伙这回再多使点劲,明个
　　头晌把锹镐一块都干出来。

众:对! 一定能造出来。

赵:那好,咱们把手巾就分分吧! 一个人一条。(边说边发)

张:(分完后)哎! 这还剩一条,谁还没有呢?

众:(互相看看)谁还没有呢? 我有了!

李:(突然发现)哎! 老英雄没有。

众:(都发现了)老英雄没有哪行呢! (张把手巾给赵)

王:你没有哪行。

赵:(一笑把手巾接过来对众)都有了吧?

众:都有了。

赵:咱们得好好干哪!别辜负人家这片心思。

众:对啦,咱们得好好干哪!

赵:(鼓励的)这回翻废铁堆,是咱们大伙一齐努力得来的成绩,所以才得了这条手巾。(把手巾举起来)这条手巾就是咱们的光荣啊!

众:(举手巾欢呼)这就是咱们的光荣啊!

赵:可是这还不算,等到明天总结发表的时候,咱们把红旗得到手,那才是最大的光荣呢!

众:(欢呼)我们一定要把红旗得到手!

(唱第十曲)

我们要得红旗!我们要当模范!

得奖励,不自满,今后更要加劲干,

不光自己要干好,推动大家齐生产。

得红旗,当模范,

光荣一定属于咱,胜利一定属于咱。

(众兴奋地唱着歌子下)

第八场

(开幕——静场。这是工房的一个角落,正中摆着洪炉,上面放些打铁的工具:锤子、钳子、烧红了的铁块等。在洪炉的前面,放着两个砧子。台右放着一个大案子,上面放着锉、卡钳、铁锹、两个老虎钳子。后面的一角安着电焊。台左安着一架砂轮,下面堆着一堆铁锹。砂轮后面是"甩裤"的铁方案子,上面放着一根铁棍、小锤子、钳子,在两边放着两个小板凳。这是他们接到任务第九天的早晨,开始工作前,这时石永庆、群丁、群戊上)

(唱第十一曲)

我们是工人阶级,我们不怕困难!压料的剪子笨呀吗,

我们就把它来改造,我们就把它来改造呀吗嗬嘿。

(唱完后,石走向右边砧子前,拿起大锤。丁到左边砧子旁穿上围裙。戊到台右,整理"甩裤"的工具)

(王、张、甲、丙,上唱)我们是工人阶级,

我们不怕困难!材料接不上呀吗,

我们就把那铁堆翻,

我们就把那铁堆翻呀吗嗬嘿。

(唱完后,王走向电焊。张走向案子。甲走向洪炉。丙走向右边砧子,做准备工作)

(陈、李、孙、刘、乙,上唱)我们是工人阶级,

我们不怕困难!活计多日期短呀吗,

我们就一齐加班干,

我们就一齐加班干呀吗嗬嘿。

(众齐唱)我们是工人阶级,

我们不怕困难!十天的工作呀吗,

我们九天就干完,

我们九天就干完呀吗嗬嘿。

(唱到最后一句,众都在准备开始工作。陈"甩裤"。李打"砂轮"。刘到右边砧子上掌钳。孙已走向左边砧子拿起大锤)

众:对! 咱们九天就把它干出来呀!

石:(向众)哎! 就剩这点了,今个头晌趁着老英雄开会去还没回来,咱们先把它造出来。

众:对! 一定把它造出来!

王:(向打锤的)哎! 我提个意见。我们做锹的和你们打镐的比赛,看咱们谁能先干完。你们敢不敢比?

众:来吧! 比就比呗! 怎么不敢呢!

李:哎! 我保险我们打砂轮的,你们落不下。

张:(举起锉)别看我的锉不大爽手,管保不能落在你们后边。

众:(兴奋的)来呀! 比赛! 咱们照量照量!

甲:(跑到众前面)哎哎! 别说啦! 铁都烧红了,快干吧!

众:来,干哪!

（这时大家兴高采烈地干起来,干一气之后,群丙一眼看见右边砧子只有石一个人抡锤,他提着锤便到这边来和石一块打）

丙:来,老石,加油!

石:落不下呀!

（二人打了一气,高升手拿着锉和一个纸卷兴奋地上）

高:哎! 你们干得真早哇!

甲:老高! 一早起来你就没了,干啥去啦?

高:昨下晚张学文说,他使的那把锉不太爽手,正好我家有把新锉,我趁着一早就回去把它取来了,来,张学文! 给你。

张:你看,我就那么提提,其实那还使一气呢! 你咋就跑回去把你个人的拿来了?

（这时有的工友围拢上来）

高:在家搁着还不是搁着吗,拿厂子里来大伙使唤呗!

石:哎呀! 这可得在黑板报上,好好地给你表扬表扬。

众：对！好好表扬表扬。

丙：哎！我去告诉宣教委员去。（下）

高：（很愉快的，但不太好意思）得了吧，还表扬啥呢！早先你们谁还没往厂子里献过工具呢。

王：（一眼看见高升手中的纸卷）哎，老高！你手里拿的啥呀？

高：（将纸卷送到王的眼前）你猜呢？

王：（不假思索的）地图？

众：对了，是地图。

高：（兴奋的，把纸卷打开，露出来毛主席像，举起来）不是。毛主席像！

众：（热烈地围上去）毛主席像？你拿毛主席像干啥？

高：我看课堂和俱乐部里，都有毛主席像，就是咱们做活这屋没有。这两天我就惦着买张毛主席像挂这屋，刚才我回家取锉去，到家一看，我妈活着的时候，供的那个铜佛，还搁箱子盖上摆着呢。我越瞅它越不顺眼，成年到辈地供着它，该受穷还是受穷，若不叫毛主席领导咱们翻身，咱们还有今个……

众：（热烈欢呼）对呀！若没有毛主席领导咱们翻身，哪能有今个。

（石、群丁，把毛主席像挂在后边墙上。）

高：我一赌气就把铜佛拿到街上卖了，到书店买了一张毛主席像。

主：（兴奋地）老高！你这张像买得太是时候了，咱们这批活眼看着就要完了，若能把模范组得到手哇，把红旗和毛主席像往块堆一挂，那可太好啦。

高：我也就是这么个意思，把毛主席像往咱这屋一挂，若再把模范组的红旗得过来，咱们天天看着毛主席，瞅着红旗，那生产就更有劲了。

众：（兴奋的）对呀！那有多高兴啊。

陈：高升啊！你和以前可太不一样了。

高：（诚恳地）从打那天开完了会以后，我就想开了，我越想越觉着我过去太不对了，今天干活是给自个干，我哪能再不好好地干呢。（走到毛主席像下严肃的）今天我高升在毛主席像底下，敢当大家伙发誓，我下决心把过去的毛病都改掉了，一定要好好干，希望以后大家伙再多多地帮助我。

众：老高，好好干吧！以后咱们大伙都互相帮助。

石：对了！咱们以后无论是谁，都要互相帮助，把咱们的缺点都克服了，把咱们的力量都拿出来，加紧生产支援前线，响应毛主席的号召哇！

众：（欢呼）对，咱们响应毛主席的号召，要大生产哪！

（唱第十二曲）

毛主席领导咱们把身翻，毛主席号召咱们大生产呀吗嘿！

咱们响应号召，咱们争取模范。

为人民立功！为战争流汗！

干哪干哪别空喊，大家动手干起来看。

干哪干哪别空喊，大家动手干起来看。

（唱到最后两句，大家拿起工具准备干，高升走到左边砧子旁拿起大锤）

众：干哪！干哪！（大家热烈地干起来）

高：（在换第二块铁时）来，老石你先歇一会！我个人抡两下子。（便一个人左右地抡起来）

石：哎！看老高的。

刘：哎，老高这锤抡得可真有劲啊！

众:老高干起活来可真没比的。老高这锤抡得真圆哪。老高真
　　行啊。

　　（高升在大家的鼓舞夸奖下打完了锤,在擦汗）

高:(谦虚的)没啥! 没啥!

　　（赵海明在大众欢笑的声中,兴奋地上）

赵:哎! 你们干得咋样啦?

众:哎! 老英雄回来啦。(停止工作围上来)会开完了吗?

赵:(兴奋的)开完了。

众:(急问)总结完没有? 咱们咋样啊?

赵:总结完了。

众:(更热烈地问)咱们得模范组没有? 模范组是咱们的了吧?

赵:对啦! 模范组叫咱们得来了。

众:(兴奋、热烈地欢呼)哎呀,到底叫咱们得来啦。(欢笑)

王:(一把把旁边的人抓住)哎! 你看怎么样?!

张:(同时地跳起来)光说不行啊,还得说咱们第二组哇。

赵:咱们的活干得怎么样了?

众:剩不多了,就要干出来啦。

陈:"甩裤"的都干出来啦。

王:锹眼看就都要做完啦。

丁:镐也剩不多了。

赵:那好,(对丁)哎,老丁! 你们俩(指孙)把打出来的那些锹镐过过
　　数,来,把钳子给我。

丁:不用,你腿上的伤还没好利索呢,你歇歇吧!

众:对了,你歇歇吧!

赵:不用,不要紧。剩不多啦,咱们再加一把油,快把它干完了吧!

丁:(对孙)走吧!(二人在检点锹镐数)

赵:(举起锤)来呀,咱们再加把油干吧!

众:对了,快点把它干出来呀。

石:别忘了,我们是模范组。

众:对! 快干吧!

(大家动手更热烈地干起来,孙、丁穿梭似的来回拿锹镐)

甲:快完啦,大伙加油干哪!

(这时,各部分都发挥出来最大的劳动效率)

众:(唱第十三曲)

嘿嘿! 嘿嘿! 嘿嘿! 嘿!

大铁锤呀,抡得圆哪,

砂轮转哪,转得欢哪,

嘿嘿! 嘿嘿! 嘿嘿! 嘿!

打铁镐哇,做铁锹哪,快把它做完送前线!

前方打呀,后方干哪,战士的血,咱的汗。

嘿嘿! 嘿嘿! 嘿嘿! 嘿!

为革命啊,多生产哪,立大功啊,当模范。

嘿嘿! 嘿嘿! 嘿嘿! 嘿!

我们要建设人民的新中国呀!

我们要抡起铁锤打江山哪! 嘿嘿! 嘿嘿! 嘿嘿! 嘿!

加劲干哪! 加劲干哪! 快把它做完送前线!

加劲干哪! 加劲干哪! 快把它做完送前线!

(歌声中瓦斯停止。歌声将住时砂轮也停下来。歌声停止后,
锉锹刃地停)

丁、孙:(欢呼)哎哎! 别干啦,都干完了。锹镐数都够了。

众:(兴奋地争问)都干完啦？够数啦？

丁、孙:都完了。都完了。够数了！

　　（大家喜悦地松了口气,擦汗,喝水,抽烟）

张:这回咱们造得可真快呀,一千锹,五百镐,九天工夫就干完啦。

王:这若不叫材料耽误了一下子,完得更能早啦。

石:若不研究出个"闷子"来,哪能完得这么快呢。

丙:对了！得亏老英雄研究出个"闷子"来呀。

众:对了！哎,老英雄,(从后边把老英雄拉出来,大家把他围在当中)老英雄！得亏你研究出个"闷子"来呀。

陈:可不是咋的。当初老英雄一研究的时候,我就不信大剪子这玩意儿还能改,可人家到底琢磨出个"闷子"来,这回我算服这个劲了。看起来啥事得研究唡,像我这样死脑筋哪,算不行啦。

赵:对了,陈师傅干了这么些年,经验多,技术又特别好,若再能研究的话,管保能有很好的发明和创造。

陈:(决心地)好！老英雄,这回我算知道了,以后我一定向你看齐。

众:对！咱们都向老英雄看齐。

王:(向旁看,忽然跳起来指着)哎呀！大伙看哪！红旗,红旗呀！

众:(顺王手看,都发现了,欢呼)哎！红旗来了！（在欢呼中兴奋地迎上去,热烈地鼓掌,唱"欢迎红旗歌",厂长和主任拿着红旗,大家紧紧地围绕着红旗,热烈地唱着）

（唱第十四曲）

红旗,红旗,红旗,我们欢迎你。你是我们的,

你是我们的,你是我们的,你是我们的,你是我们的,

你是我们的！嗨嗨嗨嗨！

你给我们带来了光荣,你给我们带来了胜利。

红旗,红旗,红旗,我们欢迎你。嗨嗨嗨嗨!

(唱到嗨嗨嗨嗨并加以掌声,歌声停止后,音乐继续轻奏)

厂:(对全体)工友们!这个月的生产竞赛已经总结完了。你们第二组,在这个月中,超过了任务百分之三十,尤其是这次突击工作中,克服许多困难,工具笨改良了工具,材料不够就废铁翻身,推动全厂节省了许多材料,还纠正了某些不正确的劳动态度,提前完成任务,集体记大功一次。(众鼓掌欢笑)赵海明老英雄,在这次工作中,发挥了创造精神,改良了工具,号召废铁翻身,带伤工作,记大功一次。(众鼓掌,向赵热烈地笑)高升工友,进步很快,并向厂方献出工具,值得特别表扬。(众鼓掌,高不好意思地笑)发给你们第二组奖金十万元,模范组红旗一面。

(主任把旗递给老英雄,王奎急忙接过去,然后赵取奖金)

王:(举起红旗,激动地喊)红旗是我们的啦!

众:(热烈的)红旗是我们的啦!(大家围住红旗)

(唱第十五曲)

红旗,红旗,红旗,红旗是我们的。

红旗是我们的,红旗是我们的,

红旗是我们的,红旗是我们的,

红旗是我们的,红旗是我们的!

嗨嗨嗨嗨!这是我们劳动的光荣,

这是我们努力的成绩。

我们要保住红旗!我们要继续努力!

立功不骄傲,模范当到底,

再接再厉多呀吗多生产,

支援战争早胜利。

红旗,红旗,红旗,

红旗是我们的!

胜利是我们的!

胜利是我们的!!

（在欢快的歌声中前幕落全剧终）

光华书店 1948 年 10 月初版

◇杨蔚　苏扬　张为

大竞赛

时间:一九四七年"五一"竞赛前。

地点:某机务段。

人物:王宝田——二十五六岁,正在转变中的拉拖。

　　　杨自成——三十岁,决心转变的拉拖。

　　　赵国英——二十六七岁,有政治认识,在群众中有威信的劳动
　　　英雄。

　　　张庆荣——三十一岁,劳动英雄,有个人英雄主义的思想。

　　　李长德——段长,三十多岁,有办法,有威信。

第一场

（锣鼓声中王宝田上）

王:（唱第一曲）

　　败子回头金不换,一心学好加油干。

　　拉拖转变撑英雄,争取"五一"当模范。

（转快板）我，王宝田，就在哈尔滨机务段，钳工组里把活干，去年年底选英雄，工友个个争向前，吓！电锤打得咚咚咚，铁锤好像手榴弹，嘣嘣嘣、嗵嗵嗵，叮叮叮，当当当，声音响成一大片，对面说话都听不见，工友们越干越起劲，直忙得，满脸油烟一身汗，那时候我净耍奸，他们爱干他就干，到后来，人家都当英雄，当模范，只有我，当上拉拖太难看，太难看。（过门）这次"五一"大竞赛，开过大会齐动员，工人翻身地位高，加紧生产理当然，爱让工厂要做到，节省原料我当先，家里的家什往厂里拿，给工厂省一笔钱，起早偷偷先上工，我下了决心要转变，拉拖一心撵英雄，争取"五一"当模范。（过门）从前我成天瞎扯淡，分下活来不爱干，光耍奸，爱偷闲，好吃喝，怕动弹，臭虫把我咬一日，我也得假装上医院，人家劝我好好干，我就叨咕一大片，"大活干不了，小活不爱干"，你说讨厌不讨厌，你说讨厌不讨厌。

（白）唉！提起从前真叫人家讨厌，成天瞎胡混，可是现在是给自己干活啦，咱也明白点政治，工人翻身啦，还能不好好干？自从动员大会开过以后，我就盘算啦，再不能拉拖啦，每天我要早上班一个钟头，也好多干点活，厂子里家什不够使唤，今天我就把从前落下的管钳子拿来啦，给大伙使唤，天不早啦，趁着大伙还没来，我先干起来啦！（走到一边干活）

（杨自成上）

杨：（快板）东方亮，天刚明，杨自成，我跑得凶，家什套别在腰，干粮拿手中，两步并做一步走。起早赶着去上工，早到厂里早动手，拉拖一心撵英雄，拉拖一心撵英雄。（过门）

早先我政治认不清，心想光凭手艺就能行，厂里手艺数我好，各种技术样样精，干不干活由着我，成天脾气耍得凶，我的家什自己使,谁要动了就发横,大伙朝我叫拉拖,我的心里实不平,厂长跟我谈了话,脑筋开化道理通,机器还得零件凑,一人干活哪能行,联系群众最要紧,团结互助做英雄,团结互助做英雄。（过门）

（白）对,厂长说得对,就凭我这副手艺再能好好联系群众,不愁当不上英雄啊!（过门）哎!王宝田,你倒先来啦!（王应,嗯）真是太阳从西边出来啦,啊!

王:你是哪阵高兴啊?来这么早啊?不"指鸡骂狗"说人家"抢孝帽子戴"啦?

杨:哟!你自己一屁股圪垯没有擦干净呢,倒说人家埋汰啦!你从前还不是点完名就溜号,一个月干不上五天活,臭虫咬一口就上医院（啊）?

王:黄毛丫头还有十八变呢,我就不兴变啦?!（两人各向两边旁白）

王:（同时）嘿呀!他倒揭起我的短来啦!呵!

杨:看这样子!

这家伙小子要好好地干啦,我来问问他。

（同时走拢去试探对方）

王:（抢先说）听说厂长没少跟你说话,你是不是开窍啦?

杨:（不答,又反问）你先别问我,你这么早就上班干活,是不是想当英雄啦?

王:咳!（唱第二曲）

英雄模范人人爱,拉拖到处惹人嫌,

钢铁不硬重见火,我决心要把英雄撵。

（白）你说是不是?谁愿意当拉拖呵!你是怎么盘算的?

杨:我呵!（唱第二曲）

厂长话儿说得清,脱离群众行不通,

再打锣鼓另开张,重新做人撵英雄。

王:闹了半天,你也是这么想的。

杨:可不是——

(齐唱第二曲)

咱俩一心齐努力,加紧工作迎"五一",

拉拖带上英雄花,人人见咱笑嘻嘻。

杨:咱们两个倒是想到一块堆啦!可是光想撵英雄不行呵,你倒合计了怎么干没有?

王:光说不干,口头模范,我不合计好还敢撵英雄呵!早合计得"严实合缝"的啦!

杨:那咱们说说听听!

王:好!

王:(唱第三曲)

王:(唱)我,多干活,早上工,加紧生产不放松。

杨:(接唱)晌午别人都休息,我利用时间多做工。

王:(接唱)我加紧学习求进步,机械原理要精通。

杨:(接唱)我学习政治开脑筋,团结互助打冲锋。

王:(接唱)我不缺勤来不装病。

杨:(接唱)我不要脾气,不发横。

王:(接唱)我使唤原料要节省。

杨:(接唱)我爱护工具敢保证。

王:(白)你说得倒好听,你能做得到啊?

杨:咦!光说不做算啥能耐?你看我连家里的小锉都拿来啦,这不我都做到你前头啦!

227

（拿出小锉）

王：一个小锉算啥？我还拿来一个管钳子呢！

（拿出管钳子）

杨：一个管钳子顶啥？还是我这小锉重要呵！

王：一个小锉能干啥？还是我这管钳子重要！

杨：没有我这小锉，光凭大锉你干得了细活？

王：没有我这管钳子，凭你两个手拧得动呵！

杨：你知道咱们全厂才有几把小锉？

王：你到街上去买买试试，看能买到几个管钳子？

杨：对，小锉不稀罕，那你再别使唤我的啦！

王：不使就不使，你也再别动我的管钳子！

杨：不动就不动！离了管钳子我就干不了活啦？

王：没有小锉，你看我干不干活儿！

杨：你爱干不干！

王：爱使不使！

王、杨：（同时）不干就不干！不使就不使！

（工厂里响汽笛）

王：（旁白）嗳呀！上工的汽笛都响了，我还没干多少活呢！净瞎唧
咕啦！我往厂里拿家什还不是为了大家伙使唤么？

杨：（旁白）咳！这是何苦来的，我把家里的家什拿来本来就是给大
伙使唤的！

王、杨：（同时旁白）拉拖跟拉拖闹什么意见呢？

　　　　这才是呢，还是大伙一堆好好干么！（走拢）

王：老杨！你还生气啦？

杨：生什么气啦，咱俩还不是他妈半斤八两！

228

王:是呵！拉拖和拉拖再不联合起来好好干,还能撺上英雄么!

杨:对! 咱们组非撺上英雄不解!

王:喂! 正好,今天还开竞赛委员会呢,咱们向英雄府提出挑战好

  不好?

杨:好!

（合唱第四曲）

拉拖一心当模范,要向英雄来挑战,

马达机器齐动工,生产竞赛闹翻天。

（二人下）

第二场

（劳英赵国英上）

赵:（唱第五曲）

工人从来受人欺,如今咱们数第一,

共产党来了选英雄,感谢咱们毛主席。

生产竞赛我积极,挑选英雄把我提,

说我政治有认识,工作学习都努力。

公休日,还上班,带病干活不休息,

对群众,有联系,埋头苦干有成绩。

群英会我又选上,戴花领奖笑嘻嘻,

从此更要加油干,领导竞赛迎"五一"。

（白）开天辟地到如今,也没有谁说把黑爪子工人看在眼里,这会

共产党带咱工人翻身啦,工人说了算啦,也能当英雄啦,去年选

英雄的时候,大伙说我这个行,那个行,把我给选上啦,其实,我

哪行呵! 还不是大伙的力量? 这回"五一"快到啦,我更得加油

干啦！若是这回落了榜,那可真是寒碜哩!

刚才开竞赛委员会的时候,听说拉拖们都联合起来了,要向我们"英雄府"挑战呢,我还是赶快回去和大伙商量商量好应战哪!

(匆匆下)

(劳英张庆荣上)

张:(唱第六曲)

劳动英雄人人夸,又露脸来又戴花,

争取英雄靠自己,埋头苦干有办法。

我的手艺比人高,创造发明功劳大,

只要自己加油干,头把交椅我坐下。

(白)今年"五一"大竞赛,我自己再加点油,保准能当上特等英雄,那时候一定比现在更露脸,又照相又登报,再领一套英雄服,还把我的事情编上剧,嗳! 那时才……

(赵国英上)

赵:(招呼张)喂! 张庆荣! 快加油干吧!

张:咋的啦? 竞赛委员会开得咋样?

赵:你听我跟你说了。(唱第七曲)

竞赛大会开得好,挑战应战真热闹,

拉拖转变撑英雄,你看情绪高不高。

张:你可咋说的?

赵:咱们英雄府还能落后啊!（唱第七曲)

我向大伙儿来挑战,拉拖给咱下战表,

咱们可要带头干,英雄府美名永远保。

张:拉拖也向咱们挑战啦?!

赵:嘿! 你可不知道那会上的热闹劲呢!"模范团""状元楼""模范

厅"铁工,铜工……代表都来了,大伙挤了一屋子,你争我抢的,你一条我一条,嚷得脸红脖子粗的,很怕把自己拉下啦,连拉拖们也组织起来向咱们"英雄府"挑战啦!

张:你咋说的呢?

赵:我还能装熊? 胸脯一拍应战呗! 会一开完我就往回跑,(向张)咱们赶快合计一下,把挑战书写好,先给他们送去。

张:(泄气地)跟拉拖赛个啥劲? 看他们干活那个熊样!

赵:哎! 可不能这么说呀! 他们不好,咱们才要带着他们干,才要跟他们赛呢。

张:跟他们赛就是赛赢了又能咋的?

赵:咱们竞赛不是为了谁赢谁,是为了大家把工作做得更好,上回还不是有些拉拖转变当了英雄啦? 咱们大伙儿比着干,拉拖不也就变好啦吗!

张:我可没有那个闲工夫跟他们瞎扯淡!

赵:唉! 张庆荣,你的老毛病又犯了,我可要批评你啦! 早先你老是先顾自己,不愿意帮助别人,你有技术,不愿教别人,人家问你个问题,你也嫌麻烦,这回跟"拉拖组"比赛,你又不乐意啦,你是不是怕占了你的时间,影响你的成绩呀! 你忘了×××跟咱们说的"咱们要发扬集体英雄主义,离开了集体,就没有英雄"吗? 你想光凭一个人,能够做啥? 还不得靠大家,要是大家伙都干得不好,还能有"英雄府""模范组"吗? 还是厂长说的"英雄创造模范组,模范组里出英雄"对呀! 你还是捉摸捉摸:是不是这个道理?

张:(旁白)唔,对,人家赵国英说的也是那么个理,(向赵)哎! 老赵,还是跟他们赛吧!

赵:嘿!好!这下子咱们模范组准又当上啦!

赵、张:(合唱第八曲)

　　英雄拉拖比着干,团结互助齐向前,

　　"五一"竞赛大生产,迎接人民胜利年。

张:那咱们快写挑战书吧!

张:咱们那竞赛条件要改一改吧!

赵:对,对。

(二人同下)

第三场

(赵国英和王宝田由两边上,都手拿着挑战书)

赵:(同时唱第九曲)手里拿着挑战书,赶紧去到拉拖组。

王:(同时唱第九曲)手里拿着挑战书,赶紧去到英雄府。

赵:(接唱)英雄要把拉拖带,争取"五一"模范组。

王:(接唱)拉拖要把英雄撵,争取"五一"模范组。

赵、王:哎!(工人抢着说)

赵:嘿!我们要跟你们挑战呢!

王:我们要跟你们挑战呢!

赵:(抢着说)我挑战书都拿来啦!

王:(抢着说)你看!我这是什么?

(唱第十曲)

　　"英雄府"的名气大,咱们拉拖也不怕,

　　"五一"竞赛来挑战,拉拖英雄比上下。

赵:(唱第十曲)

　　拉拖组,你别虎,做出活来才算数,

你嘴上说得再好听,也是赛不过英雄府。

王:别臭白话啦,还是说说条件吧!

（唱第十一曲）

图样尺码看得清,仔细认真精又精,

做出活来准合适,保证不能再返工。

赵:（唱第十一曲）

小活做大瞎胡蒙,圆的做扁白搭工,

我们要把原料省,废物零件都利用。

王:（接唱）

节省原料不稀奇,我们干活多积极,

不磨洋工不胡混,完成任务考第一。

赵:（接唱）

完成任务靠技术,精通业务才能行,

学习政治开脑筋,天下大事看得清。

王:（接唱）

政治技术结合好,时间遵守也紧要,

不早退,不迟到,保证上班不溜号。

赵:（白）嘿! 你说的比唱的好听,不溜号? 那不是你们拿手好戏吗?

王:咳! 别扯淡啦,还老溜号! 那时候咱不认识政治。

（张庆荣和杨自成同时由两边上）

张:（同时）哎! 赵国英,讲得怎么样啦! 拉拖组敢不敢和咱们赛?

杨:（同时）哎! 王宝田,讲得怎么样啦! 英雄府应战没有呀?

赵、王:（同时）条件还没有讲完呢!

（四人聚拢）

杨:你们敢不敢跟我们赛呀?

张:你们敢不敢应战!

王、张:(同时)哼! 孬种才不敢赛呢!

杨:(唱第十一曲)

　　英雄英雄别吹牛,讲好条件就发愁。

张:(唱第十二曲)

　　拉拖拉拖你别吹,你们那儿狗熊一大堆。

赵、王:(同时拉张、杨)哎! 别扯大拦啦! 还是快点讲条件吧!

赵、张:(同时)对! (唱第十二曲)

赵:(唱)天大的困难能克服。

张:(接唱)埋头研究来创造。

王:(接唱第十二曲)服从领导守规章。

杨:(接唱第十二曲)遵守纪律能做到。

赵:(接唱)团结互助做得好。

张:(接唱)联系群众不骄傲。

王:(接唱)样样工具都筹备好。

杨:(接唱)现场天天勤打扫。

赵:(接唱)干活之前先吃饭。

张:(接唱)天头冷了穿棉袄。

王、杨:(同时)你这算什么条件?! 吃饭穿衣,还有拉屎撒尿呢……

赵、张:(同时)是呵! 我看你提的工具完备,现场打扫,还赶不上拉
　　　屎撒尿哩!

张:那还算个条件? 我们早八百年前都做到啦!

王、杨:(骂急)光你们做到啦,我们也早都做到啦!

杨:别糟践人啦,我们现场拾掇得比你们强!

张:别吹牛啦! 我们看看去!

234

杨：别光看我们的，我们也得看看你们的呀！

群：走，看去，看去！走！走走走走！

（王拉张，赵拉杨，各从两边下，稍停上）

（王向张："怎么样？"赵向杨："怎么样？"张、杨不答话，走到台口两角，同时旁白）

张：拉拖可真是学好啦！

杨：到底是人家英雄府！

（王和赵互说："嘿！还是我们好！"）

杨：（向王）怎么样？

张：（向赵）怎么样？

赵：（向杨）怎么样！我们的现场拾掇得不错吧？

杨：什么不错！像"王婆子画眉"一样扫那么两下就算好啦？家什弄得乱七八糟的。

张：你们那儿扫地净搁舌头舐哪？

杨：可不是，你到我们那去搁舌头舐舐试试看！

张：舐不舐的，我们比你们强，你敢说不好！

杨：就是不好！

张：怎么不好！

杨：就是不好！

张：我看赛不起就不用赛啦！

杨：不赛就不赛！

张：（同上）

杨：（同上）

（二人争执不下，王、赵劝说）

王：（拉杨）哎！还用着这个啦！这才多余呢！

赵：(拉张)哎！慢慢商量么，叽叽咕咕，多难看哪！

（段长李长德上）

李：噢！你们都在这儿哪！

赵、王：(同时迎上)段长来了?!

（杨、张不语）

李：(向杨、张)你们俩怎么啦？

（二人不语）

李：(向杨)你们怎么啦？

杨：你问他去！

李：(向张)到底是怎么回事？

张：你问他去！

李：这到底是怎么回事啊？

赵：哎！值不当的一点小事，为了竞赛……

王：讲条件讲糟啦！

李：唉！我寻思是什么了不得的事呢？还是为了竞赛啊！（唱第十三曲）

　　生产竞赛要心齐，别为小事闹义气，

　　保证运输爱铁路，争取英雄迎"五一"。

　　(白)得啦！我看你们俩别生气啦！

赵：都是老伙计啦！生什么气啊！生气！

杨、张：(同时)我们俩没有说的。

李：好！我告诉你们一个好消息。

（唱第十三曲）

　　全东北路局大竞赛，哈铁工友要把头带，

　　咱向牡丹江下战表，选上模范多光彩。

236

众:什么?! 咱们要跟牡丹江机务段下战表啦?!

李:对啦,为了迎接伟大的"五一",要加紧生产,保证运输,支援前线,我们跟牡丹江机务段展开友谊的竞赛,你们同意不同意?

众:同意! 同意!

李:好! 那咱们大伙儿齐心努力,来创造哈机模范段吧!

众:对,为创造哈机模范段而努力奋斗!

李:对!

(唱第十四曲)

开足马力奔向前,竞赛口号喊连天,

爱护工人的铁路,克服困难埋头干。

齐心合力大生产,创造东北模范段。

生铁百练就成钢,工人翻身有力量,

保证人民运输线,支援前线打胜仗,

劳动创造新世界,人民解放靠共产党。

(四人齐下)

选自《东北文艺》,1947 年第 1 卷第 6 期

◇肖龙　寄明　潘奇　雪楠

干活好

时间：一九四七年初春

地点：北满某镇附近一个屯子

人物：李福山（以下简称李）——基干队员，二十三岁

　　　李妻（以下简称妻）——二十二岁

　　　陈寡妇（以下简称婆）——妇女会小组长，四十五岁

　　　元发媳妇（以下简称媳）——陈寡妇儿媳，二十岁

　　　小珠儿（以下简称珠儿）——陈寡妇女儿，十五岁

　　悦来镇附近一个屯里基干队员李福山由农会急急忙忙往家走。

李：（唱第一曲）

　　太阳出来啊照四方，穷人翻身当了权。

　　刚才基干队开罢了会，急急忙忙回家转。

　　吃罢了午饭抽袋烟，待会才把岗来站。

　　（李走近家门见门扣搭着）

　　（白）她又出去了，一定又是到东头唠嗑去了，（进门很生气地）饭

也没做,扔下家就走了,真他妈的不像话,我去把她召唤回来。

(气冲冲地往东头下)

(李妻由屯西头上)

妻:(唱第二曲)

独坐家中好愁闷,闲来无事把门串,

当家的不把家来管,还得我回去做晌午饭。

(白)我李福山屋里的,掌柜的在屯上当基干队员,成天开会,有事没事一天往农会跑,老也不着家,回家来还嘀咕我不做事,(回头见门扣未搭上)呃!我走时把门搭上的,门开了,谁上我家来过啦?

(进门)嗯!

他还没回来,我来收拾收拾做饭。(看了屋里稍停)烧的也没有啦,水也用完啦! 成天管那些穷事,家里事啥也不管。

(李福山气冲冲地进屋)

李:他妈的,又上哪儿去啦,找不到人,(回头看见妻)你上哪儿啦?

妻:我不是坐在这儿吗?

李:又上哪儿串回来啦?

妻:你管我,你们农会不让咱老娘们要钱,连咱串门也不叫?

李:你有空串门唠嗑,我那件衣裳,怎还不给补上。

妻:补他干啥,穷针线,反正是破的。

李:笑破不笑补,补上总比破的好,别唠叨了,快做饭吧!

妻:做饭,缺柴少水的,叫我怎么做啊!

李:一叫你做饭,你就嘀咕这些,我成天在屯里工作,你走东家串西家的,光唠嗑,就不能整点柴火,挑点水去。

妻:你忙,谁叫你成天乐意干那些事儿,我就没见过老娘们去整柴挑

239

水的。

李：你没见，你妹子家婆母娘，一个孤老寡妇养活几个小孩，自己挑

水打柴去，谁能给她整啊？

妻：嗯，那也给她呗，我可不那么干。

李：你看人家那么大岁数都能整，你比她年轻力壮，你为啥不能，就

赌等稳坐穷吃。

妻：嗯，可不，嫁汉嫁汉，穿衣吃饭，有吃无散，你这缺柴少水的叫我

怎整？

李：（较缓和）唉，你听我给你说：

（唱第三曲）

这会穷人都把身翻，咱们要出力把事干。

一个道儿跑到头，家里的事儿慢慢来盘算。

妻：（第三曲）

你说怎么来盘算，油盐柴火你全不管。

眼看天气就要暖，看你来拿什么衣服来替换。

李：（第三曲）

只要你两手能勤劳，什么活计都好干，打鞋，编席，养鸡带喂猪，

贴补家用手里也剩钱。我在基干队去工作，为的是穷人翻身享

太平，今年抽空我也种上半垧地，留至咱家自用好过冬。

妻：（第三曲）

要编炕席没有芦苇，要打草鞋我不会编，没糠没糟怎么把鸡猪来

喂，你说叫我怎不为难。

李：只要你能做，我就给你想办法。

妻：哼，靠你想办法啊！太阳咯（从）西边出来，你还是老老实实给我

基干队员别干了。

李:唉！跟你说了半天啦！你简直不知道哪头炕热,哪头炕凉。

妻:反正是我不会做。

李:哼！我看你这号女人就是好吃懒做活,奸懒馋滑撑！抄着手等男人养活的。

妻:那可不,官凭印,虎凭山,婆娘凭的男子汉。不靠男人靠谁啊?

李:靠男人,那我死了你怎办?

妻:你死了,我自有办法。

李:哼！你那办法还不是找个跑腿的就走了。

妻:啊呀！天哪！（大哭)我怎么摊着你这号男人！

（唱第三曲)

（1）自从你当上基干队,家中柴水一旁扔,

（2）叫我喂猪又喂鸡,编鞋编席推在我身中。

（第四曲)

（3）什么活计我也不能做,你愿意咋行就咋行。（仍哭)

李:你还靦脸嚷什么,丢人不丢人,操你妈的,要我揍你。（举手欲打)

妻:打吧！打吧！咱们好打好散,各人想各人章程。（说着出门往东头跑下）

李:他妈的,摊着这号败家的娘们,走东家串西家的,我八辈子也过不好,妈的,时候也不早了,饭也不吃了,该去站岗了。

（另一个屯里,陈寡妇家,元发媳妇拿着新做好的鞋子)

媳:(唱第五曲)

开春以后天气暖,陈家媳妇做鞋忙,要问做鞋为的是谁,为了人民解放军理应当。自从人民解放军来到这儿,"中央"胡匪都扫光,要钱扎吗啡抽大烟的都归了正,家家户户都比往年过得强。

（白）我有姐妹二人，我嫁给陈元发做媳妇，去年春天才过了门，我掌柜的是个忠厚的老薄待，能写会算，这阵当基干队员。我婆婆是个勤俭的老好人，老公公在八年前就去世了，撇下我婆婆我男人和我妹妹，婆婆就风里来雨里去，起五更爬半夜地在地里做活，把他们都拉扯大了，现在工作团来了给我们分了一坰地，还有南北两铺炕，这一来日月就过得更消停了！我姐姐嫁给李福山家，姐夫也是基干队员，人倒是好人，整天忙公家的事情不得闲，就是我姐姐好吃懒动弹，所以这就受不了啦，听说他两口子常打架，前两天捎了个信让我姐姐来玩我好劝劝她，她怎还没来呀？（看手中的鞋）（婆婆由外往回走，手中提一包鞋）

婆：（唱第六曲）

去到前牌把咱小组的鞋收上，一共收了鞋九双，双双做的都是好针线，叫我老婆娘看了喜洋洋。

媳：妈，你回来啦，鞋收齐了没有？

婆：都收齐了，你的鞋做好了没有？

媳：妈，做好了，你看做得怎么样？

婆：啊呀！好针线呀！

（唱第六曲）

白布底来黑布帮，密密层层纳成行，将那鞋儿送到队伍去，人家一定说我媳妇好心肠。

媳：（唱第三曲）

人民解放军多辛苦，流血流汗保家乡，爬山越岭多费鞋，粗针大线的鞋儿怎能穿上。（小珠儿由外上）

珠儿：嫂嫂，嫂嫂，打柴小组的人都齐了，咱们快去吧！

媳：好，妈，我跟妹妹去打柴火去。

婆:好,去吧! 早点回来。

珠儿:妈,今晚上蒸点倭瓜吃吧!

婆:去吧! 多打点柴回来,妈一定蒸给你吃。

珠儿:(唱第七曲)

> 小珠喜洋洋啊,大家打柴忙呀,江北把柴打呀,回家好吃倭瓜香。小珠打柴笑哈哈,回家好吃倭瓜香。(珠儿唱着与媳、婆下)(李福山妻由西头上)

妻:(唱第三曲)

> 满腔怒气实难消,找我妹子解愁肠,行行正走来得快,妹子家门在面旁。

(白)嗳,到了妹子家了。(唱)走上前去把门叩。(第四曲上句)

婆:(由屋里上)谁呀? (唱)何人门外闹嚷嚷。

(开门)(第四曲下句)

(白)嗳呀! 什么风把你妹子给刮来啦?

妻:嗳,大娘,你好啊?

婆:你妹子好! 快进屋里炕上坐,真不凑巧,你妹子跟珠儿去打柴火去了,待会儿就回来。

妻:啊? 怎么她们去打柴火?

婆:嗯,是啊! 她们妇女小组,好多人一块去打柴。

妻:哦,你们这儿,有……什么……富……裕组?

婆:可不,就是我们屯子里每一排的妇道,编成一组一组的,咱这牌第二牌,我还是个小组长啦! 你们那里还没兴这个啊?

妻:唉,可不没有? 哦,也听说要立个什么富裕大会呗,嗯——半夜捡文书,我也摸不着边框四至,管他啥用?

婆:你可别那样说啊,妇女会可有用呗。

妻：有用？我男人参加了农会，当了基干队员，成天不在家落腿儿，柴也没人打，水也没人挑的，叫我一个老娘们真没法。

婆：咱们如今翻身了，穷人的事情，就要靠咱们穷人自己来做，我家元发也在村里当基干队员，今儿出去放哨去了，家里的活儿都靠咱们娘儿们做哩！你两口子分了地又分了房的，又没吃闲饭的，这还不好过吗？

妻：好过，光有点粮食，缺油盐酱醋的，这怎么过啊？

婆：你年轻轻的，有两只手，做点啥还不来两个钱，下力紧手不受穷。

（唱第六曲）

我年内编了十领席，一领卖到八百洋，十领卖到洋八千，买来油盐在家藏。

妻：那能赚多少钱？芦苇子还不要钱去买？

婆：芦苇是去年秋天你妹子，妹夫割下的。

（唱第六曲）

你妹子小珠今年一十五，年前编了草鞋十五双，苞米叶子不要钱，一双草鞋能换二百洋。

妻：（唱第三曲）

你们心灵手巧样样能，我是心拙手笨样样不在行，你家人多好办事，我丈夫不管叫我一人无商量。

婆：天下无难事，只怕有心人，你妹子过门来的时候，啥也不会，这阵儿也能编炕席，打草鞋，粗活细活哪一样都能行。（此时媳妇和珠儿打柴回家）

珠儿：妈，柴打回来了，打了好些哩！

婆：（向李妻）你妹子她们回来了！

珠儿：姐姐，你来啦？

媳:啊呀,姐姐你来啦! 我盼你好几天啦! 姐夫没来?

婆:好,你们姐儿俩唠嗑吧,我和珠儿去拾掇拾掇柴去。(下)

妻:(唱第八曲)

妹子啊……

一见妹子好心酸,不由我伤心的事儿想起几桩,你姐夫常逼我把活来干,为此事我与他难度时光。

媳:你怎的哪? 你两口子又打架了吗?

妻:(接上曲)

今天我到西头去唠嗑,回家不分皂白他就把我嚷,我怪他家事全不管,他反倒打骂把我伤,这样的日月叫我怎么过,倒不如一刀两断各走他乡。

(此时伤心抽咽)

媳:(旁唱第三曲)

闻听姐言心一惊,想我姐夫忠厚勤俭庄稼郎,定是我姐姐懒惰不会把家管,姐夫哪能把她伤,转过面来把姐姐劝,常言说不打不亲(朗诵,占一小节不打不亲)。夫妻吵架是家常,姐夫基干队上工作忙,姐姐出门唠嗑理不当。

妻:(唱第三曲)

妹妹你说话不知情,自你姐夫把基干队来当,有事没事往农会跑,油盐酱醋全不放心上。

媳:(唱第三曲)

叫声姐姐别见怪,基干队的工作也是为咱穷人忙,你妹夫在那基干队上不能把家管,家中的事儿全靠我们婆媳二人来承当。

(八字朗诵占一小节)

妻:(唱第三曲)

245

提起你婆母也气人，砍柴挑水这样的重活，也要你来担当。

媳：（唱第三曲）

　　姐姐话儿不要这样讲，婆母娘待我跟亲生女一样心肠，合伙打柴
　　不费劲，打柴这事也是我们妇女大伙儿的主张。

妻：（稍有转意）妇道家真能去打柴啊？

媳：为啥不能，我们打了好多次啦，头几回还是我婆婆领头哩！

妻：（沉默不语）

媳：（唱第三曲）

　　我的婆婆好心田，苦事重活她头里做模样，起早贪黑下地沟，哪
　　一样不比男子汉强。

　　（白）姐姐你还不知道我吗，我在家里做姑娘的时候，也是啥也不
　　会做，现在跟我婆婆学着粗细活都能做上一点。这阵世道不同
　　了，妇女也翻身了，要日子过得好，就得靠自己动手，我知道你那
　　个脾气，以前爱耍钱唠嗑懒动弹，往后少唠个三言两语的，事情
　　不就做出来了吗？

妻：妹妹现在工作团来了，谁还敢耍钱，唠嗑是小事呗！

媳：姐姐唠嗑也耽误事嘛，姐夫说的还是个理儿，他在外替大家做
　　事，你在家勤俭做活，你们两口子和和气气地过日子不好吗？

妻：（想了半天）唔！你姐夫也是说我不肯做活，说我不能帮助他过
　　日子，你们也这么说，闹了半天真是我的不好啊！

媳：这是老实话，姐姐可不要生气了，两口家过日子哪有不拌嘴的，
　　吵过去闹过去就算了呗，明天让你妹夫送你回去。

妻：妹妹你两口倒好啊！

媳：可不，你瞧我们俩老不打架。（婆与珠儿上）妈，柴拾掇好啦！

　　（手编一草鞋）

婆:哦！都拾掇好啦。

珠儿:嫂嫂这只草鞋又快编好啦！

媳:嗯！快啦！

妻:嗳！妹子,怎么编的教给我吧！

婆:只要你愿意学,像你这样心灵手巧的,一会儿就学会啦！

妻:哪里,我这笨手笨脚的不行。（妹教姐编鞋）

　　（众人看鞋）

　　（李福山由西头上）

李:（唱第三曲）

　　我媳妇八成是到他妹子家,基干队长定要我接她回来好商量,怎奈我媳妇懒惰成了性,如何能说得她知错变了样。

　　（白）嗳,到了！

珠:（从窗内瞭见）姐姐,我姐夫来了！（忙跑出去接上）

婆、媳:（同时向窗外看）啊！真的来了！（李福山上）

妻:（低头不语）

李:大娘妹子都挺好哇？（看妻）

妻:（低头不语）

婆:你姐夫好。

媳:（拉姐姐）瞧这回人家倒是来给你赔不是。

妻:（低头微笑）（李看妻一眼）

婆:两口子怎哪？

媳:我姐姐没有什么。

李:（看看妻又望望屋里）嗳,元发兄弟呢？

婆:元发出去放哨了,你两口子真好啊！你媳妇才来,后面就撵来了,你看走一步跟一步,真是寸步难离啊！

247

李：哪儿好，在家还打架来。

婆：哪儿有不打架的，两口子狗皮袜头子没有反正，打过去闹过去就拉倒呗！

妻：话赶话，就打起来了。

李：听说你们这屯子整得好啊，什么都组织起来了，这一阵可忙了吧？

婆：是啊，天气暖了，地一开冻，过了清明就要下种种麦了。农会还要我们今年好好合计合计怎么生产呢，我们家里婆媳二人还想定个生产计划呢！

李：大娘今年该歇歇了，儿子媳妇把你替出来了，有了帮手了。

婆：不，今年我还打算试种两亩棉花呢，要是能有个收成，今年过年孩子们都可以有新袄穿上了。

李：大娘，你老人家真硬板，做事有决心，年轻的人都得跟你学呢！

婆：老了不中用，我要跟你们年轻的学呢，今年我家分了地，一定要更下功夫去整啦，我还是小组长，做应该带着头里才是。

李：大娘，你们这儿的妇女都组织起来了？

婆：不大离，我们妇女都说除了铲地薅草侍弄地以外，还要喂鸡喂猪打草鞋，编炕席这些活呢。

李：你们这屯子的妇女真行啊，我回去也给农会说说，咱屯里的妇女也赶快整起来。

婆：是嘛。

媳：姐姐，你回去好好干活，参加你们的妇女会吧。

妻：对，妹妹，这回回去我一定好好干活。

李：（看妻一眼两目正对上）好，对，咱们回去也合计合计，立个计划，今年大家都分了地，还不好好侍弄地啊，哦！也不早了，回去吧，往家走吧！

婆、媳：忙啥呀，多待两天，明儿再走。

珠儿：(拉李妻)姐姐，明儿走，明儿走。

妻：来了老大时候了，回去啦。

珠儿：不，不。

李：家里没人，基干队上还有事呢，回去啦。

妻：好，走吧，大娘妹子走啦。

婆：好，你俩谁也别气啦，回去好好过吧。

婆、媳：走啦，咱们送送。

众人唱：(第九曲)

> 自从来了共产党，妇女也翻身分田粮，人人都把生产计划定，再不靠背着男人把咱养。
>
> (婆)我保证妇女生产小组整得好，(媳)地里的庄稼有我来担当。
>
> (珠)今年我要挣件花衣裳，(妻)我也要把生产整得强。
>
> (众)只要大家齐动手，吃穿不愁能过好时光，旧社会把妇女看不起，解放区妇女和男子是一样。

东北书店 1948 年 7 月

◇沛然　鲁汶　冯乙

缴公粮

地:解放区的某乡村。

时:秋末的一个上午。

人:青年农民——二十七八岁。

　　青年妇女——二十三四岁。

　　老太太——五十岁。

开场:青年农民门口的打谷场口,青年妇女上场,赶小鸡。(唱第
　　一曲)

　　(唱)

妇:十月里来秋风凉,

　　家家户户打场忙,

　　哎咳吆嗬打场忙,

　　大豆高粱满了仓,

　　得儿咳唉呀嗨,

　　大豆高粱满了仓。

250

想起往年愁断肠，

一年倒缺四季粮，

哎咳吆嗬断口粮，

交租出荷弄了个光，

得儿咳唉呀嗨，

劳动一年没有吃上。

（白）咳！提起那往年的世道来，真不是人过的日子，人们一年四季，整天价人走五更爬半夜，劳累个□，到头来还是没吃没穿，挨饿受冻的。有钱的人家风吹不着，雨淋不着，坐在家里，顿顿就能吃上粳米白面，鸡呀，鸭呀，鱼呀，肉呀的，吃得像老母猪一样。到冬天里来，穿上大皮袄坐在火炉旁边还嫌冷哪。穷人家身上披着个破麻片，坐在地下还不是打冷战？只寻思穷人生下来就是受罪的，哪想到来了共产党领导咱穷人翻了身，清算那专靠穷人吃胖了的大坏蛋，分给了房子分给了地，有吃有穿，往后的日子呀，可就是过好啦，这都是共产党给咱们的好处呀！

（唱）

人有良心树有根，

吃米不忘种谷人，

哎咳吆嗬报恩人，

共产党救了咱穷人，

得儿咳唉呀咳，

他是咱们的救命恩人。

共产党来民主联军，

打胡子剿匪保护咱们，

哎咳吆嗬爱人民，

这样的军队哪里寻，

得儿咳唉呀嗨，

百姓要拥护民主联军。

（白）昨儿我掌柜在屯长家开了个会，回来说政府要征收建国公粮，大家商议叫我家出三石九斗粮食，夜里我那掌柜就核计起来啦，一年共打了十二石八斗，交多少，剩多少，核计了一夜，不管交多少，咱们可如数地交上呀。要不是穷人翻了身，分了四垧来地，还不是一颗粮食粒也打不下来么？你看就这样政府里还怕摊得不公平，叫大家先选出个评议委员会，让大家伙核计求个公平，今儿我当家的一老早就到屯长家开会去啦，等会儿他回来我看他愿意不愿意，有没有良心，回头逗逗他。（下）

青：（上）（唱第二曲）

清早起屯长家开了个会，

出公粮大家伙来呀核计。

按地亩和人口收粮多少，

又公平又合理人人同意，

"满洲国"出荷粮一声令下，

哪准咱穷人们开会商议！

有钱的有势的反倒不出，

把负担全落在穷人手里。

共产党来办事人人欢喜，

公粮少负担轻吃穿有余。

李老三急行去忙回家转，

回家去给他们报告消息。

（白）我，李老三，自来穷了半辈子的人啦，眼看着就要饿死了，多亏来了共产党,把我这快要死的人又给救活了。如今分了房子分了地,今年打了十二石粮食,有吃有穿,这不穷人变成富人啦吗?刚才在屯长家开了个征收建国公粮的评议会,大伙儿都抢着头地交,说天下哪还有这样公平的事呀,我李老三自来是不落人后的,共产党救了咱,给了咱好处,这点本分事我一定要走到别人的前头。我那个孩子他妈,也倒是个有良心的人,可是我回去逗一逗她开个玩笑,看她怎样说!(赶小鸡)

青:孩子他妈!

妇:(上)嗳!你回来了!

青:回来啦!

妇:大清早起来就走啦,快吃饭去吧!

青:在屯长家吃饭了! 爹呢?

妇:进城去了。

青:进城去了?

妇:忙活了一年啦,咳,秋收完了,粮食也都打在囤里啦,买点面称点肉,全家包顿饺子吃。

青:说起来也该孩子上学啦。

妇:去啦!

青:(怔了一会,开玩笑似的)啊,那家里就剩下你和我啦!

妇:别逗了,你快把开会的事说一说吧!

青、妇:(同时旁白)爹不在家我逗一逗她(他)。

青:你要听开会的事,我慢慢地给你说。

(念快板)

孩子的妈,仔细地听,提起公粮就头痛,"满洲国"种人家地,一年到头没吃的,到如今分了地,打下了粮食,□□交到上边去,还不是人家官家的。

妇:（旁白）哎呀！这家伙真没有良心，想不到长的是一副驴肝肺，你不高兴，我就顺着你不高兴说！看你还说什么！

（念快板）

孩子的爹，说得对，哪有为着穷人的，"满洲国"太阳是从东边□，到如今，太阳还不是从西面落，反过来是个没吃的，掉过来还是个饿肚皮。

青:哎呀！这娘们真没有良心，想不到长了一副驴肝肺，你不高兴，我就顺着你那不高兴说，看你还说什么！

（念快板）

孩子的妈，你说吧，赵大家跟咱们人口一样多，也是分了四垧地，可是出粮咱们出了三石九，他家才出二石七，你说公平不公平，你说合理不合理？

妇:（旁白）这家伙死心眼儿，钻了牛角尖啦，人家打得少当然出得少。

（念快板）

孩子的爹，说得对，这事办得我看也是不合理，分地分得一样多，交粮也该是一样的，赵大家粮食打得少，谁叫他家不去多打去！

"满洲国"出荷都是穷人出，富人好像没事的，如今出了累进税，累来累去吃亏倒霉还是咱们的，如今穷人翻了身，出粮为什么不叫富人全去出。

青:（旁白）这娘们死心眼儿，钻了牛角尖啦，把人家的地分啦，怎么还能叫人家出呀！

（念快板）

孩子的妈，别着急，我给咱们出个好主意，咱们给他来个以多报

少,把粮偷偷运出去,他说咱们打了十二石,咱就说打了三石一,

他叫咱出三石九,按着他们的累进税,咱们才出九升公粮去。

妇:(旁白)这家伙越说越坏,是不是听了别人的坏话了,不管他,看

他还说些什么。(妇白)你说的倒也是个好主意!

青:好主意吧?

妇:好主意。

青、妇:(同时旁白)这娘们真的黑了良心啦! 这家伙真的黑了良

心啦!

妇:(赶小鸡)(回头向青)刚才你说出九升,依我说九升还多呢,我倒

还有个更好的办法,还能再少出些。

青:还能少出? 什么好办法,你说吧!

青、妇:(同时旁白)驴肝肺,我看简直变成狗肝肺啦。

妇:(快板)孩子的爹,听我说,今年粮食的收成可真不错,一坰地打

了四石多,粮食又大又圆又干又净,就好像是那水洗过,依我说,

苞米里头兑上水,高粱里头掺上沙,谷子里头掺上些个土坷垃,

脏他的嘴来扛他的牙。

(青怔住了)

妇:你看我这个办法怎么样?

青:(毫无表情地)不错,不错。

青、妇:(同时旁白)这娘们是真的? 这家伙是真的? 心眼这样坏,我

看不能再逗了。

青:孩子的妈,刚才我对你说的那些话你信不信?

妇:(一怔)孩子的爹,刚才我对你说的那些话你信不信?

青、妇:(同时旁白)噫! 这娘们,这家伙,莫非他是逗我。

青:你信不信呀?

妇：你信不信呀？

青：我信你是个驴肝肺。

妇：我信你是个驴肝肺。

青：我信你没良心。

妇：我信你没良心。

青：我怎么驴肝肺？

妇：我怎么驴肝肺？

青：我怎么没良心？

妇：我怎么没良心？

青：你呀！（唱第三曲）

哼！你是个驴肝肺呀！

你是个没良心呀！

共产党救了咱，

你不知报恩人。

哼！你不知报恩人。

妇：哼！（唱第三曲）

你是个驴肝肺呀，

你是个没良心呀！

分了房子分了地，

你今天忘了本，

哼！你今天忘了本。

青：（唱）

你说不公平，

满嘴胡放屁，

赵大家收成少，

256

理应出得少，

理应出得少。

咱们出得多，

因为收成多，

一垧地四石粮，

才出了三勺一，

才出了三勺一。

妇:是呀！（唱）

才出了三勺一，

你说没吃的，

交四石剩下的，

吃穿还有余，

吃穿还有余。

你想的坏主意，

把粮运出去，

打得多报得少，

投机又取巧，

投机又取巧。

青:（唱）

我说运出去呀，

那是取笑你呀！

你想的坏主意，

真够缺德的，

真够缺德的。

高粱里要掺沙呀，

苣米里兑上水呀，

谷子里掺坷垃，

坑人坑到家，

坑人坑到家。

妇：（白）那我是试试你的心，哼，你倒说你逗我呢，我才不信呢。

（唱）

屯上开的会，

你也去参加，

为什么回到家，

说些个昧心话，

说些个昧心话。

你说你的话呀，

我句句记在心呀，

屯长家把你告，

叫他把你罚，

叫他把你罚。（说着就往外走）

青：（急拦）嘿，你告我！你到屯长那儿问问，开会时我怎么说的，完了，我是回家来逗逗你，看你怎么样，你倒还说是逗我，你那坏心眼更坏，哼，我还告你去呢！（欲走妇扯住）

妇：嘿，你也去告我，对！咱们一起去，你告我，我告你，看这官司谁输谁赢？（二人同时往外走，老太太上场，二人退后）

老：咳！（唱第一曲）

我老身今年正五十，

时来运转走鸿福，

哎咳呦嗬，有了福，

258

老来走运少年苦，

得儿咳唉呀嗨，

过去的日子真呀是苦，

自从选了民主政府，

分给了青苗分了房，

哎咳呦嗬，不受苦，

有吃有穿不比往前，

得儿咳唉呀嗨，

身体结实精神健壮，

今年庄稼十足的收成，

政府征收了建国公粮，

哎咳呦嗬，交公粮，

个个争先不落后，

得儿咳唉呀嗨，

百姓的事情百姓担当。

（白）我，李大婶，受了一辈子苦的人啦，想不到快入土的人啦，倒又享起福来啦。活了五十多岁，经过大清国、中华国、"满洲国"，哪个国可也比不上如今的民主国，公平讲理，替老百姓说话，就给咱穷人分了房子住，分了地种，这是哪个朝代也没有的事呀！如今的政府，叫百姓交公粮，那跟"满洲国"可就不能比了，现在是不管穷的富的，根据人口地亩，粮食出得多少，哪有这样公平的，该交多少就交多少，又不打又不骂，这是多么公道讲理的事情呀！打算交点谷子，自己打下的不够，我到老三家去换换去！

（转眼看见青、妇）

老：呦！你两口子都在场里呀！

妇：哦，李大婶，吃过饭了吧，家里坐坐吧！

老：不啦，（看了他俩一眼）你两口子做啥！（妇不语）老三你家里出
了多少粮食？（青不语）呦，老三，你怎么啦？不舒服吗？

青：不，李大婶！真叫人生气，娶了这么个驴肝肺的老婆！

妇：我才是嫁了你这个驴肝肺男人。

老：你们两口子又闹什么呀，现在过得有吃有穿的啦！

青：（唱第四曲）（A）

　　只因为我这个死老婆，

　　交公粮埋怨这个埋怨那个，

　　又是不公平，又是出得多，

　　赵大出得少，俺家出得多，

　　苞米要兑水，高粱要掺沙，

　　又是这个，又是那个。

　　这个那个，那个这个，

　　坏主意多得多，

　　嘿！坏主意多得多。

妇：（唱）（B）

　　李大婶你别听他瞎啰嗦，

　　昧心话都从他嘴里说，

　　什么政府全耍光，穷人吃什么，

　　又是粮食藏起来，偷偷运出去。

　　一句两句三句四句，颠颠倒倒翻来覆去，

　　这些昧心话都从他嘴里说。

青：大婶，她说的话你信不信？

妇：大婶，他说的话你信不信？

老：我都不信！（唱）（C）

咱们穷人不会没有良心，

缴公粮是咱们百姓的本分，

昨儿个在会上老三说得好，

缴公粮争先别叫人耻笑，

你那个好老婆，昨个儿跟我说，

粮食要弄净，粮食要晒干，

免得那入了仓，发霉又腐烂。

青：你看，你信不信，我在会上怎么说的，我是逗你吗！你要到屯长
那儿告我去，打官司我也输不了你。

妇：我也输不了你，有大婶给我当证人，你看我怎么说的！

老：好啦，好啦！你俩都别说啦，日子过得好啦，两口子竟爱开个玩
笑，闹闹么，就当了真的啦。

青：谁跟她一样。

妇：谁跟你一样。

老：老三呀，我来是求你点事，公粮出得不多，可是谷地少，打得不
够，军队上又不是净吃大豆呀，我想用豆子换你点谷子，交上公
粮数。

青：行，行。

妇：大婶，别问他，跟我说吧，我答应你，能行。

青：当然能行，人家民主政府分给地，一个钱也不要，咱们换点粮食，
还不能换吗？再说，这也是为了咱们的军队吃饭呀！吃饱肚子
好给百姓打胡子打反动派。

老：可不，不是民主联军，那"中央胡子"早就把咱折腾死了，咱们吃
水不能忘了打井的人，再说咱们今年交了，军队的鞋子、军衣就

都有了,叫咱们的军队吃得饱饱的,穿得暖暖的,打起反动派来,

都像小老虎似的。

妇:真的? 那可好!

青:可不真的,刚才在屯长家开会,屯长还说了,可是咱们要交好粮

食,别丧良心,给人家掺沙子兑水的。(望着妇)

妇:(瞪他一眼)你……

青:(笑)哈……

妇、青、老:(同时)走,咱们预备公粮去吧。

(三人齐唱)

共产党是咱们黑夜的灯,

给咱穷人照光明,

有吃有穿,日子过太平,

感谢那民主联军,公粮要快送,

交公粮咱们争模范,

不要叫别人笑话咱,

队伍上吃得饱,仗才打得好,

拥护政府,拥护军队,这才是好公民。(下)

(幕落)

选自《东北秧歌剧选集》,辽东书店 1948 年

◇*沙丹　宁玉珍　李牧*

谁劳动是谁的

时间：一九四八年春耕。

地点：农村某地。

人物：老富头——五十多岁，一个有怕分怕斗顾虑的雇农，勤俭老实。

富文喜——二十五六岁，老富头的儿子，一个从小就扛大活出身的好庄稼人，性耿直，有时挺暴躁。

文喜妻——二十多岁，是一个好心肠的翻身妇女。

严庆五——三十来岁，二流子，生在破落大户，从小就游手好闲，不务正业，土改中是一个吃"斗争饭"的家伙，春耕中常造谣，不事生产。

严妻——二十八九岁，一个挺要强的妇女，为丈夫所累，弄得挺委屈。

小柱子——五六岁，严庆五的儿子。

王庆龙——屯代表，三十左右岁，对各小组上的事挺关心，照顾穷人。

互助组员甲、乙、丙。

群众甲、乙、丙、丁。

其他群众若干。

布景：舞台的左斜面是三间正房，右侧两间开门的是住人的，左侧一间开门的是铡草栏子，接着这三间房的正斜面是一排远远的人家，舞台的右斜面是两间下屋，门口夹着秫秸障子，上屋住着老富家，下屋住着老严家。两家的马圈各在房子的左角，刚刚看见马圈的一端，院内放着春耕农具，犁杖等，还有猪槽子，木樽等。

幕启：天还未亮，黢着黑时候，鸡不叫，狗不咬，院子里静悄悄的，人家还都睡着，这时老富头轻轻地把门开开走出来，蹑手蹑脚地往四外张望，又听听下屋有没有动静，然后很快地跑到门口轻轻向里屋叫。

富：（老富头以下简称富）文喜！文喜！

（里屋没有人答应）

富：（声音稍放大一点，但是压抑地）文喜"麻溜儿"出来吧！

文：（富文喜以下简称文，在屋里）爹！拉倒得啦！惹得狗咬吵吵的，倒找麻烦。

富：（更急躁的）看他妈巴子的耿劲！就几步远的道！趁天不亮还不认人不就扛回来啦！（又命令地）别"牛头鳖棒"的麻溜去！

文：（一边系纽扣一边出来对父和蔼地稍怨艾地说）爹！看你！咱们又不是大地主埋财宝呢！偷偷摸摸的，咱们是凭筋力赚的怕前怕后的干啥？等吃完早饭扛回来不就得啦。

富：（又是责备的，又是教训的）小爷爷！我多咱说话你没有听的时候，你爹活这么大的岁数，不如你经得多？这人有钱就是祸，这不是明着摆着干的事。（一边推着文喜一边说着）快"麻溜"去吧！

文：（表面顺从地答应）嗯哪！（就往下走，忽然回头问）是在东头我大姐那搁着呢吗？

富：嗯哪！嗯哪！

文：跟谁说呀？

富：你大姐夫知道，你就说"夜儿个"下晚黑我从城里拉回来的那三斗粮食，快去吧！天要亮啦。

（文喜下）

（狗狂咬着渐远，老富头在张望着，严庆五披着衣服从下屋上，闷头闷脑地往房后茅房去，不多一会又回来无意地看见老富头在那张望，遂叫）

严：（严庆五以下简称严）嗳！老富大叔你在那瞅啥呢？

富：（被人发现以后非常惊慌的不知所措，然后掩饰的）没瞅啥！没瞅啥！才刚狗咬！啊啊啊……我出来喂马来啦！（慌忙地向铡草栏走进去）

严：（严瞅着富的背影疑问的）老富头咋回事毛毛愣愣的?！（然后鄙弃地唾了一口）呸！（进屋去了）（老富头拿着草料上，去喂牲口，犬吠声由远而近，急下，把草料放在槽子里，又上看看四外，又悄悄地走到老严家的窗下听听里面有没有动静，就跑去接他儿子去了，文喜由对面扛米上）

富：碰着人没有？

文：没有！

富：（自言自语的）藏在哪块呢?！（四外找地方）（文喜竟自往屋里走去）

富:(急躁的,责备的)你这混蛋小子,往哪背?!

文:(理直气壮的)往屋里背呗!

富:(叱责的)死木头疙瘩脑袋! 连这么个"个数"都转不过来! (然后稍带解释的声音非常低)你眼睛看不见别人家没粮食吗? 你耳朵听不见有人说谁有吃谁的? 你摆在屋里你抗住人朝你借吗?

文:(反驳的,越说声越大)听那个呢! 咱们又不是偷来抢来的,咱们起五更爬半夜地编席子赚来的,你当他妈下屋呢,一睡睡到日头照屁股任鸡巴屌不干,竟指着吃人家的,再借就不借啦,官家开会不是左次三番说谁赚个金山别人也是白红眼,愿意借就借,不愿意借也瞪两眼白瞅着哇!

富:(斥骂的)这混蛋小子可嗓门灌,你小点声! 你让人听见,又该说咱们不"团结"啦,(训诫地)这年头"有也不能说有"啊,你要说"有",都向你借,你要不借就该说咱们"独裁脑瓜"啦,那"印象"不就不好啦?! (然后爱抚地)傻小子! 咱们讨那个麻烦干啥?! 咱们藏起来谁还知道咱们有"啊"?! (扯文喜)跟我来!

文:(稍有一点不愿意)真是的藏哪呀?

富:(悄声的)柴火垛里!

文:那就快点吧! (不耐烦地)

富:(又突然阻止去藏)文喜! 文喜! 柴火垛不行,这一天抱柴火还得操心,怕它露出来!

文:(停住脚步嫌麻烦地)你看,又不行啦,你说倒藏哪呀?

富:(四外找地方)

文:唉! 爹! 你"麻溜儿"点嘛! (急得跺着脚说着)

富:看你"急急歪歪"的那个样,(声音沙哑的)上后院! 上后院!

（父子二人急从正面下，隔院的狗狂吠着，老富头拉着文喜又上）

富：（又像对自己说，又像对儿子说）真他妈×"□丧"，狗也找别扭！

（急得直打转转找不到藏处）

文：（更不耐烦的）爹！拉倒吧！我扛屋里去吧！这叫人家看见成啥了？！人家还寻思咱们偷的呢！

富：（固执的，非要藏起来不可）他说偷的行吗？咱们心不愧，（迁就地）行啦！行啦！别麻烦啦！扛到铡草栏子去，用草埋上吧！

（二人正要往栏子走，狗更咬得厉害）

文：（拿土块打狗）瘟灾的。

富：（阻止文喜）看你！你越打它，它不越咬得"邪乎"啦！（二人往草栏子走，这时严庆五突然打开了窗户一看，是老富家爷俩，恍然大悟，暗自点头，老富家爷俩已经进了草栏子）

严：（穷酸的，恶毒的）我当葫芦里卖的什么药呢？！还是闹的这个山前鬼画符啊，有粮食你们藏起来啦！怕我借，很怕我沾了你们，你们觉着五更半夜挺鬼的呢，还鬼过我去啦，等天亮再说！（把窗户关上）

（老富头和儿子上）

富：（长长松了一口气）唉！（自言自语的）这日子过得像去年大地主似的，有点东西还得偷偷摸摸地搁着。我算看透了，往后活也得"沉"着点干啦，别"顶架儿"编筐编篓的啦，赚两×板子（钱）直操心，把那担头子地哄弄种上，懒蛤蟆打苍蝇供上嘴就行啦，到秋天还不知怎么的呢？！

文：（不同意的带解劝的）爹！你这是啥思想呀？你这老脑筋还不开，人家上边官家一开会，就演说，勤劳发家也不分也不斗，这么咱春耕艰难,人吃马喂都缺减,编个席子啥的卖两个钱不能接济接济!爹!咱还是干哪,我去取席子去,(向屋里走去边说)庄稼人一年三百六十天还是干为本哪!(文喜下)

(富慢慢地坐在槿子上,一边装烟袋一边点烟自白)

富:唉!可不是还得干咋的!给人家扛一辈子大活都干啦,这回翻了身还能不干啦!

(文喜拿未编成的席子上)

文:爹!咱俩编吧!

富:啥"前儿"啦?(看天色)咱这组打更的咋还不招呼煮饭呢?

文:你看天都发白啦,横竖一会儿就要招呼啦!

富:(刚想编席子,又像想起一件大事似的)文喜!(四外看看人)

文:爹!啥呀?

富:(悄声的)你快趁天没亮,把"夜儿个"黑天拉回那一百草用柴火盖起一半来,省着别人看见,那么多挺显眼的,又该借啦!

文:又不是一捆二捆的,槎子盖不起来!

富:唉!能盖多少就盖多少吧!

文:(为了使爹不生气顺从的稍带着不愿意的)嗯哪!(下)

(老富头编席子)

(附近各家鸡叫声四起,后台有人喊:起来做饭啦!各家起来做饭啦!)

(老富头站起向窗里喊)

富:媳妇!起来做饭吧!

媳:(文喜妻以下简称媳,在屋里)嗯哪!我早就起来啦!

富:(又向屋里嘱咐)煮点小米饭吧,烂得快,早点吃饭好套大犁,今个该种大田啦!

媳:嗯哪!（一边答应着系围裙走出来）

富:（看媳往柴垛走去,急忙上前叫住）媳妇! 你是抱柴火去啊?

媳:嗯哪!

富:那我去抱吧!（急拦住媳妇,自己向柴火垛走去）

媳:（不明的）爹! 你抱干什么呀?

富:（转身来,亲切的）文喜在那边用柴火盖谷草呢! 你别过去啦,那么多人,叫人家看见又该疑神疑鬼的啦! 你记住,赶明儿个抱柴火别把谷草露出来! 啊?!

媳:嗯哪!

富:你快叫下屋老严家起来煮饭吧! 打更的都招呼半天啦,还没有动静呢! 咳! 当这么个组长真操心!（下）

媳:（到下屋窗前叫）老严家大嫂!（听听里面没有动静,敲一敲窗户）大嫂! 大嫂!

严妻:（在里答应着）啊!

媳:大嫂! 起来煮饭吧!

严妻:嗯哪!

（这时老富头抱着柴火上）

媳:爹,柴火给我抱进去吧!（接过柴火抱进屋去）（下）

（老富头坐下编席子）

（严妻上）

严妻:老富大叔! 起来啦!

富:嗯哪!（稍停）侄媳妇啊,今儿个种大田,想法把饭煮好,张罗把马喂饱,可别耽误套大犁啊! 早种早得。

严妻:（凑近老富头跟前,诉苦似的）老富家大叔,你寡这么说,这咋"整"啊! 吃没有,烧没有,好几顿没揭开锅啦! 这两天竟吃车

269

轱辘菜,孩子吃得直拉肚子,马,马没有喂的,弄点"耙搂子"哄

弄着,眼看就要"倒台子"啦,一点"指项"也没有啊,那个死鬼

(指下屋狠狠地叨念着)你和他磨破了嘴唇子,说你干点,干

点! 他屁股就像带千斤闸似的,也是不动弹,你说这叫我咋

整?! (说完好像求饶似的等待回答)

富:唉! (停了半天没有说话,然后打掩护地)你们没法,咱们也没有

法! 今年春天艰难,谁家还不是一样,咱们剩那一星半点的粮食

还不够喝粥的呢! 那几捆谷草许能喂个三天五天的,(假意地叹

声气)唉! 难啊!

严妻:(像讨了好大的无趣似的,可怜地走啦,向下屋窗前,发泄地暴

叫着)小柱他爹! 小柱他爹! 小柱他爹! (里面没有回应,更

泼辣地骂着)死鬼! 你就死炕上了?! 连个声也没有,断

气了?!

严:(在屋里懒洋洋地说着)真他妈巴子的,你五更半夜号叫啥呀?

没好声的,像报庙似的,都不让人睡一会回笼觉!

严妻:(一屁股坐在窗底下,更生气的)你睡吧! 你睡吧! 还说人家

号叫你! 人饿得都扎着脖子等死啊? 马都瘦成龙啦!

严:(把窗开开,擦擦眼睛伸伸懒腰)你吵吵啥呀? 咱们缺啥弄啥呗!

(打了个哈欠)

严妻:(一动没动地反问着)缺啥? 煮土里坎啊? 烧大腿啊?

严:上回官家放的那半斗小米都吃净啦?

严妻:(冷冷地)别说那半斗小米啊,就连那二升谷种,连颗粒也没

剩啊!

严:那"倒腾"的这匹马换下来的那三斗小米也没有啦?

严妻:(更不理睬的)你还觍脸说呢! "倒腾"下那点小米,你"鼓捣

鼓捣"这个，又"鬼倒鬼倒"那个，做买卖"闹景"的，闹个归终，都叫你上街穷吃涨"囊"啦！完啦落个这么个"倒台子"马回来，呸！（吐了一口把身子向旁边一扭）

严：大"前儿"个，跟上屋借的那升小米呢？（严妻没答应）也吃光啦？

严妻：（淡淡的）光啦！

严：（有点火啦）怎么吃那么痛快？这一两天吃了一干二净？

严妻：（扭过身来，对抗地抢白着）没看你哪顿少吃，我说喝点稀粥吧，你偏要吃干的不可，刮风下雨不知道，家有没有粮食你还不知道？干活不怎么的，吃一个顶仨！我们这日子没个过，赊等着受大穷吧！麻溜儿把灶火挑了，散了得了！

严：（觉得理屈，只好服软的）得啦！得啦！大清早别吵吵啦！怎么也得想章程吃上啊，八路国家还能饿死人啦！

严妻：（嘟囔的）谁有章程谁使，我算没章程可想！

严：（悄声的）小柱他妈你来！

严妻：干啥？（没好声地说）

严：你来呢！（严妻不得已地上窗跟前，严悄悄地对她说）咱们还是跟上屋借一点吧！

严妻：（一扭）你去吧！我不去！

严：看你这别扭劲！

严妻：跟人家借多少回啦?！还没脸?！左次三番的你不嫌"砢碜"，我还嫌"砢碜"呢！你不干活，竟讲吃人家的！

严：（好像很有本事似的，慢条斯理地说）嘿！我也没闲着啊，可不是这么咱咱们艰难嘛，借他两回米，又算讨他什么麻烦呢！一来咱跟他上下屋住着，二来咱都是贫雇农，三来还有点小亲戚，大叔大侄地叫着，他有啦还能叫咱们饿着？这八路国家就是一碗饭两人吃,这就是这个困难年头嘛!

严妻:(耸耸肩膀,走开很远)我不听你臭白话,任屌玩意儿不干瞎讲究!

严:(有点恳求的样子)去! 去! 去借吧! 先少借点,眼瞅着天快亮啦,借来好煮,(又打了一个哈欠)唉! 再倒一会儿!(又把窗户关上)

严妻:(指点着窗户,小声地骂)你这个不得好死的,我算跟你受八辈子罪了! 竟叫我跟人家求爷爷告奶奶去! 唉!(伤心地不得已地走进屋去)

富:(怀疑的)要跟我们借米?(稍停了一停)媳妇! 媳妇!

(媳妇上)

媳:爹! 啥呀?

富:(瞅瞅下屋急说)下屋一会儿跟你借米呀,你就说没有多少啦,他不干活,老跟咱们借,咱们扛不起啊! 听见没?

媳:嗯哪!

(严妻拿水瓢上)

富:(慌张地嘱咐媳妇)你快去吧!

媳:(急下)

严妻:(一上来,看见老富头和媳妇的样子,自惊地缩回来,喃喃自语的)这怎么和人家说呢?! 三番五次地跟人家借,怎么往出伸手啊?!(稍想想难过地)唉! 拉倒吧,饿死拉倒! 谁叫咱们摊上那么个不招"遥兴"的啦!(突然小柱在屋里喊:"妈! 妈! 饿啦! 饿啦!")

严妻:小柱这孩子饿得"悄"叫唤,这咋整啊! 我一个妇道家,顾东顾不了西,我要强也没法,都叫那个不争气的累住了,唉! 管啥

羞和臊的,把孩子都饿坏了,唉!还是借点吧!(向富老头走去,难为的,羞愧的,不敢说的)老……富……大叔(又说不下去)

富:(抬起头看见严妻手里的瓢,知道要借米,遂说)侄媳妇!你要借米吗?唉呀!我们那米好许能煮两顿哪?!你去问问你大妹子去看看!

严妻:(极力掩饰的)我……我……不是借米,你这席子编得挺好。
(站在那儿不知说什么好)

富:(也明知她还是来借米,故意"咕哝"答应着)啊……啊……挺好!
(小柱哭着上)

柱:妈!还不煮饭,人家都饿啦……啊……

严妻:(压制着难过,哄弄小柱拉到一边)小柱!好孩子!你别闹啊!
妈就给你做饭吃!

柱:我就要吃嘛!就要吃嘛!

严妻:唉!反正也是这么的,拿脸当屁股吧,问问大妹子去!(自语着走到上屋门口,鼓了半天勇气,才颤颤巍巍地说)大妹子啊!
(也许人家在屋里没听见没有答应,又大一点声叫)大妹子!
(媳上)

媳:干啥呀?大嫂!

严妻:我……我……(咕哝了半天也没说出口)

媳:你说吧!大嫂!干啥呀?

严妻:(好像知道人家不能借似的,遂变了话题掩饰着)我要上前头秧棵地看一看去,小柱直闹,大妹子!你给看着点!

媳:(揭穿的)嗳呀!那么大孩子还叫人家看着(稍停),那你去吧!

严妻:(向下走去,小柱一边叫唤一边跟着,扯着他妈的衣裳襟)

柱:妈……妈……饿啦饿啦……弄饭吃吧!

严妻:(忍耐的,刚强的)走!小柱!到前头地挖车轱辘菜去!(欲拉小柱走)

柱:我不去!(小柱不动弹)车轱辘菜吃得直跑肚,我要小米饭吃嘛!要小米饭吃嘛!

严妻:(生气的)死崽子,有小米饭好给你吃,没有小米饭给你吃啥呀!走!小柱!(硬拉小柱走)

柱:(遂坐在地上别扭着)我不去!我不去!

严妻:(由气变为暴躁,遂打着小柱屁股)我叫你不去!我叫你不去!瘟灾的!你爹不干活你跟我要什么脾气?!

富:侄媳妇,别打孩子,别打孩子!(急上前拉住了)(严妻到窗台上,放下水瓢,拿起小筐和小镰刀下)

富:小柱别哭啦!这是叫你那个爹"累"的呀!可是谁敢说呀!唉!(小柱哭声渐止)媳妇!媳妇!

媳:(在门口露出头)爹!你叫我?

富:啊!你看这孩子饿得"悄"叫唤,饭好了没有?你给他盛碗吃。

媳:好啦。(回屋里)

富:小柱!等着吧!你婶给你盛饭来啦!(叹息的)唉!大人不务正孩子都跟着遭罪呵!

媳:(端饭上)小柱给你吃吧!(小柱接过去狼吞虎咽地吃着)若看你爹呀!半碗也不给你,左比邻右叫你那爹"招"的,谁看得起你呀!可惜你妈那么要强啊!纺线做鞋也供不上嘴啊!要强还不是白搭,胳膊拧不过大腿去,哼!也算个男子大汉,瞪两眼不动弹,竟指着人家养活着!

富:(把手停下来述说着)若说起来就长了,我他妈在这屯扛一辈子

274

大活啦,我摸他头顶长这么大,我啥不知道啊!从小就不是正经玩意儿。早先仗着他们老伙里有个几百垧也不干活,一天除了耍钱闹鬼,再不就是抽大烟,走邪道,闹个家败人亡,你看根就不正,这梢能好啦?!在他这辈剩个十垧八垧地,整年游游逛逛也不务个庄稼,东捣一把西捣一把,闹个归棋落个腔眼毛光,地也卖净了,常言说得好,坐吃山也空啊!

媳:爹!你小点声说,(担心地)叫他爹听见,又该说咱们背后叨咕他啦!(拿起秫秸划秫秸皮)

富:当面咱倒不敢说,不过我一想起这一中中事儿,真叫人看不过眼去。(说不说又说下去)就拿去年斗争来说吧,皆因他没有剥削过人,也没啥玩意儿,每年哄弄着种上地,给他划了贫农,哼!这一闹他有说有唠的,村前村后这家那家出来进去的,竟他妈指着吃"斗争饭"啊!庄稼也不务了,他今年春天哪能不艰难呢?!(气愤地)他妈的都一二一地种庄稼,人家够吃,你他妈怎么不够吃呢?竟拿去年歉收遮盖,靠人家帮助,什么事兴再一再二再三再四,可也不能老靠人家啊!"供一饥不能供百饱"啊!

媳:人家那脸皮比墙都厚,他还嫌这"砢磣"好看的了,吃现成的"如作"啊!

富:(发牢骚的)谁不乐意吃现成的?!可哪有"瞅房薄掉饺子多"的事儿,竟指着人家养活,像早先大地主似的不动地方,还想吃香的喝辣的,有那事我还干呢!我何必累一辈子把腰都累弯了,我们家辈辈给人家扛大活,我爷爷扛、我爹扛、到我这辈也扛、到儿子这辈还扛,这回共产党也来了,可算翻过身来啦,去年就那么斗争开会,我还他妈的起早贪黑没把地扔了,收拾干干净净的,哪敢懒一会,这地你哄弄他一回,他就哄弄你一年,虽说去年歉

275

收点,可也缺不到那上下,咱们这自己手勤点,编个席子,也就补

助上啦,像他妈×他那么懒呢,早饿死了。

媳:爹别说了,咱们吃饭吧!

富:去看看文喜堆完了没有,堆完就"麻溜儿"吃饭吧!

媳:嗯哪!(向右角下)

　　(小柱又拿空碗到老富头跟前又想要)

富:小柱,没吃饱?

柱:(小手指头含着嘴里)没吃饱……

富:待一会叫你婶子再盛一碗!(忽然质问小柱)小柱你长大干

　　活不?

柱:……

富:你告诉大爷爷长大干活不?

柱:干……

富:(爱抚地摸着小柱的头)好孩子! 长大要干活别跟你爹学!(文

　　喜与媳上)

富:文喜! 都盖上了?

文:差不离了,看不出来了。

富:那就麻溜吃饭去吧,天已大亮半天啦,吃完饭把马喂饱,好套大

　　犁下地!

文:嗯哪!(下)

媳:爹! 你也赶快回去吃吧!

富:(一边收拾席子,一边说)再给小柱盛碗饭! 供他就供个饱。

媳:嗯哪!(拿碗下)

富:这一天老这么供,多咱是个头呢?

　　(媳端饭上)

276

富:等他妈回来,你告诉他们张罗吃饭,快喂马吧! 别因为他一家耽误人家大伙,又该对咱组长有"反映"了。(抱席子下)

媳:(递给小柱饭)给你吧,小柱! 快吃吧。(遂把一把扫帚扫院子里的秫秸皮等)(严妻上)

严妻:(看小柱吃饭,遂问)小柱是谁给你的饭呵?

柱:(跑向妻跟前)大婶给的。

媳:(也到严妻跟前)大嫂子呵! 才刚你上地小柱打滚地哭,我爹叫我给他盛碗饭,一碗没够,又给他盛一碗,这才哄好啦!

严妻:(感激地)大妹子! 你教我跟你说啥呢? (教小柱)小柱! 你还不谢谢你大婶子!

　　(小柱更娇嗔地偎在严妻的身旁)

媳:看大嫂说的,一碗两碗饭能咋的,孩子吃了就吃了吧,还谢啥……

严妻:(亲热的,羞愧的)咱左次三番地跟你们借米就蒙情不过了,就人家不说啥呗! 咱心也愧得上呵,叫那个懒鬼拐带得弄得亲不亲友不友的,走道我都抬不起头来,没脸见人呵!

媳:(安慰的)大嫂你别"懊燥",街坊四邻拿他爹不当人看,还能拿你不当人看了? 慢慢等他爹改造好了务正就好了。

严妻:那敢情好了。

媳:(稍停)可是我爹叫我再告诉你,"麻溜儿"把马喂好,组上好套大犁。

严妻:(明知没草料搪塞地答应着)嗯哪!

媳:小柱! 饭吃完啦,碗给大婶吧!

　　(小柱把碗递给媳妇下)

严妻:小柱! 你爹起来没有?

柱:没有。

严妻:你进屋叫他去!(小柱下)这个死鬼算不能起来了,(把筐向地
　　上一扔向窗内喊)我说你还起来不起来了?日头都照屁股啦!
　　这日子要不过咱就散!

严:(在屋里)起来了,起来了,刚天亮你就嚎叫!可倒精神!

严妻:(气得自己嘟嘟囔囔)你他妈不着急,我急啥!(坐在木樽上)

严:(懒洋洋地上,打个哈欠)这觉睡得这个香甜。

严妻:你还是张罗"整"点"耙搂子",还是咋的呀?把你那个"倒台
　　子"马喂饱,好套大犁,别因为你一个人把人家大伙都耽误啦!

严:赶趟啊!

严妻:你老说赶趟,人家告诉我叫你两三回啦,你老在炕上"塌窝
　　子",马还在那扎脖吊着哪!

严:看你这个"嗝咕"劲,我去弄。

严妻:(讽刺地)哼!天上又不掉草,树上又不长草,不动地方啊……
　　哼……

严:(好像早就想好了胸有成竹地向上屋走去)老富大叔!我上草栏
　　子去啦,借我一片筐草好喂喂牲口!

　　(自径直向草栏子走去,老富头急跑上)

富:(惊慌的)嗳——老严家大侄!老严家大侄!(把严拦住)你借
　　啥?你说!

严:(故意地做作)不借啥,我就上草栏子去弄一片筐草去。(说说还
　　要进去)

富:(越发着急)嗳!庆五!庆五啥借不借的,我上草垛给你"落"几
　　个整草去!

严:整草还得就铡不赶趟,我就弄一片筐就行啦!(就要开门进去)

278

富：里头草没铡多少。（急掩住门）

严：我就少弄点，（揭穿的）哎?! 老富大叔！那里头"搁"的啥金银财
宝啦！怕我进去?

富：行啦！行啦！我……我给你弄一片筐草去，你在外边等着！（没
有办法地进草栏里去了）

严：嘿！嘿！（偷偷地笑了半截用手堵住了嘴）

严妻：（旁白）真缺老德了，无赖样。（骂着扭向一旁）（老富头拿一
片草筐上）

严：（接过草笑嘻嘻的）老富大叔，明儿个买草还你们啊！

富：（讨厌的，表面又不敢露出来）行……你拿去吧，啥还不还的。

（严向自己的马圈走下）

严妻：冤家，我一见他就有气！

富：（向屋喊）文喜啊！文喜啊！

（文喜上）

文：爹！干啥呀?

富：你快去把马再喂上一遍，再到那院看看他们都预备好没有?

文：嗯哪！（富进屋）

（文喜到草栏弄一片筐草出来向自己的马圈走下）

严：（添上草又上来，自言自语地好像对严妻说）这马咋不吃草啦呢?

严妻：整天他妈喂"耙搂子"还能好啊！哼！赊等吃马肉吧，大三十
晚上烧纸钱，受穷不等天亮，真败家不等时候，把个硬实马换
个龙来！

严：又叨咕这些干啥?! 饭做好了没有?

严妻：（气冲冲的）气也气饱了，不做啦，反正小柱子也吃了两碗了。

严：你们不吃，我还不吃?

279

严妻:没有柴火,烧大腿呀?

严:(瞅了半天)烧秫秸障子吧,搁这个玩意也没有用。(拔开障子)

严妻:(一边阻拦咬牙齿的)你疯啦! 你疯啦! 受穷不等天亮,好好
　　　障子你就拔烧火啦。(看已拔不少了没办法地走向一边)

严:等秋天有秫秸再夹呗,这也值得吵吵,不叫人家笑话?!

严妻:呸! 你都不怕人家笑话,我还怕人家笑话!

严:(障子拔净)诸葛扇子远点扇子,笑不笑话与你什么相干,得啦做
　　　饭吧!(把一抱障子往屋里一扔)

严妻:给你做,这不就这车轱辘菜。(用脚把筐踢到严跟前)

严:(疑问的)嗳! 我不是叫你跟上屋借米吗?你没借?

严妻:(堵他嘴)我不像你那厚脸皮,三番五次地跟人家借,连个好人
　　　行都没有,我还懂得羞臊,明儿个我带孩子打柴纺线自己过,
　　　不跟你丢人!(拿着筐进屋)

严:(站了半天,寻思着)今儿早晨咋也得吃饭啊! 我跟老富头借一
　　　借,(向上屋进去)老富大叔你出来一下!

富:(富上不知所以的,好像又要向他借什么似的)干啥呀?

严:大叔你看,今儿早上我们又揭不开锅啦,你老再给我们对付一升
　　　半升的吧!

富:(早有准备)咳! 大侄你还不知道我们吗? 都是一样艰难呀,咱
　　　们上屋下屋住着,有没有粮食,想必你也知道,去年家家都歉收,
　　　今年一开春不就净了吗? 这么咱这不就是我编编席子对付着,
　　　换点米来,算没掉顿揭锅,我若有米,咱们一个院住着,我还能瞅
　　　着你饿着啦!

严:(心里很有把握的,向老富头进攻)嗳……老富大叔,你说这个干
　　　啥?! 用不着瞒着我,有粮食就说有粮食呗,何必怕我呢? 借呢,

是人情，不借是本分，无奈说这是春荒困难，咱们都是一般的穷老百姓，谁有谁借借，这也算"团结"嘛。

富：（敷衍的）大佺！我明白呀，八路国家讲团结，那咱们没有粮食咋团结呀？！

严：（佯笑地）哈……要说别人家没有粮食我信，要说老富大叔没有粮食，那你是哄弄三岁小孩子呢，（然后一针见血）我听人家说，你们半夜起来藏粮食！

富：（大吃一惊）啊？！你听谁说的？！

严：（笑嘻嘻稍带捉弄地）嘿嘿嘿！你稳住神，"要使人不知，除非己莫为"，那你管谁说的干啥！

富：（强作镇静的，好像跟自己叨念），这不是糟践人吗！我连吃的都不够，还有藏的啦？

严：（讨好的）你藏了也不要紧，咱们叔叔佺也不是外人，我还能给你出吵吵去啦，远亲不如近邻，近邻不如对门啊，你看咱们对门住着，你藏粮食，咱也不能嘴大舌长地给你往外咧咧……

富：（恐惧的）大佺！你真听谁说的？看着我们藏粮食啦？

严：没听谁说！没听谁说！（故意瞒着）

富：（稍微放心的）你可不能到外边跟人瞎咧咧，无事生非啊！没有的事你说有啊。

严：（威胁的，恐吓的）那哪能呢！大叔，你们"有"啊；这年头若说"有"，备不住像去年斗争地主那样给分了，现在春耕暂时停止斗争，这上秋就比家底，谁有就斗谁，斗到贫雇农完了拉倒，像割韭菜一样，一茬又一茬，反正收拾肥猪就收拾二半骡子，完了再收拾"克郎"……可是咱们谁和谁呀！我怎么能做那个坏小子，你说对不对！大叔？

富:（附和的）大侄! 我知道你不能! 大侄! 我知道你不能!

严:（更进攻的）可是有能的呵! 你备不住就兴许得罪哪个三亲六故左壁邻右的,这一家过日子十家撩高,家里有金子,外头有"戥子",没有不透风的墙,鸡子没缝还抱出小鸡来了呢,这猪坛子嘴能扎住,还能扎住这人嘴了,话是带腿的,这一传十,十传百,说你们有粮,不就把你斗啦!

富:（害怕的,自慰的）可也没啥得罪人的地场,谁说到咱们门下没有说不行的……

严:（一笑）老富大叔! 你这就算对了,常言古语说得好,人在难处拉一把,与人方便,自己方便。何况这八路国家,又讲"团结",这"天下穷人是一家"呀!"谁有就吃谁的",这叫鱼帮水,水帮鱼。若瞅人家没饭吃的话也不帮助,那不成啦"独裁脑瓜"啦! 这共产国策最忌讳这个,非打倒"封建残余"不可。

富:（越来越害怕,极力点着头）对! 这话对呵!（但声音有些不真实）

严:（目的明确的）我跟你借一升半升米,你借呢我现在还领你这份人情,不借也没啥关系,怕别人跟你借,你再说没有,到上秋啦,把你分啦就晚啦。皆因这个咱们爷俩不是外人,我就早给你点出来啦! 话说破没毒,等上秋你老就知道我是好赖人了。

富:那好赖人我倒知道啊! 反正大侄你这么了,我还有点米,我要没有还得给你掂对点呢! 也别说借不借的了! 领情不领情的啦。

严:（故意客套的）咱也不是那种人呵,大叔! 你记着我统共借你多少米,上秋还你呵! 一粒也不少给!

富:唉! 啥还不还的讲的是"团结"嘛!（向里喊）媳妇! 量一升米出来!

（媳妇在内答应：嗯哪）（文喜上）

严：（谦虚地对文）嗳！上哪去了？大兄弟！

文：（比较冷淡的，应付着）上那院去了。

富：套好大犁没有？

文：今个打算两副犁杖下地，那副得收拾收拾，等会儿才能走呢！

媳：（端米上）爹！拿来啦，这是一升。

文：（一怔，质问的）拿米干啥？

媳：我爹叫我拿来的！

富：（很怕儿子发火）你老严家大哥说借一升米，我一合计……（还要
　　往下说被严截去）

严：（非常客气的）咱们现在好借，明儿个也好还嘛。

文：（马上生气地瞪起眼睛问严）你多咋还？

严：（吓得退了两步）嗳……上秋上秋……嗳……不……不……过两
　　天就还。过两天就还……

文：（沉重的）过两天？你老是这样不干活，两年也还不了。（然后令
　　媳）拿回去！

媳：（为难的）这是爹……

富：文喜！文喜！别！别！一升半升米算啦吧。（走进跟前，悄声
　　地）犯不上得罪人哪！

文：爹！这咋算得罪人呢?！（然后气愤地说给严听）天天这么一升
　　半升的，这天长日久啦，谁养活谁呀？人家起五更爬半夜的，编
　　席子把手都割破了，赚来的粮食，他他妈的一春零一夏，大门出
　　来二门进去的，像个"秧子"似的，竟指着朝人借，穷人还有养活
　　懒蛋子的吗？（对媳）把米拿回去！怕得罪财神还不撤供了呢？

　　（媳端米犹豫下）

（严讨得一场无趣，没敢声张，溜进自己屋去了）

富：（害怕的）傻小子你这一闹这不就不"团结"了吗？

文：（解释的）爹……你老害怕。咱们应该团结那些勤劳的，能干庄稼活的，对那些懒蛋二流子就得督促他们，改造他们，直门借他米，他更不干活了，你给他鼻子他就上脸来啦！

富：（直担心刚才严说的话）唉！你不知道……

文：我不知道啥呀？往后二流子不干活就不行，还想溜溜达达的，没那好门啦。今个就得叫他跟着下地去。（稍停）爹！他马喂好没有？

富：你问问他们吧！我去看看我们马喂怎么样了！（下）

文：（向下屋里）老严大哥！你们马喂好没有？今个咱们得下地了。

严妻：（严妻上）刚才他说马不吃草啦，我去看看去。（严妻下）

文：穷"倒腾"，好的到他手也完蛋了。（严妻急上）

严妻：（慌张的）大兄弟！我们马"倒台"了！"倒台"了！（又向屋里喊）你还当太平日子过哪！马"倒台"了。马"倒台"了。出来看看吧！（然后跺脚捶心的）真是的！真是的！

文：连"耙搂子"都喂不上，还不"倒台"的？！（向马圈走下）（严上）

严：马"倒台"就吃马肉，省着他们指望咱们这个马！（不在意地蹲在窗底下）。

严妻：（咬牙切齿的）你说这啥时候了？你咋还不着急呢！就剩那么一个命根子了，死啦就完了，想法找人抬起来是咋的呀？！

严：你不会去叫去吗？总得"盘"我！

严妻：（破口大骂）屁股带千斤闸啦？！算不能动那个地方啦！（不得已地自己去喊，向左及正面叫）来给我们抬抬马来呀！来给我们抬抬马来呀！我们马"倒台子"啦！马"倒台子"了！

（屯代表王庆龙与甲、乙、丙从左面及正面上,老富头也上）

代:大妹子是你们家的马吗?

严妻:嗯哪! 快去给抬抬吧!

　　（众人向马圈跑去）（严在窗台下蹲着不动）

　　（后台众人嘈杂声）

众:嗳! 使劲呀! 使劲呀! 抬呀! 抬呀……

富:(在后台)这马抬也完啦!

　　（严妻上）

严妻:(指点着严)你说你还叫个人不? 人家大伙来帮抬马来了,你
　　　还当没事似的,消消停停地在那坐着,走吧! 去看看吧!

严:反正那么个玩意死就死呗!（遂懒洋洋地随严妻下）（后台噪
　　杂声）

代:咱还是得抬呀! 死活也得抬起来。

众:抬呀! 使劲呀! 抬起来喽……

　　（组员甲、乙、老富头、文喜,先后上）

富:(对大家说)我看这马算拉倒啦! 你看那嘴直□地冒白沫,非交
　　代不可!

文:不死啊,个月期程也干不了活!

甲:(发牢骚的)我看咱们这组有严庆五算没个好,有他小组非垮了
　　不可! 你看看,今个瞪眼两副犁杖套不出去啦。老富大叔! 你
　　们是组长你说咋办吧!

乙:(怕说出来不是)打头的你说那个干啥! 这个小组又不是咱们单
　　独一家,套不出去就套不出去咱们得罪那个人干啥?!

文:这算啥得罪人! 有意见还不兴说!

　　（富欲阻止又止）

丙:(小声嘟囔的)那若说起那意见多了！你问问咱们这组对他谁没有"反映"啊?！一打春起送粪就应应卯反正算参加小组就得啦！哼！咱们说啥?！

甲:那倒小事一段,叫人生气的是他那个挺硬实的大青马"倒腾"出去啦,怕搁小组里吃亏,弄这么个"倒台子"玩意来充数,咱们他妈吃亏大啦！

丙:他那个思想谁还不知道！寻思有这个马也得给他种上。没这马也得给他种上,咱们对他算没"治"！

乙:得啦！争竞那个没完了！人家说"团结"嘛,咱们就"团结"呗！

文:可不能这么"团结"啦！官家发的籽种,籽种吃啦,分的马,马倒台了！这么"团结"呀……

富:(阻止地)文喜！你跟着乱插言干啥！明儿个组长搁别人就得了呗！

文:这咋算乱插言呢！往后咱们还要逼着他生产呢！你们说对不对啊?

甲:对！对！不逼他生产他掉河里也把咱们"摔"水里去啦！

（代,严,严妻上）

代:大妹子！你去到屋里弄瓢水给它饮饮！

严妻:嗯哪！（下）

甲:屯代表！今天咱们怎么干吧？两副大犁套不出去了！

代:已就倒台啦！就套一副吧！剩下老富家和我们种秧棵,晚上再合计明个怎么套吧！组长这么办行不?

文:对！晚上咱们小组好好开个会吧！

代:对！晚上咱们开个会,谁有什么意见都说出来！现在赶快回去套大犁吧！

（组员甲，乙，丙纷纷从左及正面下）

（严妻端水向马圈下）

代：老富大叔！你今个种啥秧棵？

富：嗯！就在前地扣几亩土豆吧！（然后转对文）你跟你媳妇把那些土豆栽子整出来，挑挑有没有烂的！

文：嗯哪！（下）

（严妻上）

严妻：（对屯代表）王庆龙大哥！马不喝呢！

代：不喝就算啦！（转过对严）严庆五等一会儿你把马牵着，看"旁拉"有青草地方你把它遛遛！

（严妻下）

严：（懒洋洋地蹲下）等一会儿再说吧！

（严妻把窗开开在窗台纺线）

富：屯代表！你等一会儿下地啊！我去看看他们"整"土豆栽子去！

（欲走）

代：嗳！老富大叔！等会儿咱们"唠扯""唠扯"！

富："唠扯"啥呀？屯代表！

代：可也没啥可唠的，咱们给严庆五开导开导（蹲下），严庆五！这不是老富大叔也在这疙瘩，他是这组的组长，我是屯代表也没有说不着的地方，打春起你就没好好干活，东一趟西一趟，一会儿卖点菜籽一会挑挑葱，也没赚下一个大钱，把老婆孩子饿得"悄"叫唤。你也不怕人家耻笑你，政府给你们开过好几次会，屡次三番跟你来说，有困难给你们解决，好好生产，可是也不"缕"这个胡子啊！给你解决的谷种籽吃啦，借给你搞副业生产钱你也花啦！你老这么干政府也帮助不起啊？你寻思寻思啊？！

严:……

代:一说你把脑袋一耷拉,人有千条妙计,你心里有一定之规。你说我跟你说多少遍啦!嘴唇子都磨破啦!你脸也不红不白,小组批评你多少回,对你都有"反映",说你"印象"不好,这没屈说你吧!就说这个马吧!挺硬实个大青马,你"倒腾"出去啦,弄这么个倒台子玩意来,别说干活啊,死不死都不一定啊!你这么"整"小组还不垮台呀?今儿晚上开会非出来意见不可。

严:(吞吞吐吐地咕噜着)那我没有小米吃我不"倒腾"咋办?!我寻思这个马也不软,我就三垧地也顶数啦!那谁知道他今个倒台子啦!

代:(批评的)严庆五!你别寻思你那个道对,你想占"租应"人家别人就甘心吃亏啊?!可你没小米吃,你也不能用马倒把呀!你怎不说像老富大叔那样起早贪黑,编编席子,对付点小米,朝天每日溜溜达达,天上下小米也不够你吃啊!

严:……

代:严庆五你说你能学好不啦?

严:(逃避的)可我咋不能学好呢!可你问问老富大叔,他看见啦,那我没有。我不是也着急吗!

代:(对富探问的)老富大叔!这两天我竟在村上开会啦。他怎么样?

富:(支吾的)可也挺好的。

严妻:(插白)好个屁吧!还不是他妈的外甥打灯笼照旧(舅)吗!

代:还像早头那样懒吗?干活勤俭不?

富:(应付的)可也不懒,反正也干活,挺勤俭!

严妻:(又插白)哼!勤俭?!勤俭堆里挑出来的。

代：这两天还跟你们"捞骚"啥不？

富：（左右地搪塞）可也没"捞骚"啥！咱有啥可"捞骚"的，政府不是也说啦嘛！"谁有说是谁的"嘛！再说他也没"捞骚"啥，就是"捞骚"星星点点的，又都是贫雇农，"团结"嘛！

代：（看出破绽）老富大叔！你说吧！他竟"捞骚"你们啥啦！

富：（极力掩护的）真没"捞骚"啥！真没"捞骚"啥！那我真人还能说假话啦！

代：那严庆五你这两天吃啥？

严：（吞吞吐吐的）反正也是小米对付着呗……

严妻：（堵嘴的）鬼吃了米啦！竟吃车轱辘菜。

代：（严厉的）严庆五！你这样不行啊！欺上瞒下的，你糊弄谁呀？你说你对我撒谎，是你挨饿呢？还是我挨饿呢？

严妻：哼！谁挨饿谁知道！

代：那你们连一粒小米也没有啦？

严妻：（诉苦似的）王庆龙大哥！你说他不想法干活"整"点，上哪来的米！就我纺点线换个一斤半斤的。净车轱辘菜里插粥喝小米粒像搁线串一样，一个跟不上一个，都能数过来，把我们小柱子吃得直拉肚子。屯代表！你说这日子咋过呢！

代：（转过向老富头）你们吃得咋样？

富：（也叫苦似的）这不是咱们这院那院住着，可也不怕你们笑话，编席子换那担头子小米。插粥好许能吃两顿啊也不大"垮堆"！

代：（奇怪的）嗳！你们也没粮食吃？

富：（害怕严说出）那你进屋看看去吧，我"来"那们大"玄"干啥？！那"有"好说"有"，那没有怎么说"有"呢？！

代：那"夜儿个"我们家小锁子上你们那玩去啦！你还给他豆包啦！

富:(不知如何答好遂遮掩的)啊……啊……那"夜儿个"吃豆包啊！我们"少"的说口地抗不住饿就强死八活打扫出那么点陈小黄米对付点小豆,包了几个豆包,就给他一个人"整的",别人还是喝的粥啊！

代:(狐疑地)嗳！老富大叔！你们不能没粮食啊！你们去年不能歉收多少。今年你"顶架儿"编席子,怎么也不够吃呢？

富:唉！这一春起人吃马喂的,那不得玩意啊?！寡靠两只手编席子,那能接济多少啊！

代:送粪时你不是卖啦十来领席子。不是换了不少粮食吗？

富:那粮食吃得一干二净啦！这些日子我手懒,也没有编出多少。

代:那你咋不像前些程子那样起劲啦？

富:……

代:(有点恍然)老富大叔！你是不是有啥顾虑呀？(挑明的)啊你是不是怕有啦跟你借啊？害怕秋天"归大堆"啊？是不是这个顾虑？

富:(极力辩护)不是,不是。我没顾虑,我没顾虑。

代:对。老富大叔！你不要有顾虑。共产党的政策就是劳动发家,不分不斗。谁有就是谁的,你愿意借就借,不愿意借也行,你明白了吧？

富:(点头答应但心里不托底)明白,明白。

代:那就好好生产吧！你老多编席子！

富:嗯！

代:嗳呀！天头不早啦,我也得去种秧棵啦。(对严)严庆五！往后得干活啦！你往后不好好干活行啦！再不好好干活,把地撂荒啦,政府可要处分你啊,他别再妄想有像去年吃"斗争饭"那时候

290

啦！上秋啊,谁打粮食就是谁的,也不均,也不"归大堆",谁再穷啊,那就怨自己啦！你懂得没有?

严:懂啦！懂啦！(搪塞的)

代:记着啊,把马拉草甸子蹓蹓去！

严:嗯哪。(进屋)

代:好,我种秧棵去啦！

富:你走啦,代表。(代表下)

富:(向上屋叫)文喜呀！栽子弄完没有?

文:(在屋里)完啦！

富:完啦就拿出来吧。(文拿土豆栽子上,媳随上)

富:我和你栽去！

媳:爹！我去吧！你在家看着门啥的,就便还能编席子！

富:那你俩麻溜去吧！(媳与文同下)(严庆五上)

严:嗳！老富大叔！

富:干啥呀?

严:(瞅了瞅严妻悄悄地把老富头拉在一边)老富大叔！我还是那句话,我不是个坏小子,我说我不给你瞎咧咧,我就不瞎咧咧,君子一言,快马一鞭,什么事都得守个信用,这大丈夫做事,就得说到哪,做到哪啊。绝没有二言的地场。就拿才刚来说吧,代表问你有没有粮食,我要是坏小子不都给你兜出来啦,你怎么怎么藏粮食……这八路国家,可讲民主啊,就不兴太独裁啦,叫人家知道啦,那罪过就大啦,可是我呀"徐庶进曹营,一言没发"呀,这回你懂得好赖人了吧?

富:(唯唯诺诺)嗯！我知道！我知道！我知道！

严:你知道就行,咱们交人交心,交花交根啊,邻居就割个好邻居,虽说今个早上你儿子骂我一顿,可那我也不生气,有事跟你老合计不跟他小孩子一般见识,你说对不对?大叔?

富:嗯哪!嗯哪!你有什么事吧?(不知道又要求他什么事,着急地等着他说)

严:对,(装作爽快的)咱爷俩石匠打石头,实打实凿吧,你也别说我对你的好处,我也别说你对待我的好处,反正我现在遇着难处啦,你就得拉帮一把……

富:(更不明白的)你说吧!

严:(直截了当的)这不,我这个马也"倒台子"啦,不用人说我也知道,小组不愿意和我插犋啦,你老人家若不乐意和咱插,那咱们也别裤裆里的"屁屁"贴上人家,反正我这马也不能干活啦,我想求你们把我那三垧地给代耕上,反正地也不多,稍代而已的事。

富:(意想不到的)给你代种上?

严:(有点意识到老富头不乐意,稍带威胁)反正我在你眼前有过好处!

富:(无法的只好答应)行啊,行啊,怎么不能把地扔了。

严:(担心地)老富大叔!可是小组上和你儿子若问你,你就说你租我的。啊?!

富:(哑巴吃黄连有苦说不出)反正求的也那么大事,租的也那么大事,左右我给你种上就是了。(严进屋)

富:(叹着气担心的)唉!就得给他白种上,上秋还得我替他拿公粮,这可咋"整"啊?!(说着摇着头进屋了)(严拿着口袋上,往自己的马圈走去)

严妻:(在窗口问)你刚才和老富大叔说啥?

严:没说啥。(还往下走)

严妻:你拿口袋上哪去啊?

严:哪也不去,(忽然又掩盖的)刚才代表不叫我蹓蹓马去吗,我去找草去!

严妻:你蹓马拿口袋干啥?(知道他没好事就跳下窗台指问他)你到底上哪去? 你说!

严:你管我呢!

严妻:我倒管不着你啊,你一出去就没影,你家就不要了? 大人死了活了不要紧! 那孩子呢?

严:看你那个样,我能不来吗? 我去卖马去! 换吃的!

严妻:(大惊)卖马? 怎能卖马呢?

严:你他妈浆子锅煮元宵混蛋一个,那马都"倒台子"了,留它干啥? 还不趁它有口气对付俩钱,反正地也有人给咱们种,你们老娘们就是肠子短。

严妻:(大声地吵吵着)你说你这日子还过不过了?"倒腾"坏马,坏马还要卖,你还有什么值钱的玩意? 老婆孩子你也卖吧! 什么一个大钱的事,卖了你都"扎达"了,又耍钱又下馆子了。

严:你吵吵啥? 我卖了买小米子,买小米子。(欲走)

严妻:(急拉住喊叫着)饿死也不能卖马,也不能卖马呀!(老富头上)

富:看你俩吵吵啥呀?

严妻:(求救的)老富大叔! 你快拉住他,他要去卖马去,他要卖马去。

富:(一边阻止严一边惋惜的)庆五,咱们庄稼人啊,牲口就是命根子,你没有它这地就种不上,早头咱们没有马有点地也都扔了,看人家地主有马啊,怎么稀罕也到不了咱们手,可下子共产党来

293

啦,真可了心愿了,穷哥们都分马了,可是你再把它卖了,咱们种地架头"拱"啊?

严:(理直气壮的)你说,它已经"倒台"了,草没草,料没料,我还等看它饿死?

富:说了归终,还是咱们不务正,务正哪能没草料呢?!(又觉得把话说错了,忙拉回来)其实你卖不卖的,倒没有咱们啥关系啊,我这就是爱说,瞅着你卖马有点心疼就是了!(然后又自语的)俗语说得好啊,"忠言逆耳"啊!

严:(毫没在意)卖了,明儿个再买!

富:(不说又说出来)我这又要多嘴,趁这时候你弄点草来,说不定这马还能缓起来,你要牵着上街卖,我放个屁搁着,恐怕是连一里地走不过去,就得交待了!

严:交待更利索!(转身下)

严妻:挨大刀的,我管不住你啦!我去找代表去。(欲走)

富:(叹息的)唉!找谁不也是白搭,自己不省腔,谁也说不了啦!自己的马要卖官家也管不了啊!

严妻:(哭泣的)老富大叔!你说我们这日子咋整?

富:唉!不撞南墙不回头啊,等把什么玩意都折腾了啦,就该后悔啦……

严妻:(一边擦着眼泪一边说)老富大叔!你上地去不?你要去把大妹子叫回来,就说我要回东屯我娘家去,求她给看点家。

富:好吧,我去叫她。(下)

严妻:(哭哭啼到窗户跟前)小柱啊,出来!(小柱没吱声)小柱你还睡呀?(大声叫)小柱!小柱!(小柱擦擦眼泪跑出来)

柱:妈,我爹呢?

严妻:你就当他死了,往后你别想他,(稍停)我领你上你老娘家去,
　　　你去不?

柱:去!

严妻:你把那件小棉袄拿来穿上,省得冷。(小柱跑下又上,严妻给
　　　柱穿着棉袄)(媳上)

媳:大嫂子,听爹说你要上娘家去?

严妻:(难过的)不去怎么整,那个丧门"旋儿"的走啦,卖了马,有了
　　　钱,说不上啥"前儿"爬回来呢,我寻思带小柱,把纺车也带上,
　　　先吃他们两顿,把线纺出来带打点柴火换点米,我再回来,你
　　　给我看点窗户门。(把纺车拿下来把窗户门关好)

媳:大嫂你住几天啊?

严妻:那还能住日子多了,人家有大眷小的,孙男弟女一大堆,哥哥
　　　嫂子好几支,有我妈活着还好说,没有我妈活着,端人家饭碗,
　　　还不得瞅人家眼珠动啊,人家说咸说淡的也得听着啊,若不就
　　　这么一"卡子"远,东屯西屯没半里地,没事我多咱也不去,这
　　　是逼到这步天地了,不得不拉下脸,找好看了。(又去带上
　　　房门)

媳:我看还是锁上吧,要丢了啥就不好了!

严妻:这破家让那个死鬼糟蹋的,谁还稀罕偷。还锁呢! 再说我也
　　　住不多少日子,我看人家吃得困难,给咱们脸子看,我连"向"
　　　就回来。

媳:那你看不行就"麻溜儿"回来吧,咱俩一块纺线,咋也不能叫你和
　　　小柱饿着呀!

严妻:嗯哪,(然后拿起纺车拉起小柱)走吧! 小柱。

媳:我送你们一古节!

严妻:还送呢,没两步远!

媳:走吧,我就便到前地去。(三人下)

（舞台静然片刻）（后台声音）"严庆五你不卖马去了吗?! 怎么回来了?"

严:(在台后,声音很小)马死半道上了。(严庆五低着头,慢慢地走上)

严:(喃喃自语的)倒霉,倒霉不如搁在家啦!（话几乎听不见,他停立在院当中）这怎么答对呢? 这怎么答对呢?! 唉! 这都是不务正造的呀——(像傻子似的,坐在木樽子上,他揉搓着麻袋,后悔不及,后来他觉得早晚也得叫大家知道,便想招呼严妻,但又愧于出口,遂又战抖着,但头并未转过来)小柱……小柱……(他听无回音便叫严妻)小柱他妈! 小柱他妈! (他听了听也没答应,便寻视一下自己的房子,奇怪的)嗳! 窗户门怎么都关上了? 他们娘两儿个都上哪去了?! (急忙走进屋内,不一会儿,失望地走出门来,靠着门框自问着)走啦! (慢慢寻过味来)这是饿走了! 这也是我不务正造的呀! (接着有点愤懑地)妈那个×的,今个早上富文喜就不借我米,(意识到自己肚子也饿了起来)我也饿了! (随着就向上屋喊)老富头,老富头,(听没人答应就进屋去,不一会儿又出来)嗳……都不在家了! (蹲下小声地骂着)你们一点也不可怜我呀,多拉帮我一点也怕沾着你们,马,马完了,人,人走了,我也不能挺着饿死,有你们吃的就有我吃的,你们大面不借我,我偷——(遂站起向草栏子走去,刚走两步,觉得应该小心,遂悄悄地向左右看了一看,没有动静,又悄悄地鬼变鬼脑地进了草栏子里去)

（舞台静默片刻）

296

　　(严庆五探出一个头来,然后挺快地背上着米走出草栏子,顾前顾后地向下屋跑去)(文喜急从左角跑上)

文:(严厉地喊着)站下! 严庆五站下,严庆五!

严:(大吃一惊站下了,回头一看是文喜,吓得像个傻子似的,不知
　　所措)

文:(逼近跟前)你这小偷! 你这小偷! 谁叫你偷我的粮食,谁叫你
　　偷我的粮食。(上前就要打)

严:(知道自己软了也挨撑,硬了也是挨撑,遂恼羞成怒,强词夺理地
　　把粮食往地下一摔)谁偷你的粮食?! 谁偷你的粮食?! 你嘴干
　　净点! 你说谁是小偷? 别他妈血口喷人?!

文:(插着腰骂)严庆五你这二流子,你就是小偷,这人证物证你不是
　　小偷是什么? 你能把咋的? 你偷粮食还有理了?!

严:(不动声色地威胁着)有理了?! 我就是有理了,这在哪都说得
　　通! 我家两三天没吃饭,孩子老婆都饿走了,你家粮食藏起来,
　　你说你这是什么脑瓜? 是不是"独裁脑瓜"? 是不是大地主剥削
　　人? 你是"封建残余"?! "反动派"?!

文:(气得说不出话来,想打又不敢打,说又说不过他)严庆五……
　　严……庆……五……我讲究不过你,咱俩找个地方去,走! 上村
　　政府。(遂扯起严庆五的膀子,欲拉走)

严:(放赖地直打磨磨)你他妈放开我! 你他妈放开我!

　　(但文并不放松,更用力扯他,他遂大喊着,嗳! 嗳! 富文喜
"熊"人啦"熊"人啦! 行凶了! 行凶了! 众甲、乙、丙、丁从左右正面
先后跑上)

众:嗳? 什么事? 打什么架? 打什么架?(上去拉架也拉不开,越拉
　　越厉害)

文:我他妈叫你二流子"治"住了?! 叫你二流子治住了?

严:你"独裁脑瓜"! 你"独裁脑瓜"!

众:(一边拉一边向四外喊)来人哪! 来人哪! 拉架拉不开了!

 (组员甲、乙、丙跑上)

员:嗳! 别打了,别打了,松开! 松开!

 (大伙好容易把他俩拉开了,二人顿时谁也不说话了,都扭到一旁蹲下)

众:你们这是怎么回事? 打啥吵子啊?

 (二人还不说话)(老富头与媳喘着气跑上)

众和员:嗳呀! 老富大叔! 你可回来,他俩也不知因为啥打起来了! "强死八活"地拉开了,问也不说。

富:(不知所以的)文喜你这是闹什么呀?

文:……

富:(突然发现地上的粮食,知道事已闹大遂问)文喜! 是不是因为这个粮食啊?

众和员:嗳! 这粮食咋的啦?

文:(气哼哼的)咋的了?! 你们问严庆五吧! 叫他自个说!

严:我说就说,(冷丁站起来)这不是街坊四邻乡亲六故都在这疙瘩? 皆因我们俩因为啥打架,公说公有理,婆说婆有理可也不行,可是大家伙的眼睛是亮的,我说出来大伙给断一断,看看他富文喜是不是欺侮我姓严的?

众和员:好啦! 好啦! 你快说吧!

严:(稍微缓和的)这不是吗,我一家大小三口人打春就吃没吃,烧没烧啊! 三天两头揭不开锅盖,这人没吃的还不算,马也没草料喂,跟他们借吃的,吃的不借,跟他们借草料,草料也不借,归终

298

怎么样,我的老婆孩子也饿跑了,马也完蛋了,"朱门酒肉臭,路有饿死骨"啊! 他们老富家有粮食不借给我,藏起来! 我气得把他粮食背出来借借,他就说我是偷的,你们大伙给评评! (说完又蹲下)

文:(气得跳起来破口大骂)×你妈的! 严庆五,二流子,你没良心!

众和员:嗳——文喜(劝解的)别骂他,有话慢慢说。

文:(稍微平伏的但声音还是非常激动)你们大伙听吧,他刚才说的那番话,说我什么也不借他,可是我整年累月也借不起呀! 我帮你一回,我能老帮你吗?"供一饥能供百饱"? 你整年累月不干活,竟指靠别人养活你,去年靠斗争大地主吃饭,今年你靠"撒谎撩屁""坑蹦拐骗"靠着穷人吃饭,穷人还能养活懒蛋子吗? 你看人家不借你了,你就背着人上我草栏子里去拿米,你这不是偷是什么? (说完也到一旁)

严:(反正脸已被撕开,也不管好看不好看,遂无理抢三分地站起来)啊,众位乡亲,我还说大家伙的眼睛是明亮的,谁对不对,大伙一定能瞅得明白,不能听他一面之词啊,这单巴掌拍不响,我虽说少干点的活,活不济,可是去年歉收大伙不知道吗? 今年春荒艰难不知道吗? 现在八路军的国策就是讲"团结","天下穷人是一家",这里头的意思就是说,"谁家烟囱冒烟就吃谁的",反正上秋也得均,就你这个脑瓜骨还分你的我的呢,你说这要是饿死几个穷人,这国策能要你吗?!

文:(站起来咆哮的)二流子你造谣,共产党的国策是叫人劳动发家,谁赚来就是谁的。

严:他脑瓜"封建"带"独裁",还是你们大伙说说吧!

众丙:(凑到前边)我看哪,这年头谁是谁的呀?! (指着粮食)谁叫小名,也叫不答应,谁有吃谁的就算对了,这贫雇农自己不能够闹纷争,闹纷争这就不"团结"了,(完了对众)你们大伙说对不对?

(众不语)

众甲:你们都是二流子,敢情你们愿意那么干。

众丁:(挤到前边说)这艰难年头,谁多干点,少干点,也差不哪去,说是那个赚来多的,就得补助补助那个少的,这水往低处流,这"鼓包"地方就得往洼地方淌,若不怎能显得一平呢!咱们老百姓也得这样,这才叫"拉平补齐"呢,(对众)你们说我这个意见发得对不对?(众不语)

众甲:(气愤地)你他妈的懒蛋,二八月庄稼人,正经庄稼人哪有这样说话的,一年到头三百六十天好许能做两月活,这也得补助你?

员甲:(也愤愤不平地走到前面)你们他妈除了懒蛋子就是二流子,阎王爷抓不住的槎口,"滑鬼",都是大地主思想,竟讲靠别人吃饭,我告诉你,共产党的政策,反对这个,没人听你们那些臭白话。

员丙:(也跟着小声地唠叨着)这么"天下穷人是一家"可好,若"谁有吃谁的",都不干活了,膯等受大穷吧,将来就……

员乙:(很怕他说出毛病来,拉了他一下胳膊)你咋不懂好赖呢,跟着乱插言!

众乙:(附和地)真的!少说话为妙!多嘴多舌的没好处!

员乙:是么,这上秋谁知道咋的,犯不上得罪人!

众乙:那可不是咋的,上秋若"归大堆"不找亏吃?!

员甲:(反驳的)就不能听他那套,听他那一套穷也得跟他穷呀?!

众甲：咱们还叫懒蛋，二流子，给吓住了?! 他不干活饿死拉倒。（这时众乙、员、员丙就不多事地退到一旁听着）

众丙：叫你这么说呀，穷人不帮助穷人哪，就是不"团结"，就是"独裁"。

众丁："独裁"就是不"民主"！八路国家讲的就是民主，若不就跟伪满国家一样了。

众员甲：你们俩胡说八道！

众丙丁：你们俩"独裁封建"！

众员甲：你穷极饿赖！

众丙丁严：你们"独裁"！"独裁"！

员众甲文：你们耍无赖，你们耍无赖！

众丙丁严：管无赖不无赖的，"谁有就吃谁的"！

（这时两下吵作一团）

员丙：（到左喊）屯代表快来吧，快来吧，打吵子了！

富：（着急得没办法，直打转转）这咋整？这咋整?!

媳：（也着急的）爹，爹！你上跟前快把他拉过来吧！

富：（寻思半天，然后下了决心地，把粮食拿到大家跟前，战抖地说）得啦！得啦！大伙也别吵吵了，（众吵声渐止）谁叫我有这点粮食了，没有这点粮食还得挪挪借借！咱们"团结"嘛！都左壁邻右住着，别伤了和气，这不就这三斗粮食，谁困难谁就拿去吃去，大伙分了吧，我决不红脸，谁叫我手勤了……（说完走向一旁）

严众丙丁：（趁机的）行了！行了！老富大叔说了，谁困难谁就弄二升！

众员甲文：你他妈放抢了？（上前去拦挡）

文：爹！（稍带责备的）我们自己赚的粮食，为啥要白送他们呢？

富：（叹息的）一家饱暖千家怨，何必为这点玩意儿，操那个心呢，叫

　　他们弄去吧！

严众丙丁：对，对，对，咱们借二升，借二升，（准备拿米）得了。

员丙：得了，你们别叽咕了，咱们代表来了！

　　　（屯代表急跑上，其他男女群众随上）

　　　（大家渐渐静下来）

代：你们这是谁跟打吵子？

员丙：老富家跟老严家呗！

代：因为啥事呀？（打架的谁也不出声）

员丙：这不带头的来啦！你们怎么打吵子，"起根发觉"的各人说各

　　人的理，都别"窘着口碍着言"，说吧！

文：（气得半天没说出话来）代表你听听我跟老严家上屋下屋住着，

　　他！打春起就不干活，人吃马喂竟朝我们借，没还过一回，我们

　　编席子换来点粮，怕他再借，我爹就藏起来了，他今个趁着我们

　　下地，他就给偷出来了，我在前地口着他就往回跑，抓住他，还不

　　认赃，还说"谁有就吃谁的"，就这么回事！

众：叫严庆五说说吧！严庆五你说吧！

严：（知道事情已经糟糕了有点胆怯的，知道自己的道理说不通）算

　　了吧！算了吧！反正他嘴大算我不对就得了！

代：你说吧！你让大伙听听！什么事不好屈人吗！

众：你说吧你说吧！

严：（慢吞吞的）他说我偷了，我就算偷了，反正我心里不愧就行了，

　　这春荒艰难你们不知道吗？人！人饿走了！马！马饿死了！他

　　们有粮食不借，藏起来，这不太"独裁"了吗？我说"谁有就吃谁

　　家点"，他他妈就火了，跟我打起来了，你断断吧！（这时群众都

小声地,议论纷纷,看屯代表怎样处理)

代:(命令着文喜)文喜!

文:干啥?

代:你把这粮食背回屋去!

　　(文喜背起粮食下,群众瞅着文喜的背影,互相反映着)

众:这么对呀! 这么对呀! 谁赚来就归谁呀!

　　(老富头自己点着头,放下点心了,严呆如木鸡)

　　(二流子懒蛋,要溜,让群众给堵住了)

众:别走啊,别走啊! 事还没完呢! 事还没完呢!

　　(这时富文喜又上)

代:(先对富,后对群众说)老富头! 老富头! 老乡们! 这回我在村
　　上开会,人家工作同志又对我们讲说了,尾后勤劳发家不分不
　　斗,谁赚的就归谁,你赚个金山也不分你,你有了东西,你愿意跟
　　人家穿换就穿换,愿意借给人家就借给人家,那没有的人家呢?
　　有人愿意借你,你可以给人家拿一点利,上秋得还人家,共产党
　　一点也不反对,反对的就是那借人家不还,那就不行了,若这么
　　说,你就不要怕二流子,懒蛋,那些人造谣,说什么"天下穷人是
　　一家"! "谁家冒烟就吃谁的"! 又说上秋借归大堆好均摊! 这
　　都是他们不爱干活,吓唬庄稼人的话,谁再听这样的谣言,就报
　　告政府处罚他,(稍停)还有咱们对二流子懒蛋子,那些不务正业
　　的人,咱们要督促他们,改造他们,不生产不行!

众:严庆五,你往后能不能学好啊? 你说! 你说!

严:……(不语)

众:严庆五你咋不吱声呢? 你说吗!

　　(严妻,领着小柱拿纺车上)

媳:(看见严妻)嗳！大嫂你咋回来了？

众:正好正好,他屋里的回来了!

严妻:(看见这么一堆人不知怎么回事)你们这是干啥?

媳:(看大伙不好说)大伙来劝说你们家大哥呢,叫他往后好好生产!

众:老严家屋里的! 你上哪去了?

严妻:(一边难过一边说)这不是吗! 叫他"累"得家里没吃的,我就领孩子到他姥姥家去了,人家粮食也是艰难,一大家子人也是吃上顿愁下顿的,我一看领小柱回来了,(然后对严)小柱他爹你想想吧!

众:严庆五你看看你的老婆孩子,也应该好好干活呀!

（严庆五羞得两手抱着头蹲下不敢看人）

代:(代表也慢慢地蹲下劝说着)严庆五!"苦海回头就是岸"哪! 你该学好了,浪子回头恶事钩啊! 这树有皮人有脸,你看你,连你的老婆孩子都养活不起,那算个男子汉吗? 以后谁也不能把你当人待啦! 早头你输耍不成人,怨你那个根不正,把家业都"扎达"完了;你还说穷啦是地主剥削的,这回大地主都打倒了,你也跟家一样分了房子、地、牲口,你要再不务正,把家业都折腾了! 那还怨谁呢?（严不吱声）

众:怨他自个儿呗!

代:(继续说着)你总愿意姓穷,往后姓穷就不光荣了! 你还寻思上秋斗争分劈,你说斗谁,分谁啊? 大地主富农也都倒了,你分贫雇农自个儿啊? 我说你往后别寻思再分再斗了,死了那条肠子吧! 坚决地生产吧!

严:(越听越惭愧的,一时说不出什么话来)代表……我……

严妻:(恨铁不成钢的)人家街壁邻右,男女老少来干啥来了? 你怎么连个扁屁都不放呢？

员：严庆五！你明儿个务正，咱们小组还愿意跟你干。

众：严庆五！你往后学好，大家还会帮你忙——（严慢慢地站起，又羞又愧，好像对不起大家，断断续续的）众位乡亲……往后……我一定好好生产！

众：一定能？

严：（声音挺大）能。

　　（有的群众说："我看他不能，那都懒惯了。"又有的说："我不信他的花舌子，说过去还不是没那么回事。"）

严：（决心的）我还能不到黄河不死心吗，代表都给老富家作了主，谁赚来就是谁的，我再不干活也不行了，你们若不信，我立生产计划，我自己把我那三垧地，好好侍候好，不撂荒一条垄，一垧地谷子保证它能打三石往上，到上秋我再买个马，有闲空我就打柴火对付吃的，不跟人家借，老富家的粮食，上秋我都还！给他立字据，给他拿利。（众鼓掌欢迎）

媳：大嫂，这回你可骑驴吃豆包乐颠馅了！

严妻：这是日头打西边出来呀！（说完扑哧地笑了）

众丙：对！我也坦白坦白，一天我竟想吃"斗争饭"了，这回我脑筋也开啦！往后我也好好下地！

众丁：来！我也说说我缺点地场，我就是懒点没别的毛病，往后下地，谁起多早我就起多早，割地谁要抱六根垄我也不抱五根！

代：对！他们都有决心生产，咱们各个小组再督促他们！

富：（走到大伙面前，明朗的）代表！老乡们啊！我说句实在的话吧！这回我心里的这块石头算放下了，我算不怕分不怕斗了，在早啊！我就怕我这个贫雇农若使劲干，就拔上一等去，变个中农，中农再发财,再拔一等,那不就给我分了! 所以我就怕"归大堆"啊! 种地也放不下心,编席子换点粮我也把它藏起来了,买一百草我也把它堆在柴火垛里五十,我怕人家借我不还哪! 尾后寻思啥也不做了,赚也是给人家借,越干越泄气,我怕人家说我不"团结"明是不愿借也得借,今儿个早上严庆五跟我借米,借草,还叫我给他白种上那三坰地,我心里都恨透他啦,大面上还得"乐颠颠"地说行啊,我怕说不行又该说咱"独裁脑瓜"啦!

众:这回你还怕不怕了?

富:(笑了)咳! 这我就不怕啥了! 就刚才来说吧! 大伙都看见了,代表叫文喜把粮食扛回自己屋去了,官家也给作主了,说谁赚个金山也不分了,再加上他们二流子懒蛋子们,也决心生产了,那我还怕啥呀?

众乙:对啦! 我也不怕啦! 前些日子官家总说,劳动致富不分不斗,我心老也不托底,这回我看代表真给老富家作了主,我才信了,大田种完了我要多开荒!

员乙:打开天窗说亮话吧,以前我也是不摸底啊! 干活总是磨磨蹭蹭的,这回我算彻底了解共产党的政策了,今年我保证三铲三蹚啊!

员甲:我跟你比赛!

文:比赛!

众:对! 咱们都比赛!

代:好! 咱们人和人比赛,组和组比赛! 好不好啊?

众:好!

富:代表! 我还有点意见!

代:老富大叔还有意见,大伙听听啊!

306

富：(热情的)我这个老头就是不记仇！说过去道过去就拉倒,这回庆五也决心生产了,我是干一辈子庄稼活的,就稀罕那能干活的庄稼人,那么他一时吃烧还接济不上,只要他往后肯下力,我还乐意帮助他,上秋再还我也行啊！

众：(鼓着掌互相反应着)唉呀！老富头真好啊！老富头真好啊！

文：(对媳)一会咱们借他们点米,他们一天没吃饭了！

媳：嗯哪！(然后对严妻)大嫂,一会吃完晌饭一块下地干活去！

严：(非常感激的,扯起老富头的胳膊眼泪流下来了,亲热地叫着)老富大叔……

富：(也被感动得说不出话来)庆五！庆五！好好种吧！

代：你们大伙都听了吧？老富大叔这才是团结哪！(众鼓掌)呵,快贴晌了,大伙赶快下地干活吧！

众：(热火朝天地)对——下地干活！

严：我就跟大家伙下地去。(随到窗台上拿起一个点葫芦)

众：走,严庆五谁赚来就是谁的,劳动致富呀！

（众欢笑着拥着严庆五下）

（幕急落下）

选自《人民戏剧》,1948 年新 1 卷第 1 期

◇张凤　陈恩三　王琅　陈玛　许诚

杨述先　杨继午

阴　　谋

时间:砍挖运动中

地址:哈尔滨附近某屯

人物:(以出场先后为序)

　　胡明义——五十四岁,大地主

　　胡妻——五十岁

　　凤英——十九岁,胡明义之女

　　孙桂林——二十五岁,农会书记

　　张继唐——四十岁,屯长

　　周万福——二十四岁,由蒋管区逃来的农民

　　李山——二十八岁,农会主任

　　李媳——二十六岁

　　赵洪才——五十五岁,抽大烟的

　　赵素琴——二十岁,赵洪才之女

308

刘振汉——三十岁,中农

徐明远——三十二岁,中农

黄福林——三十岁,中农

张发——二十六岁,孙桂林的亲戚

陈振生——二十四岁,积极分子

刘才——二十岁,积极分子

张老大——二十七岁,积极分子

李有——三十一岁,积极分子

李振先——二十六岁,积极分子

王洪——二十二岁,积极分子

徐宝——二十四岁,积极分子

妇女会主任——二十三岁,积极分子

许老头——六十岁,贫农

群众——若干名

第一场

（在胡明义家里,炕沿底下,点着一盏豆油灯。胡明义在炕上撅着屁股,从炕洞子里往外掏尚未被斗净的财宝,准备更换地方埋藏。胡妻拿着锹匆匆上）

妻:哎,掏出来没有哇? 坑都挖好啦!

胡:就剩枪没有掏出来啦,枪搁炕洞子大里头,不好掏。

妻:你倒快点呀! 干活咋没紧没慢的呢?

胡:你老咯唧啥? 还不得掏出来么,外面没啥动静啊?

妻:你怕啥? 这都半夜了,凤英还在外头听着呢! 快点吧!

胡:掏出来啦!（把手枪拿出,指枪）我因为你没少挨揍哇! 将来就

指着你给我报仇啦！（指外边）杂种草的！把我整急眼了，我都把你们处溜了。（凤英慌张跑上）

英：哎呀！搁东边影影绰绰地过来两个人，快把东西搁起来吧！（外边狗叫）

胡：你们赶快上里屋躺下！（藏东西，吹灯，盖被躺下，狗停叫，胡蹑手蹑脚地走到外边，稍停，跑回闩门。对里屋）快起来埋去吧！（胡点灯）

妻：哎呀！可把我吓坏啦！

胡：不要紧，是他妈个屄的查岗的过去了。哎，你咋不把凤英招呼出来，到外边看着点去呀！

妻：我没让她起来。不行啊！看他那两个小子再回来咋整？等一会再整吧！

胡：中哇，等一会再整吧！草他个妈的！这都斗两三茬了，这回又得重茬，这回就得整咱们个底朝上啊！李山那个损犊子，又得领头斗咱们。

妻：李山这个兔崽子，他咋不叫炮子崩死！他不死咱算没好。

胡：草他妈的！我早就想整死他，我不跟你说了吗？要能把孙桂林拉过来，就能整倒李山，哎，孙桂林这些日子不还常来吗？

妻：我看他不行啊！孙桂林那小子滑头八脑的，他能办人事吗？你寻思他上咱们家来干啥呀？是朝咱凤英身上使劲啊！

胡：我早就看出来啦！你咋看出来的呀？

妻：上回他上咱们这来，凤英正在炕上扎花鞋呢，他就老贴贴服服地说这块扎得好，那块扎得好，我看他就没安好心。

胡：这就好办了。

（唱第一曲）

310

只要能拉过来孙桂林,我给他出巧计整倒李山。

到那时胡大爷我要报仇恨,叫李山你别想再领头翻身。

妻:这一回你又有了啥办法呀?

胡:你听我告诉你呀!(耳语)

妻:那能行吗?

胡:那咋不行呢? 你舍不出孩子,就套不住狼啦! 要打算保住咱们
这份家业,整倒李山,那你就不能顾东顾西的啦!

妻:那咱凤英能愿意吗?

胡:咳咳! 那自古的孩子还不都是听妈的话吗? 孙桂林对咱凤英也
有意,咱凤英大了,早晚还不是人家的吗? 儿女的终身大事,他
还不得听爹妈的话吗?!

妻:对! 等一会我就跟她说。

胡:你可好好地跟她说呀! 全仗这回啦! 这回要整糟了,那咱啥都
完啦! 这回要能把孙桂林拉过来,整倒李山,杂种草的! 叫他们
翻身? 都叫他们翻屎坑子去。

妻:对! 我好好跟凤英说。哎,不早啦! 快点埋去吧!

胡:对! 你快招呼凤英去吧!

(胡上炕,二幕急落)

第二场

(孙桂林上,唱第二曲)

孙桂林我本是一条好汉,能写能算精明强干。

农民会的主任本该我干,为什么单搁那笨汉李山?

(白)他妈的! 李山那个臭小子,他一个大字不识就当上了农会
主任,可我孙桂林能写又能算的,搁农会里还得听他的,真他妈

的憋气！咳！这二年也说不上走的啥运,有个老婆呢,还死了,回家还得自个整饭去,这日子过的,倒了血霉了。（下）

（凤英上场,匆匆忙忙地拿小镜子照自己的脸,又用手绢擦着她的绣花鞋,一边忙着向右看见孙桂林上来,转向左边去）

孙:（见着凤英有点神魂颠倒了,笑嘻嘻地）大妹子,吃饭了吗?

英:没吃呀,大哥上哪去呀?（转过来）

孙:我才打农会回来,回家吃饭去。

英:回家还不得个人整饭吗? 你就上我们家吃点去得了。

孙:不结了,我还是回家去吃吧!（虽然这样说,可不动弹）

英:大哥,现成的饭,又不费啥事,你就别外道了。

孙:不结了,你们一家三口人的饭,再添上我能够吃吗?

英:大哥,够吃了,今个我爹我妈都不在家。

孙:（喜出望外）啊!

英:（推孙）走吧,走吧,上我们家去吃吧!（孙美得不得了,被英推着）

（二幕启,英推门进屋,孙把门对上）

孙:大叔大婶都上哪疙瘩去了?

英:上前街我大舅家串门去了,刚出去不大一会儿。

孙:那还得一会儿回来吧?

英:我妈走的时候说啦,说吃饭的时候不用等着,她到那还不一定有啥事呢。大哥! 你先坐着,我给你盛饭去。

孙:大妹子,你忙啥呀! 我还不大饿呢! 你坐这儿咱俩唠扯唠扯呀!

英:唠扯啥呀?（娇羞地把凳子拿过来坐下）

孙:（一时找不出说话题来,手足无措地）哎,大妹子! 上回我看你做那双扎花鞋扎完了没有? 拿出来我看看哪!

英:做完了,这不都穿上了。(提起脚来给孙看)

孙:(看见了鞋,夸赞着)哎呀!都穿上了?这多好看哪!大妹子这脚不大不小不肥不瘦,穿上这双鞋真是荷叶配荷花,有香有色,这有多好啊!那天我在前街,看见老刘二老娘们她也穿双花鞋,你看她那个臭脚,大拇脚指头和二拇脚指头都落一块堆了,把鞋都撑走样子了。她那个脚要和大妹子你这双脚比起来,那真是八月节过年,他也差节气呀!

英:得了吧!大哥你尽奉承人。

孙:你看!我也不是奉承你,真好嘛!(上前)你脱下来我看看哪!

英:别看了,这有啥看头。

孙:咋没看头呢?你脱下来吧!

英:(故意躲着孙)我做得不好,别看了,别看了。

孙:你脱下来吧!你脱下吧!(英跑进屋里,孙追下,又上,把门开开走出去,若无其事地四下眺望,急回来闩上门,跑进里屋去。舞台肃静一分钟,胡妻上,先扒门缝往里看又听,然后轻轻地拍门)

妻:(拍门)凤英啊!凤英啊!(拍一会儿没声,又用力大声地)凤英开门!天还没黑呢!咋把门闩上了?

(英边系着扣子,边跑出。孙慌张地跟在后面扯住凤英)

孙:我藏哪呀!我得藏哪呀!

英:(推孙)快进屋去!藏里屋门后,我妈不能进去。快进去!快进去!

(英推孙下,又上开门,妻进屋)

妻:(对英耳语,故意大声地对屋里)天还没黑呢!咋把门闩上了?准没好事,你干啥来的?

英:妈,我没干啥,我害怕就把门闩上了。

妻：看你慌里慌张的样子，一定有鬼。

英：妈，我没有哇！妈，我没有哇！

妻：我不信，我得到里屋看看去！（向里屋走，英进对妻耳语，妻故作大声地）不行！我非到里屋看看去不结。

英：妈，你别进去呀！你别进去呀！（装出哭声）

　　（妻入里屋后发现了孙，藏在门后，大声喊："好哇，孙桂林！你上这来跑骚来啦！你给我滚出去！"推孙出场）

妻：（泼辣的）你个死丫头，竟给老胡家丢人现眼，你给我滚屋去！等会儿我非整死你不结。（英哭下。妻对孙凶横地）好哇！孙桂林！你仗着农会的干部，来欺负我们被斗争的啊！

孙：（狼狈的样子）那……那……

妻：你他妈还那那个啥？你看我们好欺负是咋的？！

孙：我也没敢欺负哇！

妻：啊！你还想咋欺负？你说你还想咋欺负哇？你还想要拿刀把我们娘们杀了是咋的？！我非外面吵吵不结！把大伙找来评评这个理。（转身就走）

孙：（见事不佳，急上前拦住）大婶！大婶！你先别着急，咱们这么说，说是这个事我做错了呢，我可以知过必改呀！下回呢，我可以再不做了。

妻：下回？你还想下回？就这一回就够我们娘们受的啦！不行，我非到外边吵吵去不结。（又向外走，孙尽力地拦，把她挤在炕上坐下）

孙：大婶，大婶，你听我好好跟你说说。

　　（唱第三曲）

孙：大婶你不要把气生，我不是有意害凤英。

妻:凤英叫你给糟蹋了,这不是活活把她坑。

孙:要是没有梧桐树,咋能引进凤凰来?

　　我和凤英双有意,说我坑她可真冤。

妻:不管你说得天花转,不整明白不能完。

孙:我劝你要先稳住,不要这样太糊涂。

　　如今生米成熟饭,宣扬出去没好处。

妻:别的事情可原谅,这事一定得声张。

孙:好话说了老半天,你咋还是不开端。

　　老孙不是好惹的,三条大道任你选。

　　(耍无赖地走到那边,坐在凳子上)

妻:孙桂林你好大胆,仗着农会欺负咱。(逼上去)

　　今天我也豁出去,你死我活没个完。

孙:没个完就没个完,看你怎么办?

妻:我就出去喊。

孙:偏不把你拦。

妻:你等着。

孙:随你便。

妻:你等着。

孙:随你便。

　　(妻转身就走)

孙:(急起追上去,拉住妻又软化地)大婶,大婶,你别听我这么说,真格的你就真去吗? 咱们这么说……(正在扯扯拉拉时,胡推门而入)

胡:嗳……

　　(唱第四曲)

315

你们为啥闹嚷嚷,有事慢慢来商量。

吵吵嚷嚷不好看哪,伤了和气犯不上。

胡:(对妻)有啥事慢慢说,吵吵嚷嚷这成什么样子了?这不越老越不知道好歹?啥大不了的事,用得着你死我活的。(向孙)孙书记你别生气,有啥事跟我说,她是四六不懂,你跟她一般的见识干啥?嘿嘿……

妻:你这死老头子,一进门也不问青红皂白,就排斥我一顿,倒替他说起好话来了,他都把咱们姑娘给糟蹋了!

胡:啊!有这种事?那你也别吵吵哇!

妻:我吵吵咋的?他这不是骑咱脖颈拉屎吗?咱们也不能受这个欺负哇!

孙:可我这也不算欺负哇!

妻:啊!你还想咋欺负哇?(对孙更厉害地逼上去)

胡:(推妻)得啦!你快屋去吧!屋去吧!

妻:(边走边说)告诉你!这个事交给你了,可不行放走他。(下)

胡:(咳了一声坐下)桂林哪!我真想不到你能做出这样事来。

孙:大叔!你老是明白人,我一个巴掌能拍响吗?

胡:话倒是那么说呀!可这要是传出去,事就不好办了。我呢?是被斗争过的了,我就是破罐子破摔了,就满打着再斗争我一回,我倒豁得出来呀!可你呢?是农会上的干部,和地主的姑娘有个这个……那要叫人家知道了,我看你可咋交代呀!

孙:大叔说得倒对,我也不是不明白,可刚才大婶那一吵吵,这玩意儿真叫我下不来台呀!究竟呢,这个事真要吵吵出去,与你老脸上不好看,我呢,可也就得犯条律。大叔哇!你老跟大婶好好说说,千万别声张出去。

胡:那不好办吧? 天长日久没有不透风的墙啊!

孙:只要你老不往外说,那他谁知道呢?

　　(后台,英哭着喊:"我不能活啦! 我要跳井,我不能活啦! 我要跳井去。"边哭着跑上场。妻在后面扯她的衣服领子,喊:"你往哪跑? 你给站住!"推英倒在地下,英拍腿打掌的:"我不能活了,我死去!")

胡:你哭哭啼啼地往哪跑? 别跑到外边给我丢人去。

英:我不能活,我非跳井去呀!

妻:要死你死到家里,别死到外边给我丢人去。你这不要脸的死鬼! 还没嫁汉子呢,做这样下三乱的事来啦!

英:这是我自个的事,用不着你们管,我愿意嫁给谁就嫁谁,我看他好,我就愿意跟他。

胡:我也不是管你呀! 也不是不让你自个做主,人家都把咱们斗争了,咱们说话都不敢跟人家说了,还敢嫁给人家?

妻:可不是咋的! 人家呀,要真跟咱们娘们一条心咱们也值适。

胡:得了,得了,别在这吵吵了,快屋去吧! 这要别人知道了就糟了。

妻:你给我死屋去! (一齐被胡推下)

孙:(自语)这事闹的都怨我。

胡:这可也不能都怨你呀! 这丫头心太窄,过两天就好了。你说这个事可也真难办,让她另找个主吧,她也不能干哪!

孙:那我还看不出来吗? 大叔,凤英她自己在这不都说了吗?

胡:她是那样,那你呢?

孙:大叔,那我还能把良心揣到肋巴上吗? 那你老就放心吧!

胡:那你打算咋办呢?

孙:(想了一下)我也没啥好办法,大叔哇! 我有我的苦处哇!

（唱第五曲）

我恨不得和凤英把亲成，可农会知道了咋能答应。

左一思右一想难坏了我，大叔哇，大叔，你有啥好办法说给我听。

（白）我眼下是心乱如麻，有啥好办法也使唤不出了，我就怕农会那帮小子知道了，不能答应。

胡：（唱第六曲）

你们俩生米已成了熟饭，把凤英嫁给你我也情愿。

怕只怕那李山从中捣乱，要把他圈弄住事就好办。

（白）农会那帮穷棒子们，要是没有李山领头，别人谁也不敢起刺。咱们想个啥法把李山圈弄住，那就好办了，要不然叫他一闹哄啊，你和凤英就没法成亲了。

孙：是呀！李山那个臭小子，他事事压我一头，斗大的字他识不了一口袋，他就当上了农会主任了，我早就瞅他不顺眼，可那小子软硬不吃呀！圈弄他可有点不大容易。

胡：要给他钱能把他买住吧！

孙：不行，不行，那哪能行呢？

胡：再不给他两石麦子？

孙：不行，不行，这一套他都不吃呀！

胡：（故意稍思）我还有个法，就怕你不干。

孙：（急问）你老有啥法那就说呗？

胡：我说出来不管你干不干，（转回对孙）你可不许给我走漏风声啊！

孙：那就不用你老嘱咐了。我要给你走漏风声，我一出门叫大车咯嘣一下子把我轧死，来世脱驴变马给你老骑。

胡：那好，我告诉你。

（唱第六曲）

那李山领大伙闹翻身,闹得你和凤英没法成亲。

咱这屯有了他是个祸害,一不做二不休斩草除根。

孙:大叔!照你老这么说,是要把他收拾了。

胡:对了,你敢干不?

孙:干我是敢干哪!可是,那得用啥法呀!

胡:那招儿不有的是,来!你听我告诉你。(拉孙坐在炕上,开始
商议)

(二幕落)

第三场

(孙桂林由老胡家刚出来,手里捏着半截烟尾,满面笑容,得意
洋洋地走上场。把不能再吸的烟屁股丢在地下)

(唱第七曲)

这一下孙桂林红运到,绣花鞋倒做了月下老。

到将来小美人怀中抱,这好事打灯笼也没处找。

胡明义他给我出主张:去拉弄那屯长张继唐。

我拿他当杆枪来使唤,管叫他又蒙头又转向。

(白)刚才那下子我寻思糟了呢?没承想这么容易就得了个媳
妇。(笑)都说胡明义多咱也不让人,可我这一看也挺好哇!真
大量。可话又说回来了,要想把媳妇快点娶到家,就得把李山赶
快收拾了,别让到手的家雀再飞了。

(唱第七曲)

胡明义他待我恩情高,拉屯长整李山把恩报。

张屯长心眼毒是帮手,用巧计准让他上圈套。

(白)胡明义给我出主意,叫我去拉拢张屯长。这个张继唐光复

后是由外县搬来的,农会里大伙对他都有点疑惑,我看他那样子也不像穷人;再者说我们俩还有点瓜葛,我到那一吓唬他,准能拉过来。(走向台口,转身敲门)屯长睡觉没有哇?(二幕启)

张:(坐在炕上一个人在沉思,屋里点着灯)谁呀?

孙:我呀! 孙桂林,快开开吧!

张:(下地开门)还是你呀! 快进来吧!

孙:(故作慌张地边插门边说)哎呀! 屯长啊,可坏了!

张:啥事呀? 咋的了?

孙:你还在鼓里闷着呢? 糟啦! 上回咱俩上哈尔滨给农民会卖那金子,再加上那几回抓逃亡地主,报那几回花账,人家李山都觉警了。

张:这是真事是咋的?

孙:我还能撒谎吗? 我要糊弄你,一出门叫大车咯嘣一下子把我轧死,来世脱驴变马给你骑。

张:那你是咋知道呢?

孙:咋知道的? 今儿个白天李山跟陈振生搁农会里合计,还要上哈尔滨查对去呢,叫我偷着听见啦!

张:哎呀! 那可咋整呢?

孙:李山那小子可一点情面不讲啊! 这要是叫他查对出来,咱们可就够呛啊!

张:哎呀! 这不沾了吗? 这要狠狠罚咱们一下子咋整呢?

孙:罚一下子? 哼哼! 哪有那么容易的,还不得把咱们绑农会去,斗争咱们呀! 我的妈呀! 这顿打谁也挺不了,不死也得剥层皮。

张:我草他妈的! 李山也不是人造了。

孙:谁说他是人造哇? 还不寡这个呢,他说什么能贪污就不是好人,还要刨咱们老根子。

张:(说到他致命处,一把抓住孙)刨老根子?咱们还有啥老根子可

刨呢?

孙:他说我搁"满洲国"时候,给警察署送过公事,说我是腿子。说

你嘛……

张:(快接)说我咋的?

孙:说你光复后由外县搬到这来的,对你的出身不大清楚,不一定是

好人。

张:我咋不是好人呢?我是穷人哪!我扛大活的出身谁不知道?

孙:穷人倒是穷人哪,可谁给你证明啊?李山他管那一套?

张:我草他妈的!

孙:(加咸盐)你寡骂他顶啥?叫他这一整,咱俩就得踢蹬了哇!

张:李山哪,我草你妈呀!

(唱第八曲)

骂一声李山王八蛋,我和你无仇又无冤,

这回你存心要整我,我得先想法跟你干。

孙:对!

(张、孙合唱第九曲)(二次)

仇报仇来冤报冤,二人同心整李山。

这回要不整倒他,他先下手整倒咱。

孙:咱们是先下手为强,别吃他这份眼前亏呀!

张:可就光咱们两个也不顶啥呀!

孙:光咱们俩是不行啊!那咱们不好多联合几个吗?

张:(想一下)对!我有办法能联合几个。你就像刘振汉,徐明远,他

们是中农,我跟他们说,李山领着一帮穷小子,不管你是不是中

农,看你有点啥就斗。我这么一吓唬,管保没错。

孙:那不行吧? 人家工作队那个姓杨的,不都讲明白了吗? 不但不斗中农,还得团结中农呢! 那他们也不能信哪!

张:咳咳! 这两个小子,平常老害怕斗争斗到他们的头上。我呢,素常跟他们又联合得不错,我说话他们能信,你瞧等着吧! 保管没错。

孙:那敢情好了,我再联合几个不就妥了?

张:光把人联合好了,那得使啥法整他呀?

孙:哎,只要人联合好了,那招不有的是吗? 你赶快去联合,把人布置好了,咱们再合计。

张:好,咱们是说整就整,你就去联合去,我随后就出去。

孙:对! 我就去,明天早晨我再来,咱们合计合计。

(孙开门下。张骂)

张:草你妈的! 还要刨我老根子? 杂种草的! 我让你刨!

(二幕落)

第四场

(时间是一个傍晚,孙桂林手里拿一瓶白酒,匆忙地走上)

(唱第七曲)

我整天不停地忙个欢,准备着给李山上条件。

搁农会我偷来三万公款,说李山贪污了劳军的钱。

我手中拿一瓶老白干,急忙忙再去取毒药面。

只要能害死那周万福,这一下叫李山准能玩儿完。

(白)他妈的! 量小非君子,无毒不丈夫。害死个人算啥? 胡明义给我出主意,叫我把周万福药死,就说他妈李山害死人命。才刚我打来一瓶酒,赶快找胡明义要毒药去,也该周万福这小子命短,总跟我屁股后唧咯,托我嘛跟李山说,他要入农民会。哼! 这下我叫你再唧咯,反正你也好喝,这下我搁酒把你送回老家去。(正要下,胡背着手上场)

胡:桂林哪! 我找你半天了。

孙:我这不正想上你老那去呢吗?

胡:哎,张继唐拉……(孙制止,二人四望)张继唐拉拢怎么样了?

孙:妥啦! 你老的招真好使,我一吓唬他就吓唬住了,他还帮助我拉拢别人去啦! 你老就放心吧!

胡:那好哇! 公款偷出来没有?

孙:偷出来了三万块。

胡:那把钥匙快给我吧! 上回他吗拉八子的斗争我,把我箱子给拉去了,两个钥匙,把我带的那个给拿去了,把你大婶带的这个剩下了。给你毒药!

孙:这得咋使唤哪?

胡:你跟他喝酒傍要喝完的时候,就把毒药下在酒里头,喝完赶快把他支到李山那去。出不一个时辰杂种草的! 准死在李山他家里头,哎,那边来的不是周万福哇?(二人向左看)

孙:不是他是谁!

胡:(边下边说)桂林哪! 你可把他整住了哇! (胡下。孙答应着,又故作下场的样子。后台喊:"孙书记! 孙书记!"周万福上)

周:孙书记! 孙书记!

孙:老周大兄弟呀! 你干啥去呀?

周:我入农民会那个事,你跟李主任给我说了没有哇?

孙:我给你说了,还是不行啊!

周：你说那可咋整呢？

孙：还是你个人去吧！

周：我都去了好几趟了，他总说，你一个刚打"中央"那边过来的，大家伙说想好好了解了解你，才让你入呢。他这不是支我吗？我再没法找他去了。

孙：咳咳！你这个人咋这傻呢？李山这个人是吃软不吃硬，等会你上他家去跟他说，他要不答应你，你就顶崩跟他磨唧，他准能答应你。要不答应你就总磨唧，别走，那他一定能答应你。

周：那能行吗？

孙：你看，我还能给你窟窿桥上吗？

周：（考虑一下）那好！我这就去跟他磨唧去，他要不答应，我就不走。（转身就走）

孙：（追上去）哎！老周大兄弟！别忙啊，咱们哥俩捏两盅去。

周：不结了，不结了。

孙：哎，你跟我外道啥？走吧！

周：不结了，我得快找李山去。

孙：咱俩一边喝着，我一边告诉你到李山那去咋说，走吧！（举起酒瓶）二葫芦头，尝尝！外道啥？走！（周被孙推下）

第五场

（夜里，二幕启，李山家中点着一盏豆油灯。在农会里他发现丢了三万元公款，现在他正在发愁。李媳在炕上做活，不时地向李山这边看看，李山在叹气）

媳：你老愁啥？钱都丢了，光愁不也没用嘛！

李：我总觉这三万块钱丢得怪，农会里的箱子锁好好的呢，打开箱子一看,钱全都丢了,锁头还没有坏。

媳:可真怪了,钱搁农会里搁着,钥匙搁你腰里带着,老也没离你身, 这一定是有坏人给偷去了。

李:那还用说了。我就觉着这钱是大伙拿出来劳军的,给人家整丢 了,拿啥给人家包呢?

媳:那等把咱们粮食卖了,再给他们凑兑呗!

李:那还用说了,那可不得给人家凑兑咋的? 我总觉这事憋气,明个 非得整个水落石出不结。

　　(伴奏第九曲。周万福上,敲门)

周:开门哪! 李主任。

李、媳:(同时问)谁呀?

周:我呀! 周万福。(媳开门。周进)

李:老周来了,快到屋吧!

周:李主任哪! 这倒是咋的呀? 农民会到底是要我不要我?

　　(唱第十曲)

　　别人都入农民会,不让我入咋回事。

李:(唱第十一曲)

　　叫老周你别焦急,调查明白答应你。

周:(唱第十曲)

　　今天你得答应我,别让我瞎跑白费事。

李:(唱第十一曲)

　　眼下对你不摸底,大家咋能答应你。

　　(白)你看你新打"中央"那边过来,大伙对你都不摸底,你是啥成 分大伙也不知道,尾后大伙好好了解了解你,你要是成分好,那 大伙还能不让你入吗? 你坐下! 你坐下!

周：你光这么说，我没吃没穿管谁要去？

李：哎，那有咱们农会还怕啥呢？你要没吃少穿的，大伙还能眼瞅着不管吗？再说你是跑腿子一个人，那啥事还不好办呢？

媳：对了，你就放心吧！有咱们农民会，还真能叫你挨饿吗？

周：我一个刚打"中央"那边过来的，这屯子我谁也不认识，你看我这人入农民会人家还不要呢，那尾后没吃没穿管人家要去，人家更不能管了。

李：哎，老周！你这话说哪去了，农民会就是给咱们穷人办事的……

周：（不耐烦地）得了，得了，你别支我了，我算等不了啦！（毒药逐渐发作）哎，我嗓子咋这么干呢？（对李媳）大嫂，你快递给我一碗水。

媳：哎。（拿碗下）

李：周万福！看你这样，你横竖搁哪喝酒了吧？

周：得了，李主任，你别拿我当醉鬼呀！你今个不答应我，我就不走了。（媳端水上，周喝。）

李：老周！你咋这么个人呢？往后咱们穷人还真能饿着咋的呢？你要没吃少穿的话，你就冲我说。

媳：对了，往后咱们穷人还能饿着吗？

李：你看你着啥急，着急能当事办吗？

周：哎呀！我这肚子怎么疼呢？

李、媳：（同时）老周！你咋的了？

周：哎呀！

（唱第十二曲）

肚子疼不能直腰，疼得我好像刀绞。

我从来没疼过，这一疼受不了。

哎呀！哎呀！哎呀！李主任哪！李主任哪！

李：快上炕趴一会吧！（扶周躺在炕上）

周：哎呀！哎呀！（一直喊叫着）

李：哎,他这脸咋出汗了呢？（对媳）你快拿灯来照照,看看咋的了。

（媳端灯过来照）

媳：哎呀！他脸咋发青呢？

李：啊！他不是叫啥药着了？

媳：整点绿豆水给他灌灌吧！

李：等我整,你快出去招呼几个人来！

媳：他没亲没故的,我招呼谁去呀？

（周挣命地叫得更厉害,由炕上跌下来,媳要整绿豆水去欲下）

李：你别整去了,快来看看他这要不好吧？

周：哎呀！哎呀！哎呀！（在最大的喊声下死去）

李、媳：（同时）周万福！周万福！周万福！

媳：哎呀！死了！这个咋整啊？

李：死了！

（唱第十三曲）

　一见周万福把命丧,叫我李山好心伤。

　没家没业谁收管,左思右想无主张。

（孙桂林,张继唐上,在门外偷着听）

孙：（在门外喊）李主任哪！走查岗去呀！

李：孙桂林来了,快进屋来吧！周万福死在这了。

孙、张：（故意吃惊）啊！咋的？周万福死在这了？（进屋扑到周尸
　　　旁,孙走过去,端灯,向周脸上照）

张：他这是咋死的？他咋死这了呢？

李:他上我这来,要入农民会,进屋说不几句话,完了就死这了。

孙:哎！他这脸咋发青呢？

张:他这手也发青！（对李）他来的时候就有病吗？

李:来的时候好好的呢！

张:那他咋死这么快呢？

孙:他这脸手都发青,这一定是中毒死的！

李:我也寻思他叫啥药着啦！打算给他灌点绿豆水,没等灌他就
死了。

张:他这一定是叫啥药着了,要不也不能死这么快呀？

媳:可不是咋的！进屋来红头涨脸的,就跟你大哥说要入农民会,你
大哥跟他说啥,他也不听。吵了半天,他说嗓子干要水喝,把水
喝了,就说肚子疼,完了张跟头打把式的就死了。

孙:他搁啥家伙喝的水？

媳:那不就是那个碗吗？（指碗）

孙:（走过去,端起碗细看,舔舔又吐）嗯！这水好像有点味似的,这
水是从哪整来的？

媳:在水缸里呀！

张:那水缸里不是掉进啥去呀？

李:掉进啥？它也不能掉进毒药去呀！

媳:人都死了,你们先别呛呛了,快找几个人来把他抬出去吧！

孙:先别抬！那哪能抬呢？

媳:咋不抬呢？

孙:大嫂,话不是这么说,说是人呢？死到你们屋子里了,还是毒药
药死的。就这样稀里糊涂地抬出去,等大伙知道也不能让啊！

张:对呀！先整明白了,你等大伙要人,咱们也好交代呀！

媳：人都死了,他又没亲没故的。死人口无对证,那得咋整才能明白呢?

张：那要照你这样说,咱们就不用调查啦? 把人抬出去就算拉倒呗? 李山哪! 你是个明白人哪! 你说,等尾后官家知道找上来,这不得出大乱子吗?

媳：那有啥乱子呢? 也不是我们把他药死的!

孙：你说不是你们药死的,可你们刚才讲话了,死人口无对证,谁知道是不是你们药的呀?

李：可要叫你这么一说,这人就是我们药死的呗?

张：你说不是你们药死的吧,他一个好好的人,没病没灾的可死到你们家了,他咋就偏上你们家来死来呢? (对孙)我说这里头一定是有缘由哇!

孙：是呀! (对李)不是你们害死的,怎么死了你不去招呼人呢?

媳：我们刚想招呼人去,你们这不就来了吗?

孙：哼,刚想招呼人去? 我们要不来,你们就想不起来招呼人了吧! 咱们就挑明了说吧! 你们这是想要埋赃灭迹,没承想叫我们给堵到屋了。(理直气壮地坐下)

李：哎,孙桂林! 你说的这是啥话呀?

(唱第十一曲)

你不能血口喷人,说话可要拍拍良心。

我和他没仇又没恨,咋能平白无故害死人。

张：(唱第十四曲)

叫李山你不要花言巧辩,害死了周万福人命关天。

到如今是已经赃证俱全,我劝你照直说别再隐瞒。

(白)李山哪,我告诉你吧! 这事不都挑明了吗? 你就快点照直说，比啥都强。

孙：是呀！这明明是搁毒药药死的，你不说这不是耍无赖吗？他咋没上别人家死去呢？

李：我这咋叫耍无赖呢？我和周万福一无杀父之仇，二无夺妻之恨，无缘无故的我害死他干啥呢？

媳：你们咋一口咬住，说人是我们给害死的呢？周万福搬到这个屯子才不几天，我们跟他又没啥来往，我们因为啥害死他呢？

张：无论你们说啥，反正这人是死到你们家了，这就讲不了啦！李主任！你受点委屈跟我们到农会去一趟，眼下是大伙说了算，大伙说咋办，咱们就咋办呗！

李：走呗！脚正不怕鞋歪。我搁这个屯子给人家扛了半辈子大活，我没干过一样坏事。反正人不是我害死的，走到哪我也不怕。

孙、张：那走吧！

媳：你们先别走哇！把死尸搁到屋里算咋回事呀？

孙：今个下晚算不能往外抬了，等明个让大伙看看再往外抬吧！（推李）走！一会我打发几个人来看着。

李：（对媳）你要害怕，上老张家找宿去住去吧！

（孙，张推李山下，媳从炕上拿起被来也随下。二幕落）

第六场

（二幕后）

（胡，妻，英，孙，合唱第十五曲）

（一）你和凤英，定了亲哪，定呀定了亲哪呵，

尾后咱们就是一家人哪，一呀一家人哪。

啊啊啊，啊啊啊，啊嗯，啊，嗯，啊，嗯，啊……

嗳嗨呀呵,嗳嗨呀。

　　(二)恩恩爱爱,过刭到老哇,过呀过到老哇,

　　　　天配这个良缘永不分哪,永呀永不分哪。

　　　　啊啊啊,啊啊啊,啊嗯,啊,嗯,啊,嗯,啊……

　　　　嗳嗨呀呵,嗳嗨呀。

　　(胡,妻,英,孙,一阵笑声)

胡:哎,桂林! 还有不少没动筷的呢! 你咋就不吃了呢?

妻:可不是咋的,多吃多喝点怕啥!

孙:不结了,不结了,别耽误了正事,我就走啦!

妻:英,再待一会吧! 忙啥?

孙:不结了。

胡:桂林! 你把这个拿着。

孙:不用,不用。(孙,胡,妻,英,由二幕出)

胡:桂林! 你把这个带着。(手拿着钱)

孙:不用,妈! 你们回去吧!

胡:对,你们快回去把剩菜剩饭快收拾了喂狗,别叫那帮穷棒子来看
　　着。(妻,英下)

胡:桂林! 你把这钱带着。

孙:爹,不用,不用。

胡:哎,叫你带着你就带着得了。(把钱搁在桂林兜里)你这和凤英
　　都定亲了,你还外道啥呢? 尾后缺啥少啥,你只管吱声啊!

孙:爹,深更半夜你老别出院啦! (欲走被胡拉住)

胡:桂林哪! 我才刚跟你说那些个,你可记住哇! 你就赶快布置那
　　些条件吧! 强奸条件我有把握,明个一早我就上老赵头那去。

孙:明个我来再听你老个信。

胡：桂林哪！咱把这些条件布置好了，你可马上就召集人开农民会，把他的罪状朝出一说，接着就开斗争大会。你先预备几个小伙子，拿着大棒子，到节骨眼你就喊一声打！大伙朝上一围，杂种草的！几棒子就把他削出花花脑子来。

孙：那是啊！只要条件准备好了，就要那臭小子命使唤呗！

胡：到那个时候，可就咱们爷们说话顶硬啦！农会主任搁你当，其余不要紧那小干部，大伙举谁就算谁，你看怎样？

孙：那咋不行呢？你老咋分配，我咋做。

胡：那个时候你当上了主任，表面上也装着好好干，先开个翻身大会，领大伙也劳军，慰问。过年过节，有个大事小情，也领大伙扭扭秧歌，把咱们这屯子闹得腾腾火火的，叫谁也看不出来。

孙：对！咱就这么办。

（胡，孙，合唱第十六曲）

咱们计策，高又高哇，高呀高又高哇，

人不那个知来鬼不觉哇，鬼呀鬼不觉哇。

嗳嗨呀呵，嗳嗨呀。

孙：你老的脑袋真好使，谁也比不了。（胡，孙，接唱）

大权掌在咱手里呀，咱呀咱手里呀，

咱说哪个咋着，就咋着哇，就呀就咋着哇。

嗳嗨呀呵，嗳嗨呀。

孙：你老快回去吧！

胡：哎，哎！（孙，胡，下）

第七场

（中幕开。赵洪才坐在炕上，拿着烟枪挖里面的海底。他女儿

素琴坐在另一边凳子上做活。稍停)

素：爹呀！你把那烟枪挖透亮了，也再挖不出啥来啦！你一天挖好几遍，那哪能还有呢？上回你在农会坦白，说老也不抽了，可你明面不抽，背后一遍也没拉过呀！

赵：(把烟枪一摔)去你妈个巴子的吧！我的事不用你管。真他妈天都翻格了，臭丫头蛋子倒管起你爹来了。

素：爹呀，我不是管你呀！你看咱这点破烂都叫你折腾干净啦！你要老这样抽，咱们将来不得饿死吗？

赵：我赚的家业，我乐意抽，我乐意折腾。别的都折腾完了，我还卖你呢！

素：爹呀！那你说让农民会知道，非把你撵出农会不可，还得罚咱一下子。到那个时候，咱搁啥当啊？

赵：(更怒地)我卖你！我卖你！杂种！你他妈再吱声，我一烟枪打死你个兔崽子草的。滚出去！(推素琴下。赵上炕拿烟枪挖海底。胡明义鬼祟上，敲门)

赵：死丫头！你在外头给我待着。

胡：大哥在家呢吗？我呀！(赵慌忙把烟枪往炕席底下藏。胡在门缝中已看得明明白白)快点呀！大哥。

赵：来了，来了，(开门)哎呀，还是你呀！你干啥来啦？

胡：没啥事。

赵：没啥事你快走吧！让人家看见不好看，你是被分户，别乱串门子。(推胡)

胡：哎！大哥，我待一会就走，你还撵我干啥？

　　(赵怕胡往藏枪那坐，赶紧叫胡坐在旁边)

赵：来来，坐这边，坐这边。

胡：行行，那都行。

赵：你坐一会就走吧！别人看见不好看。

胡：我待一会就走。（稍停）大哥咋样？这些日子大烟忌好了没
　　有哇？

赵：自从上回坦白了以后，一口我也没动，烟枪早就叫我砸吧砸吧引
　　火啦！

胡：哎呀！忌这么快。那好哇！

赵：唉！不忌咋整啊！

胡：对了，忌了好哇！你不忌农会那帮小子也不能让。（胡故意往藏
　　烟枪的地方坐）哎呀！啥玩意这么硌得慌？（把炕席掀开）大哥，
　　这不是烟枪吗？（把烟枪拿出）大哥！你烟枪可真不少，又造出
　　一杆来。

赵：唉！老胡大兄弟呀！

　　（唱第十七曲）

　　老胡大兄弟，听我告诉你，大烟瘾，不好忌！

　　偷偷抽两口，实在不得已。

　　你可别给我传出去，农会知道了不得。

胡：（在过门中）大哥，我不能给你往外说，我是那样人吗？

　　（唱第十七曲）

　　大哥别着急，只管抽你的，我和你，好兄弟，

　　要有你就抽，哪能报告你。（把烟枪给赵）

　　农会跟咱没关系，绝对给你保秘密。

胡：（在过门中白）我朝出说我也得不着啥，你就放心吧！大哥。

　　（唱第十七曲）

胡：大哥，大烟还存多少呢？

赵：要有何必挖海底。

胡：若没有咋不想法掏换去？

赵：没有钱实在买不起。

胡：我问你，海底挖净咋整呢？

赵：挖净只好挺着瘾死。（把烟枪又藏在炕席底下）

　　（白）唉！整上这口累，就没办法，就得挺着瘾死呗！

胡：那你常抽大烟的，还没留点后手吗？

赵：我留十啦分呢！上回李山领头，都给翻去了，还叫我坦白，要不
　　哪能瘾这个样呢！

胡：李山那小子真不是人造，叫你当那些个人坦白，那有多可耻啊！
　　再说十啦分大烟，也值不少钱，这比要你命都邪乎呀！

赵：谁不说呀！老天爷有眼睛，让这小子现世现报。这回把那小子
　　整起来了，我可解恨啦！

胡：你光恨他能当啥？你该着犯瘾不还得犯瘾吗？

赵：可倒是啊，那又有啥办法呢？挺着瘾死呗！

胡：瘾死？（从怀中掏出烟土）大哥你嗅嗅这是啥？

赵：（嗅着笑）嗅这味好像是原江土。你搁哪掏换来的？

胡：那你就不用管了，我知道你大烟忌不了，我是特意给你掏换的。

赵：咋的，给我掏换的？你别逗我啦！

胡：我逗你干啥？那宝剑不得赠给英雄吗？我留它有啥用呢？

赵：那这得多少钱哪？我也买不起呀！

胡：我的地跟东西都舍出去了，这点玩意值多少钱！我是送给你的，
　　我要钱干么？

赵：哎呀！那我得咋谢谢你呀！（笑哈哈地去接烟土，又被胡阻住）

胡：大哥！你要也别着急，你得答应我一件事。

赵:啥事呀?

胡:你能办得到吗?

赵:能! 能!

胡:你听我告诉你。(耳语)

赵:那行,那行。

（唱第十七曲上段）

这事我愿意,不成啥问题。

胡:(白)你姑娘呢?

赵:(接唱)

她是我亲生女,我让她咋的,她就得咋的。

就说李山是强奸,管啥名誉不名誉。(素琴上在外听声)

(白)就说他强奸那有啥关系呢? 把李山整倒了,我这大烟能抽消停。

胡:那你可别说了不算哪! 你要真能把这个事给办好,整倒李山,尾后这个玩意缺不着你。(给赵大烟。素琴猛进屋。赵忙把大烟藏在衣袋里)我就走了大哥,就这么的吧!

赵:对! 就这么的!

（幕落）

第八场

（二幕外。孙桂林,张继唐面带笑容上）

（唱第十八曲）

（二人齐唱）

老孙老张喜上眉梢,你和我就把好运来交。

李山好比笼中鸟,就是插上翅也难逃跑。

（张唱）你的计策高，高又高。

（孙唱）你的手腕妙，妙又妙。

（张唱）这一下，

（孙唱）这一下。

（二人齐唱）这一下，

叫他狗命绝对难保，让他一命快归阴曹。

叫他狗命绝对难保，让他一命快归阴曹。

（二人笑）

孙：人呢，死到李山他们家了，强奸又有老头钉着，人证物证都全了，那大伙还有啥话可说呀？

张：哎，可这老赵头你到底是咋把他圈拢住的？

孙：（说假话）咋圈拢弄住的？那老赵头跟李山有底火呀！你忘了，上回李山到老赵头家里，把他那十啦多分大烟都给拿去了，那老赵头眼下是一点抽的也没有了，都快瘾死了。你寻思他还能不恨李山吗？把他都恨到骨头里去了。我趁着这个节骨眼，到那一嘀咕，老赵头那是满应满许呀！

张：（满意地笑）老孙！你真能行，我算佩服你了，可咱们还是整完全一点保险哪！

孙：咱们今儿个开这个会，不就是朝完全里整吗？这个全要把他们都圈住，那开大会还有谁敢反对咱们哪？

张：对呀！一会开农会，刘振汉，徐明远……

孙：（紧接）还有张发。

张：对了，他们把条件朝上一上，可这不就妥了吗？

孙：（拉张）走吧！咱们看看人来多少了，不大离咱们就开会吧！

张：走吧！走吧！

（二人下。二幕开。在农民会的屋里，陈振生，刘才，李有，徐宝，王洪，张老大，李振先，赵洪才，刘振汉，徐明远，张发，黄福林等农会会员二十余人挤满了屋，为了周万福死到李山他们家里的事，他们都在议论纷纷。几个被拉拢的人在那块散布谣言，他们说："周万福死到李山他们家了，这一定是李山害死的。"这话被陈振生他们几个积极分子听见了，就和他们争论起来，大伙也为了他们的争论围拢上来，于是这屋里就形成了两个阵营，在争论不休，正在这时，孙桂林和张继唐上，他们看见了这情形……）

孙：哎！别吵吵了，别吵吵了。（张也喊，大家逐渐地静下来。群众除去几个被拉拢的人外，对孙，张等都是不满意的）

孙：大伙都别吵吵啦！大家都别吵吵啦！就要开会啦！人都来得差不离了吧？

刘：我们那院老王家还没来呢！

孙：那也不鸡巴草等他了，咱们就开会，这就请屯长给咱们讲话，大伙都好好听着。

刘：咱们欢迎欢迎！（徐，发附和鼓掌。张起来，脱帽，向大家笑嘻嘻地点头，群众对他不满）

张：那好吧！我先跟大伙说几句，大伙好好听着。说是咱们今个开这个会呀！就是为的要把咱们屯子这坏蛋根子给刨出来。这坏蛋根子是谁呢？就是农会主任哪！

孙：（紧接）啥鸡巴主任哪？

张：（说错了话赔笑）对了，是李山。这李山哪，早头搁咱们这屯子里，竟装好人，装得可倒挺像，可他背后里竟做坏事呀！这大伙也都有个耳闻，不是不知道，可大伙都指望他能改，也就没往深里究，这才一直把他留到今个。哪承想留来留去，留出大乱子来了。昨个黑间搁他们家,把新搬来的周万福给害死了,这大伙不都看见了吗?

孙:(站起来向大伙)是呀,这大伙不都看着了吗?(他重复地转圈问,但是除了徐,刘,发几个人外,谁也不理他)

张:(紧接)因此,这才不能再宽大他了,这才把他抓到农民会里来。今个呢,把大伙找到这块来,咱们参考参考,对这样坏蛋,应该咋办哪?

孙:(站起)屯长才刚说的话,大伙都听明白了吧?李山他仗着是农会主任,竟欺负我们老百姓,可大伙都不敢给他往外说。今个呢,把他押起来了,大伙都不用怕他了,把他所做所为的坏事,都给他说出来,这可是给咱们大伙除害呀!大伙说好不好哇?

(只有徐,刘,发附和"好")

发:好哇,那咋不好呢?那替咱们除害还不好。

孙:大伙都听见了吧!张发说得对,咱们得和李山那小子打破鼻子撕破脸,把他所做的坏事,都给他揍出来,一点别留。谁要是不说,他就是两面光,咱们就斗争他。

张:对了,咱们谁也别怕他了,他都蹲上笆篱子了,主任他也当不成了。今个让大伙给他上条件,大伙就是不给他上呢,那他指正指实地害死了周万福,他可也就好不了啦!今个让大伙给他上条件,一则呢,就是看看咱们这屯子的老百姓,还怕不怕封建,能不能抱住团;二则呢,就是看看咱们这里有没有两面光。

(积极分子互视)

群乙:(忍不住地站起)屯长啊!我有两句话要说说。

张:(一看是他,知道是要给李山说话,急制止他)你有话先别说,等会再说吧!

群乙:(还要说下去)哎!

陈:(气愤地急起)屯长啊!今个开这个农民会,不是大伙都行说话吗?要叫我看哪!周万福不准就是李主任害死的,李主任素来就没做过啥坏事,别看人死到他们家了,那还备不住别人给害死的呢?那也备不住他个人吃啥药死的呢?又没抓住李主任的手腕子,咋就偏说是李主任害死的呢?

群甲:我看也是,你们大伙说呢?

　　(群众积极分子,甲,乙,丙,丁等反应,都站了起来)

孙:(制止大伙)你们先别吵吵,别吵吵,别吵吵!

张:我话还没有说完呢!你们就乱吵吵起来了,等我说完了你们再说。

　　(大伙又坐下)

孙:开会可是大伙都行说话,可这玩意也是得有个次序呀!你说,他也说,那听你们谁的是呀?

张:可就说是呢,你们这是只知其里不知其外呀!可他盐打哪咸,醋打哪酸呢?我们跟李山又没仇,又没恨,他也没抱我孩子下井,我们要不调查明白了,也不能平白无故地硬说人是他害死的,啥事他不得朝真嘛!

孙:是呀!啥事不得以公治公吗?要光我们两个人说他做坏事,那能行吗?咱们呢,眼下是民主国家,讲的不是大家伙说了算吗?

张:对呀!这就叫大伙说说,李山他到底做过坏事没有?(威吓地)可有一宗啊!咱们这屯子里有两面光,不光有两面光,还有比两面光更厉害的狗腿子。人家工作队赶明个还要调查呢,我告诉你们这支子人!咱们决不能,叫他混到咱们一块堆来装相。

孙:(喊口号)打倒狗腿子!(张发,刘振汉,徐明远,赵洪才,张继唐,

也随着喊;其余的人又不举手又不喊。这时,孙又喊)打倒狗腿

子!（很少的几个人反应）斗争两面光!（仍是几个人反应）斗争

两面光!（仍旧是几个人反应）好,那么谁知道他啥事就说吧!

谁要知道不朝出说,等尾后调查出来,他就是两面光,大伙就斗

争他。

徐:（站起来）对! 我徐明远不当两面光,我要当两面光,你们大伙就

斗争我,听我给他说一样。

孙:对! 徐明远你就说说。（拿起毛笔来准备记录）

徐:我一点也不给他留。（孙记录）

（唱第十四曲）

农会主任是李山,贪污公款三万元。

花言巧语把咱骗,直到眼下还没还。

（白）这事刘振汉也知道,刘振汉你说说。

刘:（对大伙）是有这么个事! 我知道。李山把劳军的三万块钱给花

了,硬说他妈的丢了。

发:那还是小事呀! 你没看把赵洪才欺负的呢! 那憋气不?

张:哎,你说说吧! 他咋欺负赵洪才了。

发:我给说说。

（唱第十四曲）

李山好色不要脸,硬把素琴给强奸。

这事不是我撒谎,不信问问赵老汉。

（白）不信问问赵老头。

孙、张:哎,老赵头呢?（蹲在一边的老赵头,被张拉过来。孙偷偷拍

他胸两下）

张:赵洪才你说说,你姑娘叫他强奸没有? 要是没有你可就说没有。

赵：这是实在的，李山那个小子真他妈不是人，给我欺负得直到今个我还抬不起头来呢！这个事的真情，我也没脸再详细说了，反正我算把他恨到骨头里去了。

孙：（把笔一摔对大伙）你们大伙听听，李山这小子还是人？（拍桌子）简直跟牲口一样，贪财好色，坏事都叫他做绝了，好事一点没干过。谁还有？朝出说。

徐：我还有。

孙：你说说。

徐：上回打更我去晚了，他打我两个嘴巴。

张：行啦，行啦，你坐下吧！（对众）我看哪，大伙给李山上的条件可也不少啦！像那个打你一拳啦，踢你一脚啦，那就不用再提了，可那再提起来还有个完吗？就从这些条件来说，那李山就是个大坏蛋呗！今个这个会呢，开到这就算完了，等明个开大会大伙再斗争他吧！

孙：对了，把李山处置了，咱们大伙可就真正翻身了。

陈：（站起来）屯长！大伙说李山是坏蛋，那也得把李山叫来对证对证呀！

群众：（都站了起来）对呀！咱们应该把李山招呼来对证对证啊！

孙：（拿起记录，走到陈面前对大伙）别吵吵，别吵吵，（对陈）那还对证啥？一个人两个人说他，大伙还能都诬他吗？

徐：刚才上条件的时候，你不说话，这么咱你又帮助坏蛋说话，我看你纯粹是两面光！

发：大伙说对两面光咋办？

刘：绑上他！

陈：绑？因为啥绑啊？就说这么一句话就是两面光？

群众:凭什么绑？说那么句话就是两面光？

徐:绑就绑呗！（上前要绑,陈身旁的乙跳过来拦住,徐,刘,发被其他拦住）

孙:（赶快上前解围）别绑！别绑！别绑！他们就说这么一句话,也不应该说他是两面光啊！按理说呢,咱们是应该把李山叫来问问,可李山那臭小子嘴比谁都硬,他能承认吗？那不白费事吗？

张:行了,行了,咱都是一家人,还有啥吵头？反正咱们都为的是查出坏蛋,把咱们这个屯子整好了。老陈大兄弟他哪能是两面光呢？得了,得了,散会吧！

孙:散会吧！（群众不满意地吵吵着）拉倒吧！拉倒吧！散吧！

（二幕落。陈振生,刘才,张老大,李振先,王洪紧接上场,互相谈刚才的会）

（唱第十一曲）

陈:刚才开完农民会,心中越想越不对。

刘:李山本来是好人,为啥偏说他有罪。

齐:这个事情不简单,定是坏人捣的鬼。

陈:这事咋鸡巴草整的？李主任搁这个屯子里,谁不知道哇！向来也没做过啥坏事呀？今个开会咋整出来这么三四条呀！叫我看这里边一定有个说道。

众:可不是咋的！他从来也没做过啥坏事呀！

刘:你看今个开这个会上条件呗,都是那几个人,连那个死大烟鬼老赵头,那硬说李山把他姑娘强奸了。你们说,李山能干出来这坏事吗？

陈:谁说不是呢？依我看这里头一定是有坏人捣的鬼,叫我看哪,就是孙桂林。

李:那还用说,刚才开会这个情形还看不出来?照这么一整啊,李山不就得是个死头的吗?

刘:是呀!咱们得想啥办法,把事整明白了哇!别把好人冤枉了。

张:整明白是得整明白了,农会里的事,眼下是孙桂林他们说了算哪!咱们说啥也不好使啦!

陈:我看哪,咱们大伙就去挨条扫听扫听,都给他刨刨根,非把这个事整明白了不结。

众:对!扫听,扫听。

陈:(指李,刘,王)你们几个去扫听扫听周万福那个事。(指张)我们俩找妇女会主任,去扫听赵素琴那个事。

刘:走吧!咱们快点去吧!

众:走,快去!(下场)

(二幕前,刘振汉上,黄福林跟在后面喊他)

黄:哎,刘振汉!刘振汉!你等一会,跟你有句话说,你走啥呢?

刘:有啥话呀!我这还挺忙的呢。

黄:哎!我问问你,才刚你跟他们一块儿,给李主任上那个贪污条件,你是听谁说的?

刘:听谁说的?那三万块钱没有了,你不知道是咋的?

黄:那备不住是别人给偷去了呢?那也不能说是他贪污哇!

刘:谁偷去啦?钱柜的钥匙搁他手把着。我告诉你吧!你别把李山当好人啦!他他妈啥事都能干出来。他领那帮小子要是斗红眼了,还不得连咱们都给分了哇?到那个时候,你也跑不了,你也是中农。

黄:我虽说是中农,可我不害怕。人家工作队杨同志不说得明白吗?贫雇农的骨头中农的肉,绝对不能斗咱们中农啊!

刘：不能斗？就算你躲过今个去了，明个你还能躲过去吗？尾后要是生产好了，日子过好了，富余了，那不还得斗。

黄：你看你咋这么糊涂呢？杨同志不跟咱们说得明白吗？咱们中农尾后要富余了，那是咱们自个下力赚出来的，也没剥削谁，那他们哪能斗咱们呢？我眼下算明白了。

（唱第十一曲）

你不能怕前怕后，中农管保不能斗。

咱中农没剥削人，大伙哪能斗咱们。

（白）只要咱们中农和贫雇农抱成团，把地主斗倒了，大伙在一块儿好好生产，那咱们尾后管保都能过好日子。我劝你还是望远了看吧！

刘：得了，得了，你别说了，我还挺忙呢！（下）

黄：（追）哎！你听我跟你说呀！你走啥呢？

第九场

〔二幕开。夜里。李山在狱中寻思。乐队奏十九曲两遍。继续后台周万福唱第十二曲"肚子疼，不能直腰，疼得我，好像刀绞。我从来没疼过，这一疼受不了。哎呀！哎呀！李主任哪！李主任哪！"。孙桂林（白）"这明明是搁毒药药死的，你不说不是耍无赖吗？他好好的人咋不上别人家去死呢？……"张继唐唱第十四曲"叫李山你不要花言巧辩，害死了周万福人命关天。到如今是已经赃证俱全，我劝你照直说别再隐瞒"。乐队续奏第十九曲。李山从炕上下来〕

李：（自语的）周万福死到我们那了，孙桂林跟张继唐，他们怎么赶得那么巧呢？还一口咬住说人是我害死的，这里头准有个鬼。（稍停)工作队杨同志说:"砍挖还得彻底,一定把封建根子给他挖干净了。"(稍停)这准是地主不甘心,使唤孙桂林和张继唐给他当狗腿子,打算翻把害人。(激奋的)地主啊! 草你的妈的! 你压迫我二十多年了,到今个啦! 你还想整我。

(唱第十一曲)

二十多年,受灾难,吃不饱来穿不暖。

到今天,出苦海,报了仇恨申了冤。

斗地主,把身翻,挖出财宝起浮产。

你想报仇苦害咱,你想报仇苦害咱。

(继唱第二十曲)

地主! 地主! 你狗狼心,你想翻把害穷人。

穷人抱团力量大,绝对挖掉你封建根。

(乐队继奏第十九曲,刘才蹑手蹑脚上,在门外)

才:(小声的)李主任! 李主任!

李:(吃惊的)谁呀?

才:我呀! 我是刘才啊!(着急的)你快把门开开,我跟你说几句话。

李:三更半夜,你来干啥呀? 王富在外边看着呢。

才:我看来的,王富他睡着了。(李山在门里,刘才在门外,一同端门,端开后,刘才进来)李主任哪!(大声的)

李:小点声! 小点声!

才:李主任,不好了! 今儿个开会来的,孙桂林他们给你上不老少条件。说你害死人命,贪污,强奸。明儿个开会就要整死你。

李:明儿个就要整死我?

才:今儿个我跟陈振生正调查呢! 一两天就能整出头来,你先出去躲几天,等把事整明白了,你再回来。眼下就是没调查出来真赃实据,等事整明白了,就好办啦!(更亲切的)李主任!我把脚镣子给你打开!(说着取出钳子把脚镣子打开一只,另外一只没能打开)咱走吧!(拉李山)李主任!我再去看看。(他蹑手蹑脚地下,稍顷又上,急拉李)快走!快走!(李随才走两步,突然止步)

李:(情绪转变)不,刘才!我不能走,我就这么走算怎么回事。大伙的眼睛是亮的!是真假不了,是假真不了,大伙也决不能让我平白无故地死在坏人手里。

才:(着急的)那明儿个就要开大会了,要整你,那不屈死咱们了吗?

李:不怕!你先不用管我了,你回去跟陈振生他们赶快调查。调查明白了,省着大伙受害。

才:那脚镣子都打开了,还是走吧!

李:不行!我不能走。(二人争执片刻)

才:还是走吧!

李:不能走!不能走!你不用管我了,一会儿王富该醒了,你走吧!(后台做鼾息,刘才下,李把门端。乐声停止。李坚决的)我就不走,看你能把我咋的!明儿个就要把我整死,你瞎了眼啦!穷人的力量谁也挡不住,穷人的大权谁也夺不去!

(唱第二十一曲)

地主翻把,要把我杀,依靠穷哥们,我什么都不怕。

穷哥们抱成团,一定能救出咱,不让他,把把翻。

地主!地主!你瞎了眼,你想翻把难上难。

(白)地主啊!(唱)你千方万计妄费心,穷人江山扎得稳又稳。

你梦想,害咱们,这一回,抓住你,算总账,算到底。给穷人报仇恨,砍倒大树挖坏根,不让你再吃穷人。

(唱到最后一个字时,幕徐落)

第十场

赵：才刚孙桂林告诉我，说是开会斗争李山，叫我早点去盯着。可我

这姑娘就不让我去。

（唱第二十二曲）

我姑娘心眼小，天天哭嚎响，

怎么劝她也不听，成天到晚总是闹。

（白）这孩子真他妈不知好歹，说是强奸不是没强奸吗？这时候，

还讲啥名誉不名誉的。一天到晚老是嚎丧，头也不梳，脸也不

洗，连饭也不吃，真叫我生气。这两天刚刚有两口好烟抽，叫她

这么一闹，我心里哪能舒服呢？

（唱第二十二曲）

素琴哭啼啼，惹我不欢喜，

只要有了大烟抽，管他名誉不名誉。（欲下，素琴哭哭啼啼上）

素：爹呀！你咋非去不结呢？你别去啦！（往回拉赵）

赵：我去不去有你啥？你给我滚回去！（推素）

素：爹，你去你不嫌可耻咋的？尾后我还咋见啦？你给我留条后

路吧！

赵：别吵啦！别吵啦！再吵吵你爹的老命就没有啦！快给我滚回

去！（将素推下）真他妈拉巴子啥事都管。（自语下）

（急速地奏第十一曲的过门四次。陈振生，张老大，妇女会主任

急上）

（唱第十一曲）

陈：昨晚到了素琴家，

张：她爹在家没法调查。

妇：眼下就要开大会，

齐：叫她证明说实话。

陈：今儿个咱们去找赵素琴去，就是她爹在家也得叫她说了。这事她要再不说就不行了。

张：对了！今儿个咱们去，就是那死老赵头搁家，也得让赵素琴说。再不说，可就救不出来咱们李主任啦！

陈：对啦！咱们快走吧！这回可别顾面子了。（三人边说边下）

（中幕开，台左置井一眼）

（赵素琴在后台唱第二十三曲）

哎呀……（胡上，忽听素琴哭，赶忙回身下）

爹爹呀！你糊涂，闯大祸呀！叫我有话不能说。

我有心，把这事，说出去呀！又怕爹爹命难活。

我有心，不把这事，往外说呀！怎么有脸见大伙。

啊……我赵素琴是前进有山，后退有河，左思右想难坏了我，左思右想难坏了我……我要跳井，我要跳井，我不能活，（走上井台）活，活……

（后台敲锣，随着锣鼓声喊："开大会啦！斗争李山啦！"）素琴，素琴，你不能跳井，不清不白落个臭坏名声，跳到黄河也洗不清。

素琴，素琴，我不能跳井，我要死了，大伙都说，李山坑害了我，李山他性命就逃不脱……

我，我，我，我不能跳井；我，我，我，我不能跳井。我一定要说，我一定要说……

（下井台，想到会场去说，这时胡明义凶狠地上，从素琴背后一把捏住她的脖子，素琴喊："啊！胡明义！救命啊……"挣扎了几下，胡将素琴抱到井台，抛到井里，素琴一手拉住胡胸口，一手攀住井台

沿,胡用力一推,将素琴推下。胡立跑下,井绳下沉,辘轳把转了一下后,闭幕)

（中幕前,乐队奏第十一曲的过门多次,陈,张急上）

（唱第十一曲）

陈:忽听敲锣开大会,这下可把我急坏。

张:眼看就要斗李山,证据还没找出来。

齐:赶紧再找赵素琴,强奸条件整明白。

陈:你说赵素琴没在家,她能上哪去呢?

张:就说的是呢,真别扭透了。昨个咱们去了两趟,都赶上死老赵头搁家。今儿个死老赵头不搁家,你看赵素琴也说不上上哪去了。这不都要开斗争大会了吗?这可咋整呢?（妇上）

妇:哎,老陈大哥!你们找着赵素琴没有?

陈、张:没有啊!你找着了没有?

妇:没找着啊!找到村西头都找遍了也没找着。

陈:那咋整呢?她能上哪去呢?哎,咱们赶快到东头去找找!

妇、张:对!快走吧!到东头找找去。

陈、张、妇:好,快走吧!（三人急下）

第十一场

（在场院中挤满了群众,互相谈论着李山被冤之事;徐明远,刘振汉手拿大棒子,孙,张上）

孙:人到得差不离了吧?就开会吧!今儿个开这会为的是斗争坏蛋李山,铲除狗腿子,给咱们全屯除祸害。这就请屯长给你们大伙讲话。

刘:大伙欢迎欢迎。（孙,刘,赵,发,徐鼓掌）

张：那好吧！我先说两句。（对群众）大伙好好听着，昨个开农会的
　　工夫，大伙给李山上了不老少条件。李山他害死了周万福，强奸
　　民女，贪污公款，这是咱们大伙的血汗，这是顶厉害的。还有随
　　便打人骂人，像这样的条件说一天也说不完。今儿个开会，大伙
　　就按这些条件斗争他吧！

孙：我当大伙发表点意见。李山他所做的坏事，每一件都有人在这
　　盯着，一样也不假，他就没有办过人事，我们全屯子里的人都把
　　他恨到骨头里去了。他简直是狼心狗肺，人面兽心，好事一点也
　　没有做过，坏事让他做全了。他欺负我们这些年，咱们干在肚子
　　里憋气，谁也不敢说啥。现在共产党来了，领导咱们翻身，这回
　　把他抓住了，咱们要斗他这天字第一号的大坏蛋。把他斗倒了，
　　咱们穷人可就真正翻身了。（刘推李上）

群：哎！把李山带来了，咋还绑着呢？（群众愤怒惊奇）

张：大伙先别呛呛了。咱们先问问他。

孙：对！咱们先问问他，看他承认不？他要不承认，就不客气地处
　　置他。

张：李山哪！大伙给你上了不老少条件，把你招呼来问问，你可要说
　　实话。大伙说你害死了周万福，强奸老赵头的姑娘，贪污公款，
　　还随便打人骂人。你自个说说，有这事没有？

李：有没有你问大伙吧！我个人说了也不算。

张：问大伙？

孙：还问大伙干啥？就像你强奸这个事，老赵头还在这儿盯着呢！
　　老赵头呢？（找老赵头）老赵头你说说。

赵：小王八羔子你别装着玩了！你个人做的事你还不知道吗？我早
　　就把大烟忌了，你还左一趟右一趟地到我家查看去，你那哪是调

查呀！你明明看中了我的姑娘。在今年五月节那天，你趁着我没在家，你就把我的姑娘硬给强奸了。

李：（愤怒的）老赵头，你咋血口喷人呢？

赵：我咋血口喷人呢？

孙：人家老赵头都在这儿盯着呢！你咋说人家血口喷人呢？我告诉你！事情都到今儿个了，你还想玩花舌子，你那一套不好使了，大伙不能信了。眼下告你的人都在这盯着呢！你想赖也赖不了啦！

李：（理直气壮的）我草你妈！还装什么相？你们说我害死人命，强奸，贪污，你们拍拍良心，我做过这个事吗？我害死人命，我看你们这才叫害死人命呢！你们给地主当狗腿子，你们给地主当三孙子没当够哇？我草你们个祖宗的！

孙：啊！你这小子骂起人来了，你这是破坏会场啊！破坏会场也就是反抗群众，反抗群众也就是反抗共产党，反抗共产党也就是反抗毛主席呀！大伙说能让他吗？

徐、发、刘：不能让他！

张：不能让他，得咋办哪？

孙：给我打！

群：先别打！先别打！（积极分子上前抢住棍子）

才：事还没整明白，你们打啥呢？

孙：刘才！你咋不让打呢？上回开会，你尽帮助坏蛋李山说话，这回你又不让打，你是什么思想？啊！我看你纯粹是他妈两面光。

张：这小子他妈要暴动啊！

孙：来，把他绑起来！

发、徐、刘：对！绑上，绑上。（上前绑）

群:凭啥绑？为啥绑人？

才:绑？今儿个开这个会,你说了也不算,我说了也不算,咱大伙说
话算。

　　（陈振生,妇女会主任,孙老大搀着赵素琴上。素琴换了衣服,
脸上一块青一块肿）

陈:哎！大伙别吵吵了,赵素琴叫胡明义给推井去了。

群:啊！叫胡明义推井去了?

陈:我们可哪找赵素琴也没找着,后尾我们搁井沿旁边过,听着井里
喊救命,我们捞上来一看,还是赵素琴。得亏抓住绳子,要不非
得淹死不结呀！

群:地主心有多狠哪！杂种草的,咋推井去的呀？

赵:素琴哪！ 是胡明义把你推井去啦吗?

群:胡明义咋把你推井去啦？ 你说说。

陈:大伙别吵吵了,听素琴说。

素:(没有力气的)叔叔大爷们哪！ 胡明义他不是人哪！ 他给我爹大
烟土,叫我爹给李山上强奸条件,把我逼得我想跳井。后尾我寻
思,我要死了,我也洗不清身,还得把李主任害了,我就想上大伙
面前来说。没曾想胡明义来了,掐着脖子就把我扔井里去了。

群:这个杂种草的！ 把他抓来。

陈:大伙别吵吵,听赵素琴说。

素:叔叔大爷们！ 你们可给我报这个仇哇！

群:走！抓胡明义去。走！ 走！（大伙都想下)

陈:哎,别都去呀！刘才,李有,徐宝,你们把胡明义抓来去。（刘才,
李有,徐宝下)大伙听明白了吧！ 这都是地主胡明义干的,和李
主任没关系,把李主任解开吧。

群：对！把李主任解开。

赵：哎呀！我真对不起大伙，我姑娘说得一点也不差。我干这不是
人的事，尾后决定忌大烟，再不能像上回似的说了不算。一会儿
我把烟家什和胡明义给我的大烟土都交到农会，你们大伙原谅
我吧！我一定从新做个好人。

群：尾后再别抽大烟了，好好务庄稼吧！

李：快领你姑娘，回去好好歇歇去吧！

群：可别摔着，快回去吧！摔得多可怜！（赵，妇扶她下）

发：（被感动的）我坦白，我有罪呀！孙桂林跟我有亲戚呀！孙桂林
叫我给李主任上强奸条件，说尾后还给钱，这都怨我不开脑筋
哪！什么鸡巴草的亲戚哪！天底下的穷人才是一家人哪！

李：把孙桂林绑起来！

群：对！绑起来，地主的狗腿子。（绑孙）

孙：绑我干啥呀？我也没这个事呀！

群：你他妈别耍花舌子。

刘：大伙别吵吵，我也坦白，我他妈上张继唐的当了。上回工作队杨
同志来，当大伙都讲得明明白白的，说是中农不斗，中农是贫雇
农的朋友。可张继唐他说，李山领头，不管你是中农不是中农，
看你有点啥就斗，这我才不得不整李主任哪！

黄：你看你，我昨天那么劝你你也不听，你看这事你闹的。

刘：老黄大哥，你别说了，我肠子都悔青了，我这才任啥也不是呢！

徐：我也是这么一回事。尾后我们中农和贫雇农，绝对抱成团，打倒
封建，把张继唐绑起来。（绑张）

张：哎呀！你们别绑我呀！我也是穷人哪！

许：（突然的）你是穷人？今个我算知道了，你们地主没一个好东西。

张：我不也是穷人吗？我哪是地主呢？（哀告的）

许：你不是地主？今儿个我脑筋也开壳了，咱们也别他妈论亲戚啦！咱们是穷富两家人。（对大伙）听我给他好好周当周当。（说说）他呀！是我的两姨外甥，他搁江北有一百多垧地，他怕斗，就投奔我来了。他本名也不叫张继唐呀！他叫钱德财，他是化形地主哇！

群：他还是个化形地主哇？怪不得这么坏。你快说！你快说！（逼了一阵）

张：哎呀！我是地主哇！我跑这避风来了。

陈：你看这小子早头装得多像，咱们寡看他斗争积极，就把他选上当屯长了。

李：我也看他不是个正经庄稼人。（对张）你说，你咋跟胡明义勾搭上的？

张：我哪跟胡明义勾搭来的？孙桂林跟我说，李主任要刨我老根，我害怕，才跟他合谋整的李主任哪！

李：孙桂林！你他妈还有啥说的，你他妈因为啥帮助地主翻把？

群：说，说，因为啥帮助地主翻把？（后台枪响）哪枪响？哪枪响？

李：大伙不要乱！大伙不要乱！

陈：王洪！咱看看去，你们接着开会，我们去看看去。（陈领二人下）

李：咱们还接着开会，大伙别呛呛了。孙桂林你说，到底是咋回事？

（群众也追问）

孙：那……

群：你说，不说不行！

孙：我说呀！我说呀！

群：快说！快说！

孙：胡明义他把姑娘许给我了，让我帮助他整李主任。这些招，都是胡明义给出的呀！

群：周万福是不是你害死的？

孙：那是胡明义叫我害的，毒药也是他给我的。

群：草他妈的！地主有多狠哪！还倒咬李主任一口。

李：农会那三万块公款你咋偷的？（群众也问）

孙：那也是胡明义给我的钥匙，那个柜不是他们家的吗？

有：哎！哎！（由后台喊着跑上场）李主任哪！胡明义动枪啦！把徐宝给打受伤了！

群：啊！动枪啦？把徐宝打啦？打哪啦？要紧不要紧哪？

有：不要紧，不要紧，把腿肚子穿个窟窿，把他抬家去了。

群：胡明义抓住没有？胡明义呢？

有：抓住啦！在后边呢！（群众跑下看胡明义。稍停，把胡明义抓上，愤怒已极）

（唱第二十四曲）

齐：你说！你说！你快说！你要不说躲不过，

真赃实据全都有，你要不说躲不过！

李：你咋样定计把把翻？

群：你咋样定计把把翻？

陈：你咋样定计害李山？

群：你咋样定计害李山？

才：你咋样拉拢孙桂林？

群：你咋样拉拢孙桂林？

张：你咋样圈拢赵老汉？

群：你咋样圈拢赵老汉？

媳：你咋样害死周万福？

群：你咋样害死周万福？

王：你咋样定计偷公款？

群：你咋样定计偷公款？

齐：你说！你说！你快说！不说没个完。（赵端烟家什及烟土和
　　妇上）

赵：胡明义呀！你搁大烟土把我害苦啦！（陈振生接过烟家什和
　　烟土）

群：别再抽大烟啦！好好务庄稼吧！

刘：胡明义！你他妈破坏我们团结。

发：你个老王八犊子，你把我们坑苦啦！

徐：你个老封建，你还想翻把。

有：胡明义，你个杂种草的！到现在了，你还藏着枪呢？明个就搁这
　　枪毙你。

群：搁这枪毙了他！

胡：哎呀！可别结呀！我一点好处也没有啦？

李：你还耍他妈什么花舌子，快说！

胡：你们都知道啦，我也没啥说的了，这都是我的过错呀！你们咋罚
　　我呢，我就咋领，我就求你们大伙饶我这条狗命吧！

李：饶了你？饶了你你还想翻把呀？

群：这都是他妈你干的！

　　（齐唱第二十五曲）

　　都是你，都是你，都是你！

　　你暗中出诡计，你暗中出诡计。

　　农会丢钱是你的鬼把戏；

强奸素琴是你的坏主意；

害死人命你丧尽天理。

你还想拿咱穷人当马骑，

你还想杀咱穷人不如鸡，

你还想仗着势力把咱欺，

你还想靠咱穷人养活你？！

不饶你，不饶你！

不饶你，不饶你！

不饶你，不饶你！

李：大伙先静一静，大伙说对胡明义这样罪大恶极的恶霸大地主，应当咋样处置他？

群：枪毙他！ 枪毙他！

李：好！ 咱就请求政府批准枪毙他！

群：好，好，好……

李：对张继唐，大伙说应该怎么办？

群：送政府去！

许：我知道他的家乡住处，我看明个把咱们这屯子的事整利索了，把他送到江北钱家窝棚处理去！

李：大伙说对于张继唐这个处理办法咋样？

群：好！ 对！ 就是这么办。

李：孙桂林，他帮助地主翻把，害死人命，大伙对他咋办？

群：他妈狗腿子！ 送他政府去处理。

李：把他送到政府去处理，大伙说好不好哇？

群：好！ 对！ （大家高兴得乱吵吵）这回把坏根子挖出来了，以后咱穷人更要好好地抱团了。

李:大伙别呛呛了,我有几句话跟大家说说。

群:别说话了! 李主任要讲话了。

李:早哇,咱这个屯子没整好,才闹出这么大个乱子来。工作队上杨
同志没少跟咱们说呀! 地主这种玩意儿是贼心不死,得空就想
翻把呀! 杨同志告诉咱们,一时一刻也别忘了提高警觉,小心地
主的阴谋,得亏大伙记住杨同志这些话,把地主的阴谋给揭开
了。尾后咱贫雇农和中农更要抱成团,彻底消灭封建,接着起出
地主的财宝,把这屯子的坏蛋根子都挖干净,把咱这屯子整好
了,咱要彻底翻透身哪!

群:对! 咱要翻透身哪! 这回可就好啦!

(唱第二十六曲)

挖出坏根,救出李山,拨开乌云,见晴天哪。

打倒地主,铲除封建,穷人才能掌大权哪。

穷哥们,手牵手,心连心,

不让地主再捣乱。

咱们江山要坐稳,

咱们江山要坐稳。

（幕徐落）

光华书店 1948 年 10 月初版

◇张宝兴　刘子竞　朱真杰　李学增
李忠奇

结果怎么样？

时间：一九四八年春天。

地址：哈尔滨道里某商店。

人物：孙经理——四十多岁。

　　　太太——三十六七岁。

　　　杜先生——三十二三岁。

　　　王忠实——二十一岁。

　　　任德财——二十岁。

　　　王母——五十五岁。

　　　李师傅——五十多岁大师傅。

　　　小张——十五岁。

　　　曲同志——西满铁路局采办员。

　　　张同志——税务局。

第一幕

开幕时舞台的右面有一门,玻璃上有"经理室"三字。靠门的左面有一窗户,挂着漂亮窗帘。舞台左面有一门,通经理寝室,门上挂着门帘。靠着右门有一方桌,上边放着一些零星东西。舞台中间有一套沙发。靠左边门有一办公桌,放着账簿文具、电话。开幕时舞台暗黑,只有右门有灯光,有搬东西的声音,一会,孙经理上,在门旁把电灯打开,向外面:

孙:都进来吧,都进来吧,快把灯闭了,(灯灭,太太、杜、任上)轻点,轻点。

太:哎呀,这回可松心了。(进里屋)

孙:赶紧找把笤帚来给杜先生扫扫。

太:嗯。(下)

孙:这下可放心了,杜先生,你看怎么样?

杜:行,行,若不这样的话,说不定把货都叫政府收去了。

孙:是啊,所以政府他能叫咱们货物登记,咱们就得把货藏起来,反正走了葫芦不卖油。

杜:对,对,这么一来怎么也玩不过咱们。

孙:那还用说啦,伪满日本统治那么厉害,也没把孙某怎么样。现在是发展工商业,我的买卖爱怎么干就怎么干。

杜:万一叫政府查出来,还有宽大政策跟着。

孙:唉!政府倒好对付,就是我一想起咱们那个"进步人士"来就头疼。

杜:你说王忠实吗?

孙：是啊，不是他还有谁呢？那个王老爷明天就要回来啦，不然为什么三更半夜地干这个？上边有政府，下边有店员真是两头受憋气。

杜：可不是，年头真是变啦。

太：（拿笤帚上）来，我给你们扫扫。

孙：先给杜先生扫吧，（向任）哎，你还不睡觉去站这干什么？

任：我心思还有事呢，没事我睡觉去啦。（走）

孙：哎，回来，回来，怎么那么困？一点精神都没有。

任：干什么？

孙：今天咱们办的事就咱们这几个人知道，谁也不准向外说，告诉你，你要是走了风，哼，连你也好不了。

任：知道了。（走）

孙：哎，等等，明天王忠实要回来了，我以前嘱咐你的话千万要记住，你别和他接近，他叫八路迷魂药迷住啦，你和他接近当不了把你也传染上，那时候可别说我心狠啊，我就叫你回家吃去，我看你一家老少怎么过吧。

任：知道了。（走）

孙：回来，我还没说完呢，你着什么急？

任：我当完了呢。

孙：你呀好好地干吧，听我的话，你人还挺老实的，我还是那句话，你也不小啦也该成家啦，等将来有合适的我给你说个媳妇，再说等咱们买卖做好了肉肥汤也肥，肉烂了在锅里，还能亏你了。

任：是啊，我也知道啊。

孙：只要你能听我的话不和王忠实一样，有什么难事我都给你想办法。

任：好，那我……

孙：你怎么的啦睡觉去吧，小心点，别叫别人看见，我告诉你的话别忘了，去吧，去吧。

任：掌柜的，我……

孙：你怎么？

任：我妈……病了……

孙：啊，病啦，赶快请先生看看去。

任：家里没钱哪。

孙：你怎么不早说。

任：我头三天不是跟你说过一回来吗？

孙：啊！说啦，我怎么忘啦？

任：那么现在可以借给我点钱吧。

孙：这个……咱们柜上没钱啊，喂！杜先生柜上是不是没钱？（做眼神）

杜：哪有钱哪？昨天连电话费都没交！

孙：好吧，等明天有现钱再给你吧。

任：那……

孙：得啦，别啰嗦啦，快睡觉去吧，明天再说。（任下）

太：给你手巾擦擦手，（孙接过）你刚才怎么说给任德财钱哪？

孙：你懂得什么，不得不应付应付。

杜：任德财还不错，比王忠实老实得多。

孙：要是王忠实我也不能这么办呀！任德财这样的就得打一巴掌给个甜枣吃就行啦。

杜：不过咱也得想个长远办法把王忠实治倒才好，不然老这样躲他也不是事，天长日久在柜上也是块病呀！

孙：唉！真没办法！白天黑夜操这么大的心，叫王忠实算把我治熊啦。

太：哼！我才不信就没有办法！

孙：有什么办法，这个家伙软硬不吃，给他说媳妇他也不要，给他涨工资他还问我为什么要涨，你说别扭不别扭！

太：哼！还是办法没使到，有钱能使鬼推磨，有势能使人磕头，就他这小孩芽子就治不了?!

孙：你不知道，软的我什么好话都说过去啦，硬的他不怕，现在他又参加什么毛泽东青年团，这么一来更他妈王八吃秤砣铁心啦！

杜：听说还是个什么干部呢？

太：叫你们这一说完啦，雇伙计好像雇个爹来似的，还没办法就趁早把他打发回家得啦。

孙：不行，现在不是那时候啦，没有理由不能随便算人。

太：那……叫你这么说没办法啦？

杜：可不是！这次学习回来还不知又得怎么样呢。

孙：所以呀，我就愁呢，怎么办好？

杜：啊……

太：马上先想个小办法一步一步走吧，总比没办法强。

孙：嗳，对，最好先想个办法叫他退出店联，以后我就有办法啦。

杜：还用说啦，可是就是叫他退出店联比上天还难！

孙：哎！我早就想出办法来了，这个办法我寻思过好多日子不知行不行？

杜：什么办法？

孙：来来！（耳语）

杜：好……行……

太:我不去,他们埋里埋汰的"硌硬"人!

孙:嗯,这不是为了咱们好吗? 也不是叫你常去,也不过是一回两回的。

太:一回两回也不去,为什么非叫我去呢? 别人去不行?

孙:得得得,好太太,别人去怕走了风,我们哪能叫他们去呀,你就委屈一点吧,等事成了之后一定重谢!

太:好,那……

孙:好啦,就这样办吧,时候不早了睡觉吧。

杜:好吧!(下)

孙:哎,给曲同志买滚珠找妥了没有?

杜:妥了,咱们找的花四十五万一个。

孙:咱们卖给他们呢? 三百万一个怎么样?

杜:对,不多,不多。

孙:这个年头不挣点谁干呀! 尤其是卖给政府更得多挣点。

杜:可是他们若是嫌贵不买怎么办?

孙:就说外找的,还是有朋友情面在这里头,再有,他一来你就赶快陪他出去吃点喝点再找个地方玩玩……就行啦呗。

杜:你不说我倒忘了,明天早上去取货家里现款不够呀!

孙:呕! 咱们藏起来的锯条还有几罗?

杜:就剩四罗啦,顶多才能卖二百四十万,还不够。

孙:还差一百多万那就从账上支出一笔日用账,就说买粮用不就行了吗?

杜:前天刚支一笔买粮了。

孙:那不会再出一笔买煤或买桦子,税务局还能查查你煤多少桦子多少?

太：啊唷，那样一来不是本钱越来越少吗？

孙：你们老娘们家懂得什么，本钱越少越好，他们来查账，看见买卖
不挣钱税也是少纳，再说本钱都支完了我他妈就"黄"！

太："黄"了咱们吃什么？

孙：你就好像饿死鬼托生的，先讲吃，咱们表面是赔账"黄"了，暗地
再好开市，用一些不参加店联的店员，那时候我办什么事也省得
偷偷摸摸的。

杜：对！这个方子好，谁也不知道。

太：闹了半天，买卖家还有这么些道道。

孙：你当经理的脑袋瓜就那么简单？

（太，杜笑）

孙：哎，昨天买的肉和烧鸡吃完没有？

太：没有，还有不少呢。

孙：好，我饿了，你去做去，咱们先吃了，省得明天王忠实回来，叫他
吃了还不算，备不住还得叫他训一顿呢！

太：我早就想来，我就去做。

孙：可是别做多了，吃不了怎么办呀？

杜：吃不了扔了也不能给他留着！

太：扔了？哪能扔了！我豁出撑死也把它都吃了，叫他一点也捞
不着。

孙：对！去吧。（外面有声音，窗户上有灯光）

太：哎唷！是来人……

孙：别说话，大师傅起来了，我们赶快各人先回屋，快，快！

（幕落）

第二幕

第一场

开幕时间当天上午十点多钟，经理在办公桌算账，外面有买货卖货算盘声。（王忠实上）

孙：呕！王忠实回来了。

王：回来了。

孙：你吃饭啦？要不叫大师傅给你做点。

王：不用——一会开饭一起吃吧。

孙：学习了多少天？都学些什么？

王：学习有一个月，学习政治啦，文化啦。

孙：好！有进步吧，一定，一定。

王：总比不学强吧。

孙：真不错，学习顶好，就好像上学一样，也不花学费，也不挨打，住房子也不花钱，什么什么都挺好，就是不能管一辈子饭，要是管一辈子饭就好了。

王：在民主政府下不劳动谁他也不能活着，店联又不是养老院。

孙：这……（杜、曲上）

杜：来吧，来吧，我们经理在这里，请屋里坐。

曲：好，好。

杜：经理，曲同志来了。

孙：曲同志来了，请坐，请坐，（杜忙着给倒水）这两天忙得够呛。

杜：抽烟，抽烟，吃饭没有？

曲：吃啦，吃啦。

孙：哪能吃了呢？一会杜先生陪着到外边吃点吧，曲同志货买怎么
样了，买齐了吗？

曲：差不多了，孙经理，滚珠搞着没有？

孙：啊哟！真费了好劲啦，才算凑齐了，曲同志错过就是你，若是别
人说什么也不能给他买啊，我们也不赚钱白跑腿，你若买不到的
话回去了不好向上级交待，我可是完全为了你，老朋友了有事哪
能不帮忙呢？别说不赚钱就是赔上点也没有关系，咱们也不在
这一回，下回曲同志多照顾点就有了。

曲：那可得谢谢！

孙：别客气，谁和谁呀！

杜：我们经理就是好交朋友，曲同志，我们经理是有名的海交。

孙：是啊，我们这个买卖不像别的家，尤其是政府来买东西特别少
算，没有的货还帮着外找，所以我们这个买卖不挣钱就是这个
原因。

曲：好！把滚珠拿来看看吧。

孙：杜先生叫他们拿来吧。

杜：好！任德财把滚珠拿这来。

任：好吧！

孙：曲同志，货买得不大离了，你有时间出去找地方玩玩，到了哈尔
滨溜达溜达。

曲：好……（任拿上来）

杜：曲同志，你看这货又新又好，西洋货，是瑞典货。

孙：坏的咱们也不能要，这货是真好，你看这个样的货真是少，这次
算买着啦，下次你贵贱也买不到呀！

曲：这货是不错，是西洋的吗？

孙：哎，你看我还能糊弄你吗？老朋友你怎么不相信人呢？我要糊弄你呀，出门就叫电车压死！

曲：嘿，多少钱呀？

孙：这是朋友的货，人家不卖，我说我有朋友要用，说起来都是自己人，没有什么，挣赔不在这一回，人家算三百万一个，我们也不挣钱，我们替你赔上车钱了，如果你自己买四百万也买不来呀。

曲：啊！这真是个价钱！

杜：价钱是有点贵，我们也知道，贵可是东西好！

孙：你算算本街出不来，东洋来不了，这也是西洋货，若是你从西洋买，连运费这价钱也不够呀。

曲：啊……（摇头）

孙：曲同志，贵一点也不吃亏，一个顶好几个用，细一算还是这个合适。

杜：包起来吧，没有什么说的啦，任德财包起来。

孙：曲同志，我还能亏了你吗，杜先生你陪曲同志出去玩玩。

杜：我一定奉陪。

曲：好吧，你开个发票吧。

孙：发票可不能开，这是别人的货，一开发票就得走账，一走账就得上税，我不挣钱还能替你赔上税钱，现在这个账一毛顶一丝，一笔也不能差，每月都有数啊！

曲：那你还是给我开个人名票吧。

孙：好，杜先生你开个收据吧。

杜：好！（曲数钱）

曲：这是两千四百万，你数一数对不对。

孙：差不了不用点，谁和谁呀！（锁柜里）

曲：我走了。

孙：杜先生，你和曲同志找地方玩玩去，吃点饭溜达溜达。

曲：孙经理一块去吧。

孙：不，不，你们去吧，老头和年轻人玩不一块，你们去吧。

杜：走吧，我帮你拿着。

曲：不用，不用。

孙：坐个汽车吧。

曲：好明天见吧。（孙、曲、杜齐下）

孙：好。（下去，王拉着任衣服）

王：任德财。

任：啊。

王：说两句话再走。

任：前柜上没有多少人啊，一会掌柜的看见又得挨说。

王：任德财你怎么好像怕我？我又不是老虎。

任：我怕你干什么？（看看经理室及外屋）

王：那你为什么老躲我？

任：我有事吗，你有什么说你的吧。

王：刚才那个滚珠是不是咱们自己的货？

任：不是，是外找的。

王：找谁家的？

任：我……我不知道……

王：是代卖呀，还是自己花钱找的？

任：那还用说，花钱买的。

王：不是说咱们买卖不好没有钱吗？哪来的钱买货？

任：把咱们的锯条卖了四罗。

370

王：咱们从哪来的锯条？不是连一罗也不够吗？怎么又钻出这些？

任：啊……我不知道。我有事我走啦。

王：你慢走……（任跑下）任德财，（电话铃响，接电话）喂，福成号，找孙经理，好，你等一等。（下）

孙：（上来接电话）喂，我是福成号啊……我就是啊……你谁呀？老田什么事啊……可是大白天……不是我不怕啊……好吧，若是三缺一，那我就凑凑手吧，都有谁呀？到我们这来……行，好……（电话放下，小张领王母上）

张：经理，王忠实的妈来了。

孙：来，快坐下，王忠实哪去了？

张：上后院了。

母：经理，早晨孙太太去找我说经理有事叫我来一趟，你忙吧？

孙：不忙，不忙，喂，我说你出来，王忠实他母亲来了。

太：什么事？

孙：来了客啦。

太：（一看是王母，很不愿意的样子）来了坐下吧。

母：行……

太：坐下，坐下。（一面扶她，一手握瓶子）喝水吧。（倒碗水）

母：孙经理有什么事呀？

孙：嘻，我早就想和你说说，总找不出工夫来。

母：你是个忙人，是不是王忠实又不听话了？

孙：听不听话倒没有关系，干不干也没有关系，真个的乡里乡亲的那有什么关系，可是……不过我替你打算打算呀！

母：啊，孙经理叫你费心，他不好你就管他。

孙：不是啊，你儿子现在挺进步，又学习才回来，又参加什么青年团。

太：大嫂子你可不知道啊，我们柜上以前有好几个都参加八路啦，你儿子也快啦。

母：啊，真的……

孙：你看我和你说谎干什么，若是你儿子一跟八路走，你那么大岁数谁养活你老呢？

太：大嫂啊，可要拿定了主意，千万不要让他去了，若是他去了你怎么办呀！

母：这个孩子也真气死人啦！

孙：我现在劝他不听，就好像吃了迷魂药，不知谁是好坏人。听说你们家日子很困难，我想多给他几个劳金钱他也不要。

太：大嫂你说他傻不傻，叫我看你就赶快想法劝劝他吧，迷上那窍了。

母：孙经理，我什么也不知道，你看应该怎么办好？

孙：有个好办法，就是你无论如何能叫他退出店联那就什么事都好办啦。

母：什么店联呀？

孙：是店员联合会，八路"整"的。

母：好，我见了他一定叫他退出店联。

孙：不行，你要当面问他，他就不承认了，他说没有你能把他怎么的？

母：那你说怎么办？

孙：你先上屋躲躲，你听听我跟他说说，我给他钱花他定规会不干，也许会和我吵起来。

母：要是和经理吵起来，我一定不让他！

孙：那你就先进屋去吧。喂，来陪着客！

太：啊！（一面扶一面不高兴孙）走吧大嫂，到屋里吧！（二人下）

孙：王忠实，王忠实，小张把王忠实找来。（王上）

王：孙掌柜有什么事？

孙：来坐下，坐下，咱们俩商议点事情。

王：有什么事说吧。

孙：你好多日子也没回家看看啦。

王：没有，也没有工夫。

孙：啊，听说你家很困难，尤其是你妈那么大年纪，就靠你一个人来养活她，其实你也不错，人长得机灵，干活比他们也好，也有眼色，就是摊这年头啦，钱也毛你挣得也不多，老人家也不能跟着享点福。

王：现在是一切支援战争的时候，我们不需要享福，只要饿不着冻不着就行啦。比国民党统治区是强吧，我们哈尔滨的人还不知足吗？

孙：哎，咱不比国民党统治区啦，咱们这不是解放区吗？不是讲自由吗？那咱有钱就能吃点喝点。

王：国民党统治区的老百姓也是人呀，他们在那光遭罪，我们就应该尽一切力量来支援战争，早些日子解放了他们，再共同享福那也不晚。

孙：哎，你真是看三国掉眼泪替古人担忧，你自己家还顾不过来，你还管他们做什么，再说我们一个年轻人吃点苦倒不算什么，你说一个老人跟着咱们吃苦，这对良心上过不去，叫别人看见也耻笑咱们。

王：我又没让我家饿着，再说我的能力就到这样，那也只好过这样的日子。

孙：你是个好人呀，我啊就是有这个脾气，一看到别人家受苦遭罪我心里就难受,我看到你母亲那个样子,叫我实在于心不忍呀。你的活干得也不错,再说咱柜上别说是多少有点钱,没有钱还得想办法吗,这是二十万块钱,你拿回去吧,就算给你辛苦钱,等买卖好啦我再多给你。

王:哎,咱们买卖不是不好吗? 再说我也不比别人累呀,是不是别人都有辛苦钱?

孙:买卖好坏不在你这几个钱上,只要咱处和得好,大伙在一块捧着吃碗饭就行啦,再说我完全为了你打算呀。

王:好了,还有别的事吗? 若是单是为了给我辛苦钱就别说了,我不同意!

孙:哎,我是为你好呀!

王:你不要为我,咱们还要为买卖长久打算吧,为大伙打算吧。

孙:不管怎么的,我看在你母亲的面子上,我是应该多照顾你们家。

王:哎,孙掌柜,你是为了什么单给我钱呢? 你是不是想买弄我?

孙:哎,这个话就说远了。

王:那你就别单给我辛苦钱,要给大伙都给!(母、太上)

母:你这个不知好歹的东西,咱们住地方为的什么,还不是为了挣钱养活家,掌柜的给你辛苦钱你都不要,你简直捧着驴腔揍嘴不知香臭!

王:啊,妈,你什么时候来的?

母:你不用管我什么时候来的,你都把我气死了,我问你你吃了八路的迷魂药了? 也不知道钱好使了!

王:妈,不是这个样,这里边有别的道理!

母:什么不是,我这么大岁数就赶不上你这个小孩芽子!

太:大嫂! 别上火,有话慢慢说,坐下。

孙：王忠实，你看你母亲这么大的岁数，气坏了身子可不是闹着玩
　　的，再说你们年轻人就该听老人的话。

王：妈，咱们回家再说，走。

母：我不回家，我问你，你给我退不退那个什么会？

王：退出店联？这……妈，不能退，那个是对咱们有好处的。

母：有好处在哪？我也没看你从那个什么会拿着多少钱回来，我问
　　你，到底你还是要你妈还是要那个会？

王：妈，你不明白这里边的道理！

母：好啦，我把你养活大啦，你也硬翅膀啦，也不听我的话啦，我也不
　　管了。我呀，打你爹死了以后从你三岁拉拔你到这么大，我老婆
　　子不容易，这工夫你长大了，就不管我了，硬要跟着八路走，我这
　　个命有多苦！

孙：王忠实你看你母亲气得这个样子，怎么对得起你死去的父亲！

太：叫外人知道人家就说你是不孝的儿子，你怎么有脸去见人呢？

王：妈，你先别伤心，咱们有话慢慢说，走，先回家去。

母：我不回去，我没有家，我也没有你这个儿子。

孙：你怎么还是这么硬，就说吧，你跟店联在一块扯能有什么好
　　处呀！

王：你别说这些！

孙：好，我不说了，不说了。

王：妈，走。

母：你别管我叫妈，我不是你妈，你要打算我要你，就赶快退出那个
　　联合会！

王：妈，那也得慢慢地说，再说店联也不是像你说的那么坏呀！

太：可是也没有什么好处，自己的亲生母亲还赶不上它重要！

王：我也没说扔了我妈呀！

母：你如今没扔，等过些日子跟八路走了那还不把我扔了！

王：谁说我走，八路军也不会走的，我更不能走，妈，若不是有了店联咱们受的气更多着呢，在从前你也能上这来坐一坐吗？

母：不管怎么的，你在那个联合会早晚好孩子变成坏孩子，非退出来不可！

王：妈，怎么说我也不能退！

母：好，你这个没良心的东西，我就指着你自己，你如今这个样，我还有什么活头，我死了吧！（一头碰在王忠实身上，王上去拉住）

王：妈，你怎么这么心窄，有话慢慢说吗。

太：大嫂，别生气，别生气，慢慢地说吧。

母：我没有什么说的，你们起来，你别拉我，我没有活路啦！

孙：王忠实你还不快说呀！

太：闹出人命怎么办呢？

王：妈，就是退也得慢慢地才行呀，你先别生气，坐下，我退还不行吗？

母：你自己看着办！

王：好，我想法去退，你先别生气啦！

母：唉，你可别糊弄我！

王：不能糊弄你。

孙：早这么说不早完啦。（小张上）

张：经理，太太的妹子来了！

孙：请进来呀！

张：他在门外车上呢，说有要紧事找经理说句话，马上还要上别处去。

太：有什么事？我去看看。

孙：你别去呀，（太跑下，张下）唉，大嫂，你先坐呀，我去去就来。（下）

王：（看经理下）妈，你还生气吗？

母：唉……

王：妈，你老人家今天怎么的啦？怎么不信你儿子的话啦，你儿子什么时候什么事情糊弄过你呀！

母：过去你是没撒过谎的，可是这会怎么就那么痴，掌柜的给你钱，你怎么还不要呢？

王：妈，你真上了年纪了，请问从前掌柜的怎么就不给钱呀？怎么单这个时候给钱呢？

母：不论怎么说，人家给钱还有坏事？

王：妈，他给钱是买弄我叫我犯法呀，再说你叫我退出店联，就是叫我往没有工作没有职业的道路上走呀！

母：那怎么回事？

王：你不用说别的吧，我表哥张学礼他是不是退出了店联就被掌柜的算了的！

母：那你也能像他那样吗？

王：怎么不能，妈，你说店联好不好，上次我没钱不是在店联借回去的，再说过去谁能把咱看成人，掌柜的能上赶着和咱们说话吗？你能上这个地方坐，你儿子能学习到这些学问吗？再说从前掌柜的一不顺心就把伙计算了，也不管劳金钱怎么少，也不敢说个少呀。可是现在可不行了，只要我没有错事，店联就不能让他算，若是我今天退出了店联，说不定明天就挨算盘子。

母：是那样吗？

王：妈，我决不撒谎，再说现在就有现成的事摆在眼前呢。

母：是吗？（半信半疑地）

王：再说你今天怎么到这里来了，怎么又想起这些事来了？

母：是你们的经理太太早晨去叫的我，说你快走啦，什么……

王：这就对了，他们说我要参加八路，吓唬你……妈，你应该明白这
　　是掌柜的使的圈套。妈，你好好想一想。

母：要叫你这么说，掌柜的心可真叫人摸不透。

王：妈，你这回明白了吧。

母：唉，你们年轻人的事我也不明白，你只要不跟八路走，我也不管
　　你了。

王：好，妈，你现在回家，我不能走，旁的事我回去慢慢跟你谈。

母：那我就回家啦。（孙、太匆匆上）

孙：（和气地）怎么要走吗？再坐回吧。

太：吃饭再走吧。

母：不用，这样就给您添麻烦啦。

孙、太：那不送啦大嫂，闲着多串门吧。

母：好，好。（王扶母下）（孙和太太相对一笑）

孙：这回他妈的可行啦。

太：这，你得谢谢我啊！

孙：好，好，（任德财上）哎，你来干什么？

任：我兄弟来了。

太：来干什么？！米挺贵的又来吃饭呀！这里又不是开饭店的，真讨
　　厌！（下）

任：孙掌柜，我妈有病很厉害！

孙：没找个先生看看吗？

任:没有……

孙:怎么不找个先生看看呢,病大发就糟啦。

任:是啊! 家里没有钱,所以我想从柜上支几个钱。

孙:啊哨,柜上的买卖不好,不是不给你,有了钱就给你呗!

任:今天卖了滚珠不是挣了不少钱吗?

孙:卖的滚珠钱早已存银行去啦!

任:那掌柜的想法帮忙吧!

孙:你到别处借借吧!

任:我在这里住地方上哪去借呀? 再说我也不是向你借,我挣的你
　　应该给我吧!

孙:你挣的这个月的劳金钱差不多都使完啦!

任:那上几回捣等货卖了不是有我的份吗? 怎么到现在也没有全
　　给呀?

孙:哪回没给呀? 你想要多少?

任:不想要多少,应分给我的就给我吧!

孙:哪些是分给你的? 你是做梦娶媳妇想好事!

任:那今天卖滚珠挣了两千多万也没有我的?

孙:没有你的你能怎么的? 别说是你呀,王忠实那么样,都得听
　　我的!

任:我还能怎么的,你反正应分给我的就分给我好啦。

孙:我就不给!

任:不给不行呗!

孙:不行你能把我怎么的? 我给你,你给我回家吃去!

任:啊,孙掌柜的何必上这么大的火呢? 有话慢慢说吧。

孙:我没有工夫跟你扯这些。

任：你就算不分给我，借也该借给我几个，你可怜可怜我吧，你答应
　　给我娶媳妇的钱先借给我吧！

孙：你这么说还有点将就，（从兜里掏出一堆钱来数了十张）好吧，先
　　借给你一万块钱，给你挂账上。

任：一万块钱也不够付药钱。

孙：那你想要多少？

任：你……

孙：去吧，没有工夫跟你闲扯！（下）

任：孙掌柜，孙掌柜，（看看钱摇摇头）唉，一万块钱，叫我怎么办？
　　唉！（王忠实上）

王：任德财你怎么的了？

任：不怎么的。（更委屈）

王：你兄弟还在外边等着你呢。

任：唉！

王：怎么？和掌柜的借钱没借给呀？

任：借给我一万块钱，好干什么？还把我训了一顿，真倒霉！

王：好，先把我这一个月的劳金钱拿去用吧。

任：那能行？你家也用啊。

王：不要紧，我家现在比你家强，你拿去吧。

任：你……

王：你拿着吧还客气什么？我是真借给你的别害怕，你看这次我回
　　来你更怕我啦。

任：（脸红）没有没有，我怕你干什么？

王：那你为什么不愿跟我说话，我劝你参加店联你也不干。

任：我……

王：假如你参加店联,经理再也不敢随便欺负你训你。

任：可是参加店联到前线去吗？

王：这是谁胡说的？你当是参加店联就是当八路上前线去打仗吗？随便参加八路军人家还不要呢,你比如说吧,我们组织的前方服务团有的人说去了就完啦,可是我们工作完了都回来啦,也没有死的,也没有留下的,还是叫咱们好好地做买卖呀！

任：那经理说……

王：你听他的,狗嘴吐不出象牙来,他当然不希望你参加店联,因为他好利用你,随便叫你干什么就干什么,你要是参加店联脑筋也开了,他就捞不着随便使唤你了。

任：可是……

王：我还能糊弄你吗？你想经理净使嘴使唤你还不欺负你？用着你就多给你两个钱,用不着你就踢出你去,可是同人对你怎么样？你还要往远处看看。

任：那当然还是同人对我好。

王：是啊,那经理看咱们都团结好了,不听他的鬼划符,所以他才耍花招,来破坏咱们之间的感情,你说对不对？

任：对,有一点！

王：再说店联是保护店员工作安定生活,帮助咱们学习,这都是对咱们有好处的,店联又不是故意叫店员跟经理闹别扭不好好地干,只要经理们能好好地发展商业,那是政府提倡的,不违犯政府的法令就行,店员也就是要坚决执行政府的法令。

任：啊……

王：你比如说,咱们柜上要有囤积偷税等事,有的时候掌柜的拿出点钱来封住咱们的嘴,那么店员也不向政府报告,日子久了越多越多,税务查出来就得受罚,罚多了买卖就得受影响,那时候说不定柜上的伙计就得变动,万一咱们要失业,咱们那可怎么办?

任:那就遭心了呗。

王:是啊,那我们为了长久打算,也为了自己也为了掌柜的打算,就应该想法把买卖老老实实地做好,咱们一边做买卖,一边在店联学习那有多好。

任:对,我以前就想自己多弄几个钱,没往长久打算,可是我现在参加店联能赶得上吗?

王:怎么赶不上,什么时候都行啊,那可是自愿哪!

任:当然自愿。

王:好,我给你介绍,对,现在你就马上执行政府的法令,刚入店联就立一功,你比如说今天早上卖的滚珠吧,到底是怎么回事?

任:是在外面找的。

王:是多少钱找的?

任:四十五万。

王:啊唷,挣两千多万。

任:可不是。

王:那我们是拿现钱去买的吗?

任:嗯!

王:柜上不卖钱,哪来的这么多的钱呢?

任:把咱们存的锯条卖了,又从账上支出一笔钱,说是买煤用,其实做了这笔买卖。

王:那怎么不走账呢?

任:哼……这样的事多着呢,哪个月不办几十回,再说别的更多呢!

王:这——任德财,你是不是要参加店联做个好会员,要为咱们长远的利益打算？

任：当然了。

王：那你就快到店联去谈清楚了。赶快报告政府。

任：（惊了）啊唷，我也帮着他干了，我去报告了连我也犯罪。

王：唉，你是受人支配吗，我敢担保对你保险没有事，过去你不明白，现在你觉悟了，还要受表扬呢！

任：那你也去，咱们一块，我有点怕。

王：不要怕，你自己去吧，我给你写信去，我还要看着他们还干什么。

任：我……

王：来人啦你快走！先去把钱交给你兄弟。

任：好！（匆匆下）

（第一场完）

第二场

时：同日下午。

景：同第一场。

开幕时孙经理正在来回踱着方步，又在想什么花招。

（小张匆匆上）

小张：孙经理，有位税务局的同志来了，要见你。

孙：税务局的？快请进来！（慌张地迎出去）啊！来了同志，快请进屋坐吧！

张：（进来）好，不客气！

孙：请坐，请坐，抽烟。

张：谢谢，不会。

孙：哪能不会呢？抽一棵。

张:真不会,真不会。

孙:真不会,喝水,倒水!(小张倒水,下)

张:不喝,不喝。

孙:同志贵姓?

张:姓张,市政府税务局。

孙:张同志,这些日子很忙吧?

张:闲不着,怎么样,买卖很好吧?

孙:没事,一天卖不几个钱没啥意思。

张:一天卖的货都走账吗?都开票子吗?

孙:走走走,我们这个买卖呀,不像别人家买卖,买一点米也都走账,尤其是我们这个买卖真正是劳资两利,哪能随便买货不走账呢。

张:都走账啦?你好好想想有没有不走账的?

孙:不用想,不用想,自己做的事情是自己忘不了的,没有不走账的,就是我不走店员也不能让呀。

张:孙经理你要仔细想一想。

孙:不用想,你要不相信的话,我当时就立个保证书给你。(说着就拿纸拿笔写)

张:好啊,这样更明确一些,表示你对政府认识完全正确。

孙:那还用说了,(写完)张同志你看看没错,我要是卖货有一笔不走账的话,政府愿怎么处罚就怎么处罚。

张:好吧,(接过纸条)你把账拿给我看看好不好?

孙:行,没有什么关系,(拿账给张)这是流水账,这是卖货账,这是买货账。

张:昨天买到了八个滚珠怎么没写账?今天又卖了你怎么没走账?

孙:今天刚卖了晚上才走账呢!

384

张:那开票子没有?

孙:这……这个我们先生出去了我是不详细。

张:好,近的先不说,过去有没有啊?

孙:那绝对没有,没有。

张:我告诉你,过去假使有的话你只管很诚恳地向政府来坦白,政府一贯本着宽大政策来处理你这些问题。

孙:张同志,政府宽大政策我早已明白,要有我还不早就坦白了,这准没有,喝水张同志,没吃饭吧?

张:我们还是谈正事,你的事情我们已经了解很清楚,我还是希望你自动地说出来才好。

孙:张同志,你怎么老是不信服人呢? 我说没有了保证书都写了。

张:你自己好好想想吧。

孙:根本我就没有我说什么?

张:好,我把你的证人找出来吧。

孙:啊! 证人是谁?

张:任德财同志,(王、任同上)任德财同志你把你所知道的事很忠实地说吧。(孙瞪眼一看)(任瞧瞧王)

王:说吧,照实地说吧。

任:孙经理你自己都应该实说才对。

孙:你……胡说八道……我……

任:在橱柜底下藏了一尺四的大锉十八打,二分钻头四十九个,三寸皮带四盘,还有零星的东西数不过来,昨天晚上又藏起来还不算,咱们远些先不说,就拿昨天卖了锯条又打账上支了一笔钱买了滚珠,账上写的是公用买煤,其实是买了滚珠,八个滚珠共合挣了两千多万,在以前每个月差不多捣把那都有假账可以查出,表面上看着赔账,暗地里可是挣了很多钱。

张:好,先不说了,孙经理有没有这些事?

孙:啊……对……

张:对为什么以前不坦白?

孙:唉,我这个人精细一辈子糊涂一时。

张:好吧,明天你到税务局去一趟。

孙:张同志你看怎么办好,还得原谅原谅!

张:孙经理你这是穿上发展工商业的外衣,暗地里投机倒把违反政
府法令,偷露国税,按这样的情况照政府的法令罚你总数的百分
之五十。

孙:啊唷,(太上)张同志你得原谅,求你宽大吧,政府不是发展工商
业吗?

张:政府不但发展工商业,而且还保护工商业,可是需要发展保证正
当的合理的工商业,不是保护你这样投机倒把的工商业,罚你百
分之五十已经是宽大了,还给你留下一半你还可以做生意,你要
好好地做买卖还可以发展你的买卖,不过那只看你啦。

太:啊唷,张同志你得可怜可怜他,我们家里有一大家人呢。

孙:张同志就在你一句话,交个朋友吧,一遭生两遭熟,常了不是一
家人一样吗,你老给美言几句吧!

张:我也不能做主,这是政府的政策谁也不能违背的,我走了,明天
到税务局去。

孙:张同志再商量商量吧,咱们到屋里合计合计吧。

张:东西货物一概不准动,先查封,等算清楚再说。

孙:你先生坐一坐,咱们慢慢合计。

张:你不要再想别的了,怎么说也不行,你还是应该好好地想想以后

怎么好好做买卖吧。

孙、太:这……你……

张:任德财同志你很好。

任:这都是王忠实的力量,他叫我这么办的,不然我还不敢去。

张:王忠实和任德财都是很诚实的店员,政府有这种规定把罚的钱
　　抽出百分之十五给你们作为奖励!

王:我们不是为了奖励。

任:对……

张:知道你们不是为几个钱去揭露柜上的偷税和囤积,而是正义,而
　　这个奖励是光荣的,政府规定的。

王:那……

张:你们别多说了,就照这样办吧。

王、任:您走了。

张:不要送了,不客气!(任、王送张下)

孙:唉!完了!我的头痛死啦!啊哟!

太:你说倒不倒霉,缺了八辈子德给报告的呀!

孙:啊唷,痛死了!他妈的任德财我哪点对不起你,你上税务局报告
　　我!你说!

太:你这忘恩负义的东西,你孙经理哪地方对不起你呀,你这回报告
　　了,好啊,我看咱这个买卖"黄"了,你上哪去吃饭。

孙:行了别跟他多说了叫他滚吧回家吃去,我不用他了,啊哟!痛
　　死了!

太:快屋里去躺躺吧。

孙:(向外招呼)任德财!

（任、王同上）

孙：任德财你走吧！

任：你叫我走为什么？

孙：不为什么就是不用你了！

任：那你就不能随便算我！

太：啊，你是赖上我们怎么的？

孙：我认可福成号不干了，我非把你算了不可！

任：啊！

王：孙经理，任德财已经参加了店联了，是会员，如果你算他的话，须
　　要通过店联，没有正当的理由你就不能随便算他。

孙：啊，他也参加店联了！　唉，我算倒了血霉了！　啊哟，头痛死了！

　　（杜先生上）

杜：（上）怎么回事！

太：你上哪去了，到现在才回来。

杜：我陪曲同志到外边去玩玩。

太：好啊，你成天吃喝玩乐，柜上出了事你倒没有事似的，你说养活
　　你们干什么？

杜：怎么的？！

太：还怎么的，税务局来查了一下就罚到老根了。

杜：啊唷，都调查哪些来，哎，经理我以前存在柜上那些钱都给我吧，
　　我是个穷小子，可别把我拐进去。

太：怎么你也变了良心了，真是大米白面养出贼来，现在掌柜的遭难
　　的时候，你不说想办法帮忙，倒来要钱来了！

杜：我也没有办法，反正我的钱你就该给我。

孙：什么给你，给你什么？你等着吧，我给你一算盘子，他妈的！啊哟！

杜：哎，经理，你得讲理，人得凭良心，叫我存在柜上的还不给我呀！

孙：什么叫理，就是一个字，没有！钱都叫税务局罚净了，你能怎么的就怎么的。（走）

杜：哎，别走啊！

太：你也赖上我们啦，臭不要脸。

孙：不和他说话，啊哟！（走）啊哟！

杜：哎……

王：孙经理，杜先生，你们别吵吵了，也没有用，我劝你们都别后悔了，假使我们从前是很正当合理地做买卖的话，能遭到这个事吗？现在就应当想办法以后怎么能做好买卖。

孙：我怎么做？钱也没有多少了，柜上伙计八条心能做好吗？

王：钱不是还能够有一半吗？多了就大做，少了就小做吧，慢慢不是能发展吗！柜伙怎么会八条心，只要你能安分守法做买卖，政府也能援助呀，发展工商业吗，你又不是官僚资本家，买办资本家，政府是扶助你的，我也不是专门组织店员来反对你呀，店员是帮助你执行政府法令，同时店联是要教育店员保证工作积极，决不能叫店员偷懒，这和你也没有什么冲突呀，可是你偏干违法的事，把店员看成仇敌，那就是错了，自己找了些苦吃，我劝你赶快回头，再从新做个好商人。

孙：可是现在也晚了。

王：不晚呀，只要很正当地做买卖我保险一定能好好地干，发展咱们的买卖，你也会有利益，我们也有一点利益。孙经理，我提醒你：

就是你不要光看眼前这么点好处,会使你吃大亏,你要往远处

看,想法把买卖做合理的好起来,那才真正有利益呢!

孙:好,既然到了这一步了,那就照你这样干干看吧。

任:我赞成,我赞成!

杜:好呀,我早就想到这步了,嗯,我以后慢慢也参加店联。

任:对,你应该改造你的思想!

杜:好。

王:那么孙经理,我们齐心合力发展正当商业!

众:好!

(幕落)

剧终

选自《人民戏剧》,1949 年新 1 卷第 4 期

◇ 张绍杰　冯乙

人民的英雄

时间：一九四七年二月十五日

地点：布海车站

人物：连长

　　　通讯员

　　　上士

　　　刘国华

　　　一排长

　　　卫生员

　　　指导员

　　　伤员

　　　战士若干人

　　　民伕甲、乙

　　　"中央军"连长

　　　"中央军"士兵 A、B

"中央军"士兵甲、乙、丙、丁等七八人

第一场

（前奏曲中连长满面红光，兴奋愉快地上）

连长：（唱一曲）

上级那个命令往呀往下传，

领受了那个任务心中真喜欢，

这一次要攻打布海车站，

不完成任务死也不下火线。

上级决定攻打布海车站，我可高兴啦，敌人去年秋天在这站上建筑了四个坚固的地堡和三个不易摧毁的炮楼，临时还用许多粮袋堆成交错如网的交通墙和守卫站，为了加强这个地方的防守，前两天又从长春增调来保安九团第二营。这次上级命令我连担任主攻任务，夺取敌人的地堡和炮楼，拂晓就要进入战斗，刚才召集全连开了个动员会，同志们情绪非常高，互相间都提出了挑战，都下了拼死的决心，要彻底歼灭敌人，多捉俘虏，多缴枪，都争着要为人民立功。

我是光荣的共产党员，这次战斗中我已经下了最后的决心，把我全部的钱财和行李都交给上级，我要是牺牲了，这钱——就作为永久的党费，东西就由公家来处理。

（唱一曲）

总司令又号召要打大仗，

下决心立功劳好好干一场，

我是个光荣的共产党员，

冲锋陷阵我要走在前。

（他将一只腿跷在凳子上，从口袋里掏出本子，铅笔，放在膝盖写信）

　　　提起那个笔来写信给营长，

　　　全部钱财和东西一齐都交上，

　　　轻伤不下火线勇敢冲上前，

　　　战场上牺牲了也荣光。

　　（写毕从头又看了一遍）

　　（通讯员上）

通讯员：（唱二曲）

　　　刚才开了个动员会，

　　　一个个高兴得笑嘻嘻，

　　　别看我年纪小去上战场，

　　　我也要多捉俘虏多缴枪。

　　（进屋）连长！一排长请你去参加他们排上开会议。

连长：好！我马上就去。

通讯员：（欲走）

连长：通讯员，你去把我的行李搬出来！

　　（通讯员下，连长将信叠好，通讯员上）

通讯员：连长，什么事？

连长：我这里有一封信，（从身上取出一包钞票）还有这钱和行李，你
　　　都交给营长和教导员。

通讯员：（接过信、钱，愣住了）连长，部队马上就要出发打仗，怎么，
　　　你要调动工作吗？

连长：（笑嘻嘻地）谁说我要调动工作？

通讯员：那你为啥要把东西都送到营部去呢？一定是调动工作，你

还瞒着我,不,连长!我不叫你走,你要是走了,全连人都会哭的。

连长:(亲热地抚摸着他)小鬼,你不要瞎猜,我怎么能会调动工作呢?我在这里工作时间很长,上级也不会调动的,就是算调动走,我也应该坚决地服从命令,做革命工作哪里都是一样。

通讯员:你调动工作到哪里,我也跟你去。

连长:我不会调动工作的,你放心好了,快把东西送去吧!

（推他走）

通讯员:(想不通,返回)你告诉我,为啥你把东西送到营部去呢?

连长:为什么? 为着打胜仗,为着歼灭敌人嘛! 我已经下了最后的决心,把全部的东西交给公家保存,不完成上级给我们的任务,就是死,也不能转回来。

通讯员:(恍然大悟)噢! 原来是这么回事,连长,你能下决心,我也能下决心,不管它炮火多么密,我一定要完成通讯联络的任务,你到哪儿,我就跟着你到哪儿,不立他一功,我也不能回来。

连长:好! 通讯员,小英雄,只要咱们大家都下了决心,就一定能打胜仗。好,你快送去吧! 我这就到一排去。

通讯员:好。

（高兴地跑下场）

（战士刘国华上）

刘国华:(焦急地)(唱二曲)

拂晓部队要出发,

急坏了战士刘国华,

人家都高兴地去呀打仗,

谁叫咱屁股上面长了一个疮。

（过门）他妈的真倒霉，偏这时候屁股上长了个疮。

指导员叫我留在后边，

我再找连长商量一番，

我和那别人提出了挑战，

要不去前方实在太丢脸。

我方才到三排找到指导员，怎么地说，指导员也不答应叫我去。看到大家抢着在指导员面前宣誓，争着比赛立功，可把我急坏啦，不行，我得再去找连长要求要求。报告！（无人应，进屋）连长不在，我坐着等他一会。（坐下）

（上士慌忙地上）

上士：（唱二曲）

我来革命为着人民，

一提起打仗心中欢欣，

我心想上前线立他一功，

但不知连长答应不答应。

（站在屋门口，愣住了）我进去见连长，可该怎么说呢？

刘国华：（自语地）唉！连长怎么还不回来？

上士：（自语地）我一张口，连长一定会这么说："上士，你把伙食搞好，立功不一定都去上火线。"硬不叫我去，我又该怎么说呢？

刘国华：倒霉，倒霉！（站起）偏在这个时候，屁股上长了个疮，连长也一定不会答应叫我去的，唉！急死人！

上士：连长答应不答应，意见我还是要提……（走进门口，愣住，又返回思索）

刘国华：连长叫去也要去，不叫去我也要去，反正我不待在家里。

（听见门外有脚步声）噢！连长回来了！

上士：（听见屋里有脚步声）噢！连长在，我还是进去。（大声）报告！

刘国华：（细听，低声自语）上士这小子也来找连长，（示意要开玩笑）

好，（背转身去，装连长语气）请进来！

上士：（进屋）敬礼！（抬头看见刘）□！刘国华！（一把拉过来）你

装什么大瓣蒜？

刘国华：（顽皮地笑）上士，我问你，你来做什么？

上士：你来干啥？

刘国华：我来找连长嘛！

上士：我也是来找连长嘛！

刘国华：你找连长做什么？

上士：你找连长干啥？

刘国华：我找连长要求上火线打仗去。

上士：我找连长要求上火线打"中央军"去！

刘国华：上士，你不要去！

上士：你不能去！

刘国华：你过去当班长，因为你腿上有毛病，连长才把你调动当上

士，连长一定不会叫你去的，回去吧！你在这，别连累我也

去不成。

上士：我这腿是伪满时候做劳工下煤窑得下的病，是老毛病，现在没

关系。刘国华！看你吧！屁股上长像拳头大的疮，连炕沿都

不能坐，走路也不方便，走起路来，像母鸡下蛋一样，撅起个屁

股，你是病号，连长一定不会叫你去的，回去休息吧！你在这，

别连累我也去不成。

刘国华：（拍屁股）这点病算什么，过去给地主家扛活，病得快要死，

还不是要干活计,我能去,你别去!

上士:我能行,你还是别去。

刘国华:咱们看,连长准叫我去,你不行!

上士:咱们看,连长准叫我去,你不成!

刘国华:你不成!

上士:你不行!

刘国华:还是你别去!

上士:还是你别去!

（二人正在拉扯吵嚷时,连长上,进屋）

连长:你们两个在嚷什么?

刘国华:报告连长!

上士:报告连长!

刘国华:上士,你让我先说。

上士:刘国华,你还是让我先说。

连长:看你们两个,到底是什么事呀? 就一个一个地说好了,刘国华,你就先说。

刘国华:连长（走近连长）可别把我留在家里,我这股子劲早就憋足啦,天天想打,好容易有这么个机会,连长,我是非去不行呀……

上士:（抢着说）连长,好久没打仗,我手都发痒,连长你让我去好了,我和刘国华不同,他屁股上长了个疮,我可是没有病。

刘国华:（着急地推开上士）我没病,我没病……这点小疮,像虱子咬了的一样,不碍事,我看倒是上士的腿呀,打起仗来可吃不开。连长,叫我去,别叫他去,再说我在班上,他在伙房,还要管理伙食嘛!

上士：（更着急）我……

连长：你们听我说……（唱一曲）

你们那个要求上呀火线，

争先恐后要做模范，

这种精神真可敬佩，

还有句好话你们要听劝，

前后的工作都很重要，

处处呀都能够立呀立功劳。

（刘、士：不！我们要去……）

你们不要乱吵！服从命令，快去睡觉。

（向刘）你有病，（向上士）你腿上有毛病，还要管理伙食，拂晓

队伍就要出发，这一次你们先别去，回去睡觉去！（二人谁也

不动）刘国华，回去吧！

刘国华：（撒谎地）连长，指导员已经答应叫我去了。

连长：指导员不会答应叫你去的，你不要骗我，这次谁去谁不去都是

我和指导员两个商量决定的！（推刘）算啦！回去休息罢！下

一次再去，不要愁，以后有你打仗的机会。

（刘国华无可奈何地低头走出屋）

刘国华：不让我去，你们走了，我偷着跑去。

（刘国华下场）

（上士像木鸡一般站着）

连长：上士，你还不回去！

上士：（无语、低头、敬了个礼）

（上士下场）

（通讯员扛着行李上）

通讯员:（进屋）报告！连长！营长、教导员让把行李拿回来,还写了

封信给你。（递信）

连长:（接过信）好！把行李放在炕上,你睡觉去吧！

通讯员:是！（下场）

（连长拆开信看,上士又上场）

上士:（唱二曲）

连长不让我上火线,

回到屋里坐卧不安,

寻思来寻思去有了主见,

转回来再找连长谈上一谈。

（站在门口犹豫,连长读信,他听）

连长:（读信）你送来的钱,我们留下暂给你保存,行李又给你送回,

你为着人民的事业,下了拼死苦斗的决心去完成上级给你的

任务,你这种精神,是值得敬佩的,是值得每一个同志每一个

共产党员都应该向你学习的。

上士:噢！党员……这我更应该要去了,报告！

连长:谁！请进来！（把信叠起来）

上士:（进屋）敬礼！

连长:上士怎么又来了?

上士:不！连长,我还是要去,我也要跟着你们去冲锋,多捉俘虏、多

缴枪,有了功劳我也想……

连长:上士,有什么话,就说嘛！

上士:连长,我参加革命部队,快一年多啦！始终就和你在一起工

作。过去我在班上,现在又在伙房,连长,你对我工作上,有啥

意见?

连长：我认为你一贯工作努力，刻苦负责，政治上进步很快，你是个
　　　很好的同志。

上士：以前指导员常找我谈话，教育我，这些日子指导员工作很忙，
　　　也没有人找我谈话了，我自个有什么毛病，自个又不知道。连
　　　长，我想了好久啦，总不好张口，我想做个党员，不知道党里头
　　　会不会要我？

连长：为什么不要？谁只要能忠实地为人民服务到底，党一定欢迎
　　　他的，党决不会把一个很好的同志永远关在门外的。

上士：连长，那我一定要去。

连长：我不叫你去，是怕你跑不动路。

上士：能成。

连长：上士，还是别去，这是头一次，以后打仗的机会多得很，不把国
　　　民党反动派消灭干净，有的是仗打，还怕没有你去的机会！

上士：不！以后是以后的，这一次我一定要去。

连长：（稍停，想了一下）好！你一定要去，我就分配给你一个任务，
　　　到火线上去做救护伤员的工作，怎么样？

上士：（高兴）成，只要不留我在后边就行，连长！你放心，只要有伤
　　　员，就是牺牲了我自己，也要把伤员从火线上背下来。

　　　（唱二曲）

　　　连长他答应我上火线，

　　　不管他多危险要救伤员，

　　　为人民流血汗心甘情愿，

　　　下决心立大功做个党员。

　　　（高兴已极）连长，我回去了。

连长：好！

上士:(他走到门口,才想起,返回敬了个礼)

（上士下场）

连长:上士可真是个好同志。

（连长下场）

第二场

（前奏曲中,连长身后,随着通讯员,一排长上,静悄悄地窥视敌方）

连长:一排长,谁在前面放哨?

一排长:二班吴文大。

连长:放出去的警戒要注意监视敌人,这里离布海车站只有二三百米远。

一排长:是!

连长:(又观察别处,无动静,返回)一排长,这次咱们一定要打个漂亮仗,不能让敌人跑掉一个。

一排长:没有问题,大家情绪可高啦! 都下了拼死的决心。

连长:对! 有决心就有胜利,有信心就能歼灭敌人。这次我把攻炮楼的正面任务交给了你们一排,二、三排侧面配合,指导员跟着三排,我跟着你们。一排长,好好努上一把力,争取全排立上它一大功。

一排长:好! 连长! 你看吧!

连长:打起来,我要是牺牲了,你就自动起来代理我的职务,指挥部队继续作战,一定要完成上级给我们的战斗任务。

（通讯员发现火光）

通讯员:连长,你看,前面有火光。

（连长同一排长走近通讯员，远望）

连长：敌人胆子小，怕咱们夜袭，生起火来壮胆，或者是企图想逃走。

一排长：（着急）连长，我看现在就开始攻吧！

连长：上级的命令是拂晓进入战斗，（看手表）现在还不到五点钟，（望望天）再稍微等一会。

一排长：好！

连长：通讯员，你去找卫生员和上士来！

通讯员：是！

（通讯员跑下）

一排长：连长！没有什么事，我就到排上去啦！

连长：好！要注意警戒，敌人一旦有动静，就赶快来向我报告。

一排长：是！（敬礼下）

（通讯员带上士、卫生员上）

连长：后面担架队上来没有？

卫生员：上来了，离这里不远。

上士：连长，请放心，打起来耽误不了。

连长：现在就快要开始攻击，打起来，有了伤员，你们两个要负责领导炊事员把火线上的伤员很快地背下来，再让民佚抬去，千万不能把我们的同志丢在战场上。

上士：连长，这些你就不用操心，就是我牺牲了，也要从炮火里把伤员抢救下来。

卫生员：只要我们在，伤员就丢不了。

（指导员上）

指导员：连长！时间快到了么？！

连长：（看表）快到了，只差三分钟。

402

指导员:那就早点把队伍集合起来,我简单地讲几句话。

连长:好!通讯员,快去叫二排长集合。

通讯员:是!(急下)(卫生员、上士随下)

连长:指导员,咱们走!

　　(连、指同下)

　　〔场后声:立正,敬礼!指导员讲话:(低声)

　　"同志们!这次上级给我们的任务,是攻打敌人的地堡和炮楼,同志们有没有把握?"

　　众人应声:"有。"

　　"对!不管敌人怎样顽强,在人民军队的面前,必定要死亡的,同志们!现在只有三分钟就是立功劳的时候啦!好!马上出发。"〕

　　(战士们全副武装,上起刺刀,紧张、迅速而沉着地各个向前跃进,绕场一次,然后以三三制队形前进,最后一次上来,战士们成三三制队形散开,机枪在左侧,排长靠近机枪,连长在人群当中指挥,众人紧张地目视敌方)

连长:一排向路东大院子冲!

一排长:同志们,冲啊!

　　(一排长首先冲下,随后三个人一组一组地冲下,机枪最后下场)

第三场

　　(场后有强烈的机枪声,渐渐被手榴弹的爆炸声、冲杀声淹没了,此时歌声夹杂着断续的枪声)

歌声:(三曲)大雪铺满了地,炮火照明了天,

　　　　我们不怕天冷,勇猛冲上前。

　　同志们，端起刺刀，扔出手榴弹，

　　要把敌人消灭光，

　　把胜利的旗帜插在布海车站。

　　（歌声停，上士背一伤员上场，他是左胳臂左腿负伤）

伤员：上士，歇一会吧！

上士：这里危险，还是让我快把你背下去吧！

伤员：怕个球！敌人来了，我就是死了，也要换他一条命。

上士：怕我倒是不怕，好，稍微歇一会，我就背你走，这里是太危险。

　　（上士轻轻地把伤员放在地上，他也坐下喘了口气，擦了擦脸上的汗）

伤员：上士，连长是不是也带花啦？

上士：嗯！一排冲进路东大院子，占领了敌人阵地的时候，咱们连长左腿上就带了花。指导员劝他下火线，他说："拿下炮楼再说。"卫生员要给他上药，他说："你去照顾别的同志吧！我的我自己来。"他边说边取出救急包，很快地包好伤，就又带一排冲上去了。

伤员：（惊奇地）啊！那我也不能下火线，上士，走！找连长去。

上士：你的胳臂、腿上都受了伤，还是让我背你下火线吧！

伤员：连长受了伤，都不下火线，我为什么就不行呢？不！我要不缴到敌人的枪，死也不下火线。

　　（突然一阵机枪扫射过来，二人卧倒）

上士：老王，左边来了敌人。

伤员：敌人，打，打……

上士：手里啥也没有，拿什么打，你的枪呢？

伤员：我的枪，哎呀！我的枪呢？（寻枪忽想起）我负伤以后，班长背

404

去了。

上士:敌人,一个,两个……哎呀!来了四五个,快拿手榴弹。

伤员:(摸身上)全打光了。

上士:敌人眼看着就到面前了,这怎么办?

　　(外声:八路小子,投降不投降?)

上士:妈拉个屄,老子还要缴你的枪呢。

　　(外声:不缴枪,小心吃家伙!)

　　(一个手榴弹扔进场,摔在上士面前)

上士:(机动敏捷地)我再还给你!

　　(拾起又扔了出去,轰的在场后爆炸了,有惨叫声)

上士:冲呀!(跑下场)

伤员:(高兴地)打得好,冲呀!(因伤重又摔倒在地)

　　(突由左边打来两枪,外声:"捉活的……")

伤员:哎呀!这边又来了敌人,(着急回头叫)上士,上士……妈的,

　　来吧!老子咬也咬死你一个。

"中央军"A:(在外)八路小子受伤了,捉活的。

伤员:老子才没受伤呢,你狗禽的来。

"中央军"B:(在外)没受伤,你为什么不站起来?

伤员:老子不高兴站起来,有种你来!

"中央军"A:(在外)八路小子,没枪!

伤员:没枪,(举起右胳臂)这是什么?有种你就来看看。

"中央军"B:真没枪,上去,捉活的!

　　("中央军"A、B跑上,持枪逼近伤员,伤员毫不惧怕)

"中央军"A:跟我们走!

伤员:(瞪着两眼,咬牙痛恨,不语)

（刘国华突上场，发现敌人，卧倒，掏出手榴弹）

"中央军"A：走！跟我们走！

伤员：操你个妈！

"中央军"B：（以刺刀逼胸）我要了你的狗命！

刘国华：（突然大喊一声）□！着手榴弹！

　　　　（二"中央军"回头想跑）不要动！

　　　　（二"中央军"刚跑到左侧场口，上士扛机枪上，很快地端在手中）

上士：站住，再动，我就突突了你们！

　　　　（二"中央军"吓得跪在地上，举枪喊饶）

"中央军"A、B：八路老爷，饶命，我们缴枪！

　　　　（刘国华缴了A、B的枪，搜了搜他们身上）

"中央军"A：这些钱，手表都给你，放我们走……

刘国华：老子不贪财，就要的是你们！

"中央军"B：饶了我这条命吧！

上士：放心，只要缴了枪了，就不杀你！

伤员：刘国华，怎么你小子也跑来了？

刘国华：（玩笑地）□！不是我跑来，你的狗命还不就完啦！

上士：刘国华，你怎么来的？

刘国华：我谁也没告诉，队伍前面走，我后面就偷着跟来了。

　　　　（此时连长上，发现有人卧倒）

连长：口令？

上士：胜！

连长：（拍手）×，××。

上士：（拍手）×，×。

刘国华:是谁?

上士:是连长。

（连长向后一摆手,一排长战士等上,散开,连长位于当中）

连长:刚才这里敌人出来了吗?

上士:嗯!

通讯员:（发现"中央军"A、B,好奇地）嗨! 还有两个"中央军"呢! 上士,是你们捉来的吗?

上士:捉两个"中央军"这不算什么,你再看这——还缴一挺美国机枪和两支步枪呢!

众战士:啊?!

通讯员:（看步枪才发现刘）嗨! 刘国华! 你也跑来了。

刘国华:长着两只大眼,你才看见?

通讯员:刘国华,屁股上的疮,还痛不痛了?

刘国华:这个疮算个球,像虱子咬的一样,不怎么样!

众战士:（笑）

通讯员:上士,你们这枪到底是怎么缴的?

上士:我背着老王,刚走到这,炮楼里就出来了四五个敌人,想活捉我和老王,我两手空空连手榴弹也没一个,可把我急坏了,敌人胆小,不敢接近,就扔了个手榴弹到我面前,我就顺手又给他送回去了,炸死了三个,我空手冲上去,就抢到了一挺机枪回来,（高兴地笑）这两个送死鬼又从那边跑来,想收拾老王,就叫我和刘国华擒住了,又缴了两支步枪。

众战士:（称赞）上士,刘国华,有办法,有功劳!

（敌人机枪又紧密地打过来）

连长:上士,快把伤员背下去!

刘国华:(身上背一支枪)卫生员,给你。

　　　　(把手里一支给他,又端起机枪,对敌人射击)

上士:老王! 快走!

伤员:不,攻下炮楼再说。

上士:快让我背你走罢!

　　　　(上士正要背伤员,敌人一排机枪射进上士胸部,负伤倒地)

卫生员、伤员:(拉住上士)上士,上士,哎呀! 连长! 上士带花了!

　　　　(连长回头看了一眼又面向敌方)

上士:(慢慢撑起上身)连长,连长!

连长:上士(不忍看他但又咬着牙),上士,你还有什么话要说吗?

上士:(目不转睛地瞪着)连长,你对支部书记说一说,看我够不够入

　　　党资格。

连长:你够资格,共产党里有了像你这样的好同志,是非常光荣的!

上士:好!(慢慢低头)我死了也放心了。(突然挣扎起来)同志们,

　　　为着人民的事业干到底吧!

　　　　(上士死去)

　　　　(卫生员,伤员叫"上士……"众战士愤恨)

连长:上士,上士……(敌人枪声更紧)同志们我们要为上士报仇,坚

　　　决消灭敌人,夺下敌人最后的一个炮楼,不完成任务,死也不

　　　转回,机枪掩护,同志们! 冲呀……(后台歌声唱起"三曲")

一排长:同志们! 冲呀!

　　　　(连长,一排长,战士等冲下场)

　　　　(由一伙夫背伤员,卫生员押"中央军"A、B抬上士尸首由另一

　　角下)

　　　　(稍停,通讯员,伙夫又追部队上即下)

第四场

（"中央军"士兵七个上场，恐惧，畏缩，抱着枪，守在炮楼里）

士兵甲：（唱四曲）棍子打来绳子绑。

士兵乙：（接唱）当了壮丁哭爹娘。

士兵丙：（接唱）长官不把咱当人看。

士兵丁：（接唱）打起那仗来堵炮眼。

众士兵：（合唱）棍子打来绳子绑，

　　　　　　当了壮丁哭爹娘，

　　　　　　长官不把咱当人看，

　　　　　　打起那仗来堵炮眼。

（此时枪声激烈，吓得士兵们东张西望，畏缩一团，浑身打颤）

众士兵：（唱）

　　　　　　天气寒冷炮火响，

　　　　　　枪枪打在人身上，

　　　　　　当了"中央军"命难保。

士兵甲：（接唱）

　　　　　　不如缴枪去投降。

众士兵：（叹气，有的在揩泪）唉！

士兵甲：唉！都是中国人，打个什么味道，我看不如缴枪投降算
　　　　球啦！

士兵乙：投降，你不听长官常说吗，投降了八路，也是个活不成。（枪
　　　　炮声）

士兵丙：你看，八路打得够凶呀，咱们就待在炮楼里等着死吗？妈的
　　　　说是到这受训练，简直是来送死的，我家里老的老，小的小，

全指望我养活呢,我被抓了来,家里人还不得要饿死。

士兵丁:你是抓来的,当"中央军",有几个不是抓来的,他妈那个巴
　　　子的。

士兵乙:别说啦,连长来啦!

　　　(士兵们吓得各守其炮眼,假装射击)

　　　("中央军"连长手拿小驳壳枪,凶恶地上场)

"中央军"连长:狗操的该死! 好好地守住炮楼,八路要是冲上来啦,
　　　就照着他们的脑壳(以枪敲士兵甲头)打! 要是把炮楼丢了,
　　　我就一个一个地枪毙了你们。

　　　(枪声剧烈,夹杂着喊话声,士兵们害怕)

"中央"连长:给我打! 打! 他妈的。

　　　(连长将士兵们强迫在一个角落,有坐射,有跪射,但都是不看
　　目标地乱打,时刻都想后退,表现着怕死)

"中央"连长:怕什么不要害怕,我们有这样多的人,有这样坚强的工
　　　事,共军就是神仙,他也打不进来,守在炮楼里是非常保险的,
　　　要想活命,只有好好地给我打!

　　　(外声:"我们优待俘虏!""缴枪不杀!""只要缴枪,咱们就是朋
　　友!""缴不缴?")

"中央"连长:(强迫地)说! 不缴! 妈的屄说呀!

众士兵:(不得已地)不缴! 不缴!

　　　(外声:"不缴枪,打!"炮火紧密,打得"中央军"士兵都躲开
　　炮眼)

士兵甲:弟兄们,打什么! (放下机枪)反正是个死,走! 去投降
　　　八路!

"中央"连长:嗯? 谁要投降?! (一把将士兵甲摔在场口一枪击倒死

去)我叫你投！（众士兵害怕）看见了吧！谁要投降我就枪毙了谁。（顿）再说，投降八路，也得不到好死，共军只要捉到国军的人，不论是长官是士兵，不是活埋，就是枪毙，不是剥皮，就是抽筋，当弟兄的绝对要相信长官的话，好好地守着炮楼，只要再能坚持半个钟头，咱们的援兵就会到的。

（外声："投降不投降？缴枪不缴抢？"）

"中央"连长：不投降，说呀！

众士兵：不缴枪！

"中央"连长：打，打……

（炮楼里向外打了一阵枪，炮楼外无动静）

"中央"连长：（骄傲地）怎么样？我说八路攻不上来，他就攻不上来，打退了吧?！

（在"中央"连长说话时，一排长带两个战士已摸近炮楼）

战士：投降不投降？

（炮楼里士兵已慌乱了）

"中央"连长：不投降，打！打！

一排长：不缴枪，看手榴弹！

（从枪眼里扔进一个手榴弹，炸死了"中央"连长和两个士兵，士兵丙带了花，痛得乱叫，士兵们在炮楼里乱嚷着："投降，投降，我们缴……"）

一排长：一个一个举枪出来！

（连长、通讯员、卫生员、战士等都上场，架起机枪，包围着炮楼，士兵们一个一个出来，缴了枪，被检查过身上，在另一场角站成一排）

连长：一排长，进去搜一搜！

　　（一排长带一战士进炮楼,搜查,又捡到机枪、步枪、驳壳枪出来）

众士兵:（战兢兢的）八路老爷,饶命吧!

连长:你们不要怕,当你们拿枪打我们的时候,是敌人,现在放下武器,咱们就是朋友,我们一定保证你们的生命安全。

　　（此时场外传来胜利的集合号声）

连长:（微笑,看表）六点三十分,同志们,敌人全被我们歼灭啦! 我们胜利了。

众战士:（高兴地跳起来）我们胜利啦!（轻笑）

　　（连长因负伤流血过度,四肢无力倒地）

众战士:（除监视俘虏兵外,都围拢连长）连长! 连长!

一排长:同志们! 不要嚷,连长是流血过多,晕过去了,卫生员,快找担架队来!

连长:同志们,我不要紧。（微笑着）

　　（歌声起）（五曲）（卫生员带来两个民伕,把连长放在担架上,众战士扛上缴的步枪,机枪,赶俘虏兵高兴下场）

　　　　歌声:

　　　　胜利的军号嘹亮,

　　　　我们高声地歌唱,

　　　　歌唱着战斗的胜利,

　　　　歌唱着人民得到解放,

　　　　同志们!

　　　　赶上那成群的俘虏兵,

　　　　扛着缴来的机关枪,

　　　　人民的子弟兵真是英雄,

英雄的人们乐洋洋，

今天是打了头一炮，

明天再打个大胜仗，

生死苦斗为人民立功，

人民的功臣多么荣光，

生死苦斗为人民解放，

永远跟着共产党！

选自《东北文艺》,1947 年第 2 卷第 1 期

存　目

赵云华

姑嫂做军鞋

胡青

李有才板话影词

胡莫臣

兄弟

昨非

机智英雄丁显荣

侯相九

灯下劝夫

铁石

铁石快板

奚子矶

义气

高水宝

自找麻烦

黄红

治病

黄耘

新小放牛

崔宝玉

翻身

鲁亚农

百战百胜

丁洪、陈戈、戴碧湘、吴雪等

抓壮丁

正平、维纲

捉害虫

合江省鲁艺农民组

王家大院

军大宣传队

天下无敌

祁继先、侯心一

演唱戴荣久

苏里、武照题、吴因

钢筋铁骨

张为、吴琼

翻身年

雪立、宁森

坚守排

韩彤、赵家襄

破除迷信

敬　告

　　《1945—1949 年东北解放区文学大系》为展现东北解放区文学的整体风貌而编辑出版。丛书选取此间最具代表性的作品,以纪录这段波澜壮阔的历史时期内东北解放区所发生的翻天覆地的变化。由于丛书所收录的作品众多,时代不一,加之编辑出版时间有限,至今尚有部分收录作品未能与原作者或继承人取得联系。为保护作者著作权益,我社真诚敬告:凡拥有丛书所选录作品著作权的,请与我们联系,我们将按照国家规定及时付酬。

　　感谢社会各界对我们的理解与支持。

黑龙江大学出版社